LES ENCHÈRES DU DOCTEUR OGRE

HEIDI CULLINAN

LES
ENCHÈRES DU
DOCTEUR
OGRE

HEIDI
CULLINAN

Publié par
DREAMSPINNER PRESS

5032 Capital Circle SW, Suite 2, PMB# 279, Tallahassee, FL 32305-7886 USA
www.dreamspinnerpress.com

Les enchères du Docteur Ogre
Copyright de l'édition française © 2021 Dreamspinner Press.
Titre original : The Doctor's Date
© 2019 Heidi Cullinan.
Première édition : juin 2019
Traduit de l'anglais par Manda Lorient.

Illustration de la couverture :
© 2019 Kanaxa.
Conception graphique :
© 2021 L.C. Chase.
http://www.lcchase.com
Les éléments de la couverture ne sont utilisés qu'à des fins d'illustration et toute personne qui y est représentée est un modèle

Édition e-book en français : 978-1-64108-318-8
Édition imprimée en français : 978-1-64108-319-5
Première édition française : octobre 2021
v 1.0

Édité aux États-Unis d'Amérique.

Pour Amy
Parce que vous aussi méritez le bonheur

Remerciements

Merci à Dan et Anna Cullinan, pour avoir supporté l'année infernale, à mes clients qui ont enduré mes jérémiades concernant ladite année et continuent à me soutenir (je pense tout particulièrement à Marie et Rosie) et par-dessus tout, merci à Tom et Nina Cullinan qui ont accepté que j'emprunte pour mon roman les dernières scènes de la fête donnée pour leurs noces d'or. Cela contribue à la magie, j'en suis persuadée.

PROLOGUE

À TREIZE ans, Erin Andreas tomba amoureux.

Un des internes de sa mère venait de le déposer à la clinique de Mayo, ou plutôt sur le trottoir devant ses immenses portes de verre. N'ayant pas reçu d'instructions quant à la façon dont il était censé retrouver son père, Erin alla à l'accueil demander John Jean Andreas. Sans succès, car il n'était pas un patient et le personnel débordé n'avait pas de temps à perdre avec un adolescent timide et incapable de savoir où il devait aller.

Il t'attend, alors, tu ferais mieux de le retrouver. Si tu n'es pas à l'heure, il sera en colère.

Pour Erin, la colère paternelle était bien plus terrifiante que la perspective de se perdre. Il se mit donc à errer dans les couloirs en espérant trouver le bon endroit. Tout en marchant, il se creusait la tête pour savoir où aller. Il était à peu près sûr que l'ami de son père qui était à l'hôpital devait subir une opération, un cancer... *le service de chirurgie, donc.* Il jeta un coup d'œil autour de lui dans l'espoir de trouver un plan affiché sur les murs, en vain. Et s'il retournait à l'accueil demander où le service des cancéreux ?

Ou devait-il attendre dans la rue, là où il avait été déposé ? Le problème était qu'Erin doutait de retrouver l'endroit.

Le souffle coupé, il s'accroupit derrière un pilier et se mit à haleter. Une sorte d'étau lui serrait la poitrine, son corps se crispait. Son père allait être si en colère...

— Ça va ? demanda une voix inconnue.

Erin cligna des yeux pour éclaircir sa vision brouillée. Il vit, planté devant lui, un garçon de son âge, plus grand de plusieurs centimètres, plus large aussi. En fait, ce dernier point n'était pas difficile à obtenir, car Erin était aussi maigre qu'un manche à balai. Le nouveau venu avait des cheveux sombres tout échevelés qui contrastaient avec sa peau pâle parsemée de légères taches de rousseur et des yeux bruns au regard intense qui semblait tout voir d'Erin.

1

Erin aussi avait des cheveux emmêlés et hirsutes, mais juste parce qu'ils étaient décoiffés. Chez l'autre garçon, le désordre capillaire paraissait… dangereux.

— Ça va ? répéta le jeune inconnu.

Erin hocha la tête et resserra les bras autour de lui.

— Oui, mentit-il. C'est juste que je… je me suis perdu. J'essaie de retrouver mon père. Il est venu rendre visite à quelqu'un.

Le garçon se gratta le menton. Pour une raison étrange, ce geste attira l'attention d'Erin sur sa bouche – une belle bouche aux lèvres renflées.

— Et tu sais dans quel service se trouve cette personne ?

Ces lèvres… Elles paraissaient si douces, comme deux petits oreillers gonflés.

Avec un temps de retard, Erin se rendit compte que le garçon lui avait posé une question… et qu'il en attendait la réponse.

Erin s'empourpra et bégaya :

— En cancérologie, je crois.

— Oh, je peux t'accompagner…

Il s'interrompit et son regard passa derrière Erin. Soudain, son comportement changea. Le garçon blêmit et se raidit.

— Désolé, reprit-il, je dois y aller. La cancérologie, c'est au second.

Sur ce, il disparut aussi vite qu'il était apparu. Et Erin ne connaissait même pas son nom !

Suivant les instructions données, Erin se rendit au second. Il chercha un panneau fléché indiquant « cancérologie » et n'en trouva pas. Y aurait-il un autre nom pour désigner cette maladie ? Il lui sembla que oui, ça commençait par un « o », mais il ne parvenait pas à s'en souvenir. Il envisagea de se renseigner à un des comptoirs, mais se découragea en voyant la longue file de patients qui attendait devant chacun d'eux. Il finit par s'asseoir dans une salle d'attente et remonta les genoux contre sa poitrine.

Il était désormais très en retard, son père serait furieux.

— Qu'est-ce que tu fais ? s'enquit une voix flûtée.

Erin releva les yeux et vit une petite fille à la peau sombre qui le regardait fixement. Elle portait une robe d'été jaune et des cheveux nattés qui pointaient tout droit de chaque côté de son crâne. À la main, elle tenait un grand livre d'images.

Sans laisser à Erin le temps de répondre, la fillette enchaîna :

2

— J'attends ici avec ma mère, ma grand-mère et mon frère. Papa viendra plus tard, après le travail, avec ma tante. Mon oncle a été opéré du cerveau. J'ai apporté un livre. Et toi, pourquoi tu es là ?

Erin se redressa et reposa les pieds sur le sol.

— Je n'arrive pas à retrouver mon père. Un ami à lui va être opéré d'un cancer.

La petite fille serra son livre contre elle et remua des hanches, sa robe virevoltant autour d'elle.

— Viens.

Erin hésita et vérifia si la file devant les comptoirs d'information avait diminué. Ce n'était pas le cas.

— Je ne suis pas certain d'attendre au bon endroit, ajouta-t-il.

— Viens quand même, insista l'enfant.

Erin s'apprêtait à refuser quand elle lui prit la main et l'entraîna de l'autre côté de la pièce. À ce moment-là, deux femmes, la première grande et d'une quarantaine d'années, l'autre aux cheveux grisonnants, une canne à la main, s'approchèrent, l'air sévère.

— Emmanuela Grace, où étais-tu ?

La petite fille tira sur une de ses nattes.

— Maman, ce garçon est perdu.

La mère d'Emmanuela se renfrogna, comme si elle trouvait cette histoire très suspecte. La grand-mère, appuyée sur sa canne, se pencha sur Erin et l'examina par-dessus des lunettes qui avaient une chaîne dorée pendant à chaque extrémité.

— Au nom du ciel, mon garçon, on dirait que tu n'as pas mangé depuis des semaines. Et qu'as-tu fait à tes cheveux ?

Par réflexe, Erin chercha à discipliner ses boucles couleur de sable, en vain, bien entendu, car elles frisaient naturellement.

La jeune femme croisa les bras sur sa poitrine.

— Tu es perdu, dis-tu ? Quel service cherches-tu ? Et pourquoi es-tu tout seul ?

Erin tenta de cacher sa panique.

— Mon père est ici, mais je ne sais pas où. La personne qui m'a déposé devant l'hôpital ne m'a pas indiqué où aller. J'ai cru… que mon père m'attendrait dans le hall d'entrée, mais il n'était pas là et je ne le trouve pas.

La mère d'Emmanuela grogna entre ses dents et leva les yeux au ciel.

Honteux, Erin baissa la tête, le regard fixé sur ses chaussures.

— Je suis désolé.

Emmanuela sautilla sur place.

— Tu vois, maman ? Il a besoin de moi.

Erin releva prudemment la tête et vit la dame acquiescer, les lèvres pincées.

— D'accord, viens t'asseoir avec nous. Comment t'appelles-tu ? Et qui est ton père ?

— Je m'appelle Erin Andreas, madame. Mon père est John Jean Andreas.

Le visage de la jeune femme se figea.

La grand-mère eut un petit rire sombre.

— N'est-ce pas un comble ?

Erin se demanda s'il devait de nouveau s'excuser.

La mère d'Emmanuela soupira.

— Très bien, Erin. Je sais où est ton père. Attends ici. Je reviens très vite.

Elle quitta la pièce. La grand-mère s'assit à côté d'Erin et ouvrit son grand cabas dont elle sortit un sandwich. Elle le tendit à Erin.

— Tiens, mon garçon, mange. Quand Nicolas reviendra, je l'enverrai te chercher du lait. Et si tu manges tout ton sandwich, tu auras ensuite un dessert.

Erin ôta la cellophane et examina le sandwich qui sentait la mayonnaise, la moutarde et les oignons. Il n'avait jamais rien vu de tel.

Emmanuela lui donna un coup de coude.

— Allez, mange ! C'est un sandwich à la salade et aux œufs. Pourquoi tu le regardes comme ça ? On dirait que c'est la première fois que tu en vois.

C'était le cas, mais Erin préféra ne pas l'avouer. Il repoussa ses doutes et croqua dans le sandwich. Dès la première bouchée, ses yeux s'écarquillèrent.

— C'est bon. Vraiment très bon !

Emmanuela rayonnait de fierté.

— Oui. Mamie Emerson fait le meilleur sandwich à la salade et aux œufs.

Erin dévora son sandwich. Pendant ce temps, Emmanuela s'installa à côté de lui et ouvrit son livre sur ses genoux.

— Nous allons lire ensemble, annonça-t-elle. Je sais lire, mais lentement, alors je préfère quand c'est quelqu'un d'autre qui lit. Mon frère Nick refuse de lire mes livres, il dit que c'est des trucs de filles. Mais toi, tu ressembles à une fille, alors, ça doit pas te déranger.

— Chut, voyons, intervint la grand-mère. Ne dis pas de bêtises.

Erin n'était pas vexé. Il avait l'habitude de se faire traiter de fille. Il s'essuya la bouche avec ses doigts avant de dire :

— D'accord, je vais te lire ton livre, mais avant, j'ai envie d'un verre d'eau.

Radieuse, Emmanuela se leva de la chaise.

— Je vais t'en chercher un. Il y a une fontaine d'eau avec des gobelets juste là.

Elle partit en courant. Quand elle revint, sa grand-mère la réprimanda et lui ordonna de marcher plutôt que courir, surtout avec un gobelet rempli à la main.

Erin but avidement. Emmanuela plissa le nez en examinant ses cheveux.

— Ils sont vraiment très frisés. Tu devrais y mettre de la graisse.

— Il est blanc, Emmanuela, déclara sa grand-mère. Les Blancs n'agissent pas comme nous. Mon garçon, tes cheveux seraient moins fous si tu utilisais des produits adaptés, tu sais.

Sidéré, Erin cligna des yeux.

— Vous croyez vraiment que ça marcherait ?

La grand-mère secoua la tête.

— Bien sûr. Je me demande parfois ce que certaines mères enseignent à leurs enfants !

En son for intérieur, Erin trouva que la sienne ne s'était certainement jamais donné la peine de lui apprendre quoi que ce soit d'utile. Et maintenant, elle ne voulait même plus vivre avec lui.

— Merci, madame. J'essaierai.

Emmanuela lui tapa sur la jambe avec impatience.

— Je t'ai apporté de l'eau. Tu as promis de lire mon livre.

Erin ouvrit le livre. C'était un conte de fées, une princesse était kidnappée par un roi ogre qui la maintenait prisonnière dans son château. Bien entendu, le vaillant prince venait la délivrer, l'épée à la main, et tuer l'ogre. Emmanuela, qui connaissait bien l'histoire, intervenait quand elle reconnaissait un mot. De temps en temps, elle ajoutait aussi son avis :

— Tu as vu comme l'ogre est vilain !

Puis, sur une autre page :

— Tu ressembles à la princesse, tu vois ? Tu as les mêmes cheveux jaunes et le même nez.

La grand-mère releva les yeux de son livre et conseilla une fois encore à sa petite-fille de réfléchir avant de parler.

Mais Erin n'en voulait pas à Emmanuela. Il lui arrivait souvent, comme la princesse du conte, de se sentir prisonnier d'un château. En revanche, il ne trouvait pas l'ogre vilain. Un peu hirsute, certes, et le visage renfrogné, mais solide et bien bâti. En vérité, Erin le préférait nettement au prince si lisse et bien peigné. En y réfléchissant, sans doute était-il partial, car l'ogre ressemblait au garçon croisé dans le couloir un peu plus tôt. Erin ne voulait pas que le roi ogre meure, aussi n'avait-il plus envie de continuer l'histoire.

En fixant l'expression malheureuse de l'ogre si musclé et ténébreux, avec ses cheveux noirs ébouriffés, il eut l'impression que l'image le regardait aussi. Il en ressentit une sensation étrange dans la poitrine et dans le ventre.

Il aurait voulu…

— C'est qui, lui? grogna une jeune voix.

Arraché aux terreurs diffuses qui lui troublaient le cerveau, Erin cligna des yeux et releva la tête. Un autre garçon était debout devant lui. De son âge à peu près, sinon avec un ou deux ans de plus. Comme l'ogre, il avait des yeux féroces.

Erin se recroquevillait déjà dans son siège quand la grand-mère d'Emmanuela frappa le bras du nouveau venu

— Nicolas Beckert, un peu de politesse, je te prie! Où étais-tu? Pourquoi as-tu mis aussi longtemps pour revenir de la cafétéria?

— Parce que je suis tombé sur Owen Gagnon. C'est son père qui l'a traîné ici, je présume. Comme il était en colère, j'ai préféré le calmer.

Il jeta un regard protecteur à sa sœur, puis reporta son attention sur Erin.

— Je suis Nick Beckert, déclara-t-il. Et toi, t'es qui?

Erin fit un effort pour se tenir droit et tendre la main sans faire tomber le livre posé sur ses genoux. Quand l'ouvrage très lourd se mit à glisser, Erin le récupéra en rougissant de sa maladresse.

— Je suis Erin Andreas. Enchanté de… de faire ta connaissance.

— Eh merde!

Sa grand-mère le tança derechef :

— Si tu parles aussi mal, je vais devoir te laver la bouche avec du savon!

Elle sortit son porte-monnaie de son sac à main et déclara :

— Retourne à la cafétéria et rapporte-moi du lait. Du lait entier et une part de gâteau. Ce garçon est trop maigre.

— Mamie!

— Ne prends pas ce ton avec moi, mon garçon, et obéis.

6

Nick serra les poings le long de ses flancs.

— Je n'irai pas chercher du lait et du gâteau pour *lui*.

— Dans ce cas, tu mérites une raclée en plus d'un lavage de bouche.

Elle lui tendit un billet et enchaîna :

— Vas-y !

— *Erin.*

En entendant la voix de son père, Erin reçut un véritable choc. Il lâcha le livre et se redressa d'un bond, pris d'une soudaine nausée – comme si le sandwich à la salade et à l'œuf lui brouillait l'estomac. Il aurait voulu se cacher, tout en étant conscient qu'une telle attitude ne ferait qu'envenimer la situation. Il se tint donc très droit.

John Jean approcha, le visage rigide. Sa fureur émanait de lui par vagues.

— Que fais-tu là ? D'où vient ce livre ridicule que tu tenais ? Pourquoi n'as-tu pas suivi mes consignes ? J'ai perdu du temps à te chercher !

— Je suis désolé, Père.

Glacé jusqu'aux os, Erin n'osa pas se laisser aller à trembler. Il regrettait de plus en plus d'avoir mangé.

Grand-mère Emerson intervint :

— Il n'a rien fait de mal, le pauvre enfant. Il était juste perdu et affamé. Nous avons été heureux de l'aider.

Elle parlait d'un ton si ferme qu'Erin eut encore plus peur d'elle que de son père

— Maman ! la coupa la mère d'Emmanuela.

Sa voix forte contenait un avertissement.

La grand-mère l'ignora et se renfonça dans son siège pour tapoter le dos d'Erin.

— Vas-y, mon grand. Ne fais pas attendre ton père. Tu as été très gentil de lire son histoire à Emmanuela.

En voyant son père quitter la salle d'attente, Erin s'empressa de le suivre. À la dernière seconde, il se retourna pour dire :

— Merci pour le sandwich, madame.

Grand-mère Emerson lui sourit et agita la main.

À peine hors de portée de voix, son père s'emporta :

— Qu'as-tu essayé de faire au juste ? Pourquoi n'es-tu pas venu directement me retrouver ?

Erin résista à son envie de voûter les épaules, sachant d'expérience que son geste mettrait son père encore plus en colère. Il se contenta de parler, les yeux baissés :

— Excuse-moi. Je ne t'ai pas trouvé. Cet hôpital est très grand.

— Pour l'amour du ciel, le campus de Ste Mary n'est quand même pas le Damon Building !

— Excuse-moi.

Son père pinça les lèvres et lissa l'avant de son costume.

— Ça n'est pas grave, grogna-t-il. Je déteste l'idée qu'*ils* t'aient trouvé avant moi, mais ce qui est fait est fait.

Il pressa le bouton d'appel de l'ascenseur avant d'ajouter :

— Je tiens à ce que tu évites les Beckert, Erin. Collin Beckert a réussi à se faire élire au conseil d'administration de Ste Anne, mais il n'y restera pas longtemps, fais-moi confiance. En principe, le cancer de Christian est curable, mais… eh bien, nous devons agir avec précaution. Ne me complique pas les choses.

Maintenant, Erin comprenait mieux la réaction de Nick et de la famille Beckert en apprenant son nom. Il savait déjà que son père gérait l'hôpital de Copper Point. C'était même très important pour lui. Malgré la mise en garde paternelle, Erin gardait en mémoire la gentillesse d'Emmanuela et le sandwich de sa grand-mère.

De plus, il aurait aimé mieux connaître Nick, même si ce dernier ne l'appréciait guère. Qui sait, peut-être Nick aurait-il fini par changer d'avis à son sujet en passant plus de temps avec lui ?

Erin trouvait les gens de Copper Point bien plus gentils que ceux du pensionnat. Son rêve depuis toujours était de rencontrer des garçons de son âge et de les recevoir chez lui pendant ses vacances. Avoir un ami l'aurait comblé… mais il n'avait jamais eu cette chance.

Son père le conduisit dans une autre salle d'attente où tous deux s'assirent et patientèrent. John Jean sortit un journal et le parcourut sans plus s'occuper d'Erin, qui resta assis en silence à ne rien faire.

S'il ignorait toujours la raison de sa présence ici aujourd'hui, il savait qu'il avait intérêt à ne pas poser de questions. Son père lui parlerait quand il considérerait le moment venu, il lui dirait quoi faire. En attendant, Erin se concentra sur le fait de rester immobile. Et mentalement, il tenta de se préparer à répondre aux attentes de son père… quelles qu'elles soient.

La tâche n'était pas facile, car il restait obsédé par le livre d'images d'Emmanuela, en particulier par le roi ogre. Ou plus précisément, sa réaction au roi ogre. Qu'est-ce que ça voulait dire? *Si* ça voulait-il dire quelque chose... Ces vives émotions l'inquiétaient de plus en plus, Erin ne savait trop comment les interpréter. Ces derniers temps, il avait constamment d'étranges réactions à des tas de sujets. C'était consternant. Il aurait préféré rester comme avant. Tout en ignorant la cause de ces changements, il se doutait bien qu'ils n'annonçaient rien de bon pour lui.

Par exemple, son intérêt pour le roi ogre... Erin aurait voulu avoir un ami fort et audacieux, quelqu'un qui l'aiderait à prendre des décisions.

Le roi ogre le ferait-il? Et le protégerait-il aussi?

Erin déglutit et baissa la tête, les joues brûlantes.

Un coup sec sur le genou l'arracha à ses pensées. Oubliant le roi, Erin se redressa et interrogea son père du regard.

John Jean fixait le mur du fond.

— Je vais demander à l'infirmière si Christian est prêt à recevoir des visites. Quand nous entrerons dans sa chambre, tiens-toi bien. Ta présence va sans doute l'impressionner, aussi ne te comporte pas comme un idiot. Prends l'air intéressé, intelligent. Pose des questions. Poliment, bien entendu.

Erin ne comprenait toujours pas, mais il acquiesça.

— Oui, Père.

Très nerveux, il serra les poings contre ses cuisses.

— Reste ici, déclara John Jean qui s'éloignait déjà.

Erin attendit que son père ait quitté la pièce pour se détendre. Il soupira discrètement et se voûta un peu.

Un instant plus tard, Nick entrait dans la salle d'attente par une autre porte. Il tenait à la main un verre de lait et une assiette en carton avec une tranche de gâteau au chocolat.

— Tu es revenu!

Tout heureux, Erin lui adressa un grand sourire – en espérant ne pas avoir l'air trop idiot.

— Tiens, c'est pour toi.

Nick lui tendait le lait et le gâteau. Erin les accepta, tout en vérifiant d'un coup d'œil que son père ne revenait pas. Le couloir était désert.

— Merci.

Il se sentait incapable de boire ou de manger, son estomac était encore trop nauséeux, mais il ne pouvait jeter son assiette et son verre en présence de Nick. Et il ne voulait pas que Nick s'en aille.

Nick s'assit sur une chaise en face d'Erin, le regard troublé.

— Ton père... il fiche la trouille.

Ne sachant que dire, Erin baissa les yeux sur ce qu'il avait dans les mains. Il n'osait pas énoncer à haute voix ce qu'il pensait.

Oui, je sais. Mais c'est mon père et c'est le seul de mes parents à s'intéresser un tantinet à moi. Il est loin d'être tendre ou facile, mais je ne veux pas le perdre, sinon, je n'aurais plus personne. Et l'idée d'être seul me terrorise.

Non, il ne pouvait pas dire ça.

Une grosse bosse se forma dans sa gorge, il se mit à gratter sa briquette de lait.

Gêné, Nick s'agita dans son siège.

— Dis, ça va ? J'ai l'impression que... euh, que tu as peur.

Quand Erin garda un silence buté, Nick rougit et se leva.

— Ça ne me regarde pas, je sais, ajouta-t-il, mais je voulais juste te dire un truc. Si ce n'est pas ton père qui te fait peur, si c'est un des sales gosses de Copper Point, eh bien... moi, je ne pourrai pas y faire grand-chose, mais tu peux peut-être en parler à quelqu'un.

Sidéré, Erin cligna des yeux.

— À qui ?

— À Owen Gagnon.

Owen Gagnon ?

— Le garçon en colère à qui tu as parlé à la cafétéria ?

Nick acquiesça :

— Oui, il passe sa vie à se bagarrer de façon parfois brutale. En général, les gens ont peur de lui. Mais il ne supporte pas qu'on abuse d'un plus petit. Si tu as des problèmes, il te défendra. Oh, oui, surtout quelqu'un comme toi.

Erin serra les doigts sur sa brique de lait.

— Comment ça... *quelqu'un comme moi* ?

Nick détourna les yeux.

— Tu sais bien... un garçon malingre, timide, nerveux, qui ressemble à une fille et qui aime lire les contes de fées.

Erin évoqua sa réaction au roi ogre et paniqua.

— Non ! Je ne suis pas... Je...

Nick leva la main.

— Hé, ça ne me dérange pas, d'accord ? Je te disais juste d'aller voir Owen si tu as des ennuis. Et bonne chance avec ton père !

10

Sur ce, il s'en alla. Erin le regarda disparaître. Il avait toujours le lait et le gâteau dans les mains sans trop savoir quoi en faire. Il pesa aussi les conseils reçus. Nick était-il son ami ou pas ? Erin n'aurait su le dire.

— *Erin !*

Il sursauta à la voix de son père et se leva, abandonnant discrètement la nourriture sur sa chaise.

— Je viens.

Il lissa son costume et courut rejoindre John Jean, qui attendait devant les portes menant aux chambres des patients.

Erin ne cessait de penser à ce que Nick lui avait dit concernant Owen : « il passe sa vie à se bagarrer. Les gens ont peur de lui. Il ne supporte pas qu'on abuse d'un plus petit. » Owen Gagnon. Erin aimait ce nom. Owen l'aiderait-il vraiment si Erin le lui demandait ? Parce qu'il était un héros qui s'opposait aux brutes ?

Me défendrais-tu aussi contre mon père ?

— Cesse de traîner ! aboya John Jean.

Erin s'efforça d'échapper à ses rêveries et de marcher plus vite. De toute façon, mieux valait oublier toute cette histoire. Il était censé se concentrer pour satisfaire son père, pas trouver un intermédiaire pour adoucir les angles. De plus, pendant ses séjours à Copper Point, il avait rarement le droit de quitter la maison, sauf pour aller là où son père lui ordonnait d'aller – et ce ne serait jamais vers Owen. Et même si Erin le faisait, même s'il en avait très envie, personne ne pourrait jamais le protéger de son père.

— William ! s'exclama John Jean. Je ne savais pas que tu venais. Sacripant, va !

Il s'adressait à un homme grand et beau, doté de larges épaules. Il le frappa dans le dos d'un geste amical.

L'inconnu répondit d'un clin d'œil en lui posant la main sur le bras.

— Je ne comptais certainement pas laisser notre très cher président tout seul en un moment pareil.

Il s'aperçut alors de la présence d'Erin et écarquilla les yeux.

— C'est ton fils, John Jean ? enchaîna-t-il. Mon Dieu, comme il a grandi !

Erin avança précipitamment pour se présenter.

Son père répondait déjà :

— Oui, Erin a treize ans maintenant. Il est pensionnaire à l'Académie de la Trinité, à Sault Ste Marie. C'est un excellent élève. Il passe son temps le nez dans ses livres.

William se frotta le menton.

— Ont-ils un bon enseignement en musique ? J'y enverrai peut-être celui-là…

— Non ! Je refuse d'aller au Canada !

Le ton fut si brusque qu'Erin sursauta. Quand William s'écarta, Erin reconnut derrière lui le garçon du couloir, celui qui avait commencé à vouloir l'aider avant de tourner les talons.

Lui…

Le garçon qui ressemblait au roi ogre.

Pour le moment, il n'avait rien d'un roi. Il n'était qu'un garçon maigre et efflanqué, assis dans un coin du couloir, les jambes relevées contre lui, sa tête sombre penchée sur un jeu vidéo portable qu'il utilisait sans le son. Malgré tout, le cœur d'Erin battit plus vite à sa vue. Il n'arrivait pas à croire à cette seconde rencontre.

En examinant son fils maussade, William perdit son sourire parfait et son expression s'assombrit.

— Je t'ai demandé de ranger ce jeu ridicule, Owen !

Owen.

Erin se redressa et regarda le garçon d'un œil neuf. S'agissait-il d'Owen Gagnon ? Le défenseur des faibles ? *Celui qui me défendrait si je le lui demandais ?* Son roi ogre et son sauveur potentiel étaient-ils donc une seule et même personne ?

Quand Owen déplia ses longues jambes et se releva du sol, il paraissait plus prêt à sauter à la gorge du premier venu qu'à sauver les petits et les faibles. Il n'était pas du tout un héros. Il était dangereux.

Et très beau.

Alors que les rouages de son cerveau se remettaient en route, Erin comprit enfin la nature de sa réaction à Owen – ou plutôt au roi ogre de l'histoire. *Il est sauvage, dangereux et beau, et je le veux.*

Et je veux qu'il éprouve pour moi le même désir que j'éprouve pour lui.

Leurs regards se croisèrent brièvement et pendant un moment, Erin ne put plus respirer.

Je veux que ce soit lui qui vienne me sauver du château.

— À plus tard, William, jeta John Jean avant de pousser Erin à l'intérieur d'une chambre.

12

Après leur visite à Christian West, le père et le fils découvrirent que les Gagnon n'étaient plus dans le couloir.

Et Erin passa le reste de ses vacances à chercher Owen, sans jamais le trouver.

Et ce fut pareil au cours de ses congés suivants.

Bien que très déçu, Erin préféra cependant ne pas trop rêver à Owen Gagnon, à Nick, Emmanuela ou aux rois ogres. Quand il retourna dans son pensionnat, il apprit tout seul à gérer les brimades et les enfants malveillants. Il chercha aussi à se convaincre que rester seul ne le dérangeait pas. Dans l'ombre, au moins, personne ne pouvait le voir.

Pendant un an, il crut presque à ses propres mensonges.

Puis les vacances revinrent et un soir, Erin descendit chercher quelque chose à manger. En passant dans un couloir, il entendit un violon… l'air le plus magnifique qui soit.

Depuis que la mère d'Erin avait quitté Copper Point, la plus grande partie du manoir familial était louée ou aménagée pour des visites organisées par le musée. En général, Erin préférait rester à l'écart quand des étrangers arpentaient la maison. Pas ce soir-là. Attiré par cette extraordinaire musique, il ne put résister à son envie de jeter un coup d'œil. Il se faufila donc comme une ombre au salon, écarta un rideau et vit…

Owen Gagnon, auréolé de lumière, jouait du violon devant l'élite des citoyens de Copper Point.

Oh, mais il était devenu encore plus beau depuis leur dernière rencontre !

Et c'était particulièrement vrai alors qu'il jouait. Il y avait d'autres musiciens dans l'orchestre, mais Owen se tenait au centre du groupe, le plus jeune, le soliste. Il jouait les yeux fermés en se balançant sur son siège, ses cheveux noirs ébouriffés s'envolant en mèches soyeuses tandis que l'archet dansait sur les cordes.

Erin aurait voulu que la musique ne s'arrête jamais.

Malheureusement, Diane, la gouvernante qui gérait la partie musée de la maison, finit par le surprendre et agita son plumeau pour le chasser.

Il s'éloigna, le cœur gros.

À la grande surprise d'Erin, Diane ne le gronda pas de son indiscrétion.

— C'était beau, hein ? s'écria-t-elle, les larmes aux yeux. Ce garçon a toujours des problèmes, sauf quand il joue du violon. Il aurait pu être admis dans les plus grandes universités musicales du pays, tu sais !

Erin la crut sans peine. Il attendit la fin du concert, désireux de parler à Owen. Mais à la soirée qui suivit, le garçon fut entouré d'invités qui le félicitaient et Erin, pris d'un accès de timidité, n'osa s'en approcher. Au fond, Owen n'était pas un ogre, il était un roi et jamais les rois n'acceptaient de parler à Erin.

Résigné, il retourna dans sa chambre sans même avoir croisé le regard d'Owen.

Bien plus tard, au cours de l'été de sa première année universitaire, il séjournait à Copper Point quand il apprit le dernier scandale local : Owen Gagnon avait abandonné une bourse d'études dans une école de musique. Erin comprit tout de suite qu'il y avait eu un problème grave. Il entendit des bribes de ragots par-ci par-là, mais isolé comme il l'était, il ne parvint pas à reconstituer toute l'histoire. Une seule chose était sûre : Owen avait fait une croix sur la musique. Apparemment, il s'était réorienté vers la médecine.

Erin chercha le courage d'aborder Owen pour savoir ce qui s'était passé.

Sauf qu'il n'avait aucune raison valide d'agir ainsi. Il avait croisé Owen deux fois seulement et à peine échangé trois mots avec lui. Pourtant, il ne parvenait pas à l'oublier. De temps à autre, il pensait aussi à ce que Nick avait dit à la clinique Mayo : Owen protégeait les faibles.

Peut-être… peut-être que pour une fois, c'était Owen qui avait besoin d'aide. Et lui, Erin, était prêt à intervenir.

Quand il apprit qu'Owen traînait souvent la nuit à Bayview Park, il s'y rendit aussi dans l'espoir de le rencontrer. Ce fut le cas, cinq ou six fois, mais il se contenta de le croiser sans mot dire, trop nerveux pour tenter de lui parler.

La septième nuit, les deux garçons se télescopèrent franchement sans qu'Erin l'ait fait exprès.

— Oh.

Rougissant, Erin s'écarta maladroitement, trébucha et faillit basculer à la renverse. Owen le rattrapa.

— Attention. Ça va ?

Ce n'est qu'un garçon comme les autres. Il n'est absolument pas celui que tu as inventé dans ta tête.

Mon Dieu, comme Owen avait bien profité de ces quelques années ! Il était encore plus beau, d'après Erin. Ses cheveux s'étaient éclaircis et le soleil en avait blondi les pointes. Mais ce qu'Erin trouvait de plus attirant chez Owen, c'était cette aura de chagrin qui l'enveloppait toujours.

Quand Owen lui offrit un sourire un peu triste, un peu timide… Erin fut perdu pour de bon.

Il sentait bien qu'il lui fallait répondre quelque chose. Il repoussa ses cheveux indisciplinés derrière son oreille.

— Euh, oui, bredouilla-t-il. Excuse-moi.

— Je t'ai déjà vu dans le coin. Serais-tu nouveau ?

Flirtait-il avec lui ? se demanda Erin. Puis il se fustigea mentalement : pour l'amour du ciel, Owen ne flirtait pas, il se contentait d'être poli.

— Je… non. C'est juste que je reviens rarement à Copper Point. En fait, je retourne à l'école la semaine prochaine.

La mine mélancolique, Owen croisa les bras sur sa poitrine et donna un coup de pied dans une fourmilière le long du trottoir.

— Moi aussi. Je pars bientôt pour l'université. Je ne t'ai jamais vu à l'école, sinon, je me souviendrais de toi.

Je me souviendrais de toi ? Cette fois, c'était évident. Il flirtait. Erin en perdit le souffle et le manque d'oxygène le fit vaciller, émerveillé qu'il était d'avoir enfin attiré l'intérêt, après des années de solitude. À ce moment-là, Erin Andreas reconnut qu'il était amoureux. En vérité, il l'était depuis sa rencontre avec Owen à la clinique Mayo. Il n'avait jamais oublié le garçon qui s'était arrêté dans un couloir pur lui demander « ça va ? ».

Erin fit l'effort de respirer et repoussa sa gêne dans l'espoir de prononcer les mots qui vibraient dans son cœur. *Je n'ai jamais eu le droit d'aller à l'école à Copper Point, mais j'aurais bien aimé. Veux-tu mon adresse mail ou mon numéro de portable ? Pourrais-je avoir les tiens ? Comme ça, aux prochaines vacances, nous pourrions convenir d'un rendez-vous et marcher ensemble le long de la baie.*

— Je…

Une voix l'interrompit :

— Owen, qu'est-ce que tu fous ?

Erin tressaillit quand Owen se retourna et agita gaiement la main. Une voiture avait ralenti sur la route.

— Désolé, déclara Owen, le visage tout éclairé, ce sont les amis qui devaient passer me chercher. Tu disais ?

Rien. Je ne disais rien du tout.

Erin esquissa un sourire forcé.

— Rien d'important. Je ne voudrais pas te retarder.

Owen fronça les sourcils et hésita un moment, puis il hocha la tête.

— D'accord, à une prochaine fois, peut-être !

Erin agita la main sans conviction et le regarda s'éloigner vers la voiture qui l'attendait.

La portière s'ouvrit et Owen monta. Malgré la musique qui résonnait dans l'habitacle, Erin entendit la question que posait le conducteur, Jared Kumpel :

— Qu'est-ce que tu fichais avec Erin Andreas ?

Owen eut un mouvement de tête surpris et jeta un coup d'œil en arrière, mais Erin filait déjà dans la direction opposée en clignant rapidement des yeux.

Il ne retourna jamais marcher à cet endroit près de la baie, ni pendant ces vacances ni pendant les suivantes.

Il n'était pas une princesse, après tout, et aucun ogre n'avait le pouvoir de lui venir en aide.

Erin enfouit son amour au fond de son cœur et repoussa fermement ses rêves d'avoir un partenaire. Il ne perdrait plus son temps à penser aux contes de fées et aux rois ogres. À force de chercher à se convaincre qu'il était très bien tout seul, il oublia peu à peu ses doutes et ses craintes. Au fil des années, il devint autonome et compétent, ne pensant qu'à plaire à son père, à planifier sa carrière, à glorifier sa famille. Il décida aussi de ne plus jamais tomber amoureux.

Et pendant longtemps, il s'en tint à sa décision.

Puis un jour, il revint pour de bon à Copper Point et le roi ogre l'attendait, aposté devant le château qu'Erin était censé conquérir. L'ogre Owen était aussi terrible que celui du conte de fées : il réussit à troubler la vie bien ordonnée d'Erin d'un simple clin d'œil assorti d'un sourire effronté.

Parce qu'une fois encore, Erin tomba amoureux.

I

PEU AVANT la St Valentin, quand son ami Simon passa le voir pour lui demander de participer à la loterie caritative des célibataires à Ste Anne, Owen Gagnon se contenta d'un ricanement méprisant et continua de discuter en ligne sur un blog politique.

Malheureusement, Simon n'était pas du genre à se décourager aussi facilement.

— Voyons, Owen, nous manquons cruellement de volontaires et c'est pour la bonne cause. Les caisses de l'hôpital sont vides et il nous faut absolument cette nouvelle salle de cardiologie !

Owen continua de taper sur son clavier.

— Vas-y toi-même, Simon. Et mets aussi ton chéri aux enchères.

— Non, impossible, ni Hong-Wei ni moi ne pouvons participer. Ils refusent les hommes mariés.

Owen remua ses sourcils.

— Je te rappelle que Jack et toi n'êtes pas encore mariés, Simon. Si tu montes sur l'estrade, j'enchérirai sur toi.

Simon lui envoya une tape.

— Ils refusent les hommes mariés *et* les fiancés ! Jared a déjà accepté. Il me manque encore un nom pour remplir mon quota.

— Je trouve diablement sexiste que seuls les hommes soient concernés par cette mise aux enchères ! protesta Owen. Pourquoi ne pas proposer aussi des femmes ?

Avec un soupir, Simon s'assit à côté de lui.

— Tu as raison, mais je me suis déjà fêlé une vertèbre en essayant de manœuvrer ce navire pour éviter les zones sensibles. Je ne te raconte pas tout ce que j'ai entendu de raciste, sexiste et homophobe de la part de ces gens qui tentent de collecter des fonds !

Owen fit glisser son doigt le long du nez de Simon.

— Ça ne m'étonne nullement. Et c'est bien pourquoi je préfère ne pas m'en mêler.

— *S'il te plaît,* Owen. Je t'ai épargné le comité divertissement, auquel Hong-Wei, lui, participera. Tu n'auras rien d'autre à faire que passer dix minutes sur scène le temps que les invités enchérissent sur toi... pour une soirée, c'est tout. À titre caritatif!

Owen referma son ordinateur portable.

— Tout d'abord, Jack adore cabotiner, donc, pour lui, ça n'a rien d'une corvée. Et je présume que ton fiancé va aussi jouer avec son foutu quartet?

— Tu pourrais très bien jouer avec eux, Owen. Ram rêve de former un quintet et de t'avoir comme second violon. Sinon, il peut aussi jouer du violoncelle et de la contrebasse.

Simon se mordit la lèvre avant d'enchaîner :

— Je ne connais pas toute l'histoire et j'ignore pourquoi tu refuses de jouer, mais après tout ce temps...

Owen leva la main pour l'interrompre. Il ne tenait pas à ce que Simon devine que le simple mot «violon» lui donnait la nausée.

— Non! Je ne jouerai pas dans le groupe de Ram et je refuse de vendre aux enchères une de mes soirées. Et cesse de me bassiner avec cette salle de cardiologie. Même si je montais sur cette foutue estrade, personne ne dépenserait un cent pour moi!

En voyant Simon devenir ponceau, Owen comprit que son ami avait déjà envisagé ce hiatus.

— Hum, ce n'est pas forcément une soirée romantique, tu sais, ça peut être... un service ou un gage. De plus, j'ai un plan.

Eh merde!

— Il n'en est pas question. Je ne compte pas m'exhiber pour que Jack et toi fassiez acte de charité à mon égard. Pire encore, une infirmière ou une aide-soignante pourrait m'acquérir pour se venger de moi.

— *Owen...*

Owen se leva d'un bond et fonça vers la porte, attrapant son manteau en chemin.

— Je vais travailler.

— Mais nous ne sommes attendus en salle d'opération qu'à dix heures!

— Eh bien, je planterai mon cul dans le salon du personnel et regarderai passer les gens jusqu'à ce que ton futur mari ait besoin de moi.

Au final, ce fut exactement ce qu'Owen se retrouva à faire. La maison qu'il partageait avec Jared – et avec Simon, avant que ce dernier tombe amoureux du nouveau chirurgien [1] de Ste Anne et emménage avec

---

1 Voir le tome 1, *Les Secrets du Dr Wu*, même auteur, même éditeur.

lui dans son appartement – se trouvait à un kilomètre et demi à peine du centre médical.

Il avait encore neigé la nuit précédente, une bonne quarantaine de centimètres couvrait le sol. Owen maudit mentalement la baie toute proche, cette masse d'eau étant responsable de ces intempéries. D'un autre côté, il faisait seulement quelques degrés en dessous de zéro, ce qui pour une fin janvier dans le nord du Wisconsin était plutôt raisonnable.

Owen envisagea de marcher, puis préféra prendre sa voiture, conscient que les trottoirs n'étaient sans doute pas encore tous dégagés.

Dans le parking de l'hôpital, il tomba sur le fiancé de Simon, le Dr Wu. Seul Simon l'appelait «Hong-Wei», tout le reste de Copper Point disait «Jack». Le chirurgien était enfoui dans un épais manteau, le visage caché par un chapeau, le cou ceint d'une écharpe. Malgré tout, il frissonnait.

Né à Taiwan, Jack avait vécu à Houston jusqu'à l'année dernière.

— Owen, comment fais-tu pour ne pas geler sur pied ?

— Il ne fait pas si froid.

Jack grogna et se dirigea vers la porte. Il la tint pour Owen, ce qui était gentil de sa part.

Et suspect, d'une certaine façon.

Owen lui jeta un coup d'œil méfiant.

— Tu arrives bien tôt pour un lundi, Jack. Tu n'as pas eu d'appel ce week-end, donc, tu n'es pas censé faire la tournée de tes patients.

— Je tenais à revoir quelques dossiers avant mes opérations.

De plus en plus louche, décida Owen. En fait, il se doutait que Jack était là pour Simon qui, après avoir échoué dans sa mission de le recruter, avait sans doute envoyé son fiancé tirer une seconde bordée.

— Je comptais glander un peu avant de passer au bloc, déclara Owen. À tout à l'heure.

Jack répondit d'un vague signe de la main et ils se séparèrent, Owen se dirigeant vers l'ascenseur, Jack vers l'accueil de la clinique.

Une fois dans le salon du personnel, Owen parcourut le journal en sirotant un café. Il lut le compte rendu de la dernière réunion du conseil d'administration, puis jeta un coup d'œil à un éditorial qui s'interrogeait sur l'affectation des fonds prévus pour la nouvelle salle de cardiologie.

Deux «visiteurs» étaient avec lui au salon, un orthophoniste et un pédiatre. Ils discutaient près de la machine à soda, mais baissèrent vite le ton après qu'Owen leur avait lancé un regard noir. Deux autres médecins entrèrent, des généralistes qui riaient encore d'une plaisanterie partagée.

19

L'un fit taire l'autre en remarquant :

— Gagnon est là.

Derrière son journal, Owen sourit. Il appréciait sa réputation d'ours mal léché. En général, elle lui garantissait une certaine paix.

La porte s'ouvrit de nouveau et cette fois, Jack entra. Owen retint un gémissement et chercha à disparaître sur son siège. Jack salua les autres médecins et échangea avec eux quelques banalités polies avant de s'installer dans un fauteuil à côté d'Owen.

— Fais comme si je n'étais pas là, déclara-t-il.

Il tira sur la page des infos locales et ajouta :

— Des nouvelles intéressantes ?

— Non, juste les inepties habituelles. Un des éditorialistes tape à bras raccourcis sur la future salle de cardio : il affirme que la collecte de fonds ne rapportera pas assez d'argent et parle d'une conspiration secrète. Le rédacteur en chef a reçu une lettre annonçant que la mine était une menace pour l'environnement et une autre réclamant plus d'emplois à l'hôpital. Ajoute à ça la plainte d'un grincheux qui accuse des gamins d'avoir renversé ses poubelles.

Jack avait l'air amusé.

— Je ne me ferai jamais aux querelles de clocher d'une petite ville !

Owen fit semblant de lire le journal un peu plus longtemps, puis il le plia en déclarant :

— Bon, j'en ai marre. Vas-y, demande-moi de participer à la vente aux enchères de Simon, je te dirai non et on pourra passer à autre chose.

Jack lui rendit son regard, l'air impassible.

— Je m'attendais à ton refus, je ne comptais pas te le demander.

— Sans blague ? Je n'ai aucune envie de participer, mais ça m'ennuie de laisser tomber Simon. Je voudrais l'aider à remplir son quota.

Jack haussa les épaules.

— T'inquiète, je m'en charge.

— Non, je viens de te dire que j'allais le faire.

Le chirurgien jeta un coup d'œil autour de lui dans la pièce : les autres médecins fixaient Owen avec inquiétude et lui, Jack, avec un respect mêlé d'admiration.

— Si tu veux mon avis, Owen, ce serait mieux de me laisser gérer ça.

Très compétitif de nature, Owen se hérissa devant le ton de Jack, ce qui renforça son désir de trouver le nom qui manquait à Simon.

Il quitta le salon du personnel et erra dans les couloirs en faisant semblant de ne pas remarquer la façon dont le personnel, infirmiers et aides-soignants, s'écartait pour éviter de croiser son chemin. Il avait l'habitude de les voir agir ainsi à son égard. Il scruta tous les hommes qu'il croisait, médecins et autres, en cherchant des candidats célibataires susceptibles de monter sur l'estrade. Il comprit très vite que sa quête présentait de pas mal de handicaps. Pour commencer, la réputation d'Owen ne lui facilitait pas la tâche. Sur ce plan-là, Jack avait raison. De plus, Owen ignorait les noms de ceux qui étaient déjà impliqués ou qui le soir de la vente caritative seraient de garde et donc inaccessibles.

Il imagina le sourire vainqueur de Jack et grommela entre ses dents. En désespoir de cause, il monta au second étage, où se trouvaient les bureaux de l'administration, et s'adressa au candidat plus stupidement évident : le directeur de l'hôpital.

Nick Beckert était dans son bureau et, d'un geste, il fit signe à Owen d'entrer. Quand Owen lui demanda de participer à la loterie, il esquissa un sourire penaud :

— Je suis déjà inscrit, Dr Gagnon, j'ai même été le premier nom sur la liste. En revanche, je comprends mal la raison de votre demande. Si je ne m'abuse, vous ne faites pas partie du comité de recrutement.

— C'est exact, convint Owen. C'est juste... hum, j'ai été recruté et j'essaie de me trouver un remplaçant.

Nick haussa les sourcils et émit un sifflement.

— Bonne chance ! D'après ce que j'ai entendu dire, tous les candidats possibles sont d'ores et déjà inscrits.

Nom d'un chien !

— Comment est-ce possible ? Et pourquoi les candidats sont-ils forcément des hommes ?

— Parce que le comité de planification manque d'imagination et tient beaucoup aux formules pédantes du style «valeurs traditionnelles». Si j'avais su que vous étiez à ce point investi, Dr Gagnon, je vous aurais mis dans le comité en question.

Owen leva les mains.

— Non, merci, trouver une seule et dernière victime me suffit largement. Il y doit bien rester un célibataire qui n'est pas de garde et qui a échappé jusqu'ici au filet. Je voudrais la liste des inscrits et des exemptés.

— Demandez-la à Erin.

— En parlant d'Andreas, justement, est-il inscrit ?

— Non, répondit Nick.

— Ah, pourquoi ?

— Parce qu'il est inéligible.

Owen se redressa.

— Et pourquoi ça ? Ne me dites pas que son père a réussi à le contraindre à se fiancer ?

— Non, il bénéficie d'une exemption en tant que membre du comité de planification.

Owen se renfonça dans son fauteuil, agacé de constater que son pouls s'était emballé à l'idée qu'Erin soit fiancé.

— C'est ridicule. Pourquoi les membres du comité échappent-ils aux enchères ?

Nick grimaça.

— Comme je vous le disais, nos organisateurs forment un groupe assez rétif au changement. Les seuls esprits ouverts que nous avons parmi eux sont Erin et Simon, et le rôle d'Erin est de veiller à ce que la soirée se déroule sans heurt. Entre vous et moi, c'est aussi bien qu'il ne participe pas aux enchères. Son père l'aurait très mal pris, j'en suis certain, et ça aurait fini en drame.

En son for intérieur, Owen reconnut la vérité de ces paroles. Conscient de la dette que le personnel de Ste Anne avait envers Erin [2], il aurait volontiers enchéri pour sortir le fils des griffes de son père, ce qui aurait beaucoup contrarié Erin.

En fait, Owen regrettait furieusement que cette option lui soit interdite. Il soupira.

— Cette action caritative pour la St Valentin est d'un ridicule achevé ! Pourquoi ne pas avoir opté comme les autres années pour un dîner pompeux, un week-end du mois de mars ?

— Parce que *quelqu'un* a récemment défié le conseil en déclarant que, dorénavant, les choses se passeraient différemment à Ste Anne. Cet avis a été suivi d'effet. Tout a changé ici, incroyablement changé.

Après un bref moment de pause, Nick remonta ses lunettes sur son nez.

— Maintenant, reprit-il, je vais vous demander de me laisser travailler, Dr Gagnon. J'ai une montagne de documents à terminer avant la réunion du conseil d'administration.

---

2 Voir tome 1 de la série « Le Secret du Docteur Wu », même auteur, même éditeur.

Owen aurait voulu continuer à discuter, mais il savait qu'il ne tirerait plus rien du directeur. Nick était un homme prudent et Owen comprenait sa position. Après tout, Nick avait hérité du poste après que l'ancien directeur de Ste Anne avait été convaincu de détournement de fonds. Malgré tout, le coupable étant un vieil ami du président actuel du conseil, John Jean Andreas, la vieille garde restait fortement remontée contre son successeur. De plus, la famille Beckert avait emménagé à Copper Point quand Nick était enfant, et son père avait rejoint le conseil; il l'avait quitté dans les années quatre-vingt-dix, suite à un scandale. Bien que Nick cherche constamment à faire ses preuves, bien des habitants de Copper Point se méfiaient encore de lui. Nick était déjà bien occupé avec ses propres problèmes. Il ne pouvait rien faire pour aider Owen.

En reprenant son errance dans les couloirs, Owen vit sur tous les murs des documents affichés concernant la prochaine soirée de collectes de fonds. De plus en plus agacé, il aurait voulu chercher querelle au premier venu sans se soucier des conventions sociales et autres politesses inutiles. Le problème étant de trouver un adversaire à sa mesure. Il se fichait qu'on le traite de démon, de dragon cracheur de feu, de diable, de monstre ou d'ogre, mais il tenait à entendre ces mots jetés par un accusateur au regard défiant, pas courbé sous le poids d'une peur abjecte.

Soudain, Owen sourit de toutes ses dents. *Un adversaire à sa mesure ?* Il savait exactement où le trouver.

Il entra sans frapper dans le bureau d'Erin Andreas et examina la parfaite organisation des lieux avec un très agréable sentiment de contrariété. Le bureau du directeur avait été plutôt bien rangé, mais avec le léger chaos normal dans une pièce occupée : boîtes débordant de courrier et documents, tasses de café oubliées, courrier empilé sur des classeurs, blazer de la veille jeté négligemment sur le bras d'une chaise.

Rien de tout ça chez Erin. Livres et classeurs étaient alignés sur les étagères, pas un seul ne dépassant d'une ligne imaginaire; les bibelots décoratifs étaient ternes et sans âme, achetés sur catalogue et parfaitement placés. Il y avait trois plantes sur le rebord de la fenêtre, espacées à la règle, soigneusement taillées, sans une feuille morte. Le bureau était nu, seul y trônait l'ordinateur portable d'Erin, un porte-crayon avec deux stencils soigneusement aiguisés, une lampe de bureau inclinée à quatre-vingt-dix degrés et, bien sûr, sa boîte à courrier. À l'intérieur, les papiers et dossiers empilés étaient si parfaitement alignés qu'on les aurait crus formant une seule pièce.

Et Erin Andreas se tenait au milieu de la pièce. Il était DRH à l'hôpital Ste Anne depuis seulement deux ans, aussi, bien entendu, restait-il « un nouveau » aux yeux de la population de Copper Point. Surtout que son prédécesseur avait occupé le poste pendant vingt-cinq ans.

Comme à l'accoutumée, Erin portait un sévère costume gris chiné et une chemise blanche immaculée. Seule la cravate changeait de jour en jour. Celle qu'il portait aujourd'hui était d'un gris foncé, presque noir. D'après Owen, ces tenues de croque-mort ne convenaient pas du tout à Erin. De petite taille, il était étouffé par ces teintes sombres et disparaissait presque dans son fauteuil de cuir gris, comme attaché par des fils invisibles.

Seule note rebelle dans cet aspect si strict : les cheveux. Erin les portait bien plus longs que la normale et ses boucles frisaient autour de ses oreilles et caressaient le col de sa chemise. Le plafonnier mettait des reflets d'or et d'argent sur cette toison indisciplinée et, comme toujours, Owen éprouva l'envie puérile de tirer dessus pour les regarder danser.

Il parvint à se restreindre, mais son regard resta rivé sur l'objet de son désir. Un frisson de pure joie le traversa quand une des boucles caressa souplement le sourcil d'Erin qui relevait la tête devant cette irruption imprévue.

À sa vue, les yeux du DRH s'enflammèrent. Cette fois, Owen sentit ses tripes prendre feu.

Puis Erin pinça les lèvres.

— Je me demande toujours si vous apprendrez un jour à frapper, Dr Gagnon. Je commence à perdre espoir.

Owen ferma la porte et avança dans la pièce. D'un coup de pied délibéré, il dérangea un des fauteuils alignés devant le bureau d'Erin et s'y laissa lourdement tomber. La contrariété grimpante d'Erin lui procura un nouveau frisson de plaisir intérieur. Cachant sa satisfaction, Owen croisa les doigts et posa les mains sur son torse.

— Et ça changerait quoi que je frappe ?

— Je vous répondrais que je suis occupé. Et je vous demanderais de repasser plus tard.

— C'est bien pour ça que je ne frappe pas.

Erin se pencha par-dessus son ordinateur, ses boucles rebondissant de plus belle.

— Avez-vous un motif particulier pour me déranger aujourd'hui, Dr Gagnon, ou s'agit-il encore d'un caprice d'anesthésiste qui s'ennuie et réclame davantage de travail ?

Oh oui, Erin était un adversaire de valeur ! Exactement ce dont Owen avait besoin.

Il plissa les yeux et fixa le DRH avec un sourire menaçant.

— Je comptais me plaindre de cette ridicule vente aux enchères !

Erin grimaça et baissa les yeux sur son écran d'ordinateur.

— Je n'ai aucune autorité sur cette soirée, Dr Gagnon. Je ne suis qu'un simple membre du comité d'organisation.

Owen ne s'attendait pas à cette réplique résignée. Pris de court, il hésita. *Merde, voilà qui n'était pas prévu dans le script.*

Pensant avoir touché sans le vouloir un sujet délicat, il s'adoucit.

— Le concert, je comprends, marmonna-t-il, tout comme le dîner hors de prix et les conneries habituelles. Mais pourquoi cette foutaise de vente aux enchères et pourquoi tous les célibataires sont-ils inscrits d'office, que ça leur plaise ou non ? Dans mon cas, je vous garantis qu'il vaut mieux que j'évite de monter sur votre estrade ! Soit je vais déclencher les rires du public, soit je vais tomber aux mains d'une meute d'infirmières décidées à se venger sur la bête.

En principe, Erin aurait dû vertement répondre que seul le comité de planification avait à gérer cet aspect de la soirée – comité dont Owen ne faisait pas partie – ou lui rappeler que les inscriptions des célibataires se faisaient sur la base du volontariat, que tout le personnel s'était inscrit pour une tâche ou une autre, sauf lui, et que son devoir… etc., etc. Et ce genre de réponse aurait eu l'avantage de fournir à Owen une excuse pour se remettre en colère. Il s'y était préparé.

Au lieu de ça, Erin… pâlit. Et quand il reprit la parole, il ne paraissait pas irrité, seulement nerveux.

— Je n'ai pas le temps de répondre à vos questions inutiles, Dr Gagnon, je dois finir de préparer la réunion. Quant à vous, je suis certain que d'autres occupations plus urgentes vous attendent.

Abasourdi, Owen ne sut que répondre. Il resta un moment à béer devant Erin, qui fixait son écran d'ordinateur portable, l'air bouleversé.

Pas de répliques acides. Pas de récriminations. Pas d'exigences qu'Owen quitte son bureau, pas de feu verbal susceptible de brûler l'hôpital. Rien. Rien du tout.

C'était… bizarre.

Tout à coup, Owen réalisa que depuis quelque temps déjà, Erin semblait déconnecté, presque vacant, plus introverti encore que d'ordinaire. Et identifier le point zéro de sa transformation était plutôt facile : c'était le jour où il avait affronté le conseil de l'hôpital. Assis tout seul au milieu de la cafétéria de l'hôpital, il avait défié son père, président du conseil d'administration, en attendant de subir les conséquences d'un mémorable mémo adressé par le DRH à tout le personnel.

Aujourd'hui, l'attitude d'Erin était différente.

S'agissait-il du comité? Les sourcils froncés, Owen étudia son vis-à-vis tout en cherchant à cacher l'inquiétude qui lui rongeait les entrailles.

Tout le personnel de l'hôpital s'est réjoui du revirement d'Erin et de la nouvelle liberté qui leur était accordée. Mais quel prix le fils de John Jean Andreas avait-il payé pour son geste courageux? Était-il resté seul pour affronter ses démons? Personne n'avait-il tenté de l'épauler?

Owen, en tout cas, n'en avait pas eu l'idée. Du coup, il se sentait le dernier des salauds.

Puis Erin releva les yeux de son ordinateur et croisa le regard inquiet d'Owen. Immédiatement, son expression se modifia. Son air vacant s'évapora pour faire place à une fureur glaciale.

— Pourquoi me regardez-vous comme ça?

Retrouver ce dédain familier fut un tel soulagement qu'Owen faillit dresser le poing en l'air. Bien que tenté de demander de but en blanc à Erin ce qui n'allait pas, il eut l'intelligence de comprendre qu'une question directe serait mal reçue.

— Quel est le thème de cette réunion?

À peine les mots sortis de sa bouche, il aurait voulu les reprendre. Il grimaça intérieurement. Il s'y prenait comme un manche! Et dans le contexte, sa curiosité était déplacée.

Effectivement, Erin le fixait avec méfiance, comme s'il était face à un serpent sur le point de frapper.

— Mon bureau n'est pas destiné aux potins, Dr Gagnon. Si vous n'avez rien d'important à me communiquer, partez, s'il vous plaît.

Bel effort.

Owen se pencha en avant, les coudes posés sur les genoux. *Trouve un autre sujet. N'importe lequel, vite…*

— Cette idée de vente aux enchères pour célébrer la St Valentin, c'est de la foutaise. Il doit bien y avoir un moyen de tout arrêter. C'est mortel, quoi!

Eh merde, il était con ou quoi? Ça n'allait pas du tout. Le ton était déplorable, le sujet catastrophique, l'approche encore pire.

Et parler de «mort», c'était le pompon.

Ou peut-être tout allait-il s'arranger... Peut-être sa plaidoirie avait-elle énervé Erin. Peut-être Owen allait-il se faire envoyer sur les roses, ce qui indiquerait que tout était redevenu normal.

Tout au contraire, Erin se recroquevilla sur sa chaise, le visage livide. Il baissa les yeux.

— Personne ne peut plus arrêter cette vente aux enchères, déclara-t-il d'une voix sans timbre.

Un vent de mauvais augure soufflant sur sa nuque, Owen perdit toute envie de se battre et chercha maladroitement à comprendre ce qui se passait.

— Erin, qu'est-ce que tu as ? Qu'est-ce qui ne va pas ?

Erin se figea, glacé comme jamais.

Il pointa un doigt long et mince sur la porte.

— Va-t'en.

— Je ne comprends pas. Qu'est-ce qui t'affecte tant dans cette vente aux enchères ? Pourquoi refuses-tu d'en discuter ? Ou même de te mettre en colère contre moi ?

Pourquoi parais-tu si... perdu ?

Erin ne répondit pas. Et Owen s'en énerva, pris dans un conflit d'ordre interne. Il ne savait plus quoi faire. D'accord, il se disputait constamment avec Erin depuis son arrivée à Ste Anne. D'accord, lui et le DRH n'avaient jamais été amis, mais Owen n'était pas pour autant insensible à Erin en tant qu'être humain.

Depuis cette affaire de mémo, Owen avait commencé à réviser son avis négatif sur Erin Andreas : en vérité, le DRH n'était pas à la botte du conseil, comme il l'avait cru au départ. Du coup, Owen s'était demandé quels autres secrets cachait cet homme si fermé. Il aurait voulu en savoir plus sur Erin, mais c'était difficile quand toute leur relation s'était bâtie sur des disputes.

En regardant Erin à présent, Owen devinait en lui des fractures. Jamais il n'avait été plus motivé de créer un pont vers une nouvelle entente. Quel pouvait être le problème ? Si Owen insistait, peut-être Erin céderait-il et lui révélerait-il ce qui n'allait pas.

Puis il eut une illumination. Il aurait dû deviner plus tôt la nature du « problème ».

— Ton père !

Puis Owen hésita, essayant de trouver quels mots ajouter. Il finit par décider en avoir assez dit.

Erin restait figé.

— Va-t'en, répéta-t-il. S'il te plaît.

Owen était de plus en plus agité et frustré.

— Je veux juste t'aider, Erin. Tu ne veux pas de mon aide ?

Il ne savait pas si c'était vraiment une amélioration, mais Erin n'était plus ni figé ni éteint. Il était fou de rage.

— Pourquoi voudrais-je de *ton* aide ?

Ouille, aïe. Owen se frotta la joue.

— T'es vache ! Je m'inquiétais juste pour toi.

Erin rassembla une pile de papiers et les cogna contre son bureau avec une brutalité excessive.

— Je vais parfaitement bien.

— C'est une connerie et tu le sais comme moi. Tu es tendu comme un arc, tu n'oses même pas me regarder en face et tu te comportes bizarrement dès que je parle de cette foutue vente aux enchères. D'habitude, tu hurles presque aussi fort que moi, mais pas aujourd'hui. Donc, quelque chose ne va pas. Ça doit venir de ton père, conclut-il, les lèvres pincées.

Un bref instant, il crut avoir gagné. Aux mots « me regarder en face », Erin s'était adouci et lui avait jeté un regard troublé. Était-il enfin prêt à sinon avouer la nature de son problème, ou au moins à admettre qu'il y en avait un ?

Malheureusement, la dernière phrase d'Owen, « Ça doit venir de ton père », fut fatale. En un clin d'œil, Erin retrouva son masque froid et détourna de nouveau les yeux.

— Soit tu t'en vas, déclara-t-il, soit je t'inscris à la soirée pour un solo de violon.

Owen recula comme s'il avait été giflé.

Il se leva et, d'un geste délibéré, tordit la lampe de bureau d'Erin dans un angle obscène. Il sortit ensuite du bureau sans ajouter un mot.

Si Erin était prêt à des coups aussi tordus, il n'avait qu'à se sauver tout seul !

UNE FOIS seul, Erin fixa un long moment l'écran de son ordinateur, intensément conscient du siège qu'Owen avait occupé, de son parfum qui s'attardait derrière lui dans la pièce. Il revoyait aussi l'expression choquée, presque blessée, de l'anesthésiste.

Il n'avait pas eu l'intention de le bouleverser *à ce point*.

Il remit la lampe en place et agita vainement sa souris. Très vite, il réalisa être incapable de lire un mot du rapport ouvert devant lui. Sacré Owen ! On pouvait compter sur lui pour s'attarder sur le seul sujet qu'Erin tenait à éviter !

Et pourquoi en était-il si surpris ? Se montrer contrariant était une des caractéristiques d'Owen Gagnon, pas vrai ?

Pourtant, quelque chose avait changé aujourd'hui dans son attitude. Qu'avait-il voulu dire en prétendant vouloir aider Erin ? En y repensant, Erin sentit ses joues s'empourprer. Était-ce une plaisanterie ? Une moquerie ?

Ou une façon de le draguer ?

Ne sois pas ridicule. Erin ferma les yeux et secoua la tête pour oublier ses idées folles.

Il ne cessait malgré tout de penser à Owen, qui s'était obstiné à remettre sur le tapis la vente aux enchères et le père d'Erin.

Il sursauta en entendant frapper. La porte s'ouvrit avant qu'il n'ait le temps de répondre, mais Nicolas Beckert frappait toujours.

— Salut…

Nick changea d'expression et exprima une soudaine inquiétude.

— Ça va, Erin ? reprit-il. Je viens de croiser Gagnon, il m'a semblé d'humeur assassine.

Erin fit glisser ses doigts sur son bureau.

— Bien sûr que ça va. Ça va même très bien.

Quel mensonge !

Nick ne fit que quelques pas dans le bureau d'Erin.

— Tout est prêt pour la vente aux enchères ? s'enquit-il.

Mon Dieu, tout le monde ne parle que de ça ! Mais avec Nick, Erin trouvait le sujet moins éprouvant.

— Plus ou moins. Nous avons obtenu la participation de la plupart des célibataires de l'hôpital, les animations pré-événement sont en place et le comité de décoration a bien avancé. Le budget du buffet et de la location de salle ont été surévalués, aussi allons-nous faire quelques économies. Et la vente des billets est en bonne voie.

— Et ton père, que pense-t-il de tout ça ?

Comme d'habitude, Nick attaquait droit à la jugulaire.

— Il déteste cette idée et m'annonce quotidiennement que nous courons à la catastrophe. Il ne cesse de répéter aussi que nous aurions dû garder la formule habituelle.

— Lui as-tu fait remarquer que, pour une fois, tout Copper Point sera invité, pas seulement les notables, ce qui correspond aux nouveaux objectifs de l'hôpital ?

Erin regarda ses mains.

— J'ai… essayé.

Nick pinça les lèvres et croisa les bras sur sa poitrine.

Erin l'effleura du regard avant de lever les yeux au plafond.

— Mon père, reprit-il d'un ton contraint, craint que les riches donateurs s'abstiennent de faire des contributions en constatant que l'événement est ouvert aux classes inférieures.

Nick secoua la tête.

— Non, il y aura pour eux une réception privée au manoir Andreas et pour la soirée, nous avons une section VIP qui leur est réservée.

— Oui, mais Père pense que cela ne suffira pas.

En voyant la fureur faire briller les yeux de Nick, Erin leva les mains et enchaîna :

— Je sais, je sais. Il est buté et injuste. Et je ne pense pas comme lui, je tiens au contraire à essayer notre nouvelle formule. Mais je m'inquiète d'autant plus quant aux résultats de nos efforts, parce que si nous ne récoltons pas assez d'argent pour financer la nouvelle salle de cardiologie, cet échec pèsera lourd sur ma conscience.

Nick resta silencieux plusieurs secondes. Lorsqu'il s'appuya contre le mur, un rayon de soleil jaillit de la fenêtre et caressa son visage sérieux, faisant briller sa peau sombre et soulignant ses larges épaules. Nick avait toujours été beau, gentil et compétent. Enfant, il était du genre réservé. Plus tard, Erin et lui s'étaient retrouvés à l'université, mais chacun d'eux étant pris dans des soucis personnels, ils n'avaient pas été très proches. Désormais, ils travaillaient ensemble et s'entendaient bien. Ils se faisaient mutuellement confiance, ce qui était vital en ces temps troublés avec tout ce qu'ils traversaient.

Si seulement c'était suffisant pour les aider à surmonter les obstacles sans perdre leur emploi !

Nick déclara enfin :

— Wendy veillera à déployer tous les efforts publicitaires possibles au-delà de Copper Point afin d'atteindre les communautés voisines qui dépendent de notre hôpital. Et si, d'une manière ou d'une autre, nous n'atteignons pas notre objectif, nous comblerons la différence par la suite avec de petits événements. À mon avis, il est important de sensibiliser la population et pas seulement pour en tirer de l'argent. Je ne suis pas tellement tenté par cette vente aux enchères, mais je suis prêt à jouer le jeu pour promouvoir l'hôpital. En fait, je ratisserais même les feuilles en tant que service communautaire. Et c'est aussi ce que j'attends de nos médecins, de nos infirmiers et de tous les membres du personnel. Si j'avais eu mon mot à dire, la participation aurait été ouverte aux femmes, mais je reconnais que nous aurions alors de graves problèmes de sécurité. Pour les hommes, ça semble plus gérable. Dans l'avenir, peut-être trouverons-nous des moyens de récolter des fonds qui correspondent davantage à nos attentes.

Ne sachant que répondre à un tel discours, Erin se contenta d'acquiescer. Il ôta une de ses mains du bureau et la posa sur sa cuisse, avant de crisper les doigts dans un poing frustré et impuissant.

Nick se redressa et ajusta son costume.

— La réunion du conseil d'administration va bientôt commencer, annonça-t-il. Je vais y aller tôt et accueillir tout le monde. Il me semble que tu as bien besoin de quelques minutes pour reprendre tes esprits. Veux-tu que je t'apporte une tasse de café ?

Erin leva la main.

— Non, merci, ça va aller. Je te rejoins dès que j'ai fini de parcourir ce rapport.

Nick hocha de la tête.

— Comme tu veux. Merci de ton aide précieuse.

Une fois seul, Erin repensa à ce que Nick avait dit concernant la collecte de fonds et les motifs les ayant poussés à modifier la tradition. Bien entendu, Erin était complètement d'accord avec son directeur.

Mais son père était d'un autre avis et il s'obstinait à exprimer aussi bien son mécontentement que ses attentes impérieuses de voir Erin régler le problème selon ses vues.

Je veux juste t'aider, Erin. Tu ne veux pas de mon aide ?

Face à Owen, chaque affrontement évoquait un siège, et si Erin perdait la bataille, l'émotion qu'il portait en lui depuis l'adolescence risquait d'être exposée. Pourtant, ce dernier échange était d'un genre nouveau, potentiellement dangereux, plus terrifiant encore que les précédents. En général, Owen se contentait de provoquer Erin et de lui lancer des piques. Jamais encore il n'avait offert de l'aider.

Et si Erin avait accepté son aide... Qu'Owen aurait-il fait ?

Arrête! Erin pinça les lèvres et, pour échapper à ces pensées pernicieuses, il se remit au rapport ouvert sur l'écran devant lui. Dès qu'il l'aurait terminé, il rejoindrait Nick en salle de réunion…

— D'après ce que j'ai vu des affiches exposées sur tous les murs de l'hôpital, tu n'as pas suivi mon avis et annulé cette ridicule exhibition !

Erin sursauta, troublé par la voix sèche et mécontente de John Jean Andreas qui résonnait dans la pièce.

Il se leva, ferma son ordinateur portable et essaya d'adopter la bonne posture.

— Père ? Je ne savais pas que vous comptiez passer me voir avant la réunion. Entrez, asseyez-vous, je vous prie.

Son père ferma la porte et jeta un coup d'œil critique autour de lui. Ses lèvres étaient pincées et son visage exprimait une déception récurrente. Il passa les doigts le long d'une étagère de la bibliothèque, puis les frotta, comme pour les nettoyer d'une poussière imaginaire. Il ajusta aussi la position d'une figurine.

Une fois devant son fils, il lança :

— Je pensais t'avoir fait comprendre l'importance de l'image que doit donner Ste Anne lors de ces événements caritatifs, mais manifestement ce n'est pas le cas. Peut-être mes explications n'ont-elles pas été assez claires.

Son père s'était tant égosillé sur le sujet qu'Erin avait été incapable d'avaler une bouchée aussi bien au dîner de la veille au soir que ce matin au petit déjeuner. Il espéra que ses cheveux cacheraient les perles de sueur qu'il sentait couler sur son front.

— Je suis désolé, Père. Comme je vous l'ai déjà dit, ce n'est pas à moi de décider ce qui se passe à…

— Et comme je te l'ai déjà dit, coupa son père, c'est toi qui mèneras un jour Ste Anne vers l'avenir, il t'incombe donc de veiller à ce que chaque décision prise s'accorde à la vision de la famille Andreas. Même si nous ne sommes plus propriétaires des bâtiments, cet hôpital reste notre héritage. C'est notre devoir de le protéger.

Qu'était-il censé répondre quand son père était dans cet état d'exaltation ?

— C'est Nick qui dirige l'hôpital, Père, et servir sous ses ordres me convient très…

— S'il est à cette place, coupa encore son père, c'est uniquement parce tu as refusé le poste. Il est de ton devoir d'assumer tes responsabilités et de te préparer à devenir directeur le moment venu.

Erin faillit en tomber de sa chaise.

— Prendre la place de Nick ? Mais, Père, qu'avez-vous donc… ?

Son père avança et se pencha sur le bureau, le regard intense. Son visage exprimait une détermination qui liquéfia les entrailles d'Erin.

— Les temps sont désespérés, Erin. Les membres du conseil atteindront bientôt l'âge de la retraite et nous cherchons déjà à former nos remplaçants. Les autres proposent un fils ou un jeune associé. Tu es mon seul héritier, je ne veux pas te voir manquer d'enthousiasme pour la tâche qui t'attend !

Non, la pièce ne tournoyait pas, pourtant Erin dut s'accrocher au bord du bureau pour maintenir son équilibre. Il était donc censé prendre la relève de son père en tant que président du conseil d'administration ? À l'idée que son père le considérait comme digne d'une telle mission, Erin sentit naître en lui une faible lueur d'espoir. *Il me voit comme son héritier, comme un homme digne de lui succéder ?*

Son père soupira et regarda par la fenêtre.

— Quel dommage que tu aies laissé cette femme s'insinuer au conseil ! Je ne sais quelles autres idées saugrenues tu as préparées, mais je suis venu te dire que dorénavant, tu vas te tenir à carreau.

Ah, son père ne le voyait pas du tout comme son digne héritier, simplement comme sa seule option. Erin se retrouvait en terrain familier.

Et par « cette femme », son père désignait Rebecca. Maintenant, tout prenait un sens.

À l'automne dernier, Rebecca Lambert-Diaz avait été élue membre du conseil après le chaos ayant suivi le mémo d'Erin. Depuis lors, elle ne causait que des tracas – selon le père d'Erin.

Quant à lui, Erin aimait bien Rebecca. Il avait fait sa connaissance deux ans plus tôt, en prenant son poste à l'hôpital. Il la croisait aux réceptions officielles, car elle était mariée au Dr Kathryn Lambert-Diaz la gynéco-obstétricienne de Ste Anne. Depuis quelques mois, il reconnaissait aussi les nombreux mérites de la jeune femme. Elle avait apporté un nouveau dynamisme à un conseil figé, où les membres âgés s'incrustaient depuis bien trop longtemps. Elle était aussi la seule femme de couleur dans un milieu résolument blanc et masculin.

Et pourtant, grâce à l'université de Bayview, la population de Copper Point connaissait un taux de diversité ethnique bien plus élevé que les petites villes voisines.

Rebecca posait les bonnes questions. Elle savait également pousser des boutons qu'Erin avait cru trop rouillés par le manque d'usage pour être encore actionnables. Mieux encore, Rebecca militait le plus souvent en faveur de Nick dans ses efforts pour changer les mentalités. Elle avait réussi à lui obtenir des votes majoritaires, ce qui permettait à Nick de tenter de nouvelles expériences, ce qui n'avait aucun précédent à Ste Anne. Bref, Rebecca avait nettement secoué cette bande de vieillards réactionnaires, trop choqués – ou terrorisés – pour rien lui refuser.

John Jean ne parut pas se soucier du fait qu'Erin était trop stupéfait pour répondre. Il continua son monologue :

— Il est probablement trop tard pour que tu puisses faire annuler cette soirée grotesque et laisse-moi te dire que c'est à mes yeux un échec cuisant de ta part. Peu importe, tu auras d'autres occasions d'agir. Si par miracle tu parviens à réunir les fonds nécessaires pour la salle de cardiologie, je t'expliquerai en détail le mode de recrutement des médecins.

Avec une grimace de dégoût, il insista :

— Je ne veux plus rien entendre sur la diversité ! Nous avons déjà plus qu'assez de cas !

Horrifié, Erin ouvrit la bouche pour objecter, mais seul un couinement s'échappa de ses lèvres.

Sans lui prêter attention, son père agita la main dans les airs. Il semblait plutôt satisfait de lui-même.

— Le futur cardiologue sera un homme, bien entendu. Un blanc issu d'une solide université du Midwest. J'accepterai éventuellement qu'il vienne des États du Sud, à condition qu'il ne soit pas trop arrogant. Ou alors de la côte Est, mais surtout pas un libéral. Nous devons rétablir nos valeurs fondamentales à Copper Point. Quoi de plus important que *le cœur* de notre hôpital ?

Erin appuya ses mains sur ses joues. Ce n'était pas possible, tout ceci n'existait pas. Non, sérieusement, ça ne lui arrivait pas. Par où devait-il commencer la longue liste de ses objections ? La suprématie blanche ? Le sexisme ? L'incompréhension totale d'un besoin désespéré et vital de convaincre un médecin – n'importe lequel – de s'installer dans une région éloignée ? Les candidats, avant de faire leur choix définitif, s'appuyaient souvent sur le groupe de résidents déjà en place qui, justement, faisaient montre d'une rare diversité, comme son père lui-même le reconnaissait avec son racisme primaire.

Pourtant, Erin se faisait peu d'illusions. Pourquoi espérer que son père l'écoute alors que lui-même jusqu'ici n'avait fait qu'obéir servilement ?

Sauf le jour où j'ai sorti ce mémo.

John Jean continuait de parler :

— Tout finira par s'arranger. Je compte sur toi à la réunion d'aujourd'hui : fais bien comprendre à tous que tu es avec nous, si cette femme fait encore des siennes. Au fait, je compte parler à Christian West pour que sa fille cadette accepte de sortir avec toi. Elle est encore plus timide que toi, alors je pense que vous réussirez à vous entendre. Je vais dire à Christian d'organiser un dîner au country club.

Cette dernière déclaration parvint enfin à faire sortir Erin de sa catatonie.

— Non ! Je… je ne peux pas… je ne veux pas sortir avec cette fille…

John Jean se redressa et ajusta les revers de son costume. Il accorda à son fils un sec hochement de tête et conclut :

— Bien, maintenant, je descends voir ce que font les autres. Ne sois pas en retard à la réunion. Cela ferait mauvaise impression.

Il tourna les talons et quitta le bureau.

Plusieurs secondes durant, Erin garda les yeux fixés sur la porte. Ensuite, il baissa la tête et son regard tomba sur son ordinateur fermé.

Entre Owen, Nick et son père, il n'avait cessé d'être interrompu et maintenant, il n'avait plus le temps de rêvasser. Il ouvrit son ordinateur et se hâta de mettre à jour ses notes pour la réunion. Il les renvoya ensuite à l'assistante de Nick, puis il organisa les fichiers dont il avait besoin et se redressa.

Il quitta son bureau et avança comme un robot dans le couloir.

Il n'avait parcouru que quelques mètres quand une voix sonore l'interpella :

— Erin !

Il se retourna et regarda approcher une jeune femme aux longs cheveux noirs, à l'expression avenante et au sourire acéré. À son habitude, Rebecca portait un manteau rouge foncé assorti à son rouge à lèvres. Elle était toujours en rouge les jours de conseil. D'après les rumeurs qu'Erin avait entendues, c'était pour elle une couleur représentant le sang de ses ennemis. Elle portait du rouge au tribunal également – Rebecca était avocate.

En entrant dans la salle du conseil, Rebecca salua d'un geste de la main les vieillards agglutinés qui la toisaient d'un œil froid et sévère.

En revanche, elle s'adressa à Erin avec chaleur.

— C'est tellement bon de vous voir ! Comment allez-vous ?

Erin résista à l'envie de jeter un coup d'œil autour de lui pour s'assurer que son père ne regardait pas, il inclina poliment la tête.

— Bien, merci. Comment va votre femme ?

— Elle s'apprête à recevoir une future mère en ce moment même, alors, elle est la plus heureuse des femmes.

Rebecca repoussa ses cheveux de son visage et se débarrassa de son manteau qu'elle garda drapé sur son bras.

— J'aurais aimé avoir le temps de vous prendre un *latte*, ajouta-t-elle. Je tenais à vous remercier d'avoir trouvé un médecin suppléant pour libérer Kathryn le week-end dernier. En plus, je compte vous faire subir toutes les photos de notre escapade. Nous nous sommes tellement amusées ! Cela faisait des siècles que je n'avais pas vu Kathryn sourire comme ça et c'est à vous que je le dois.

Erin rougit.

— Ce n'est rien, vraiment. Veiller au bien-être du personnel de Ste Anne fait partie de mon travail.

Rebecca agita le doigt.

— Mais personne ne travaille avec autant d'efficacité et de diligence que vous, monsieur le DRH, Kathryn est la première à le reconnaître. Et maintenant que je vous ai vu en action, je peux aussi en témoigner.

Elle hésita, puis ajouta avec un clin d'œil :

— Et si nous nous offrions quelques minutes d'école buissonnière ? Après tout, ils ne pourront pas commencer sans nous. Venez, allons prendre un café.

Sans laisser à Erin le temps de protester, elle l'entraîna, toujours accroché à son classeur et à son ordinateur portable. Rebecca ne chercha pas à rejoindre les ascenseurs, elle se dirigea tout droit vers la cage d'escalier.

— Nous irons plus vite en passant par là, annonça-t-elle en poussant la porte.

Dès qu'ils furent seuls sur le palier, elle lâcha la main d'Erin et s'arrêta pour lui faire face. Notablement détendue, elle lui accorda un gentil sourire.

— Nous irons aussi prendre ce café, Erin, mais avant ça, je voulais vous prendre à part et vous parler.

Erin serra les doigts sur un tuyau de ventilation. Si les gens continuaient à vouloir lui parler, il allait finir par sauter dans la baie.

Le sentant à bout de nerfs, Rebecca leva les mains et parla d'une voix très douce.

— Mon but n'est pas de vous mettre la pression, Erin. En fait, c'est même exactement le contraire. Vous êtes en porte-à-faux avec votre père et le reste du conseil, mais je sais que de cœur, vous êtes du côté de Nick et que vous souhaitez qu'il puisse avancer dans son programme. Alors, en plus de vous remercier sincèrement d'avoir aidé Kathryn, je voulais vous dire de ne pas vous inquiéter. Votre situation est délicate, je le comprends très bien, et vous tenez à garder votre poste. Menez votre barque comme vous l'entendez, Erin. Je ne me vexerai pas si vous prenez parti contre moi. Voilà, je tenais à vous le dire.

Erin sentit ses joues le brûler. Comment dire à Rebecca qu'elle surestimait nettement sa pugnacité de carriériste ? *Désolé, je ne cherche pas à mener ma barque, je ne fais que surnager de façon inepte.*

Elle lui fit un clin d'œil.

— Bien, maintenant, je vais vous chercher un café. Du coup, je serai probablement en retard, ce qui leur donnera une raison de me critiquer. Moi, j'adore faire le bonheur des gens ! Dites-moi, Erin, qu'est-ce qui vous ferait plaisir ?

Une double vodka.

Il pressa sa tempe où il sentait poindre un début de migraine.

— Peut-être une tisane.

Elle lui tapota le bras.

— D'accord, une tisane. Allez, jetez-vous dans l'arène avec votre visage des grands jours ! Ne vous laissez pas abattre par ces vieux grincheux !

Erin attendit qu'elle disparaisse, puis il ferma les yeux, s'agrippa à son ordinateur et le serra contre sa poitrine. Il se laissa glisser le long du mur.

Il n'avait pas envie d'aller à cette réunion. Il ne tenait pas plus à rentrer chez lui, parce qu'il se passait probablement quelque chose à la maison. Il aurait aimé s'échapper. Où ? Il n'en avait aucune idée, mais un besoin désespéré montait en lui. Il rêvait d'un endroit sûr et chaleureux, sans personne qui pensait bien le connaître et insistait pour le voir faire telle ou telle chose qui ne lui correspondait nullement. Comment devenir un homme qui ne lui ressemblait pas ?

Rebecca le pensait carriériste, ce qu'il n'était pas ; son père aurait voulu trouver en lui son clone et Nick n'avait pas encore compris qu'Erin était loin d'être aussi doué que lui.

Au moins, Owen ne m'a pas demandé d'être autre chose que moi-même. Il a juste proposé de m'aider.

Erin ferma les yeux et enfouit son visage dans ses bras croisés. Il devait arrêter d'y penser. Owen avait parlé sans réfléchir, sans donner à ses mots le sens qu'Erin insistait à leur trouver. Owen était venu le voir pour se plaindre, pour le provoquer, pour se disputer avec lui comme il le faisait toujours.

Comment Owen pourrait-il aider ? Il n'avait pas le pouvoir de faire irruption dans la salle de réunion pour s'en prendre au père d'Erin.

En même temps, c'était Owen qui l'avait aidé indirectement quelques mois plus tôt, quand Erin avait écrit le mémo. Tout le monde pensait qu'il avait agi pour garder à Ste Anne son chirurgien, Jack Wu. Oui, ça avait été un parfait écran de fumée, mais en vérité, s'il avait tant tenu à satisfaire le Dr Wu et son fiancé, l'infirmier Simon Lane, c'était parce qu'Owen Gagnon, leur ami, avait menacé de les suivre et de quitter lui aussi Copper Point.

Oh, et tu comptes lui dire ? Tu vas avouer que ton seul moment de courage est né d'un désespoir inepte ? Je te rappelle que ton amour a toujours été unilatéral, Erin. Ce n'est qu'une amourette d'adolescent que tu n'as jamais réussi à oublier une fois adulte. Ah, oui, raconte tout ça à Owen, histoire qu'il te rie au nez !

— Qu'est-ce que tu fais là ?

Surpris, Erin leva la tête.

C'était bien Owen qui se tenait devant lui, comme invoqué par ses pensées vagabondes.

Erin resta figé, muet, à le regarder.

Impatienté, Owen posa ses mains sur ses hanches et le fixa sévèrement.

— Je pensais que tu avais une importante réunion du conseil. Est-il censé se tenir dans la cage d'escalier ? Qu'est-ce qui se passe, merde ?

Erin n'en pouvait plus. Il ne parvenait plus à se défendre. Ni même à parler. Il se contenta de regarder fixement Owen, conscient que, dans sa tête, le tambourinement s'accentuait... il était comme un prisonnier anxieux de s'échapper.

S'il te plaît, s'il te plaît, aide-moi !

Owen s'accroupit et posa le dos de sa main sur le front d'Erin, puis il appuya deux doigts sur son cou pour chercher son pouls.

— Pas de fièvre, marmonna-t-il. Le pouls est un peu trop élevé, mais rien de significatif. Une pâleur excessive, par contre, tu as l'air d'une plante en manque d'eau.

Il récupéra un sac posé sur le sol à côté de lui et l'agita devant le visage d'Erin.

— J'ai un sandwich là-dedans, ajouta-t-il, une pomme et une grande bouteille d'eau. Je sais, tu dois assister à ta fichue réunion, mais je vais envoyer un texto à Nick, et s'il ne me confirme pas que tu manges au moins ta pomme et que tu bois toute la bouteille d'eau, je passerai après mon opération te l'enfiler moi-même dans le gosier, c'est compris ?

Les yeux écarquillés, Erin hocha la tête.

Avec un grognement satisfait, Owen l'attrapa par le coude et le souleva pour le remettre debout. En même temps, il parvint à récupérer des bras d'Erin le classeur et l'ordinateur.

Et il continua à parler en conduisant Erin, sans le lâcher, hors de la cage d'escalier et le long du couloir.

— Je vais me porter volontaire pour ta vente aux enchères et je ne râlerai même pas, alors, si c'est ce qui t'inquiète, oublie. Ne me parle plus jamais de jouer d'un instrument, c'est loin d'être un sujet de plaisanterie pour moi, mais si tu as besoin de ma participation pour quoi que ce soit d'autre, c'est d'accord, je t'aiderai. Tu n'as qu'à me le demander. Ou plutôt me dire ce que je dois faire. Et je ne me plaindrai pas. En retour, j'attends de toi que tu te sustentes de façon régulière, que tu te désaltères et que tu dormes correctement. Et si tu ne veux pas me parler de tes problèmes, trouve-toi quelqu'un à qui les confier, c'est important. D'accord ?

Ils étaient arrivés à la porte de la salle de réunion. Owen rendit à Erin son classeur et son ordinateur, mais il le pressa aussi contre le mur et se pencha sur lui, usant de sa haute taille comme d'une menace implicite.

C'est le genre de situation romantique que je n'ai jamais connue à l'école secondaire : mon amoureux me porte mes livres.

Erin s'apprêtait à rejeter cette idée absurde quand Owen avança la main et tira légèrement sur une des boucles de son front.

Sidéré, Erin eut le souffle coupé.

Puis Owen se redressa et se frotta la nuque.

— Hum, tu avais quelque chose de coincé dans tes cheveux. Maintenant, n'oublie pas ce que je t'ai dit : tu dois manger, boire, dormir et cesser d'être aussi stressé.

Alors qu'il s'éloignait, il jeta encore par-dessus son épaule :

— Et appelle-moi si tu as besoin d'aide !

Erin le regarda disparaître au bout du couloir, pris dans une sorte de vertige hébété. Il n'était pas tout à fait remis quand il entra en salle de réunion. Il remarqua que son père tentait d'attirer son attention, mais il l'ignora et, sans faire de bruit, il s'installa à côté de Nick. Il ouvrit le sac que lui avait donné Owen et y trouva son sandwich préféré, ainsi qu'une pomme – sa favorite. Il y avait aussi un yaourt, de la marque qu'il choisissait toujours, assorti d'un post-it. « Tu n'as droit au dessert, que si tu as fini tout le reste ».

Erin ne put retenir un sourire.

Nick eut un bref éclat de rire.

— Ce n'est pas trop tôt ! C'est le premier sourire que je te vois esquisser de toute la journée. Sinon de toute la semaine.

Erin caressa du doigt le message d'Owen, heureux que personne ne puisse deviner combien son pouls s'était emballé.

Une folle idée lui vint alors, une impulsion aussi forte et irrésistible que celle ayant provoqué l'écriture de son mémo fatidique.

Si tu as besoin de ma participation pour quoi que ce soit d'autre, c'est d'accord, je t'aiderai. Tu n'as qu'à me le demander. Ou plutôt me dire ce que je dois faire.

Non, Owen n'aurait rien à faire, pas même à lever un doigt. Erin allait se charger de tout.

Il allait enchérir sur Owen Gagnon à la loterie des célibataires. Et il avait la ferme intention de le gagner.

II

COMME OWEN le craignait, participer à la loterie des célibataires s'avéra dix mille fois plus compliqué que prévu. Tout commença quand il demanda quels genres de «services» le vainqueur d'une enchère pouvait attendre de son «lot». Les termes «soirées» ou «gages» lui paraissaient des plus inquiétants. Ne risquait-il pas d'être embarqué dans une aventure qui ne le tentait pas du tout?

— Mais non, répondit Simon. Tu es censé faire ce qu'on te demandera, bien sûr, mais dans des limites raisonnables. Si c'est une gentille petite vieille qui t'obtient, elle te demandera sans doute de ratisser les feuilles de son jardin, eh bien, tu t'exécuteras. Ou alors elle voudra que tu refasses le bardage de son toit… En fait, non, c'est trop dangereux et nous avons établi une clause qui interdit les tâches à risques. En revanche, le curage des gouttières entre dans les choses possibles.

Quand Owen souligna que ratisser des feuilles et dégager des gouttières n'étaient pas du tout dans la même gamme de services, Simon lâcha une autre bombe : apparemment, l'importance des tâches qu'un célibataire était censé accomplir était proportionnelle à la somme qu'il avait rapportée. En clair, si un des ennemis d'Owen s'amusait à enchérir sur lui, il l'aurait bel et bien à sa disposition.

Jack eut un sourire inquiétant.

— Ne t'inquiète pas, Owen, Simon et moi comptons miser sur toi, donc, c'est à nous que tu devras tes services.

Owen montra les dents et préféra s'éloigner.

Jack avait beau avoir un sens de l'humour douteux, c'était un ami, et Owen lui faisait plutôt confiance. Le chirurgien, qui savait bien qu'Owen s'était inscrit à contrecœur, pensait sûrement que c'était un geste pour aider Simon, aussi se sentait-il redevable envers Owen pour le compte de son fiancé. Si Owen se trouvait en mauvaise posture et prêt à être adjugé à un mauvais coucheur, Jack n'hésiterait pas à surenchérir pour lui porter secours. Malgré tout, Owen se sentait très mal à l'aise chaque fois qu'il pensait à ce qui l'attendait. Quelle idée grotesque, cette vente aux enchères!

Pire encore, il se retrouva piégé de la pire des façons.

Le fameux quatuor de Copper Point était censé jouer le soir de la vente caritative, c'était même un des points forts de la campagne de promotion. Ce petit groupe communautaire formé de musiciens amateurs était dirigé par Ram Rao, responsable musical à Bayview Université. Ram était directeur de chorale, pas chef d'orchestre, mais il avait toujours espéré créer un quatuor à Copper Point, et son rêve s'était réalisé l'année précédente, quand Jack a accepté de prendre la place du violoniste qui manquait. Depuis des années, Ram tentait en vain de convaincre Owen d'accepter ce rôle. Bien entendu, Jack s'était vanté d'avoir battu Owen, mais en vérité, ce dernier était plutôt soulagé que le sujet soit clos. Il ne comptait pas se mesurer à Jack ni à aucun autre musicien. Il ne toucherait plus jamais à un violon, sauf... sauf si l'enfer décidait de le punir.

Owen savait trop bien quelle atroce douleur ce serait pour lui.

Or, quatre heures à peine avant la soirée, Ram dut s'aliter, vaincu par la grippe. Et ce fut la totale ! Fièvre, courbatures, toux et vomissements. Il parvint vite à un tel état de déshydratation qu'il dut être hospitalisé.

Owen apprit la nouvelle en rentrant du travail – de bonne heure, afin d'avoir le temps de se préparer à l'épreuve qui l'attendait : la vente aux enchères. Simon et les trois autres membres du quatuor arrivèrent peu après pour le supplier de remplacer Ram.

Owen faillit leur claquer la porte au nez.

— Il n'en est pas question ! rugit-il. Vous n'avez qu'à mettre un disque ou coller Jack au piano. Devenez un trio. Ou un duo. Faites ce que vous voulez, je m'en tamponne, mais ne comptez pas sur moi !

Il ne s'attendait pas à voir Simon tomber à genoux.

— S'il te plaît, Owen, dis oui. En échange, je t'épargne la vente aux enchères.

Owen pinça les lèvres.

— Ah oui, et comment comptes-tu t'y prendre ? Mon nom figure bel et bien sur cette fichue liste et le programme a déjà été distribué. Et je n'ai pas oublié tes discours éplorés comme quoi tu avais absolument besoin de moi pour remplir ton quota ! De toute façon, je préférerais être vendu deux fois que toucher à un violon ! Je l'ai dit et redit, je ne jouerai plus jamais ! D'ailleurs, ça fait des années que je n'ai pas approché un violon.

— Mais à l'école secondaire, tu gagnais toutes les compétitions et c'est pour ça que tu as obtenu une bourse pour l'université ! *S'il te plaît*, insista Simon qui joignit les mains. C'est juste pour une petite heure. C'est un cas désespéré.

Jack intervint :

— Les airs ne sont pas difficiles et tu serais second violon. Je peux te faire répéter si tu veux.

Amanda et Tim, respectivement l'alto et le violoncelliste du groupe, hochèrent vigoureusement la tête.

— Bien sûr, nous t'aiderons aussi.

Amanda lui présenta une mallette et ajouta :

— Ram te prête son violon et j'ai avec moi la musique.

Owen aurait voulu lui arracher les documents des mains et les piétiner avec fureur.

— Vous n'avez *vraiment* trouvé personne pour remplacer Ram ? grommela-t-il, écœuré. Il y a d'autres musiciens à l'université !

Tim secoua la tête.

— Non, répondit-il. L'orchestre de Bayview participe actuellement à un festival. Peut-être y a-t-il quelques étudiants susceptibles de jouer, mais je ne saurais comment les trouver, et le temps presse. Et l'école secondaire n'y a pas d'orchestre, comme vous le savez très bien.

Owen les regarda les uns après les autres, ses amis et les amis de ses amis. Tous avaient des yeux suppliants et la mine anxieuse. Il était dans une colère noire, d'autant plus qu'il se savait dans une impasse. Il ne pouvait leur en vouloir d'insister, puisqu'ils ignoraient tous pourquoi le simple fait d'évoquer la musique le mettait dans un tel état.

Pour échapper à son envie d'exploser, il préféra couper court à la discussion en s'enfermant dans sa chambre.

Quand la porte s'ouvrit, peu après, Owen ne fut pas surpris de voir entrer Jared. Avec lui, au moins, Owen n'avait pas à justifier son refus de jouer dans le quatuor. Certes, son meilleur ami ne connaissait pas toute l'histoire, mais il comprenait pourquoi Owen se sentait incapable de toucher à un violon. Jamais Jared ne s'aviserait de lui sortir une banalité éculée du genre « après tout ce temps, Owen devrait oublier son blocage et passer à autre chose ».

Malgré tout, Owen ne tenait pas particulièrement à la présence de Jared. Sans même le regarder, il resta assis sur son lit, face à la fenêtre.

Jared attendit patiemment près de la porte, sans rien dire.

Agacé, Owen serra le poing.

— Je ne veux rien entendre, grogna-t-il. Et je ne jouerai pas, point final.

Jared soupira et passa la main dans ses cheveux.

— Dans ce cas, ils sont coincés. Je cherche encore ce que je peux leur dire. J'ignore ce que je peux dévoiler au juste. Si tu veux mon avis, te renfermer sur toi-même ne marchera pas.

Owen ferma les yeux et sentit des émotions anciennes jaillir en lui. Non, ça ne marchait pas. Mais il ne voulait pas se confier à Jared, à Simon, à Jack, ou à un autre. Et c'était là le problème. Parce que Jared avait raison : si Owen refusait de jouer, il devait une explication à ses amis.

Il était pris entre Charybde et Sylla. À lui de décider quel sort était le pire.

Il ouvrit les yeux et fixa le plafond.

— Apporte-moi leur violon. Si j'arrive à jouer un morceau sans craquer, j'accepterai de les aider. En échange, ils devront gagner mon enchère, quel que soit le prix que ça leur coûte ! Et bien entendu, ils se passeront de mes services ! Mon gage, ils l'auront eu à l'avance. Et que personne ne me demande, ni aujourd'hui ni jamais, pourquoi jouer m'est aussi odieux, c'est bien compris ?

— Très bien, acquiesça Jared. Je le leur dirai.

Peu après, Simon arrivait avec le violon. L'air penaud, la mine décontenancée, il s'excusa à mi-voix et remercia Owen pour son geste. Il s'approcha pour déposer l'instrument sur le lit et quitta prestement la chambre.

Pendant plusieurs minutes, Owen resta figé sans regarder le violon. Il bouillonnait de rage, d'impuissance et d'autres émotions à la fois intenses et désespérées. Quelle journée de merde ! Et dire qu'il lui restait encore la soirée à endurer.

Ce n'est qu'un banal instrument. Tu vas être nul, c'est sûr. Ça fait dix-sept ans que tu n'as pas touché à un violon.

Ces dix-sept ans semblèrent bien peu de chose quand Owen souleva enfin le couvercle et récupéra le corps renflé dans son étui.

Le bois était doux, vivant. C'était comme...

Owen frissonna. *C'était comme rentrer chez soi et trouver un couteau qui l'attendait.*

Il repoussa la bile et la douleur qui l'étouffait et tenta de jouer.

Oh, il avait beaucoup perdu par rapport à autrefois, c'était certain, malgré tout, il n'était pas si mauvais. Sa main retrouva vite la familiarité de l'archet. Il en caressa les cordes et en tira des sons qui n'étaient pas disharmonieux. S'il ne grinça pas des dents, il sentit néanmoins une lente agonie glacée transpercer son âme.

D'accord, il allait remplacer Ram dans son maudit quatuor. Et il allait le payer de quelques nouvelles cicatrices à l'âme.

Quand il sortit de sa chambre pour annoncer sa décision, le petit groupe ne cacha pas sa joie. Tous s'étonnèrent cependant qu'Owen refuse de s'entraîner au centre communautaire avant la représentation.

Il se contenta de dire :

— Écoutez, je joue seulement ce soir, c'est à prendre ou à laisser.

Quand Jared et Simon tentèrent de l'amadouer, Owen s'énerva et quitta la maison, il monta dans sa voiture et s'en alla.

Il se retrouva à marcher le long de la baie, les yeux fermés, pendant que le vent du large battait à ses oreilles.

Quand il rentra enfin à la maison, Jared, déjà en smoking, faisait les cent pas dans le salon. Owen avait négligé neuf appels de Simon et de Jack, et Tim était déjà passé deux fois.

Jared lui indiqua sa chambre d'un geste péremptoire.

— Dépêche-toi d'aller te préparer, Owen. Qu'est-ce que tu cherches ? Tu comptes arriver en retard pour punir tous ceux qui ont conspiré pour te faire jouer ce soir ?

Tout en adressant un doigt d'honneur à Jared, Owen se rua dans l'escalier.

— Tu seras mon chauffeur ce soir, déclara-t-il. Je compte rester sobre le temps de jouer et pendant l'enchère, mais dès que cette fumisterie aura pris fin, j'ai la ferme intention de prendre une cuite sévère.

— Alors magne-toi le cul, rétorqua Jared, parce que je pars dans cinq minutes.

Ils furent en retard, bien entendu, mais ça ne porta pas à conséquence. La répétition alla vite. En trente secondes, Owen et Jared savaient où ils étaient censés se tenir pendant la loterie, comment se comporter une fois sous les projecteurs et comment remercier leurs acquéreurs respectifs de leurs généreuses donations à Ste Anne. Owen remarqua que leur arrivée tardive semblait contrarier le DRH. Il considéra ce fait comme un bonus : ça signifiait qu'Erin était redevenu lui-même.

Au moins, il ne ressemblait plus à cet être pâle et hagard qu'Owen avait croisé dans l'escalier quelques jours plus tôt.

Owen se demanda ce qui avait provoqué ce changement : le sac de déjeuner qu'il avait préparé pour Erin, ses menaces ou autre chose ? Peu lui importait d'ailleurs, seul le résultat comptait. Owen était soulagé qu'Erin ne ressemble plus à un condamné prêt à monter à l'échafaud.

De plus, Owen s'amusa de l'air ébahi qu'afficha le DRH en le voyant arriver en smoking. Erin en écarquilla les yeux. Satisfait, Owen ajusta sa cravate avec un sourire. *Je n'ai pas perdu la main.*

L'organisation de la présentation du quatuor alla aussi très vite. Owen suivit les consignes d'une oreille distraite. Il cherchait essentiellement à éviter les remerciements, effusions et autres débordements.

En fin de cession, un musicien jeta :

— Vous devriez nous rejoindre plus souvent, Dr Gagnon.

Sans lever les yeux de sa partition, Owen grogna :

— Non, c'est ce soir et rien d'autre. Bon, et maintenant, on fait quoi ? On attend ici que ça commence ou j'ai droit à un bol d'air ?

Jack leva un sourcil sceptique.

— J'espère que tu ne comptes pas te sauver ?

Agacé, Owen agita la main.

— Non, je reviendrai à temps. Et cette fois, mon téléphone reste allumé.

Sans laisser aux autres le temps de placer un mot, il posa le violon de Ram sur sa chaise et prit la première issue, heureux de laisser derrière lui le chaos de la répétition. Il avait été grossier, il en était conscient, fidèle à sa réputation d'ours mal-léché. Tant pis ! Les attentions et les bonnes intentions du groupe l'étouffaient au sens littéral.

Il espéra qu'après le concert, personne n'aurait l'idée saugrenue de le féliciter sur son jeu. Sa réaction risquait d'être… nucléaire.

Quand il ouvrit la porte arrière du bâtiment, il tomba sur le parking qui se remplissait d'invités et grinça des dents. Il n'était pas d'humeur sociable en ce moment. Il n'avait que dix précieuses petites minutes et il aurait voulu les passer seul au bord de l'eau, loin de tout, entouré par le silence de la nuit, avec le cri des mouettes comme seule compagnie.

Sachant d'ores et déjà que cette journée était maudite, il ne s'étonna pas de devoir se contenter d'un triste compromis : un recoin dans les coulisses, étroit et obscur. Il s'assit sur un tas de bâches au milieu des restes de décors de théâtre de l'été passé et tenta en vain de se calmer.

Une voix vint troubler sa concentration :

— Merci d'avoir accepté de remplacer Ram dans le quatuor. Je me doute que vous l'avez fait à contrecœur, je me souviens de ce que vous m'avez dit lors de notre dernière rencontre. J'apprécie d'autant plus vos efforts pour contribuer au succès de cette soirée.

Owen se tourna vers Erin Andreas, qui se tenait à deux mètres de lui, contre le mur. Il portait un costume très semblable à ses uniformes de travail, d'un gris terne qui lui seyait peu et semblait écraser sa frêle silhouette. Ou même aspirer son âme.

Owen l'examina d'un œil scrutateur. Sans ses cheveux fous qui frisaient si librement autour de sa tête, Erin aurait ressemblé à un robot, un de ces PDG génériques qui préfèrent éviter d'attirer l'attention sur eux-mêmes.

Si Erin était venu pour argumenter, Owen l'aurait peut-être bien accueilli. En vérité, il ne se sentait pas la force de lancer une discussion houleuse ce soir et jamais Erin ne prenait ce genre d'initiative. En fait, le DRH paraissait éteint, ce qui déprima Owen, qui n'en avait pourtant pas besoin.

Il envoya un coup de pied dans une bâche avant de répondre :

— Je n'ai aucun des nobles motifs que tu me prêtes, Erin. J'ai accepté parce que Simon me l'a demandé à genoux et que Jack a juré d'hypothéquer son appartement, si nécessaire, pour gagner mon enchère ce soir.

— Il... quoi ? Tu... tu as fait... quoi ?

Erin avança et vint se placer devant Owen. Il était tout crispé, comme s'il venait de recevoir un coup dans le ventre.

Owen lui lança un regard mauvais.

— D'accord, c'est de la triche, et alors ? Ne me dis pas que ça te choque ! En fait, sans ça, personne n'aurait enchéri pour moi, c'est évident. Ou alors je serais tombé aux mains d'un salaud avec un compte à régler. Jack a les moyens de faire un don conséquent à l'hôpital, tout le monde sera content. Ste Anne aura sa salle de cardiologie et moi, on me foutra la paix. Au fait, puisqu'on parle d'avoir la paix, tu ne pourrais pas aller voir ailleurs si j'y suis ?

Erin fixait Owen, la mine stupéfaite. Il paraissait même... blessé. Owen se sentit coupable, même s'il ne comprenait rien à ce qui se passait. Il évoqua soudain Erin dans cette cage d'escalier, si perdu, si seul.

Non. Il repoussa sa compassion aussi loin que possible.

Puis Erin se reprit et son émotion – quelle qu'en ait été la nature – disparut de son visage. Il lissa d'une main ferme l'avant de son costume et déclara froidement :

— Très bien, je vous laisse, Dr Gagnon.

Après quelques pas, il jeta par-dessus son épaule :

— Au fait, vous jouez aussi bien qu'autrefois.

Quand la porte des coulisses se referma sur lui, Owen donna un nouveau coup de pied au rideau, mais sans force. Il tremblait intérieurement. Il serra les bras autour de lui-même. *Foutus compliments.* Les mots étaient comme des barbelés plantés dans sa chair, le déchirant sans pitié.

Vous jouez aussi bien qu'autrefois.

Owen ferma les yeux, serra ses bras plus fort et laissa le cauchemar familier le submerger.

Quand il rejoignit les autres, il avait en partie retrouvé son aplomb, une chance pour lui, car le centre communautaire était rempli de monde. Le gymnase était transformé, le comité l'avait décoré avec ferveur et le résultat de leurs efforts évoquait à la fois un bal de fin d'année et un mariage.

Si Owen appréciait peu les cœurs rouges et roses – *St Valentin oblige* –, il préférait nettement l'ambiance bon enfant de cette salle à celle du country club local, mausolée guindé où se réunissait l'élite de Copper Point. C'était là qu'avaient eu lieu les soirées annuelles de Ste Anne les années précédentes.

Cette année, l'événement était ouvert à tous et les billets vendus à des prix bien plus abordables. La salle était comble.

Pour certaines familles, trente-cinq dollars l'entrée faisait un trou dans le budget, mais la présence des machines à pop-corn dans les couloirs les aidait à se sentir plus à l'aise. Et les articles proposés à la vente éparpillés dans la salle, bibelots luxueux ou gadgets bon marché, étaient accessibles à toutes les bourses.

Quand Owen prit sa place sur l'estrade avec les autres musiciens, il vit dans le public des infirmières, des aide-soignants et des étudiants. C'était la première fois que ça lui arrivait, alors qu'il assistait chaque année à la soirée caritative de Ste Anne.

Il aurait volontiers applaudi les changements apportés si son rôle s'était résumé à boire du vin bon marché avec les badauds.

Mais non, il était censé jouer.

Il chercha à vider son esprit tandis qu'il accordait le violon de Ram. D'après les consignes, Jack se chargeait des présentations. Ensuite, Owen aurait à jouer avec les autres. Rien de plus. Après le concert viendrait la loterie des célibataires, Owen resterait donc sur scène jusqu'à l'appel de son nom. Ensuite, ce serait à Jack de tenir parole et de l'acquérir.

Il leva son archet et s'imagina livré aux enchères, planté devant la foule, à regarder Jack et Simon lever la main. Ça irait vite. Après l'adjudication, il serait enfin libre de quitter la scène avec un salut et de rejoindre ses amis.

Jack lui avait promis une bouteille de scotch de contrebande.

Bientôt. Ce serait bientôt fini.

Les projecteurs s'allumèrent et le quatuor de Copper Point se mit à jouer. Ram avait choisi de la musique pop, et la foule, de toute évidence, appréciait. Owen s'exécuta avec application, bien que chaque note naissant sous son archet fasse saigner son âme.

Et il parvint à garder son calme à l'entracte, quand les autres musiciens vinrent le féliciter.

— Waouh ! s'exclama Amanda avec un grand sourire. C'est incroyable de jouer aussi bien même après dix-sept ans !

— Oui, vous êtes génial, renchérit Tim. D'ailleurs, c'est ce que tout le monde disait.

Owen fixait sa partition avec une telle fureur qu'il s'étonna de ne pas la voir brûler.

Jack ouvrit la bouche, prêt à commenter lui aussi, mais il n'en eut pas l'occasion, car Erin vint se placer entre Owen et la scène. Comme le spot était derrière lui, Owen ne distingua pas son expression.

— Tout se déroule parfaitement, déclara Erin. Merci à tous. Dès que vous aurez terminé, nous lancerons la loterie. Ceux d'entre vous qui ne sont pas concernés pourront retourner à leurs places.

Il jeta un œil à Owen et ajouta :

— En fait, un seul d'entre vous est sur la liste des célibataires. Merci encore, Dr Gagnon, de votre active participation à cette importante soirée événementielle.

Vous jouez aussi bien qu'autrefois.

Owen appuya le violon sur sa jambe.

— C'est ça, c'est ça.

À sa grande surprise, Erin appuya la main sur son épaule gauche.

Owen sentit la chair de poule lui hérisser la peau et ses cheveux se dresser sur sa tête. Il s'écarta avec brusquerie pour échapper au contact des doigts du DRH et déglutit péniblement. Il s'agrippa à son violon et pensa : *Nom de Dieu ! Vivement que je puisse boire et tout oublier !*

Au grand désarroi d'Owen, la seconde partie du concert dura plus longtemps. Il parvint à tenir le coup en se concentrant sur ses notes, l'esprit bloqué. Pour se changer les idées, il évoqua la main d'Erin sur son épaule.

Très vite, il se mit en colère. C'était la première fois qu'Erin le touchait. *Pourquoi l'avoir fait ?*

Owen ne trouva pas la réponse et ne s'y attarda pas. Il se fichait bien d'Erin, la seule chose qui comptait pour lui, c'était d'échapper à cette maudite scène.

Enfin, le concert prit fin. *Une épreuve de passée*, pensa Owen en s'inclinant avec les autres membres du quartet devant l'auditoire en délire. Dès qu'il le put, il abandonna son instrument et disparut derrière le rideau pour rejoindre les célibataires qui se préparaient à la vente aux enchères.

Jared, appuyé contre le mur du fond, l'aperçut et lui fit signe de le rejoindre.

— Joli boulot, monsieur le râleur. Tu t'en es bien sorti. J'ai bien dit aux autres d'éviter de te complimenter. S'ils ne suivent pas mes consignes, tu n'auras qu'à les envoyer au diable.

Owen ferma les yeux.

— J'ai soif, déclara-t-il. J'ai envie d'en finir au plus vite. Tu crois que je peux passer le premier ?

— Malheureusement, non, ils ont attribué des numéros tirés au sort. Je suis en huitième position. Toi, en dix-septième.

— *Eh merde !*

Écœuré, Owen se laissa glisser le long du mur jusqu'à être accroupi.

Jared fouilla dans sa veste et en sortit un petit flacon en verre rempli de comprimés qu'il lui tendit.

— C'est du Xanax [3], l'informa-t-il. Je trouve ça un peu fort de café, mais c'est Jack qui l'a prescrit après avoir discuté avec Simon et moi pour tenter de comprendre la raison de ton comportement. D'après lui, tu pourrais en avoir besoin. Essaie quand même de ne pas être défoncé au moment où ce sera ton tour.

D'un coup d'œil rapide, Owen parcourut la notice pour vérifier la posologie, puis il fit sauter le couvercle et avala un comprimé à sec. Il n'avait pas pris d'anxiolytique depuis des années et sentir qu'il en avait besoin ce soir le contrariait. Il était également fâché que Jack ait remarqué son état et… en même temps plutôt reconnaissant.

Jared grimaça et ajouta :

— Je crois que Jack s'en veut beaucoup de t'avoir forcé à jouer.

Owen frotta son pouce sur le couvercle du flacon.

---

3 Tranquillisant et anxiolytique.

— Je ne veux pas en parler.

— Crois-moi, tu as fait passer le message haut et fort. Je voulais juste te dire que nous sommes tous là pour toi, d'accord ? Ça sera bientôt fini, dès que Jack paiera ton enchère, tu seras tranquille. Si nécessaire, je participerai aussi, mais je doute qu'on en arrive là.

Owen s'énerva intérieurement que le Xanax n'agisse pas plus vite.

— Contente-toi de me payer à boire, répondit-il à Jared. Au fait, pourquoi Jack ne m'a-t-il pas donné ses cachets avant le concert ?

— Il avait peur que ça trouble ton jeu.

Owen étouffa un ricanement.

Quel idiot ! J'aurais joué dix fois mieux !

C'était sans importance à présent. Le concert était fini et plus jamais Owen ne toucherait à un violon. Pour ce soir, le mal était fait. Alors même qu'il avait reposé l'instrument emprunté, il le sentait toujours dans ses mains, il l'entendait encore dans sa tête.

Et ça remuait un passé qu'il avait enterré pour de bonnes raisons.

Il la revoyait. Il l'entendait. Ça faisait des années qu'il n'avait pas accordé une pensée à sa mère et voilà qu'elle revenait en force, réveillant le souvenir qui lui donnait envie de se recroqueviller sur lui-même et de vomir. Et ça ne s'arrêtait pas là. Des images plus anciennes émergeaient elles aussi, teintées par la noirceur de ce jour funeste.

Il se revoyait marcher péniblement sur la neige, soir après soir, son étui à violon serré dans la main, et regarder sa maison apparaître au loin en se demandant s'il allait entendre le piano de sa mère ou le pas lourd de son père dans la cuisine, avide d'une autre bière. Il revoyait le profil de sa mère, assise à ses côtés sur le banc de piano et jouant avec lui. Il se revit caché sous l'instrument, à observer ses parents se disputer.

Des bruits de verre brisé. Les pieds du banc de piano cassés. Les notes discordantes du clavier quand sa mère tomba à la renverse sur les touches d'ivoire, le craquement atroce de son premier violon que son père fracassait contre le mur.

Et puis ce jour où il rentra de l'école secondaire et trouva sa mère assise au piano, à l'attendre. Elle était restée un moment de profil, occupée à jouer. Puis elle s'était arrêtée. *Viens ici, Owen. J'ai quelque chose à te dire.*

Owen prit un deuxième comprimé de Xanax. Il parvint à repousser la plupart des souvenirs qu'il gardait de sa mère, sauf celui où elle était assise au piano, le dos tourné. C'était une image de film d'horreur. Si elle se retournait vers lui avec ce sourire hagard, il était mort.

Jared intervint, la main tendue.

— Donne-moi ce flacon.

Owen le glissa au fond de la poche intérieure de sa veste.

— Va au diable, Jared. Et ne laisse plus jamais personne me demander de jouer ! Même pas pour empêcher la fin du monde.

Quand arriva la vente aux enchères, le Xanax faisait enfin son effet. Owen n'était plus hanté par des souvenirs qui tournaient en boucle, il ne se sentait plus maudit. Il était toujours à cran et écorché vif, mais de façon plus objective, comme s'il se voyait en patient étendu sur une civière d'hôpital. *Homme adulte, trente-quatre ans, crise d'anxiété aiguë provoquée par un foutu souvenir indésirable. Les signes vitaux sont stabilisés, mais je recommande au patient d'avaler une bouteille de scotch et quelques Xanax de plus, histoire d'oublier complètement qu'il a un jour su jouer du violon.*

Owen se mit à glousser.

Jared lui envoya un coup de coude et insista :

— Arrête tes conneries et rends-moi ce putain de flacon.

Owen obtempéra, surtout parce qu'à ce moment-là, il n'avait plus besoin de Xanax. Sa mère avait disparu de son esprit. Et même si elle revenait, c'était sans importance. *Vive l'alprazolam* [4] *!*

Peu avant d'être appelé, Jared l'obligea à se lever pour vérifier qu'il tenait encore debout et n'allait pas s'écrouler sur scène.

À sa grande surprise, Owen découvrit qu'il réussissait – de justesse – à simuler la sobriété.

— Tu es dans un sale état ! grommela Jared avant de s'éloigner.

Une fois seul, Owen s'amusa à fusiller du regard les autres célibataires alors qu'en son for intérieur, il riait d'eux. Quand il réalisa qu'il les effrayait vraiment, il détourna la tête et fixa le mur devant lui. Grâce au Xanax, il lui paraissait des plus intéressants.

Enfin, il entendit son nom et se redressa. Il pensa sincèrement mériter une médaille pour sa prestation, car au lieu de débouler sur scène aussi sinistre qu'un croque-mort, il fit une entrée théâtrale et salua la foule d'un geste gouailleur.

Jared, assis au premier rang près d'une rombière rayonnante, lui lança un regard noir qu'Owen dédaigna. Il se balança d'avant en arrière sur ses talons et attendit la fin de sa présentation, anxieux d'en avoir fini et de pouvoir quitter l'estrade.

---

4 Molécule active du Xanax.

— Numéro dix-sept ! cria la présentatrice.

C'était une femme d'âge moyen, Mimi Roberts, mariée à un des médecins de Ste Anne. Elle adressa au public un clin d'œil égrillard.

En temps normal, Owen l'aurait plutôt mal pris, mais pas ce soir, il était bien trop high pour se soucier de tels détails.

Mme Roberts souleva sa carte et lut :

— Il s'agit du Dr Owen Gagnon, né et élevé à Copper Point, il n'a quitté notre charmante ville que le temps d'obtenir son diplôme de spécialiste. Il exerce actuellement comme anesthésiste à l'hôpital. Il manque parfois de vernis social, mais il est solide, fiable, loyal et toujours prêt à aider une bonne cause.

Nom d'un chien, qui avait pu écrire des âneries pareilles ? Owen leva un sourcil en fixant Simon, mais son ami fixait toute son attention sur la maîtresse de cérémonie, prêt à enchérir. Owen se détendit.

Il remarqua alors John Jean Andreas, assis auprès de ses acolytes habituels, les dinosaures du conseil d'administration. Owen s'étonna que ce vieil emmerdeur ne soit pas occupé à tourmenter son fils ou au moins à le surveiller de près. Sans doute cherchait-il encore à magouiller, à graisser de vieilles pattes avides ou…

Owen se figea en voyant un homme se pencher pour parler à John Jean, ses dents blanches scintillant dans la pénombre. *Christian West !*

Owen ferma les yeux le temps d'un battement de cœur, puis il détourna obstinément la tête et chercha l'oubli extatique du Xanax.

Mimi Roberts, le visage rayonnant, s'adressait au public :

— Comme pour nos précédents célibataires, nous commençons les enchères à cent dollars et je suis sûre que vous allez…

— Deux cents ! cria une voix féminine.

Ce n'était ni Simon ni Jack. *Eh merde !* Owen jeta un œil furibond à un groupe d'infirmières manifestement éméchées qui entassaient de l'argent commun sur la table. Exactement ce qu'il avait craint !

Simon leva aussitôt la main et cria :

— Quatre cents.

Des murmures excités agitèrent l'auditoire.

Mimi Roberts fit claquer sa langue.

— Eh bien, voilà des enchères qui commencent en fanfare. J'en suis ravie, j'aime les donateurs enthousiastes. Je vous recommande cependant de réfléchir avant de vous emballer, car nous avons tout notre temps. J'ai donc quatre cents dollars pour le monsieur du centre, qui dit mieux ?

— Dix mille dollars ! cria une voix sèche.

Aussitôt, ce fut le chaos. Les gens s'interpellaient et se levaient pour voir qui avait parlé.

Si Owen avait reconnu la voix, il était sûr de s'être trompé. Qui aurait été assez fou pour offrir dix mille dollars *pour lui* ? Et pourtant, il y avait eu une offre et elle ne venait ni de Jack ni de Simon.

Le couple, manifestement bouleversé, conversait à voix basse. Jared abandonna sa rombière et se précipita vers leur table.

Mimi émit un rire nerveux dans son micro

— Dix mille dollars ? Vous semblez très apprécié, Dr Gagnon. Je n'ai pas vu d'où venait cette offre, mais c'est sans doute une plaisanterie, je n'imagine pas qu'on puisse proposer une somme pareille…

— Euh… onze mille ! cria Jared

Sa voix se brisa. Il était blême et transpirait abondamment. Simon et Jack acquiescèrent avec un bel ensemble, l'expression déterminée.

— Vingt-cinq mille dollars. J'offre vingt-cinq mille dollars pour une soirée en compagnie du Dr Owen Gagnon et si besoin est, je suis prêt à monter beaucoup plus haut.

Cette fois, plus aucun doute. Même si Owen avait reconnu la voix dès la première fois, son cerveau avait émis des tas de dénégations catégoriques. Il dut finalement admettre la vérité en voyant Erin Andreas avancer dans l'allée centrale, sans se soucier des commentaires chuchotés et des regards scandalisés qui le suivaient.

Jack et Simon discutaient âprement, l'air paniqué. Quant à Jared, il secoua la tête, résigné et consterné. Ils étaient dépassés.

Owen s'écroula sur le bord de la scène et regarda Erin marcher pour le rejoindre.

Il ne comprenait plus rien. Une seule chose était claire pour lui : il fallait que Jared lui rende son Xanax.

Il allait en avoir besoin !

ERIN IGNORA l'excitation du public qui bruissait autour de lui et resta concentré sur l'homme pour lequel il venait de vider son compte en banque.

Owen Gagnon était dans un étrange état, ivre, drogué, ou les deux à la fois. Assis sur le bord de la scène, il tira sur sa chemise de smoking qu'il dégagea de sa ceinture.

Il paraissait abasourdi et… contrarié. Si Erin s'était préparé à de l'étonnement, il ne savait trop que faire de la rage qui semblait animer l'anesthésiste de Ste Anne.

Les précédents célibataires, une fois adjugés, avaient reçu une salve d'applaudissements pendant que l'heureux vainqueur approchait pour réclamer son lot et l'entraîner à sa table. Là, la situation paraissait figée. Mimi Roberts n'avait pas encore abaissé son marteau de commissaire-priseur. Bouche bée, elle fixait Erin. Les docteurs Wu et Kumpel s'entretenaient avec animation et Simon Lane, l'infirmier, tapotait sur son téléphone portable, les doigts tremblants. Après un coup d'œil discret au trio, Erin se détourna d'eux, certain qu'il n'avait pas à s'inquiéter de voir sa dernière enchère supplantée. Les amis d'Owen n'en avaient pas les moyens, surtout alors que Wu et Lane planifiaient leur mariage. Kumpel aurait pu être une menace, mais il avait la réputation d'être serré avec son argent. Le toit de la maison qu'il possédait en copropriété avec Gagnon et Lane avait besoin de nouveaux bardeaux et la part d'hypothèque de Lane restait à rembourser.

En passant devant les tables VIP qu'occupait le conseil, Erin évita délibérément de croiser le regard de son père. Malgré cette précaution, il ressentit la fureur froide qui l'animait. Il s'attendait à cette colère, bien entendu, mais trop concentré sur son objectif, il n'avait pas encore trouvé la parade pour s'en protéger.

Je verrai plus tard, décida-t-il. *Oui, plus tard.* Sa priorité était de mettre fin aux enchères.

Une fois devant la MC, il agita la main.

— Mme Roberts, pourriez-vous entériner mon offre, je vous prie ?

— Oh. Oui, oui, bien sûr.

Elle tapota ses cheveux, effleura Owen d'un coup d'œil, puis chercha dans la foule la table du conseil. Elle semblait quêter l'approbation de son président : le père d'Erin, manifestement furieux.

Erin en perdit le souffle. *Non. Elle ne va quand même pas lui accorder un tel passe-droit !*

Il s'éclaircit la gorge et s'approcha encore du pupitre :

— Mme Roberts ? Auriez-vous un problème ?

Elle sursauta et esquissa un rictus gêné.

— Non, non. Vous avez gagné cette enchère, M. Andreas.

Elle frappa son pupitre de son marteau incrusté de strass et déclara d'une voix plus forte :

— Le Dr Owen Gagnon, célibataire numéro dix-sept, est adjugé à M. Erin Andreas pour la somme de vingt-cinq mille dollars. Dr Gagnon, veuillez rejoindre la table de votre acquéreur.

Quelques applaudissements timides agitèrent la foule, toujours sous le choc, toujours occupée à chuchoter et à spéculer. Tiré de sa prostration, Owen concentra sa fureur sur son acheteur.

Erin l'observa avec inquiétude, quelque chose n'allait pas du tout chez l'anesthésiste ce soir. Il semblait dans un état bien pire que plus tôt dans la soirée, quand Erin s'était entretenu avec lui dans les coulisses.

Erin sentit se dissiper l'étau qui l'avait étouffé toute la journée, il était affolé, perdu et pris de vertiges.

Owen balança dans l'estrade un coup de pied d'une telle violence qu'il faillit en perdre une de ses chaussures. Sa chemise était dégagée de son pantalon, son nœud papillon de travers.

— Sacrée surprise ! bafouilla-t-il d'une voix pâteuse.

Erin fit de son mieux pour garder son sang-froid.

— Venez, nous ferions mieux de retourner à nos places.

Owen ignora cette proposition sensée.

— C'est une sacrée somme que tu viens de dépenser pour moi, Erin. Et pourquoi avoir tellement monté d'une enchère à l'autre ? Il aurait été plus économique de procéder par paliers !

— J'ignorais jusqu'où Jared et les autres étaient prêts à aller, répondit Erin, et je ne voulais pas perdre de temps.

Owen sourit en montrant les dents, comme s'il envisageait de réduire Erin en purée.

— Ah, je vois. J'aurais mieux fait de ne pas te révéler mon plan.

En son for intérieur, Erin remercia le ciel qu'Owen ait trop parlé. Il avait à peine eu le temps nécessaire pour liquider une partie de ses actifs et avoir le solde disponible sur son compte.

— Comptez-vous un jour quitter cette scène, Dr Gagnon ? Il reste des célibataires à mettre aux enchères et les gens commencent à nous regarder.

Owen ricana.

— C'est toi qu'ils regardent, foutu Crésus, c'est toi qui viens de balancer vingt-cinq mille dollars !

Erin aurait aimé prendre son temps pour calmer Owen, mais c'était impossible en l'état actuel des choses. Mimi Roberts les surplombait et tout Copper Point les fixait. Il fut tenté de suggérer de sortir discuter. Même si Owen s'emportait, Erin pourrait lui expliquer la raison de son geste. Il avait même préparé un discours à cet effet. Mais si Owen s'entêtait dans sa colère, accepterait-il d'écouter Erin ?

En plus, s'ils quittaient la salle communautaire, il était probable que John Jean se lancerait à leur poursuite. Oh, Erin savait bien qu'il finirait par affronter son père, mais avant ça, il aurait aimé un moment tranquille avec Owen. S'il l'obtenait, tout irait bien, parce que...

Parce que....

Étrange comme la situation lui avait paru bien plus simple quand il avait tout organisé dans sa tête. Il ne s'attendait pas à voir Owen se comporter de cette façon. En vérité, il ne comprenait même pas pourquoi Owen était tellement en colère. Après tout, une si haute enchère était plutôt flatteuse, non ? Sinon comique ?

Pourquoi Owen était-il aussi furieux ?

Ça se présente mal.

Bien que pris de panique, Erin garda une expression calme et figée, et tendit la main.

— Allons nous asseoir, répéta-t-il.

Owen se laissa glisser de la scène et se remit debout, toisant toujours Erin avec hargne.

— J'ai supporté cette épouvantable journée parce que j'avais la perspective de prendre une cuite pour pouvoir l'oublier, grogna-t-il. Jared et Jack m'ont préparé une bouteille de scotch.

Erin était douloureusement conscient que tous les yeux de la salle étaient braqués sur eux.

— Venez vous asseoir, je vous offrirai ce que vous voulez à boire.

Owen ne bougeant pas, Erin tenta de le prendre par le bras. D'un geste vif, Owen l'attrapa par le coude et l'attira contre lui.

De si près, Erin perçut l'arôme de l'après-rasage dont Owen s'était aspergé. Il en eut un vertige.

— À quoi tu joues ? chuchota Owen.

Le souffle coupé, Erin ne parvenait plus à respirer, encore moins à répondre. Le parfum capiteux d'Owen combiné à l'ampleur de ce qu'il avait fait fit vaciller sa voix.

— Je vous expliquerai tout dès que nous serons assis.

Sans lâcher son bras, Owen gronda à son oreille :

— Je veux m'asseoir avec mes copains.

Erin ne put retenir un frisson et s'en voulut beaucoup.

— J'ai gagné votre enchère. Vous êtes censé vous asseoir avec moi.

— Tu as payé vingt-cinq mille dollars pour *moi* et tu me connais mieux que personne. Je fais ce que je veux. Je vais m'asseoir avec mes amis et boire du scotch. Viens avec moi, si tu veux. C'est à toi de voir.

Il lâcha Erin et s'engagea dans l'allée.

Erin se dépêcha de suivre, un sourire factice plaqué aux lèvres pour tenter de cacher sa blessure. Il venait de prendre un râteau, d'accord, mais à quoi d'autre s'attendait-il de la part de l'ogre le plus contrariant que la Terre ait jamais porté ?

Derrière eux, sur la scène, les enchères reprenaient, mais le public épiait toujours les deux hommes et discutait avec fébrilité sur leur passage. En passant devant Nick, Erin croisa son regard inquiet. Sans interrompre son pas, il chercha à rassurer son directeur d'un bref signe de tête.

Owen parvint enfin à sa destination, la table de ses amis. Il se laissa lourdement tomber sur le seul siège vacant et s'empara de la bouteille cachée – sans discrétion – derrière un vase de fleurs en soies. Il n'accorda pas un regard à Erin et ne se soucia pas de lui trouver un siège aux tables voisines. Les trois autres convives, Jared Kumpel, Jack Wu et Simon Lane, semblaient mal à l'aise. Leurs regards passaient d'Owen à Erin. Aucun d'eux ne paraissait savoir comment gérer la situation.

À ce stade, Erin ne parvenait plus à cacher son effondrement. Avait-il *vraiment* dépensé tant d'argent pour être aussi mal traité ?

Et pourquoi Owen s'était-il donné la peine de lui offrir un déjeuner l'autre jour, dans l'escalier ? Pourquoi avait-il insisté pour l'aider ? N'avait-ce été qu'une fumisterie sans réelle portée ?

Et tu espérais quoi au juste ? Qu'il soit heureux et flatté que tu l'aies acheté aussi cher, qu'il te donne l'occasion d'avouer enfin les absurdes sentiments que tu lui portes depuis des années ?

Oui, justement, c'était ce dont Erin avait rêvé, même si ça paraissait ridicule, a posteriori. Il devait se rendre à l'évidence : rien n'allait se passer comme il s'y était attendu. Malgré tout, il aurait dû pouvoir passer cette soirée avec Owen dans une certaine dignité.

Il détourna la tête et déclara un peu sèchement :

— Dr Gagnon, pourriez-vous aller me chercher un siège ?

Owen vida le verre qu'il s'était servi, poussa un soupir satisfait et fit claquer son poing sur la table.

— Non !

Erin le regarda pensivement. Sans hausser la voix, il continua :

— Je vous ai demandé un siège, pas la Joconde. C'est vraiment trop compliqué pour vous ?

Owen resserra si fort ses doigts autour du goulot de sa bouteille qu'Erin s'inquiéta de voir le verre se briser.

— Je viens de me taper une des pires journées de mon existence, mon petit vieux. Je pensais voir la fin de mon calvaire quand tu as cru bon d'intervenir avec tes foutus vingt-cinq mille dollars. Alors ton siège, devine un peu où tu peux te le mettre !

Simon se leva.

— Je m'en charge, M. Andreas.

Erin attendit, raide comme un piquet et parfaitement conscient de se donner en spectacle, même s'il prétendait ne rien remarquer.

Simon revint avec un siège et le lui tendit en s'excusant.

Pendant qu'Erin s'asseyait, le Dr Wu, manifestement inquiet, regarda Owen qui vidait son troisième whisky.

— Combien de Xanax as-tu avalés ? demanda-t-il.

— Pas assez, ça, je te le certifie, aboya Owen en se resservant.

Du Xanax ? Erin fronça les sourcils et scruta Owen. L'anesthésiste de Ste Anne prenait-il régulièrement des anxiolytiques ? *Ça n'était pas dans son dossier.* Erin était très troublé, sans trop comprendre la cause de sa violente réaction.

Jared subtilisa la bouteille d'alcool sans se soucier des protestations d'Owen. Il se glissa entre Wu et Lane et jeta :

— Il en avait avalé deux.

Jack Wu pinça les lèvres.

— Il ne faut pas qu'il en prenne davantage. Où est le flacon ?

— Ici, répondit Jared en le sortant de sa poche. Je ne t'ai pas attendu pour me méfier. Bon, je dois y aller, j'ai une dame qui m'attend. Je suis juste venu voir si tout allait bien.

En se redressant, il salua Erin de la tête.

— Bonsoir, Andreas. J'avoue ne pas avoir anticipé votre geste.

Enfin, une partie du scénario pour lequel Erin s'était mentalement préparé.

— Cette soirée caritative est très importante pour Ste Anne.

Owen, les yeux au plafond, eut un ricanement mauvais.

— Je vais te le faire payer.

D'un geste, Erin désigna la scène de la salle communautaire : le dernier célibataire, dûment adjugé, rejoignait son vainqueur.

— La loterie a pris fin, annonça-t-il. Ensuite, il y a une danse entre les vainqueurs et leur célibataire respectif, suivie de la vente des articles exposés. La soirée est bientôt terminée.

Et il devait trouver le moyen de se tirer du mauvais pas dans lequel il s'était fourré.

Jared Kumpel s'éloigna en disant :

— À tout à l'heure, les gars. Et toi, Owen, tiens-toi bien, ajouta-t-il, le doigt pointé.

Owen grogna et pivota dans son siège pour tourner le dos à Erin.

Erin fit comme s'il ne remarquait rien et garda les yeux fixés sur la scène.

Mimi Roberts réclama que la piste de danse soit dégagée. Quelques tables s'écartèrent. Owen dut se lever. Quand il se rassit, il se plaça le plus loin possible d'Erin.

Erin jeta un coup d'œil autour de lui. Comme il l'avait craint, l'attention générale restait braquée sur leur table. Les braves gens de Copper Point étaient comme des vautours prêts à se repaître des lambeaux juteux du scandale qu'il avait créé ce soir. Des bribes de conversations lui parvenaient. « *Ça ne lui ressemble tellement pas !* » revenait assez souvent. Bien sûr ! Comment Erin Andreas, si strict et compassé, pouvait-il dépenser une fortune pour les faveurs d'un gay qui le détestait aussi visiblement ? *Mais que lui a-t-il pris ?* se demandaient les gens.

Eh bien, qu'ils s'interrogent ! pensa Erin. Parce que lui n'en savait rien, il n'avait aucune réponse sensée à cette question.

Son enchère aurait dû être plus discrète, mais quand il avait appris qu'Owen avait faussé la donne, il avait un peu… exagéré. A posteriori, son comportement le choquait presque. Il se sentait comme possédé. Mais Owen Gagnon était un cas unique, le seul être qui passait sous ses défenses et le poussait à toutes les extrémités, le faisant se comporter stupidement, de manière imprévisible.

D'accord, Erin était amoureux d'Owen depuis bien longtemps, mais depuis son installation à Copper Point, sa relation avec l'anesthésiste de Ste Anne était essentiellement explosive. Et les querelles les opposant étaient devenues tristement célèbres. Parfois, Erin ne reconnaissait plus celui qu'il avait jadis chéri. Il avait tenté d'enterrer ses sentiments, en vain, car ils s'obstinaient à refaire surface, d'où ces impulsions qu'il avait, à la fois incompréhensibles et dangereuses.

Comme ce soir, par exemple. *Encore un échec cuisant.*

Maintenant, il ne lui restait plus qu'à faire bonne figure jusqu'à la fin de l'événement.

— Qu'est-ce qui t'a pris, bon Dieu ?

En entendant la voix sifflante de son père, Erin sursauta si fort qu'il faillit tomber de son siège.

— P-Père ? Excusez-moi, je ne vous ai pas entendu approcher. J'étais perdu dans mes réflexions.

Son père éclata d'un rire mordant.

— *Tu réfléchis* ? Je suis soulagé d'apprendre que tu en es encore capable ! J'envisageais déjà de demander au Dr Yoshen de t'interner.

Pour que son père ne voie pas ses doigts trembler, Erin croisa les bras et glissa ses mains sous ses aisselles. Il n'était pas prêt à subir une autre scène pénible. Dès le départ, il avait su que son père n'apprécierait pas de le voir enchérir sur Owen, mais il n'avait pas du tout pensé à John Jean en jetant sa proposition extravagante. Et quand il avait prévu sa soirée, il ne s'était certainement pas imaginé seul et humilié après une dépense de vingt-cinq mille dollars, repoussé par Owen et raillé par son père devant une salle remplie de curieux.

Son père approcha encore et se pencha sur lui. Il empoigna le coude d'Erin et le serra sans ménagement. Pour le public, il affichait un sourire bonasse, mais sa voix vibrait de rage et Erin reçut chaque mot comme un coup de poing dans l'estomac.

— Tu t'es ridiculisé, tu as déshonoré le nom que tu portes. Tous ces gens rient de toi ! Tu me dégoûtes ! Tu me donnes la nausée.

Erin ferma les yeux le temps d'un battement de cœur. Il s'efforça de ne pas grimacer de douleur malgré la violence avec laquelle son père lui broyait le bras. Il tenta en vain de se ressaisir.

Son père avait raison, au fond.

— Nous en discuterons plus longuement à la maison, aboya son père. En attendant, éloigne-toi de cet homme et comporte-toi avec dignité, si tu en es capable ! Ne me fais pas encore plus honte que tu l'as déjà fait.

Il le secoua, lui arrachant presque des larmes.

Erin referma les yeux.

Je suis ridicule. Tout ce que je fais est ridicule.

— Excusez-moi d'interrompre cette charmante discussion avec votre fils, grogna une voix féroce.

Sidéré, Erin ouvrit les yeux. Owen se tenait devant lui, toujours shooté, toujours furieux, mais sa colère avait changé de cible.

Owen libéra le bras d'Erin et frappa sèchement le poignet de John Jean. Sans se soucier du sexagénaire qui bredouillait de haine et de fureur, Owen aida Erin à se relever et l'attira à ses côtés.

— Erin a payé assez cher le droit de passer une soirée avec moi, non ? gouailla-t-il. Viens, allons danser !

Sans laisser à Erin le temps de reprendre son souffle, Owen serra sa main dans la sienne et l'entraîna vers la piste où d'autres couples s'ébattaient déjà.

III

POUR ERIN, la salle ne fut que brume et vertige alors qu'Owen le tirait à travers la foule. Les menaces de son père résonnaient encore à ses oreilles et il craignait presque de voir John Jean intervenir pour interrompre leur escapade. Il gardait la marque de l'étau des doigts de son père refermés sur son coude, le pouce pressant délibérément à l'endroit le plus douloureux.

Mais son père n'était qu'un problème parmi tant d'autres.

Pourquoi Owen l'avait-il sauvé alors qu'il était si manifestement furieux contre lui ? Pourquoi avait-il paru encore plus en colère contre son père ?

Soudain, Erin fut saisi de spasmes convulsifs, ses membres se raidirent, sa respiration devint erratique, son champ de vision se rétrécit.

À ce moment précis, Owen le prit dans ses bras et l'entraîna dans un tour de danse. Le visage tout proche de la poitrine d'Owen, Erin frémit : il aurait voulu s'y blottir. Il dut faire un effort pour résister à la tentation.

Il pressa son front sur le torse musculeux et sentit le bouton de la chemise s'incruster dans sa peau. Il huma l'odeur personnelle d'Owen mêlée aux arômes d'un vieux scotch et son esprit s'embruma.

Erin s'accrocha aux bras d'Owen, enivré par son parfum.

Puis Owen parla et la douceur attentive de ses mots envoya un frisson qui glissa tout le long de la colonne vertébrale d'Erin.

— Respire un grand coup et redresse-toi. J'ignore ce que ton père t'a dit pour te mettre dans un état pareil, mais je sais avec certitude qu'Erin Andreas, le DRH qui me tient tête quotidiennement à Ste Anne, est capable de danser ce soir avec l'ogre qu'il a payé si cher.

Erin releva la tête et croisa le regard d'Owen. Devant l'intensité qu'il y lut, il vacilla et manqua un pas. Owen était furieux, mais également… protecteur.

Erin détourna vivement les yeux.

Au creux des reins d'Erin, le pouce d'Owen dessinait des cercles subtils et apaisants.

Owen reprit :

— Désolé d'avoir mis si longtemps à comprendre, mais ce n'est pas pour me casser les pieds que tu as enchéri sur moi, hein ?

— Bien sûr que non !

Un soupir lui ébouriffa les cheveux, un souffle chaud qui sentait l'alcool. Erin ne s'en souciait pas, il se sentait bien dans l'étreinte d'Owen, protégé, entouré.

— Je ne comprends toujours pas pourquoi tu as fait ça, chuchota Owen, mais excuse-moi d'avoir été aussi con et de t'avoir laissé tout seul. Je ne le ferai plus.

Erin avait les yeux pleins de larmes. Il lui était difficile de respirer. Pour alléger l'atmosphère, il tenta de plaisanter :

— Plus jamais ?

— Plus jamais, promit Owen à son oreille, la tête baissée.

Il dansait toujours, et de manière experte, faisant virevolter Erin à travers la foule. Entre sa façon de bouger, sa douceur et son irruption chevaleresque pendant la querelle avec son père, Erin pouvait presque croire qu'il se trouvait entre les bras d'un amant.

Comment la situation pouvait-elle être à la fois désastreuse et si absolument parfaite ?

Erin ferma les yeux.

— Je n'avais pas l'intention de créer un tel chaos, reconnut-il. Je suis désolé de t'avoir contrarié. Il ne m'était pas venu à l'idée que tu prendrais si mal le fait que je surenchérisse sur toi. Puisque je me suis trompé, tu ne me dois rien.

— La question n'est pas que je l'aie pris mal, répliqua Owen. Comme je te le disais tout à l'heure, j'ai vécu une journée traumatique, alors, ton intervention m'a paru être le coup de grâce. J'ai cru... que tu comptais abuser de ta position.

Choqué, Erin recula.

— Je n'aurais jamais fait ça !

— Je sais, mais il m'a fallu un moment pour le réaliser. Désolé.

Erin se détendit.

— Tu n'as pas à t'excuser.

L'air suivant qui émana des haut-parleurs était une chanson pop peu adaptée à la danse. Pourtant, Owen s'en tirait plutôt bien. Le problème vint des autres couples qui, eux, désertèrent la piste. Une fois encore, tous les yeux étaient fixés sur eux. Owen ne semblait pas s'en soucier, il continua à tournoyer autour de la salle.

Quand la musique s'arrêta, Mimi Roberts souhaita une bonne soirée aux célibataires et à ceux qui les avaient obtenus.

Owen garda Erin contre lui, une main posée sur sa hanche.

— Ne te retourne pas, souffla-t-il, mais je te signale que ton père nous regarde avec des poignards dans les yeux.

Machinalement, Erin tenta de vérifier, Owen l'en empêcha.

— Non, ne le regarde pas, insista-t-il. C'est ce qu'il attend. En fait, ça l'irrite énormément que tu l'ignores aussi longtemps.

Erin eut un hoquet d'horreur. Il aurait trébuché si Owen ne l'avait pas soutenu.

Puis Owen esquissa un sourire démoniaque.

— Tu as dépensé ton argent pour rien, tu sais. Je t'aurais aidé gratuitement.

Attends... quoi ? Il m'aurait aidé ?

— Il te faut un ogre pour mettre ton père au pas, ajouta Owen. Je le comprends très bien.

Erin retrouva enfin sa voix.

— Je ne t'ai jamais traité d'ogre !

Owen agita une main dédaigneuse.

— Les autres l'ont fait pour toi. J'ai tout entendu : ogre, dragon, ours mal léché, salaud, fils de pute, pourri, sale con... Même si je continuais à déclamer jusqu'à minuit, je n'arriverais jamais au bout de ma liste de noms d'oiseaux. Parce que je les ai notés, tu sais, j'en suis très fier. Ces qualificatifs me représentent parfaitement. Je peux être ce que tu veux, Erin. Je peux être un monstre !

Erin leva la tête, prêt à rétorquer qu'il ne pensait pas à Owen comme à un monstre et qu'il ne voulait pas d'un sauveur, juste d'un homme avec lequel passer une soirée romantique, mais il perdit une nouvelle fois le souffle en découvrant la lueur intense et enflammée qui faisait briller les prunelles d'Owen.

La musique reprit, un swing plus rapide.

Du pouce, Owen lui caressa le dessous du menton, un geste d'une telle tendresse qu'Erin sentit ses genoux flageoler.

— Je serai là pour toi, Erin. Nous allons sortir ensemble.

Puis, devant le père d'Erin, tout le conseil d'administration de l'hôpital et la moitié des habitants de Copper Point, le Dr Owen Gagnon serra Erin Andreas dans ses bras et lui donna le baiser le plus passionné qu'il ait reçu de toute sa vie.

En fait, c'était son premier baiser et il provenait du seul être qui le faisait rêver.

ERIN ANDREAS ne savait pas embrasser. Et sa bouche avait un goût sucré.

Owen regretta son geste à peine le fait accompli. *C'est trop tôt!* hurlait la partie encore rationnelle et sensée de son cerveau.

Malheureusement, Owen avait cédé à une impulsion née dans la zone embrumée par l'alcool et la drogue.

Mais Erin ne le repoussait pas. Au contraire, il tentait de lui rendre son baiser avec l'empressement brouillon d'un néophyte anxieux de ne pas révéler l'ampleur de son inexpérience.

Il n'a jamais été embrassé correctement. Cette vérité s'ancra dans le cerveau d'Owen où brûlait encore l'image maudite de John Jean Andreas penché sur son fils, pâle et tremblant.

Du bout des doigts, Erin frôla la joue d'Owen et glissa le long de son cou. Il ne s'écartait toujours pas.

Il ne m'était pas venu à l'idée que tu prendrais si mal le fait que je surenchérisse sur toi... je me suis trompé...

Alors que la culpabilité lui nouait les tripes, il caressa le cou d'Erin, son pouce s'attardant sur les muscles tremblants. Il tenta d'apaiser sa tension tout en lui soutenant la tête. *Je vais te démontrer que je ne suis plus du tout fâché contre toi.*

Il ouvrit la bouche sur celle d'Erin et approfondit le baiser.

Et son autre main abandonna la taille d'Erin pour empoigner les rondeurs de ses fesses. Des hoquets surpris résonnèrent tout autour d'eux, étouffant presque la musique.

Cette fois, Erin s'éloigna, tout tremblant.

— Qu'est-ce qui te prend?

Ce n'était pas la réaction qu'avait espérée Owen. Il se remit à danser en entraînant Erin. Ça faisait un bail qu'il ne dansait plus, mais comme pour le violon, ses anciens talents lui revenaient sans difficulté.

Merde, il ne voulait pas y penser.

Il avait repris une posture plus correcte, la main au creux de la taille de son partenaire.

Et maintenant, qu'est-ce qu'on fait?

Il cherchait toujours la réponse à sa question quand Erin parla d'une voix pincée qui chevrotait un peu:

— Tu sais, pas mal de gens ont dû t'entendre annoncer que nous sortions ensemble. Ce baiser risque d'alimenter les ragots.

— Je me fous de ce que les gens pensent, rétorqua Owen.

Il haussa un sourcil en toisant Erin, mais ce dernier fixait son nœud papillon et refusait de croiser son regard.

— Ça te pose un problème que les gens nous pensent ensemble? insista Owen.

Il avait ignoré jusqu'à ce jour qu'Erin était capable de rougir aussi fort.

— Mais enf-fin… p-pourquoi leur d-donner une idée p-pareille?

— À cause de ton père, bien évidemment.

Sous le coup de l'émotion, Erin lui écrasa les pieds. Il fronça les sourcils, l'air perplexe.

— Je n'ai pas… je n'ai pas… Je ne comprends pas ce que tu veux dire.

Owen le serra contre lui.

— Ça va aller. Tu vois? Je suis là maintenant.

— Oui, mais je ne suis pas sûr que tu m'aies bien compris. Et ça me trouble.

— C'est très simple : nous allons faire semblant d'être attirés l'un par l'autre ce soir.

Erin se figea, le visage livide.

— Faire semblant… *quoi?*

— Et c'est bien normal que tu sois troublé, continua Owen, jovial. Je l'ai été aussi, je t'assure, quand tu as enchéri sur moi alors que j'avais déjà un genou à terre. Tu es intervenu devant tout le monde comme si te donner en spectacle était facile pour toi!

Erin glissa une main tremblante sur la poitrine d'Owen.

— J'ignore pourquoi ça t'a tellement coûté de jouer dans le quatuor, mais si j'avais su, je ne les aurais jamais laissés t'enrôler. Je te demande pardon.

Cette fois, ce fut Owen qui trébucha. Il tenta de couvrir sa maladresse avec un clin d'œil et le regretta très vite, car l'expression vulnérable d'Erin lui donnait le vertige. Le cœur serré, il s'accrocha à Erin et se concentra pour que tous deux restent debout.

La pensée qui le hantait depuis qu'il avait vu Erin avec son père fit enfin surface dans son cerveau.

Il me rappelle ma mère.

Soudain, Owen n'entendait plus que le battement de son cœur qui résonnait dans ses oreilles, il sentait la pression de l'air dans ses poumons.

Il avait la sensation d'être un oiseau aux ailes déployées retenu par un fil à la patte. S'il ne s'envolait pas, il serait entraîné dans ce passé qu'il s'était juré d'oublier.

Pourtant, alors même que cette pensée s'inscrivait en lettres de feu dans son cerveau et bien que ses ailes soient encore opérationnelles, il réalisa que le fil était déjà devenu une chaîne.

Jamais il ne pourrait occulter le visage terrifié d'Erin. Jamais il n'oublierait la brutalité avec laquelle John Jean avait serré le coude de son fils ni la façon dont Erin s'était recroquevillé devant son père, essayant malgré tout de cacher sa douleur et sa terreur.

Erin me rappelle ma mère et je ne supporterais pas de le laisser rentrer chez lui retrouver un homme qui me rappelle mon père.

Peut-être que, cette fois, je pourrai la sauver.

Il fut arraché à sa transe par des doigts frais effleurant son visage. Il baissa la tête et remarqua qu'Erin le regardait d'un air inquiet.

Ils étaient au milieu de la piste, serrés l'un contre l'autre, immobiles, alors que d'autres couples dansaient autour d'eux.

Owen ignora les regards indiscrets et scanna la foule sans repérer John Jean. Il se tourna ensuite vers Erin.

— Tu vis avec ton père, c'est ça?

Erin afficha aussitôt une expression fermée qui mit l'instinct protecteur d'Owen en alerte rouge.

— Oui. Pourquoi?

Owen fouilla le visage levé vers lui.

— Que va-t-il se passer ce soir quand tu rentreras chez toi?

Erin se referma davantage, une réponse éloquente aux yeux d'Owen. Il savait dorénavant tout ce qu'il lui fallait savoir.

— C'est mon problème, pas le tien.

— Je peux te protéger, je te le jure. Avec moi, tu seras en sécurité.

Il resserra ses bras sur Erin, la poitrine contractée.

— Mais si tu veux mon aide, ajouta-t-il, tu ne peux pas rester chez ton père. Pas même pour cette nuit.

Erin s'écarta.

— Qu'est-ce que tu racontes?

Owen ne l'avait pas lâché.

— Pour donner de la crédibilité à notre histoire, s'embrasser ne suffit pas. Si tu t'installes avec moi, je te garantis que ton père te fichera la paix. Et j'ai la réputation de tenir mes promesses.

— Tu voudrais… que je… m'installe chez toi.

— Oui, dès ce soir.

Avec un grand sourire, Owen se remit à danser.

S'INSTALLER CHEZ Owen.

Sous le choc, Erin était incapable de dire un mot. C'était une idée complètement délirante. En fait, ce n'était pas seulement qu'Owen avait mal compris la situation, c'était surtout… qu'il était devenu fou.

S'installer chez Owen. S'installer chez Owen.

S'installer chez Owen.

Quand les jambes d'Erin lâchèrent sous lui, Owen lui passa un bras autour de la taille et quitta la piste de danse en l'entraînant jusqu'à la table la plus proche. Il fusilla d'un œil noir son occupant – le président d'une banque locale – jusqu'à ce que ce dernier offre un siège à Erin. Celui-ci aurait voulu s'excuser au nom d'Owen, mais il ne parvint pas à formuler ses mots. Il lui fallait déjà exercer tout son contrôle pour retenir ses gémissements.

Comment était-il censé s'installer chez Owen ?

Peu après, le président et ses invités quittèrent leur table. Voyant le terrain libre, le Dr Wu et Simon Lane s'approchèrent, suivis du Dr Kumpel. Les trois hommes semblaient inquiets.

Le regard de Kumpel passa d'Erin à Owen.

— Que s'est-il passé ? s'enquit-il. Y a-t-il un problème avec John Jean Andreas ?

Owen l'ignora.

— L'un de vous peut-il aller chercher à boire à Erin ? Un verre d'eau, peut-être ?

Il posa une main douce sur l'épaule d'Erin et s'accroupit légèrement pour être à sa hauteur.

— As-tu mangé ce soir, Erin ? demanda-t-il. En fait, à quand remonte ton dernier repas ?

Les joues brûlantes, Erin eut le geste instinctif de les cacher. Owen le fixait avec tant d'intensité qu'il se sentit tenu de répondre.

— Je… j'ai déjeuné. J'ai pris un sandwich de la cafétéria de l'hôpital.

— En clair, tu travailles beaucoup trop, en plus du reste.

Owen pointa du doigt le Dr Wu.

— Trouve-lui quelque chose à manger.

Il se tourna vers Lane et enchaîna :

— Simon, tu te charges de lui trouver à boire. Un jus de fruit, si possible. Surtout pas d'alcool. Et prends de l'eau pour moi, s'il te plaît.

Le Dr Wu prit son fiancé par le coude.

— D'accord. Nous n'en aurons pas pour longtemps.

Le Dr Kumpel s'installa en face d'Erin.

— Ça va, Erin ?

Il jeta un coup d'œil à Owen et ajouta :

— J'espère que mon coloc vous traite correctement.

D'un geste possessif, Owen serra l'épaule d'Erin.

— Bien sûr.

Kumpel leva un sourcil sceptique en dévisageant Owen.

— Ce n'est pas à toi que je m'adressais !

Erin frissonna. C'était le moment d'expliquer qu'il y semblait y avoir une sorte de malentendu. Mais par où commencer ? Sans qu'il l'ait voulu, il se remémora le baiser brûlant d'Owen. Du coup, il rougit et se mit à bégayer. Ses épaules s'affaissèrent, accentuant son sentiment de défaite.

— Je… je vais bien. Merci, Dr Kumpel.

Sauf que malentendu ou pas, Owen m'a demandé de m'installer avec lui et que j'envisage sérieusement d'accepter.

Kumpel continua à le scruter comme un de ses patients. Et Erin se sentit extrêmement mal à l'aise, car le Dr Kumpel exerçait en pédiatrie.

Kumpel se pencha davantage, les sourcils légèrement froncés.

— Dites-moi, Erin, auriez-vous des caisses secrètes ou des revenus cachés pour jeter ainsi l'argent par les fenêtres avec cette absurde enchère concernant Owen ? Vous restera-t-il encore de quoi vous nourrir ? Parce que si ce n'est pas le cas, je vais insister pour qu'Owen vous offre des plats plus roboratifs que de simples sandwichs. De plus, quelle idée vous a pris d'enchérir sur *Owen* ? Notre Owen ? Vous le connaissez, non ? Un ours grincheux, impulsif et provocateur ! Je vous accorde qu'il a quelques qualités – dont la fidélité à ceux qu'il aime –, mais ça ne compense pas toujours son caractère acariâtre.

Il faisait terriblement chaud dans la salle, c'était étouffant. La gorge sèche, Erin déglutit avec difficulté.

— Oui, je sais. Et je survivrai à cette dépense, merci de vous en inquiéter. De l'argent, j'en ai, j'en ai même beaucoup. Et je tenais vraiment beaucoup à gagner cette enchère et passer la soirée avec lui. C'est tout.

Là. Il avait enfin révélé la vérité. Il jeta un coup d'œil à Owen en se demandant quelle serait sa réaction à ses aveux.

70

Owen n'en eut aucune, trop occupé qu'il était à fusiller Kumpel du regard.

— Acariâtre, moi ? N'importe quoi ! beugla-t-il.

Kumpel ricana.

— Effectivement, tu es en train de prouver que je me trompais.

Lane et Wu revinrent, le premier avec des boissons, le second avec un plateau qu'il tenait à deux mains avec des assiettes remplies d'un large choix des amuse-gueules proposés au buffet. Lane passa à Owen une bouteille d'eau et à Erin un verre… de jus d'ananas, à ce qu'il lui sembla.

— Voilà pour vous, Erin, déclara Lane avec un sourire. Le choix en jus de fruits était assez pauvre, j'espère que ceci vous conviendra. Sinon, je vous ai pris de l'eau.

— Merci.

Erin sirota son jus d'ananas, acidulé et sucré, c'était plutôt agréable.

Dès que son fiancé s'écarta, le Dr Wu posa les assiettes de nourriture sur la table.

— J'en ai apporté pour tout le monde, déclara-t-il.

Owen s'empara d'une assiette vide et la tendit à Erin.

— Choisis ce que tu aimes. À moins que je me charge de faire une sélection pour toi ?

Erin n'aurait su dire si la sollicitude d'Owen faisait partie du plan de « faire semblant de sortir ensemble » ou si sa préoccupation était sincère. Et il se demanda aussi pourquoi il ne faisait pas davantage d'efforts pour revendiquer son autonomie. Allait-il vraiment déménager sous prétexte qu'Owen le lui avait demandé ?

Il n'était pas à l'heure actuelle en état de prendre une décision. Sa priorité était de se sustenter. Jusque-là, il n'avait pas vraiment réalisé à quel point il avait faim. Le jus d'ananas lui avait ouvert l'appétit.

— Je vais choisir, merci.

Les autres attendirent qu'il se serve, mais dès qu'il retomba sur son siège, ils se ruèrent sur la nourriture comme des vautours sur une proie. Owen se servit plus calmement, son attention restant rivée sur l'assiette d'Erin.

— Tu es sûr d'en avoir pris assez ?

Sans lever les yeux, Erin hocha la tête.

— Oui, merci.

Il s'était à peine remis de cet épisode quand Owen lança une autre grenade.

Après s'être essuyé la bouche avec sa serviette, Owen s'adressa à Kumpel :

— Au fait, Jared, je dois te prévenir qu'Erin va rester un moment avec nous. J'ai pensé que nous pourrions l'installer dans l'ancienne chambre de Simon.

Wu, Kumpel et Simon Lane se figèrent aussitôt.

Erin tira sur le revers de la veste d'Owen et murmura d'un ton insistant :

— Voyons, ce n'est pas nécessaire.

Owen rétorqua sans se donner la peine de baisser la voix :

— Ne me dis pas que tu essaies déjà de revenir sur ta parole ? Moi qui espérais grâce à toi échapper à ma solitude de vieux célibataire endurci !

C'est le moment de parler. Explique-toi clairement avec lui, même si tu es mortifié au-delà des mots !

— J'ai déjà essayé de te le dire, Owen, c'est un malentendu, tu m'as mal compris…

— Vraiment ?

Devant le regard intense qu'Owen lui jetait, Erin sentit son sang se glacer dans ses veines. Inquiet, ne sachant plus que dire, il baissa les yeux et fixa le sol, le mur, le plafond, tout en évitant soigneusement Owen ou ses amis.

Sans tenir compte de cet aparté, Owen continua à s'entretenir avec les trois autres :

— Donc, comme je le disais, Erin va s'installer avec nous. J'espère que tu n'y vois aucune objection, Jared ? Ni toi, Simon ? Tu as ton mot à dire, puisque tu continues de payer le tiers de l'hypothèque de la maison tant que le transfert de tes parts n'est pas signé, même si tu n'y résides plus. Souvenez-vous quand même qu'Erin vous a fait économiser une grosse somme ce soir en vous épargnant de payer mon enchère.

Kumpel émit un petit rire. Il semblait plus étonné que choqué.

— Si je comprends bien, Owen, tu ne comptes pas nous expliquer ce qui se passe ?

Owen croqua dans une chips.

— Non. Et je ne veux pas de questions.

Wu croisa les bras sur sa poitrine.

— Il est toujours défoncé. Je ne pense pas qu'il faille le prendre au sérieux.

— C'est faux, répondit Owen. Le choc que j'ai reçu a annihilé tout le Xanax que j'avais avalé. Je parle très sérieusement.

Jared haussa un sourcil et s'adressa à Erin :

— C'est vrai ? Vous comptez vous installer à la maison ?

Je n'en sais rien.

— Euh…

Owen lui prit la main, la serra, puis entrelaça ses doigts aux siens. Son geste calma Erin qui se sentit soudain plus assuré.

— Eh bien, oui, je suppose, répondit-il d'une voix qui ne tremblait pas.

Owen lui fit un clin d'œil, puis lâcha sa main pour la poser sur la table, paume vers le haut. Il toisa ensuite ses amis du regard.

Jared secoua la tête avec un petit rire.

— Quelle paire vous faites, tous les deux ! D'accord, gardez vos secrets et passons aux choses pratiques. Erin, avez-vous besoin d'un coup de main pour récupérer vos affaires ?

Le visage d'Owen s'assombrit.

— Non.

Le Dr Wu s'adressa au Dr Kumpel :

— Bien sûr que si, j'en suis fermement convaincu. Nous devrions aider Erin à collecter ses affaires.

Owen les affronta du regard.

— Pourquoi ? aboya-t-il. Vous pensez devoir le protéger contre moi ?

Wu esquissa un sourire apaisant.

— Owen, dans ton état, tu as toutes les chances d'exploser et de mettre tout le monde mal à l'aise, toi, lui… et nous. De plus, tu n'es pas en état de conduire.

La discussion s'envenima et dura plusieurs minutes. Erin écoutait, totalement dépassé à ce stade. Il ne tenta pas d'intervenir et fouilla la salle communautaire des yeux, cherchant son père. John Jean allait-il approcher de leur table et provoquer une scène en public ? Non. Il attendrait d'être seul à la maison avec son fils.

L'estomac noué, Erin se sentit soudain nauséeux. Il regretta d'avoir mangé.

Sous la table, la main d'Owen retrouva la sienne, son pouce caressant le dos de sa main. *Il faudrait quand même que je lui explique la situation*, pensa Erin. Mais la douce caresse d'Owen faisait son effet et il s'apaisait. En fait, il n'avait plus tellement envie de parler.

Pourquoi ne pas rester chez lui cette nuit ? Je lui parlerai demain matin.

Était-ce de la folie ? Probablement. Erin agissait-il de façon irresponsable ? Certainement. Mais plus il restait assis près d'Owen, plus il voulait tenter sa chance. Fuir, se cacher. Et profiter encore un peu de la présence d'Owen.

Du bout des doigts, il pressa sa tempe où pointait une migraine.

Aussitôt, Owen enfouit les doigts dans ses cheveux et se mit à lui masser le cuir chevelu. Erin en ressentit des picotements de plaisir dans tout le corps.

— Ça suffit, déclara Owen d'un ton plus calme. Vous avez gagné, nous irons tous ensemble, mais faisons-le sans plus tarder. Erin est fatigué.

Erin releva la tête et chercha à éclaircir ses idées embrouillées par le toucher d'Owen.

— Je ne peux pas m'en aller avant la fin de la soirée… je… je suis membre du comité…

— Il y a d'autres membres, trancha Owen.

Il se tourna vers Simon et ajouta :

— Arrange-toi pour libérer Erin de ses obligations !

Ce n'était pas le genre d'Erin de déléguer son travail, mais il n'avait plus la force d'argumenter. Il était trop épuisé.

— Voyez avec Nick, Simon, déclara-t-il. Présentez-lui mes plus sincères excuses et demandez-lui de prendre le relais.

Jared se leva.

— Je me charge de Nick Beckert. Vous autres, partez. Je vous retrouverai plus tard.

Ils avaient presque atteint la porte quand une dame âgée se plaça devant Owen et lui tapota le poignet avec un sourire. Elle haussa la voix pour se faire entendre par-dessus le vacarme ambiant :

— Quel plaisir cela a été pour moi de vous entendre au violon, jeune homme. Vous jouez aussi bien qu'autrefois.

Erin remarqua que Simon Lane et Jack Wu grimaçaient tous les deux. Ils semblaient prêts à pousser Owen vers la sortie. Erin jeta un coup d'œil à Owen et se figea de stupéfaction. Il fixait la vieille dame avec un sourire de façade, mais il était devenu blême et ses yeux étaient éteints.

Erin frissonna devant ce masque mort. Il avait déjà vu Owen dans cet état juste avant le concert, quand il l'avait croisé dans les coulisses, seul dans un recoin, assis sur de vieilles bâches. Il semblait… hanté.

Tout en faisant de gros efforts pour que ça ne se remarque pas.

Ils réussirent enfin à s'échapper.

Une fois sur le parking, le Dr Wu reprit la parole :

— Erin, vous ne voulez pas monter avec nous ? Vous paraissez avoir mal à la tête, vous ne cessez de vous frotter la tempe.

— J'ai un début de migraine, reconnut Erin, mais je préfère ne pas laisser ma voiture ici. Ça devrait aller…

— Je vais conduire, coupa Owen.

— Non, trancha Wu, tu es shooté.

Il se tourna vers son fiancé :

— Simon, prends Owen avec toi, je me charge d'Erin, d'accord ?

Il esquissa un sourire et s'adressa à Erin :

— Vu votre état de nerfs, je pense plus prudent que vous ne preniez pas le volant. Laissez-moi m'occuper de vous. Vous avez eu assez d'excitation pour la nuit.

— *Je conduirai Erin*, répéta Owen.

Personne ne l'écouta et peu après, Erin s'installait sur le siège passager de sa voiture, avec le Dr Wu au volant. Simon et Owen, dans une seconde voiture, les suivirent jusqu'au manoir Andreas. Jared, après un bref entretien avec Nick pour le prévenir de leur départ, n'était qu'à quelques rues derrière eux.

Après quelques instants de silence, le Dr Wu s'éclaircit la gorge.

— Erin, je ne compte pas vous interroger sur ce qui se passe entre Owen et vous, mais je reconnais que les événements de la soirée m'ont laissé perplexe. Vous allez bien ?

Erin faillit éclater d'un rire hystérique. Il frotta encore sa tempe douloureuse avant de répondre :

— Croyez-moi, Dr Wu, je suis tout aussi perplexe, mais, oui, je… tout va bien.

En prononçant ces mots, il réalisa que c'était la vérité. *Tout allait bien. Il allait bien.* Il tremblait un peu, il se sentait perdu, mais dans l'ensemble, c'était une sensation plutôt agréable. Même la terreur qu'il cachait en lui ne paraissait pas si terrible. Quel que soit le prix à payer pour cette nuit chez Owen, ça en vaudrait le coup.

Après tout, il en avait rêvé toute sa vie.

Le Dr Wu hocha la tête.

— Tant mieux. Mais puisque nous ne sommes pas à Ste Anne, j'aimerais que vous m'appeliez Jack.

LE MANOIR Andreas se trouvait au nord-ouest de Copper Point, dans un secteur privilégié où toutes les résidences donnaient sur la baie. En tant qu'une des plus anciennes maisons de la ville, le manoir Andreas était inscrit au registre historique national et se visitait comme un musée. Toute sa vie, Erin n'avait eu accès qu'à peine à un tiers des lieux, le reste étant quotidiennement réservé aux visiteurs étrangers.

C'était un beau bâtiment rempli de meubles d'époque, de tapis précieux, de tableaux coûteux et de bibelots exquis. Pourtant, Erin trouvait toujours gênant d'y faire entrer d'autres personnes.

Il dirigea Jack vers l'arrière de la maison et lui demanda de se garer sur le côté. Il avait espéré ne rencontrer personne, vu qu'il était tard, mais en voyant la voiture de la gouvernante, il comprit que cette débâcle allait mal finir. Diane avait sans doute eu à travailler tard parce que John Jean avait reçu des invités chez lui avant de se rendre à la salle communautaire.

Jared les rejoignit alors, tous sortirent de leurs voitures respectives et se regroupèrent. Erin tira Owen à part.

— La gouvernante de mon père est encore là, expliqua-t-il. C'est une personne âgée et très autoritaire. Elle gère la partie musée de la maison. Évite de te prendre de bec avec elle, s'il te plaît.

Owen afficha un air offusqué.

Quant à Jack, il fronça les sourcils.

— Un musée ?

Sans laisser à Erin le temps de parler, Simon se chargea de répondre à son fiancé :

— Oui. Le manoir Andreas est un bâtiment historique, aussi est-il partiellement ouvert au public. Je l'ai visité durant ma première année au collège, j'ai même écrit un compte-rendu dessus. C'est une très belle demeure. Je me suis toujours demandé l'effet que ça faisait de grandir dans un cadre aussi somptueux. Moi, je me serais senti un prince !

Erin ne sut pas quoi répondre.

— Ma chambre est au second, déclara-t-il. Nous allons passer par la cuisine, l'escalier de service nous y donnera un accès direct. J'ai une valise dans mon placard et je crois qu'il y a des sacs et des cartons dans l'armoire du couloir. Avec un peu de chance, nous n'en aurons pas pour longtemps.

La maison était immense et rien qu'au rez-de-chaussée, il y avait au moins quatre salles réservées à l'équipe de nettoyage. En principe, le petit groupe aurait dû pouvoir passer sans être détecté.

Ce ne fut pas le cas. À peine entré dans la cuisine, Erin entendit les pas lourds et familiers approcher dans le couloir.

Diane.

Il l'avait connue toute sa vie et pourtant, elle restait sans âge dans son esprit, toujours sombre, la mine lugubre, les cheveux d'un blond factice et terne, sans le moindre reflet doré. La seule brillance qui intéressait Diane semblait être la cire dont elle astiquait les meubles anciens qui lui étaient confiés. Elle attachait ses cheveux en un chignon serré au sommet de son crâne, souvent enveloppés dans un foulard.

Ses grands yeux bleus délavés et désapprobateurs scrutèrent Erin à travers les verres de lunettes à monture d'argent tenues par une chaîne de perles en plastique. À son habitude, elle portait une blouse rose pâle usée aux poches rapiécées remplies de flacons de liquide de nettoyage et des pantoufles jaunâtres. Des relents de vernis et d'ammoniaque flottaient autour d'elle.

Les mains sur les hanches, elle fonça vers Erin et ses compagnons.

— Qu'est-ce que ça signifie ? Que font ces gens ici à une heure pareille ?

Jared, Owen et Simon échangèrent des regards sidérés. Quant à Owen, il plissa les yeux et fixa Diane d'un air mauvais.

Erin lui posa une main sur l'avant-bras et le dirigea vers l'escalier.

— Je suis avec des amis, Diane. Nous n'en aurons que pour un moment. Ils sont venus pour m'aider à emballer les affaires de ma chambre.

En voyant les traits de son visage se crisper, il sut qu'elle s'apprêtait à faire une objection. Il ajouta donc sans lui laisser le temps de parler :

— Nous n'irons *que* dans ma chambre.

Diane agita de façon menaçante un chiffon qu'elle tenait à la main.

— Si l'un de vous touche à mes antiquités, j'appelle la police.

Erin sentit Owen se raidir et le poussa avec plus de détermination encore pour lui faire quitter les lieux.

Une fois sorti de la cuisine, Simon chuchota :

— Non, mais franchement, qui était cette femme ?

Erin s'engagea le premier dans un étroit escalier autrefois réservé aux domestiques.

— C'est Diane Ketterson, répondit-il sur le même ton étouffé, la gardienne du musée. Elle a pour tâche d'en faire le ménage et d'entretenir les antiquités. Comme vous avez pu le constater, elle a tendance à faire du… zèle.

— À ce point, c'est presque du fanatisme ! marmonna Jack.

En vérité, Erin était d'accord avec lui.

— Quand j'étais jeune, ajouta-t-il, c'était ma mère qui s'occupait du musée. En ce temps-là, il n'était pas ouvert tous les jours aux visites. Après le divorce de mes parents, mon père a embauché Diane et confié la gestion du musée à un comité local. Depuis lors, il y a des tas de parties de la maison auxquelles je n'ai plus accès. Au début, ça me dérangeait, mais plus maintenant. Je ne suis là que pour dormir et me doucher, et prendre le petit déjeuner. Parfois, je ne fais que dormir.

Ils arrivèrent au premier palier et Erin fit mine de continuer à monter. Une main se posa sur son bras pour le retenir. Arraché à ses souvenirs, il cligna des yeux et croisa le regard outré d'Owen.

— En clair, tu es ici chez toi et tu es pourtant consigné dans ta chambre parce que de parfaits inconnus visitent constamment les lieux ? Et ça a toujours été comme ça ?

L'intensité d'Owen le mettant mal à l'aise, Erin détourna la tête. Évidemment, présentée comme ça, sa vie paraissait épouvantable.

— Non, marmonna-t-il. Seulement depuis que ma mère est partie.

Owen ne s'adoucit pas.

— Elle est partie quand ?

Quoi, il voulait la date exacte ?

— Quand j'avais sept ans. Qu'est-ce que ça change ?

Maintenant, tous les regards étaient fixés sur lui avec consternation.

— Je suis tellement désolé ! déclara enfin Simon. Je me souviens effectivement du divorce de tes parents parce que tu as été envoyé dans un pensionnat à cette époque-là. Et je savais aussi, comme tout le monde, que ta maison était ouverte au public, mais je n'avais pas réalisé que c'était aussi difficile pour toi… oh mon Dieu !

Très gêné, Erin se sentit tenu de se justifier :

— C'était un peu dur quand j'étais enfant, mais j'ai fini par m'y faire, je vous assure.

Il désigna le couloir et insista :

— Bon, allons-y, d'accord ?

Les autres le suivirent sans plus insister. Soudain anxieux, Erin se demanda ce qu'ils devaient penser. De plus, ils allaient bientôt remarquer la différence entre l'ensemble de la demeure et l'endroit qui lui était alloué.

L'extérieur du manoir, même de nuit, était grandiose, avec ses murs en brique méticuleusement entretenus, ses fenêtres élégantes et ses arbustes taillés, la plupart à feuilles persistantes suite à la froideur du climat nordique. La cuisine, bien que les touristes n'y aient pas accès, était grande, moderne et bien aménagée, car elle était parfois louée lors d'événements organisés par le musée et que le père d'Erin tenait à son image de marque. Le palier du deuxième étage qu'Erin utilisait pour accéder à sa chambre était inclus dans la visite des lieux, aussi était-il luxueusement agencé, avec des tapis anciens et des meubles de famille qui provenaient, pour la plupart, de la région. Les portes s'entrouvraient sur des chambres dont l'opulence ostentatoire était destinée à impressionner les invités du maître de maison et les mécènes du musée. La grande chambre qu'occupait John Jean se trouvait dans un couloir latéral interdit aux visiteurs, mais elle aussi était élégante et richement meublée.

Erin ouvrit une porte étroite qui menait à son espace de vie. Il emprunta d'abord un escalier en colimaçon au fond du couloir. Les marches n'étaient pas en bois patiné, mais peintes d'un ton beige. Dans cette partie de la maison, le ménage n'était fait que si Erin le demandait. Parfois, il devait s'en charger lui-même. Il rougit de honte en voyant des toiles d'araignées au plafond et de la poussière dans les recoins. Une ampoule nue éclairait le chemin d'une lueur pathétique, contraste frappant avec l'éclat du grand lustre du couloir central. Des placards encombraient encore l'espace bondé.

C'était d'une extrême simplicité. C'était minable.

Le petit groupe entra dans la chambre d'Erin, petite et exiguë.

— Excusez le désordre !

Affolé, Erin se précipita et ramassa des papiers épars, des vêtements jetés, du courrier non ouvert.

Si les docteurs Wu et Kumpel, et Simon Lane semblaient très gênés, Owen, lui, garda un calme stoïque.

Une fois encore, Simon posa la question évidente :

— Erin, pourquoi votre chambre est-elle si petite ? Pourquoi est-elle si éloignée des autres pièces de la maison ?

Erin continua à ranger, puis il tira les couvertures de son lit et ouvrit les tiroirs de sa commode. Il en sortit ses vêtements qu'il déposa sur son matelas.

— À cause du musée, répondit-il. Dès que le comité a pris la relève, il a choisi d'agrandir le musée et j'ai dû quitter mon ancienne chambre.

Jack paraissait furieux.

— À sept ans, vous avez été envoyé dans ce grenier ?

Erin se redressa et passa une main sur ses cheveux.

— Oui, mais je n'étais pas là quand ça s'est passé. J'ai été envoyé en pension à peine le divorce signé. Et les premières années, je séjournais avec ma mère pendant les vacances, alors, ils ont dû trouver dommage de garder une chambre inutilisée. Puis ma mère… s'est éloignée de moi et il ne m'est resté que mon père. Quand je suis revenu, mon ancienne chambre avait été réaffectée et toutes mes affaires étaient là. J'ai fait avec.

Il soupira et jeta une pile de chaussettes sur son lit.

— Arrêtez de me regarder comme ça. Je ne suis pas *Annie, la pauvre orpheline* [5].

— Je pensais davantage à Sara Crewe, la *Petite Princesse* [6], lança Jared.

Erin rougit.

— Effectivement, c'est une ancienne chambre de domestique.

Puis il réalisa qu'il aggravait son cas et se remit à trier ses affaires.

— Il y a eu quelques travaux cependant, ajouta-t-il. J'ai une salle de bain.

Il grimaça, parce que la salle d'eau qui jouxtait sa chambre contenait à peine le strict minimum. Il espéra qu'aucun de ses compagnons n'aurait à utiliser ses toilettes avant de partir, sinon, il se retrouverait en mauvaise posture.

Pour alléger le silence pesant, il expliqua encore :

— Je vous accorde que ma situation n'est pas idéale, mais chacun a des problèmes dans la vie, non ? Mon cas est loin d'être désespéré. Un jour, cette maison m'appartiendra et j'aurai le pouvoir de modifier les horaires d'ouverture du musée. Je pourrai aussi me rouler nu sur les tapis antiques que ça plaise ou non à Diane, mais je doute sincèrement d'en avoir envie.

Il posa ses mains sur ses hanches et regarda autour de lui.

— Je ne vois pas ma valise, je la pensais dans ce placard, mais peut-être est-elle dans le couloir.

Il espérait changer ainsi le thème de la conversation. Il ne tenait pas à parler de lui ou de sa vie dans ce mausolée. Il ne voulait pas de pitié ou de compassion. C'était complètement ridicule. Il n'était ni pauvre ni démuni !

Ce qui l'inquiétait le plus, en vérité, c'était le fait qu'Owen, contrairement aux trois autres, n'avait eu aucune réaction. Il ne posait pas de questions, il ne jetait pas de regards horrifiés autour de lui. Et ce n'était pas dans son caractère. Erin se serait attendu à le voir hurler sa désapprobation ou faire une remarque caustique.

---

5 Un des grands classiques de la bande dessinée américaine.
6 Roman écrit par Frances Burnett et publié aux États-Unis en 1905, sur les malheurs d'une orpheline ruinée.

Soudain, Owen ouvrit la porte de la salle de bain. Là encore, il ne fit aucun commentaire et laissa Erin se précipiter et refermer brusquement la porte.

Quand Erin sortit dans le couloir étroit récupérer sa valise, des cartons et quelques sacs, il croisa le regard insondable d'Owen et se voûta, prêt à entendre sa condamnation.

— Dépêche-toi de flanquer tes affaires là-dedans pour que nous puissions nous en aller.

Il parlait calmement, posément. Pas du tout comme un ogre irascible.

Il sait que je ne veux pas en discuter. Il n'en rajoute pas parce qu'il ne tient pas à me rendre encore plus mal à l'aise que je le suis déjà.

Erin évoqua alors la réaction d'Owen quand la vieille dame l'avait intercepté en quittant la salle communautaire pour lui parler de son jeu. Manifestement, c'était pour Owen un sujet douloureux, il ne tenait pas à l'aborder.

Erin s'en voulut d'avoir remercié Owen de sa participation au concert, peu avant la loterie des célibataires. Les yeux vides de l'anesthésiste, assis tout seul dans un coin sombre, le hantaient encore.

Oh mon Dieu! Erin se souvint des mots qu'il avait employés – *vous jouez aussi bien qu'autrefois* – la même formule que cette femme.

Tu lui as pourri sa soirée, tu l'as empêché de boire pour oublier, tu as parlé sans réfléchir, tu lui as fait de la peine. Tu es une vraie calamité. Tu l'as laissé s'empêtrer dans ce malentendu. Tu n'as aucune sensibilité. Tu es égoïste et creux.

Tremblant de tout son corps, Erin se retint contre le mur tandis que ses genoux flageolaient.

Owen intervint, il le soutint par le bras et le ramena dans la chambre.

— Viens. Je vais t'aider.

Manifestement, il prenait son rôle de protecteur très au sérieux. Le seul homme au monde capable de passer sous les défenses d'Erin ne lui en voulait pas de ses innombrables méfaits. Non, il lui pardonnait.

— Je suis vraiment désolé, murmura Erin d'une voix à peine audible.

Il ne tenait pas à ce que les trois autres l'entendent.

Owen pressa les lèvres contre son oreille.

— De quoi? Tu n'as rien fait de mal.

— Ce n'est pas pour ça que j'ai enchéri sur toi...

Incapable de croiser les yeux d'Owen, il parlait d'une voix de plus en plus étouffée.

81

— Je sais.

Totalement déboussolé, Erin sentit des baisers pleuvoir sur ses cheveux.

— Ce qui est fait est fait, reprit Owen. Je ne regrette rien. Et toi ? Ça n'est pas si catastrophique d'être réconforté, pas vrai ?

Erin ferma les yeux et s'abandonna à la caresse.

— Non.

— Alors, laisse-toi faire. S'il te plaît, je veux juste t'aider.

Que pouvait objecter Erin ? Rien. Il hocha la tête et se laissa conduire.

Une fois revenu dans la chambre, Owen eut vite fait d'enfouir le reste de ses affaires dans les sacs et les cartons qu'ils rapportaient. Bientôt, tout fut terminé et le petit groupe, dûment chargé, entreprit de quitter la maison.

Erin se sentit étrangement ému de pouvoir considérer les quatre hommes qui l'escortaient comme « ses amis ».

Il quitta la demeure de son père sans un regard en arrière et s'en alla dans la nuit. Jack reprit le volant de la voiture d'Erin, mais cette fois, Owen s'installa sur la banquette arrière. Erin monta à son côté et fit le trajet, la tête posée sur une solide épaule, enveloppé dans l'abri inattendu de ses bras.

IV

UNE FOIS de retour chez lui, Owen resta éveillé dans son lit jusque tard dans la nuit, les yeux au plafond.

Depuis qu'il avait reposé l'archet du violon de Ram, à la fin du concert, il avait été emporté dans un tourbillon de folie, la tête brumeuse, l'humeur assassine.

Et son état s'était encore aggravé quand Erin l'avait acquis.

Plus tard, en voyant John Jean serrer le coude d'Erin, Owen avait bien failli exploser. Le bruit des battements de son cœur à ses oreilles était devenu assourdissant. Cette atroce soirée avait réveillé en fanfare les cauchemars qui hantaient le plus profond de son subconscient.

Il avait reconnu le sifflement familier annonçant la catastrophe imminente et, en bon chef d'orchestre, il s'était apprêté à jouer son rôle.

Au manoir Andreas, en écoutant Erin évoquer les grandes lignes de sa triste vie, il avait réalisé l'affreuse solitude émotionnelle de son DRH… et là, son tsunami interne avait tourné court.

Owen était retombé sur terre. Le pire avait été le ton calme et résigné qu'Erin avait employé pour narrer des années de mauvais traitements et de négligence.

L'avant-bras pressé sur les yeux, il se concentra sur sa respiration. Il ignorait où était son flacon de Xanax. Il ne tenait pas particulièrement à boire, mais il aurait aimé dormir et il devenait évident qu'il n'atteindrait pas son objectif en restant étendu alors que les idées se télescopaient dans son cerveau.

Il se rendit dans la cuisine et ouvrit le placard où étaient rangées les bouteilles d'alcool. Après une brève réflexion, il referma la porte sans s'être servi. Il prit plutôt de l'eau minérale au réfrigérateur.

Il entendit des pas traverser le salon et sut, avant même d'entendre sa voix, qu'il s'agissait de Jared.

— Prends-en une pour moi, tu veux ?

Owen attrapa une deuxième bouteille qu'il lança à Jared.

— Je sais pourquoi je n'arrive pas à dormir, grommela-t-il, mais toi, qu'est-ce qui ne va pas ?

— Je ne sais pas, peut-être la présence d'un colocataire que tu as invité sans me consulter, celui qui a payé vingt-cinq mille dollars pour toi avant de nous conduire dans sa mansarde. Il vit en miséreux dans le manoir le plus ostentatoire de Copper Point et il paraît trouver ça tout à fait normal.

Jared secoua la tête, puis il décapsula sa bouteille et avala une gorgée d'eau.

— Il n'avait que sept ans ! reprit-il. Même chez des gens modestes, traiter un gamin de cette façon aurait été de la maltraitance. Toi et moi savons très bien que le père Andreas ne sera jamais poursuivi ni puni.

En voyant Owen jeter un regard inquiet en direction de l'escalier, Jared agita la main.

— Oh, ne t'en fais pas. Il dort à poings fermés. J'ai vérifié, pensant naïvement qu'il pourrait être perturbé par la brutalité de ce changement. Mais pas du tout, il dort. Et il ronfle de façon adorable.

Owen s'appuya quelques secondes contre le réfrigérateur et énonça enfin à haute voix ce qui le hantait depuis ces dernières heures :

— En quittant la scène ce soir, j'ai tout de suite vu que son père était furieux contre lui. Et ça m'a rappelé mes parents.

Jared prit une longue gorgée d'eau.

— J'avais compris en te voyant endosser ton beau costume des *Avengers*. C'est pour ça que tu tenais tellement à l'installer ici, avec nous ? Parle-moi, Owen, s'il te plaît.

Owen n'y tenait pas du tout, mais il le devait à Jared. Il serra les doigts sur sa bouteille et tenta de garder son calme en contrôlant le rythme de sa respiration.

— Son père est venu le rejoindre à notre table et il l'a empoigné par le coude, grogna-t-il. Extérieurement, le geste paraissait normal, sauf qu'Erin est devenu blême. Pendant une minute, je n'ai pas pu bouger. J'étais tétanisé. Puis je me suis souvenu que je n'avais plus dix ans, mais trente-quatre, et que cette fois, je pouvais intervenir. Jamais je n'aurais accepté de laisser Erin rentrer chez lui ce soir et affronter son père. Pas après avoir assisté à cette scène révélatrice.

Jared soupira.

— Owen, fais attention. Es-tu certain d'avoir bien interprété ce que tu as vu ? N'as-tu pas exagéré en projetant ton passé... Non, sans doute pas. Après cette virée au manoir Andreas et la façon dont Erin a si vite accepté ta proposition insensée, je me doute qu'il y a anguille sous roche. Sincèrement, je ne sais pas quoi penser.

— Il n'a pas accepté aussi vite que tu sembles le croire, corrigea Owen. C'est juste… je ne sais pas trop comment l'expliquer, mais le simple fait qu'il se défende à peine m'a rendu encore plus déterminé à obtenir gain de cause. Et tu as vu comment il est logé ? À l'étage des domestiques ! Et il semble trouver la situation naturelle. Est-il sincère ou s'est-il cru obligé de le prétendre pour garder la face ? Je ne sais pas trop.

— À mon avis, lui non plus. À propos… pourquoi a-t-il enchéri une telle somme sur toi ? C'était un acte insensé.

— Pour s'éloigner de son père, bien évidemment.

Jared fronça les sourcils.

— Attends… quoi ?

— Il m'a demandé de….

Owen frotta la bouteille d'eau contre sa joue en fouillant sa mémoire, cette partie de la soirée restait un peu floue.

— Jared, pour Erin, tout tourne autour de son père, d'accord ? Il n'avait pas de plan très réfléchi, c'est pourquoi je lui ai proposé de s'installer momentanément ici.

Cette explication paraissait nettement moins logique maintenant qu'il était sobre. Pendant la fête, l'esprit embrumé par les drogues et l'alcool, tout lui avait semblé bien plus sensé. Il but son eau et fronça les sourcils, les yeux fixés sur le mur.

— Il t'a bien donné une explication à son enchère, quand même ? insista Jared.

Owen ouvrit la bouche pour acquiescer, puis il hésita. La voix d'Erin résonna dans sa tête. *Ce n'est pas pour ça que j'ai enchéri sur toi. Ce n'est pas pour ça…*

Owen s'éclaircit la gorge.

— Hum, c'est compliqué. Mais son père est certainement impliqué.

Erin avait accepté sa proposition. Quelle autre preuve fallait-il ?

— D'après toi, il n'y a pas d'autres raisons possibles ?

— Je n'en sais rien, merde ! explosa Owen.

Jared jura entre ses dents.

— Et moi, j'hérite d'un rôle qui se situe entre nounou et arbitre. Merci beaucoup !

Owen pinça les lèvres.

— Il n'y aura pas de disputes !

Jared éclata de rire.

— Ben voyons ! Depuis qu'Erin a été engagé à Ste Anne, tu n'as pas cessé de te fritter avec lui. Et d'après toi, cet antagonisme va disparaître par miracle sous l'effet de deux Xanax ?

— Il y a longtemps que ces comprimés ne font plus effet, grommela Owen. D'ailleurs, il m'en faudrait un autre pour espérer dormir. Où as-tu mis mon flacon ?

Jared leva son eau minérale en un toast simulé.

— Je te l'apporte dans une minute. Mais avant, je veux en savoir plus sur le merdier dans lequel tu nous as plongés. Considère-moi comme un succédané de somnifère.

— Erin est aussi isolé dans sa tour d'ivoire qu'une princesse de conte de fées – ou un prince.

Jared pencha la tête.

— Mmm, mais il ne veut pas être sauvé, c'est ça ? Donc, il ne s'agit pas d'une vraie relation entre vous ?

— Bien sûr que non ! Je veux juste l'aider à échapper à son père.

— Et il a cru que jouer à l'amant transi pouvait être efficace ? Quelle drôle d'idée ! Ça ne fera que compliquer les choses !

Owen jugea inutile de préciser que l'idée venait de lui. A posteriori, ce baiser enflammé avait été une sacrée erreur. Pourquoi Erin ne l'avait-il pas envoyé sur les roses ?

— Il reste pas mal de questions en suspens, reconnut Owen. Il faudra que nous discutions, lui et moi, demain matin.

— Essaie de l'interroger si ça te dit, rétorqua Jared, sceptique. Je doute fort que tu en obtiennes des réponses.

Pris d'un mauvais pressentiment, Owen craignit soudain que Jared ait vu juste.

QUAND ERIN ouvrit les yeux, il ne reconnut pas l'endroit où il se trouvait.

Il avait dormi comme une masse, ce qui ne lui ressemblait guère. Et c'était plutôt alarmant. Aucun bruit familier ne l'avait réveillé. L'alarme sur son téléphone avait sonné, mais il n'entendait ni l'aspirateur des étages en dessous, ni Diane houspillant les guides touristiques, ni rien. Quand il prêta l'oreille, il perçut un discret tic-tac qu'il ne reconnut pas.

Il se retourna et examina la pièce dans la pénombre du petit matin.

Soudain, tout lui revint.

Oh, oui. Il était chez Owen Gagnon, dans l'ancienne chambre de Simon Lane.

Il ne restait pas grand-chose dans la chambre. Quand Simon avait emménagé avec Jack Wu, plusieurs semaines plus tôt, il avait emporté ses affaires personnelles et les meubles auxquels il tenait, ne laissant derrière lui qu'une caisse remplie de souvenirs, des posters encadrés sur les murs et un calendrier obsolète. Le placard était déjà rempli des vêtements d'Erin, ses costumes et chemises soigneusement suspendus par Jack et les autres, ses chaussures alignées sur le sol. Ses tenues décontractées étaient dans la commode – que Simon avait assuré avoir soigneusement nettoyée après l'avoir vidée.

Jared lui avait dit de se servir à volonté dans les placards de la cuisine et le réfrigérateur, et promis de lui apprendre sans tarder comment faire marcher la cafetière.

Erin se demanda où était Owen ce matin.

En principe, il aurait dû se lever et aller travailler, mais… il envisageait plutôt de prendre la journée. Il méritait bien une pause après ce qu'il avait subi.

Sitôt dit, sitôt fait, il passa un coup de fil à son assistante.

Après avoir raccroché, il quitta son lit et alla jusqu'à la fenêtre, il écarta le rideau et regarda à l'extérieur. Il avait neigé pendant la nuit, plusieurs centimètres recouvraient le sol, assez pour que l'école soit probablement fermée. À l'hôpital, ce serait le chaos, les opérations et les rotations des équipes devenant bien plus difficiles à gérer en cas de chutes de neige. La maison d'Owen et de Jared donnait dans la rue, contrairement à celle de son père qui se trouvait au bout d'une longue route gravillonnée. Erin passa un moment à regarder les voisins déneiger leurs allées et vit passer la déneigeuse-saleuse dans la rue.

Maintenant qu'il avait décidé de ne pas se rendre à l'hôpital, il ne savait trop comment s'occuper. S'il s'était trouvé au manoir Andreas, il serait descendu prendre son petit déjeuner avec son père dans la cuisine, muet et prêtant l'oreille au constant monologue de John Jean sur des sujets qu'il jugeait importants.

Aujourd'hui, Erin aurait passé un sale quart d'heure.

Il s'interrogea alors sur la réaction de son père en découvrant son départ. Peut-être avait-il envoyé un message…

Erin vérifia son téléphone et ne trouva que des SMS de l'hôpital.

L'un était de Nick.

NB : Tout va bien ?

Erin tapa une réponse.

EA : Oui, j'ai pris un jour de congé. Ça te dirait de prendre un café avec moi un peu plus tard ?

EB : Bonne idée. Quelle heure ?

EA : Je n'ai aucun projet spécifique pour le moment.

Erin jeta un coup d'œil à la porte de sa chambre et sentit des papillons dans le ventre. Il corrigea son texto :

EA : Je dois d'abord m'entretenir avec mes nouveaux colocataires. Disons cet après-midi, après que les routes auront été dégagées. Treize heures ?

EB. D'accord. Je viendrai te chercher, j'ai de nombreuses questions.

Erin réalisa alors avoir mentionné ses nouveaux colocataires, mais Nick ignorait sans doute de qui il s'agissait.

EA : Au fait, sais-tu où j'ai passé la nuit ?

NB : Bien sûr, Erin, tout Copper Point est au courant.

Oh.

Erin baissa son téléphone et fixa la porte. Son cœur battait plus vite.

Ça lui faisait bizarre d'envisager de sortir de sa chambre et de saluer ses colocataires en pyjama. Il préféra donc se rendre plus présentable : il se recoiffa et enfila un jean, un sweat-shirt et d'épaisses chaussettes. La maison d'Owen était plus chaude que le manoir Andreas, mais elle était ancienne avec des planchers de bois. Erin décida qu'il lui faudrait rapidement retrouver ses pantoufles.

Et organiser sa chambre. Il le ferait plus tard.

Une fois dans l'escalier, il perçut l'odeur du café et les délicieux arômes d'une viande qui grésillait, ce qui annonçait qu'un des autres au moins était levé. Il passa devant la salle de bain quand il entendit des éclats de voix. Au fond du couloir, les portes de deux chambres étaient ouvertes.

Erin se demanda laquelle était celle d'Owen.

Il se demanda aussi ce qu'il allait bien pouvoir leur dire en descendant.

Il approcha de la cuisine d'un pas aussi discret que possible malgré les lattes grinçantes et écouta la conversation houleuse qui opposait les deux amis. Owen criait, rien de surprenant, vu que c'était son mode d'expression habituel. Erin comprit vite qu'aucun des deux hommes n'avait envie de sortir déneiger le trottoir.

— Je suis certain de m'y être collé la dernière fois ! tonna Owen.

— Et alors ? Ça ne compte pas, il y avait trois flocons. Juste après le Nouvel An, il est tombé quarante centimètres et je me suis cassé le dos.

— Et ça te donne le droit de te croiser les bras tout le reste de l'hiver ? Tu rêves ! On avait dit une fois chacun, c'est le hasard qui décide de la quantité de neige qu'il tombe.

— Oui, mais lors de cet arrangement, protesta Jared, nous étions trois. Avec Simon, au moins, je me sentais moins brimé. Je trouve très louche que ton tour tombe systématiquement quand il n'y a rien de fatigant à faire.

Il fit une pause, avant de proposer :

— Et pourquoi ce ne serait pas à Erin de le faire ?

Erin s'arrêta net et retint son souffle. Il n'avait jamais pelleté de neige de sa vie.

— Non ! beugla Owen. Il vient juste d'arriver. Et si tu veux mon avis, il ne sait pas utiliser une souffleuse. En plus, léger comme il l'est, il risque de se faire aspirer au premier faux mouvement.

Dans le couloir, Erin piqua un fard.

Jared soupira.

— Tu exagères. Il n'est pas en sucre.

— Je sais, mais notre souffleur n'est pas autopropulsé et tu sais comme moi qu'il a tendance à vous arracher les bras. Il pèse un âne mort ! Quant à Erin, chaque fois que je le croise avec plus de deux dossiers à la main, je les porte pour lui parce que j'ai peur qu'il se colle un lumbago.

Horrifié, Erin pressa une main sur sa bouche. *Oh mon Dieu !* Effectivement, Owen le débarrassait souvent de ses dossiers, ce qui l'avait toujours beaucoup ennuyé.

Et c'était… c'était… *avec de bonnes intentions ?*

— D'accord, ricana Jared, dans ce cas, tu peux aussi déneiger à sa place. La souffleuse est à toi.

Owen s'étrangla.

— *Non, mais quel salaud !*

Jared lui éclata de rire au nez. Sans protester davantage, Owen enfila sa parka et ses bottes, et sortit en claquant la porte. Erin resta figé sur place. Peu après résonnait devant la maison le vrombissement d'un moteur à essence.

Erin sursauta avec un petit cri surpris quand Jared passa la tête et lui sourit.

— Bonjour. Une tasse de café, ça te dit ?

— Je… je…

Pris en flagrant délit d'indiscrétion, Erin ne savait plus où se mettre. Il entra dans la cuisine, les joues écarlates.

D'un geste, Jared lui indiqua un siège.

— Owen m'a déjà bombardé d'instructions sur la façon dont tu prenais ton café : noir, deux cuillères de crème et deux sucres. Au fait, nous n'avons que du lait écrémé, ça ira ?

Erin en resta coi.

— Comment Owen sait-il ce que je mets dans mon café ?

— Mon chou, je ne le lui ai pas demandé, je me suis contenté d'enregistrer. Au fait, je voulais te dire, la quatrième marche de l'escalier grince. C'est comme ça que j'ai su que tu descendais. J'ai cru qu'Owen t'avait entendu aussi, mais il était trop occupé à gueuler.

Erin se percha sur un tabouret et posa les mains sur le comptoir en cherchant à reprendre contenance.

— Owen… est-ce qu'il va bien ?

Il jeta un coup d'œil à l'horloge et se redressa, alarmé.

— Vous allez être tous les deux en retard au travail !

— Non, rétorqua Jared. La matinée s'est éclaircie à cause de la neige. La plupart de mes patients ont annulé et les opérations prévues ce matin ont été reportées. J'irai plus tard faire ma tournée. Pas de souci.

Il donna à Erin une tasse de café et s'appuya contre le comptoir.

— D'accord, Erin, reprit-il, j'ai besoin de comprendre et j'aimerais une réponse claire. Quel est le problème avec ton père ? Et surtout que va-t-il se passer après cette exhibition d'hier soir ? D'après Owen, tu veux être protégé et c'est ce qui t'a donné l'idée de le faire passer pour ton petit copain. C'est une manœuvre d'une voix si tranchante que la peau d'Erin se hérissa de chair de poule.

Affolé, il reposa sa tasse.

— Je… *quoi ?* Non, ce n'est pas… c'est ce qu'il a cru, *vraiment* ?

Il pressa ses mains contre ses joues brûlantes, comme pour se cacher.

— C'est un malentendu, continua-t-il d'un ton triste et résigné, j'ai essayé de le lui dire, il ne m'a pas écouté. Ensuite, la situation m'a complètement échappé.

— Alors, tu n'as pas enchéri sur lui pour défier ton père ?

— Bien sûr que non ! Et d'ailleurs, ça n'aurait jamais marché. Oh, je savais que mon père serait en colère et il le sera encore plus des ragots concernant une… relation entre Owen et moi. Il me pense hétéro. Du coup, je ne sais même pas s'il croira à cette histoire. Ce qui va franchement l'agacer, par contre, c'est que j'aie quitté la maison.

Jared haussa un sourcil.

— Le baiser spectaculaire d'Owen a donné beaucoup de crédit à votre relation, remarqua-t-il, tout comme sa façon de jouer au chevalier servant. Les gens se sont toujours interrogés sur ton orientation sexuelle, maintenant, ils n'ont plus de doute. Il faudrait à ton père une bonne dose de déni pour ne pas y croire.

— Comment êtes-vous au courant de ce que pensent les gens, Dr Kumpel?

Même si son vis-à-vis s'était mis à le tutoyer, Erin préférait garder une certaine formalité.

— Je suis la plaque tournante de tous les potins de Copper Point, ricana Jared. Personne ne comprend pourquoi tu as enchéri une telle somme sur Owen, mais la dernière romance de Ste Anne passionne les foules.

Atterré, Erin se pinça l'arête du nez.

Jared continua son interrogatoire :

— Si tu n'essayais pas de contrarier ton père en utilisant Owen, pourquoi avoir accepté de venir ici hier soir?

— Sur une impulsion, avoua Erin. La soirée ne s'était pas déroulée comme je l'escomptais. D'abord, je n'avais pas prévu de dépenser autant, ensuite, Owen était furieux, alors…

Il baissa la tête et évoqua la confrontation entre son père et lui, la violente réaction d'Owen et ce qui avait suivi. Il avait encore la tête qui tournait en repensant aux mots chuchotés son oreille.

— Je ne resterai qu'une nuit ou deux, chuchota Erin. Ça ne peut pas être trop catastrophique, pas vrai? Ça me donnera le temps d'expliquer la situation à Owen.

Jared croisa les bras.

— Apparemment, tu ne sais rien du passé d'Owen ni de sa famille…

— Pas grand-chose, c'est vrai. Pourquoi, c'est important?

— Oui, mais malheureusement, je ne peux rien te dire sans briser la confiance qu'Owen m'accorde. Cela dit, un DRH devrait être en mesure de découvrir quelques détails.

Jared enfila un gant de cuisine et avança vers le fourneau.

— Des œufs et du lard, ça te dit? C'est Owen qui les a préparés et il a insisté pour laisser ta part au chaud dans le four.

Erin s'apprêtait à refuser, il n'avait pas faim, mais il changea d'avis en apprenant qu'Owen avait cuisiné ces mets pour lui.

— Volontiers, merci.

Après avoir servi Erin, Jared quitta la cuisine. Dès que la porte se referma sur lui, Erin sortit son téléphone et consulta Google. Il ignorait le nom des parents d'Owen, mais il n'en eut pas besoin pour apprendre ce qu'il lui fallait.

William Gagnon, cadre de la Weber Mines & Minéraux, avait démissionné et déménagé dans l'ouest du Minnesota. Le Dr Eliza Robinson, violoniste célèbre avant son mariage, avait enseigné à Bayview Université, où elle avait créé l'orchestre et le département de musique, aussi modeste soit-il. La salle Robinson avait été nommée en son honneur. De façon inattendue, elle avait pris une retraite anticipée début 2002 et s'était installée peu après chez sa sœur à Ann Arbor, au Michigan.

Erin fronça les sourcils. *Quel âge avait Owen quand sa mère était partie ?*

Il posa le téléphone, saisi d'une pensée soudaine. Il avait toujours cru qu'Owen était revenu à Copper Point après ses études médicales à cause de sa famille. Or, il restait le seul Gagnon en ville. Y avait-il encore des Robinson ?

Pourquoi Owen était-il revenu ?

Erin consulta les archives en ligne de la *Gazette de Copper Point*. Le père d'Owen y était cité comme un citoyen brillant et honnête, sa mère comme un professeur modèle aimé de tout le monde à l'université. Sur le papier, le couple paraissait parfait. Le divorce avait dû être un choc.

En y réfléchissant, Erin se souvint vaguement d'une remarque de son père un jour de vacances au petit déjeuner, bien des années plus tôt.

Changeant le thème de ses recherches, il tapa «récitals de violon & Owen Gagnon» et trouva bien plus d'entrées. D'innombrables photos présentaient Owen, son violon à la main, recevant des prix. Sa mère, belle et souriante, se tenait toujours à ses côtés. Un des articles indiquait qu'Owen avait reçu une bourse de musique lui ouvrant les portes d'une prestigieuse université de la côte Est d'où étaient sortis bon nombre des plus célèbres musiciens des États-Unis.

Erin médita un moment. L'homme qui déneigeait le trottoir n'était pas devenu un virtuose du violon, mais un anesthésiste.

Puis Erin se souvint d'autre chose…

L'été où il avait cherché à rencontrer Owen dans les allées ombragées du parc Bayview, tout Copper Point ne parlait que du fils Gagnon. Sans doute Owen en avait-il eu très gros sur le cœur et Erin, comme un idiot aveugle, avait rêvé de s'en faire un ami.

Il se pencha pour examiner une photo de William Gagnon, entouré de sa femme et son fils. Owen lui ressemblait un peu : le même sourire en tout cas. Effronté. Téméraire. Un peu triste. En revanche, il avait les yeux de sa mère.

En fixant cet étranger si fier au bras de sa femme rayonnante, Erin se demanda ce qu'il était censé chercher. Il était sur le point d'abandonner quand il trouva la réponse à sa question : une simple ligne dans les archives publiques, trois mois avant le divorce de William et Eliza.

William Gagnon, accusé de violences domestiques.

Erin se tétanisa.

Il fouilla les archives plus attentivement, remontant plusieurs mois en arrière, mais il apprit seulement que le procès n'avait jamais eu lieu, les charges ayant été abandonnées. Pourtant, l'accusation lui avait porté un choc au cœur.

Et il était certain que c'était ce que Jared avait voulu qu'il trouve.

William Gagnon avait-il frappé sa femme, la mère d'Owen ?

Avait-il aussi frappé son fils ?

Combien de fois s'était-il montré violent avant que son nom apparaisse dans un rapport de police ? Cette perspective était si douloureuse qu'Erin pressa la main contre son cœur.

Puis Owen entra et tapa des pieds pour ôter la neige de ses bottes. Erin coupa Google, éteignit son téléphone et le posa sur la table devant lui, écran caché. Il serra les doigts sur son café refroidi comme s'il s'agissait d'un bouclier.

Owen lui sourit. Un sourire effronté. Téméraire. Un peu triste.

— Hé. Tu es réveillé !

Il ôta ses bottes et accrocha sa parka sur un piton près de la porte.

— Oh, bien, reprit-il, je vois que Jared a suivi mes instructions. Ça va ton café ? Je suis tellement désolé que nous n'ayons pas de crème.

Erin crispa les doigts sur son mug.

— C'est très bon avec du lait écrémé. Merci.

— Je pensais que nous pourrions faire les courses tout à l'heure, je veux être sûr de stocker ce que tu aimes. Il nous faut aussi de la lessive classe.

De la lessive *classe*? L'étau se resserra sur la poitrine d'Erin, c'en était presque douloureux.

— N'importe quelle lessive fera l'affaire, Owen. Et il est rare que je mange à la maison.

— Eh bien, c'est un tort. Jared et moi cuisinons à tour de rôle et nous ne sommes pas mauvais. Ne t'inquiète pas, tu seras dégagé de cette tâche, ajouta-t-il en levant les mains.

Les joues d'Erin s'enflammèrent.

— Je sais cuisiner.

Pourquoi parlait-il de cuisine et de lessive? Pourquoi ne se lançait-il pas dans ses explications concernant le malentendu?

Parce qu'en ce moment, je n'ai pas la tête à ça. Je suis hanté par des images terribles tout en espérant qu'elles ne soient pas vraies.

Owen se servit une tasse de café. Ses joues étaient rougies par le froid et il sentait l'hiver, la neige et l'huile de moteur.

— Bien, très bien. Tu peux cuisiner si tu veux. Je voulais juste te signaler que tu n'y étais pas obligé. As-tu pu installer ta chambre? Veux-tu un coup de main? Simon a emporté ses étagères, mais si tu veux, nous pouvons en acheter.

Erin faillit refuser – après tout, il ne comptait pas rester longtemps –, mais il préféra reporter cette conversation à plus tard… quand il ne serait plus hanté par ce qu'il avait lu sur Google.

— Merci, pour le moment, ça va aller.

Owen lui tourna le dos, les épaules tendues, les mains crispées sur le bord du comptoir.

— D'accord. Je suppose qu'il faut qu'on parle.

Dire qu'Erin avait espéré se dispenser de cette conversation!

— D-de quoi v-veux-tu p-parler? bredouilla-t-il.

Bien qu'Owen ait initié le sujet, il garda le silence un long moment. Puis il se frotta la nuque et se retourna avec un sourire maladroit.

— Pour commencer, je voudrais m'excuser. J'étais dans un sale état la nuit dernière. J'ai agi comme un idiot et dit des tas de bêtises. J'espère ne pas t'avoir causé trop de problèmes.

Attendri, Erin leva la main.

— Ne t'excuse pas, tu n'as rien fait de mal. Échapper un jour ou deux à mon père me fera le plus grand bien, je crois. Ta façon de procéder a été un peu étrange, mais…

Owen se pencha par-dessus le comptoir du petit déjeuner.

— Attends. C'est une plaisanterie ? Tu ne peux pas sérieusement envisager de ne rester que quelques nuits !

Pour éviter le regard d'Owen, Erin détourna la tête et parcourut la pièce des yeux.

— Je… je ne veux pas m'imposer….

— Tu ne t'imposes pas. Tu peux rester cinq ans si ça te dit. Ou quinze. Je t'assure que ça ne me gêne pas. D'ailleurs, si tu pars tout de suite, tout ça n'aura servi à rien. Nous avons encore du pain sur la planche. Jouer à être en couple, ça peut être très drôle !

Il esquissa un clin d'œil et ajouta :

— C'est une bonne chose que ton règlement qui interdisait les relations entre membres du personnel ait été annulé, hein ?

Erin sentit une nausée lui remonter dans la gorge. Il déglutit et protesta :

— Ça n'a jamais été *mon* règlement ! En revanche, je te rappelle que c'est moi qui l'ai annulé.

Owen sourit, les yeux brillants.

— Je m'en souviens très bien. Ton geste m'a beaucoup surpris et, devrais-je préciser, de façon très agréable.

Mais tu ignores la vraie raison de mon geste.

Raison qu'Erin ne pouvait révéler à Owen. Par contre, il lui fallait absolument expliquer pourquoi il avait enchéri sur lui, même s'il devait passer pour un parfait crétin.

— Concernant… la vente aux enchères. Je n'ai pas fait cette offre pour défier mon père.

Écarlate, il aurait voulu pouvoir se cacher sous la table et mourir, mais voilà, il avait avoué. Maintenant, il attendait le dédain d'Owen, son rire moqueur ou toute autre réaction humiliante.

Owen resta très calme, il paraissait juste étonné.

— Ah, bon ? Alors pourquoi l'as-tu fait ?

Erin huma son café.

— Parce que j'en avais envie.

Erin tenta d'afficher un masque impassible, mais il n'y parvint pas. Il reposa son mug sur le comptoir, il avait peur de le renverser tellement ses mains tremblaient. Chaque cellule de son corps se crispa, se préparant à l'impact.

Il n'aurait pas dû venir ici.

Il n'aurait pas dû placer cette enchère.

Il n'aurait pas dû...

Owen le prit par le menton et tourna son visage pour le scruter d'un regard si intense qu'Erin eut la sensation qu'il transperçait son âme.

— Après la loterie, quand ton père est venu te parler, il t'a serré le coude et tu es devenu très pâle.

La voix d'Owen était calme et autoritaire, une voix de praticien exigeant une réponse d'un patient.

Erin fronça les sourcils. Oui, effectivement, son père l'avait agrippé brutalement. Et si Erin avait blêmi, c'était en prévision de la scène qui l'attendait une fois rentré chez lui.

— Ton père t'attrape-t-il régulièrement de cette façon ? insista Owen.

Erin ouvrit la bouche pour le nier, puis il se figea, le cœur tambourinant. Sa mémoire, la traîtresse, lui rappela les nombreuses fois où les autres s'étaient moqués de lui au pensionnat, quand il revenait de vacances avec des ecchymoses. Il avait eu honte d'être si maigre parce que les marbrures se voyaient encore plus sur sa peau pâle. Et des marques, il en avait eu partout, au coude, à la nuque. Il l'avait oublié. Il était maladroit aussi, il se blessait souvent... il trouvait des bleus sur ses bras et ses jambes sans se rappeler d'où ils venaient.

— C'est bon, grommela Owen d'un ton bourru qui agit comme un baume sur le cœur troublé d'Erin. Pas besoin de m'expliquer. Je comprends.

Il avait bien de la chance, parce qu'Erin, lui, ne comprenait rien. Owen semblait impliquer... Non, Erin ne pouvait l'accepter. Owen croyait-il vraiment qu'Erin avait été maltraité ? Ou même qu'il l'était encore ?

La gorge contractée, Erin perdit le souffle et sa bouche prit un goût de cendres. Il évoqua le visage furieux de son père pendant qu'il lui attrapait le bras et reconnut cette expression mauvaise annonçant un véritable cauchemar plus tard, une fois seuls à la maison.

Non, il ne m'aurait pas frappé, il se serait contenté de hurler.

En es-tu certain ?

Erin pressa une main sur le côté de sa tête et haleta péniblement, un son à la fois désespéré et terrifié.

Owen posa sur son épaule une main douce et réconfortante.

— J'étais sincère en m'adressant à ton père, déclara-t-il d'une voix calme et pourtant éraillée et grinçante. Je ne le laisserai pas continuer à te traiter de cette façon. Je ferai semblant d'être ton petit ami, je resterai à tes côtés et je te protégerai.

C'était un cauchemar. D'un côté, le vœu d'Erin se réalisait, Owen était avec lui, avec des mots tendres et des promesses... De l'autre, il n'était pas censé parler de *tout ça*.

Jamais Owen n'aurait dû suggérer ces horreurs sur le père d'Erin et planter des pensées troublantes dans son esprit...

Non, ça, ce n'était pas du tout ce qu'Erin voulait.

Il se leva et délogea la main d'Owen, puis, tourné vers lui, il inclina sèchement la tête.

— Je te remercie, déclara-t-il d'un ton froid et poli, mais je suis capable de gérer ma vie tout seul.

Il quitta la cuisine au pas de course, monta les marches deux par deux et s'enferma dans sa chambre. Une fois la porte claquée, il s'appuya contre le panneau et examina cette pièce qui lui était étrangère. C'était une belle chambre, grande, avec de hautes fenêtres qui donnaient sur la rue. Un nid douillet.

Mais Erin se sentait mal, il était piégé dans une situation fausse et gênante. Il aurait voulu être ailleurs.

Pas chez lui, non, il n'avait aucune envie de retourner au manoir Andreas. *Alors, où ?*

Il se jeta sur le lit, tira les couvertures sur sa tête et décida de dormir jusqu'à son rendez-vous avec Nick.

V

QUAND NICK se gara devant la maison d'Owen, Erin sortit rapidement et se rua vers la voiture, parfaitement conscient d'être suivi tout le long du chemin par le regard noir d'Owen

Il ouvrit la portière et trouva Nick occupé à monter la température de l'habitacle, geste automatique né de la longue amitié entre les deux hommes : Erin était exceptionnellement frileux.

— D'accord, raconte-moi tout, qu'est-ce qui se passe, bordel ?

Erin posa son sac sur le sol entre ses pieds et attacha sa ceinture de sécurité avant de se recroqueviller, les bras serrés autour de lui, les yeux fixés sur le tableau de bord.

— J'ai agi de façon imprudente, je l'admets.

— *Imprudente* ? C'est une litote ! Tu as complètement perdu les pédales, oui ! Erin, j'ai reçu deux appels ce matin, Emmanuela et grand-mère Emerson m'ont toutes les deux remonté les bretelles. Et je sais qu'elles ont raison. Il est évident que quelque chose ne va pas.

Erin s'était cru préparé au sermon de son ami, pourtant, il se sentit très mal. L'inquiétude de Nick et des siens ne faisait qu'empirer les choses.

— Quand j'ai appris hier soir que les amis d'Owen avaient l'intention de gagner son enchère, j'ai paniqué.

— Tu l'as payé le prix d'une nouvelle voiture et quelques heures après, tu t'installes chez lui. Tu es devenu fou ou quoi ? Qu'est-ce qui t'a pris ? Qu'est-ce qui ne va pas ?

Erin se pinça l'arête du nez.

— Même si j'ai agi d'une façon qui ne me ressemble pas, je ne suis pas fou et *tout va très bien*. Combien de fois vais-je devoir le répéter ? Tu voudrais vraiment m'entendre reconnaître que je suis un idiot incapable de prendre une bonne décision ?

— Pourquoi pas ? Ce serait un bon début.

Comme de coutume, Nick ne mâchait pas ses mots. Il avait l'amitié solide, fiable, mais le verbe brutal. Les joues d'Erin s'empourprèrent.

— D'accord, d'accord, j'ai causé un sacré gâchis. Je suis désolé. Voilà, tu es content ?

Nick jura entre ses dents.

— Je me sens coupable, déclara-t-il. Je voyais bien que tu ne tournais pas rond ces derniers temps. J'aurais dû être plus attentif. Tu as paniqué, ce qui t'a poussé à des actes inconsidérés.

Erin ne supporta pas de voir Nick endosser ses erreurs.

— Tu n'as pas à te sentir coupable, tu n'es pas responsable de mes choix et de mes décisions ! J'ai eu une impulsion idiote à laquelle je n'ai pas résisté, c'est tout.

— Tu es dingue de Gagnon, tu l'as toujours été, c'est ça qui t'a troublé la cervelle.

Cette fois, Erin paniqua pour de bon.

— N'importe quoi ! Je *ne suis pas* dingue de lui !

Nick lui lança un long regard sceptique.

Erin détourna la tête et ajouta :

— D'accord, peut-être… un peu. Mais il n'est pas au courant et je préfère ne pas le lui dire.

— Pourquoi pas, merde ? Pourquoi as-tu dépensé autant d'argent pour lui ? Et pourquoi es-tu allé vivre chez lui ?

Erin pressa les doigts sur sa tempe.

— Je te l'ai expliqué, la situation a évolué très vite sans que je puisse la contrôler. Et Owen a tout compris de travers… Bon, laisse tomber. Je suis d'accord avec toi, c'est la cata.

— J'aimerais surtout savoir pourquoi tu as tout compliqué en emménageant avec lui hier soir.

— C'est temporaire, je ne vais pas rester. Je… j'ai préféré m'éloigner un moment de la maison après la soirée. Je rentrerai quand mon père sera calmé.

— Ben voyons ! Tu crois qu'il apprécie la rumeur que son fils unique a une relation gay ? Et que quelques jours suffiront pour qu'il oublie un coup pareil ?

Nick haussa un sourcil et changea de ton :

— Dis-moi, Erin, c'est juste une rumeur ou il y a *vraiment* quelque chose entre Gagnon et toi ?

Erin donna un petit coup de pied dans son sac.

— Ne sois pas idiot. Et maintenant, si nous parlions d'autre chose… s'il te plaît ?

Nick hocha la tête avec un soupir.

— D'accord. Côté positif, j'ai le plaisir de t'annoncer que nous avons collecté hier soir le double de l'an dernier.

Incrédule, Erin pressa ses mains sur sa bouche.

— C'est une blague ?

— Non. Jamais nous n'avions encore atteint une somme pareille ! C'est un record, et malgré tes exhibitions avec Gagnon, les revues de presse sont très élogieuses. Toutefois, continua-t-il en pinçant les lèvres, j'ai étudié nos comptes ce matin, nous n'avons toujours pas les fonds suffisants pour lancer les travaux d'une salle de cardiologie.

— Quoi ? C'est impossible ! Même avec des résultats égaux à ceux de l'an dernier, ça aurait pu passer, alors, avec le double…

Du pouce, Nick désigna une sacoche posée sur la banquette arrière.

— J'ai apporté avec moi nos registres comptables des dernières années et je comptais monter au chalet les examiner de près. Parce que tu as raison, Erin, nous devrions être larges. Pourtant, l'argent a disparu. C'est bizarre, non ?

Erin fronça les sourcils, l'esprit en déroute.

— Je ne comprends pas.

— Au fait, je n'ai prévenu personne pour les registres. Pas même Wendy. Gardons ça entre nous deux, tu veux bien ? J'ai peur que nous tombions sur une bien sombre affaire.

Oh, non. Pas encore !

Atterré, Erin leva la main.

— Mais les deux escrocs qui siphonnaient les comptes de Ste Anne ont déjà été renvoyés il y a deux ans ! s'exclama-t-il. Et toi et moi occupons leurs postes !

— Oui, je sais, mais le conseil est resté en place. Ces gens-là ont les pleins pouvoirs depuis des décennies. Ça n'est pas sain. Chaque fois qu'un élément extérieur à leur caste est parvenu à se faire élire, il a non seulement été rapidement expulsé, mais il a aussi été détruit, annihilé, atomisé. Si tu veux mon avis, c'est là qu'il faut chercher. Surtout maintenant qu'un nouveau membre a été élu au conseil. La vieille garde va tenter de faire de Rebecca son bouc émissaire.

À cette idée, Erin en eut la nausée.

— Tu le penses vraiment ?

— J'en suis *certain*.

Troublé par le son métallique de sa voix, Erin lui jeta un coup d'œil. Nick gardait les yeux sur la route et le muscle de sa mâchoire était agité d'un tic.

— Au fait, reprit le directeur de Ste Anne, ma grand-mère est au chalet avec Emmanuela et ma mère. Elles veulent te parler.

Erin se recroquevilla sur son siège.

— Oh là là.

— Quoi, tu pensais pouvoir faire un coup pareil sans qu'elles te tombent dessus ?

Quand ils arrivèrent, les trois femmes sortirent sous le porche et regardèrent les deux amis quitter la voiture. Le regard qu'elles jetèrent à Erin faillit le pousser à remonter dans l'habitacle pour s'y cacher.

Emmanuela, la sœur de Nick, et Aniyah, sa mère, encadraient la matriarche, Pearle Dinah Emerson, le membre le plus impressionnant de la famille.

Erin inspira un grand coup et s'approcha. Il inclina la tête et salua le trio.

— Emmanuela, Aniyah, grand-mère Emerson., je suis très heureux de vous voir. Si Nick m'avait prévenu plus tôt de votre présence, je me serais arrêté à la boulangerie pour acheter un gâteau.

Emmanuela le frappa sur le bras.

— Vingt-cinq mille dollars, Erin ? Sérieusement ?

Aniyah croisa les bras sur sa poitrine et regarda Erin comme quand il avait treize ans : comme une bombe susceptible d'exploser de façon imminente.

— Maman, je ne le pense pas devenu fou, mais je ne comprends pas.

Grand-mère Emerson tendit vers Erin une main mince et flétrie, mais encore solide. Elle lui prit le menton pour lui renverser la tête et fouiller son regard.

— Tu es maigre, est-ce que tu manges assez ?

Le regard perçant de ses yeux sombres, à la fois gentils et fermes, incitait à la sincérité.

— Oui, madame.

— Et dors-tu au moins sept heures par nuit ?

— Oui. Le plus souvent.

Elle fronça les sourcils, comme si la réponse la satisfaisait à peine.

— Et mon petit-fils te traite-t-il correctement au travail ? Sait-il t'écouter et te parler en ami ?

— Oui, madame. Nick est un merveilleux directeur, j'ai beaucoup de chance de travailler avec lui. Et il nous arrive au moins une fois par semaine de prendre un café ensemble en dehors du travail.

Elle sourit à ces mots et adressa à Nick un signe d'approbation, puis elle reporta son attention sur Erin pour une dernière question.

— Es-tu heureux, mon garçon ?

Erin hésita. C'était une question qu'elle lui posait à chacune de leurs rencontres et chaque fois, il hésitait à répondre. Une fois, il avait menti et prétendu que oui, ce qui lui avait valu plusieurs heures de sermon sur le vrai sens du bonheur. Il avait aussi dû accompagner grand-mère Emerson sur la tombe de son mari.

Le bonheur n'est pas à trouver ou à recevoir, le bonheur, il faut décider de le réclamer. Il n'avait toujours pas compris ce qu'elle avait voulu dire par là, mais il ne tenait pas à un nouveau sermon.

— J'essaie, grand-mère Emerson.

Elle hocha la tête, l'air déçue. Elle descendit du porche et se dirigea vers la voiture, toujours entourée de sa fille et de sa petite-fille.

— Je vous ai laissé des sandwichs aux œufs dans le frigo et un gâteau au chocolat sur le comptoir, lança-t-elle par-dessus son épaule. Nick, tu me rapporteras demain mon fauteuil à bascule. Viens quand cela t'arrange, je ne suis pas pressée.

— Oui, grand-mère, répondit Nick.

— Merci d'avoir pensé à nous laisser de quoi manger, ajouta Erin.

Une fois seul avec Nick, il entra au chalet, ouvrit le frigo et avala deux sandwichs, l'un derrière l'autre. Nick l'accompagna.

Le gâteau était bien entamé quand les deux amis, enfin rassasiés, se servirent un café et se penchèrent sur les dossiers comptables.

Erin ne savait trop par où commencer à chercher. Il agita une pile de documents et protesta :

— Ça remonte à des décennies, c'était même avant notre naissance. Pourquoi es-tu remonté aussi loin ? Je croyais que nous devions examiner le budget de l'année.

— Je l'ai fait et je suis tout de suite tombé sur des anomalies et des irrégularités. J'ai regardé l'an dernier, puis l'année d'avant, et c'était pareil. J'ai donc décidé de chercher d'où venaient les fuites et surtout depuis combien de temps elles duraient. Il m'a fallu remonter loin pour avoir enfin le fil directeur permettant de dénouer cet écheveau de malversations.

— Ah bon, et c'est ce matin que tu as trouvé ?

— J'ai commencé hier après-midi, avant la soirée caritative, et j'ai à peine dormi cette nuit.

Un peu inquiet, Erin regarda la montagne de documents entassés devant lui. Il se sentait submergé.

— Tu crois vraiment possible que nous réussissions à régler le problème en un après-midi ? À mon avis, il faudra plutôt des mois pour trouver une réponse dans ce fatras.

— Mais tu vois de quoi je parle, non ? Il y a quelque chose de louche dans ces comptes. Et c'est plus compliqué que le simple détournement dont nos prédécesseurs ont été accusés.

Oui, Erin comprenait le raisonnement de Nick. Il comprenait aussi pourquoi le directeur de Ste Anne avait emporté les dossiers dans un chalet isolé pour les étudier sans risquer d'être vu et dénoncé.

Le problème était que leurs recherches allaient vraiment prendre des mois. Et ce, en dehors des horaires de travail.

Erin soupira, conscient qu'il reviendrait souvent dans ce chalet.

Nick jeta un coup d'œil à sa montre.

— Il nous faut veiller aux conditions climatiques, annonça-t-il. La météo annonce de nouvelles chutes de neige et la route risque de devenir impraticable. Habituellement, je me charge de déneiger, mais le tracteur est en panne.

D'accord, leurs recherches seraient limitées aux jours sans neige, et à cette époque de l'année, ils étaient plutôt rares.

Erin posa les documents qu'il tenait entre les mains.

— Nick, comment veux-tu que nous nous en tirions ? Ne crois-tu pas qu'il nous faudrait de l'aide ?

— Je ne peux faire confiance à personne. Chaque habitant de Copper Point est plus au moins relié à un des membres du conseil.

— Rebecca, alors ?

Nick passa sa main sur son visage.

— Non, pas avant d'avoir du solide pour étayer mes accusations. J'espérais trouver quelque chose dès aujourd'hui, mais tu as raison. C'est trop aléatoire. Que faire de ces dossiers ? Je ne peux pas les rapporter chez moi, je ne veux pas que ma famille les voie, ça les bouleverserait trop et je ne tiens pas à leur faire subir une fois encore ce calvaire.

Une fois encore ? Erin aurait voulu en savoir davantage, mais l'expression figée du visage de son ami l'en empêcha.

Nick le dévisagea avec gravité.

— Au fait, tu ne vis plus chez ton père… penses-tu pouvoir rester chez Owen le temps de parcourir ces dossiers ? Sans lui en parler, bien entendu.

Sidéré, Erin resta bouche bée, incapable d'émettre un son.

Nick insista :

— Je n'aurais jamais laissé ces dossiers entrer au manoir Andreas, mais Gagnon et Jared ne sont pas du genre à pénétrer dans ta chambre en ton absence. Tu pourrais parcourir ces documents le soir en toute tranquillité.

— C'est impossible ! jeta enfin Erin.

— Pourquoi ?

— Parce que je ne veux pas abuser de l'hospitalité d'Owen !

Nick posa la main sur celle d'Erin.

— Il t'a embrassé, il a dansé avec toi, il t'a offert d'habiter avec lui. Il a peut-être des vues sur toi.

— Non, c'était du bidon.

— Peut-être pas. De toute façon, rester chez lui te permettra de faire le tri sur tes sentiments – et les siens. Qu'est-ce que tu risques ?

Erin ferma les yeux.

Nick resserra les doigts sur les siens.

— Que votre histoire aboutisse ou pas, ça n'est pas mon problème. Par contre, je tiens vraiment beaucoup à en savoir plus sur ces détournements de fonds. C'est une affaire très grave, Erin. Des vies sont en jeu tant que nous n'avons pas cette nouvelle salle de cardiologie. Je veux des réponses.

Nick avait raison. Erin ne se sentait pas le courage d'argumenter plus avant.

— D'accord, céda-t-il, en espérant ne pas faire une terrible erreur.

Je suis capable de gérer ma vie tout seul.

Toute la journée, Owen avait entendu les mots secs d'Erin résonner dans sa tête, ce qui l'avait mis d'humeur instable, une colère latente bouillonnait en lui, mêlée de confusion. Ce fut avec l'air aimable d'un ours atteint d'une rage de dents qu'il se prépara aux rares opérations n'ayant pas été annulées.

Une fois rentré chez lui, il était toujours aussi amer en hachant des légumes pour accompagner le rôti au four qui constituerait le dîner.

Jack et Simon s'étaient invités afin d'aider Erin à assumer ce déménagement un peu brusque.

Et c'était plutôt comique, car au moment de passer à table, à dix-huit heures trente, Erin n'était toujours pas revenu de sa pause-café avec Nick. Ça faisait cinq heures trente qu'il était parti !

Owen souleva le rideau de la cuisine et fusilla du regard la rue déserte.

— Qui diable disparaît tout un après-midi pour un café ? grogna-t-il. Où est-il allé ?

Jared, qui avait déjà supporté sa mauvaise humeur tout l'après-midi, l'ignora. Simon et Jack, qui venaient d'arriver, tentèrent de le calmer.

— Je suis sûr qu'il sera bientôt là, le rassura Simon.

— À quelle heure lui as-tu dit qu'il était attendu pour dîner ? demanda Jack.

Owen pinça les lèvres.

— J'étais en colère contre lui, alors j'ai oublié de lui donner un horaire précis. Il a parlé de prendre un café. J'ai pensé qu'il en avait au plus pour une heure ou deux. Où est-il allé ?

Une idée soudaine lui serrant le cœur, il posa la main sur le carreau et hoqueta :

— Tu crois qu'il a pu retourner *là-bas* ?

Jared réagit enfin.

— Sûrement pas. Il est probablement à l'hôpital et tu l'auras manqué.

Owen se dirigea vers la porte.

— Je vais aller voir. Je reviens tout de suite.

Jared l'attrapa par le bras et le retint fermement.

— Non, tu vas t'asseoir et manger. S'il n'est pas revenu à vingt heures, je me chargerai personnellement d'aller le chercher.

Erin ne rentra pas pour dîner ni pendant que Jack et Jared faisaient la vaisselle. Simon frotta l'épaule d'Owen avec de douces paroles ridicules et apaisantes.

À dix-huit heures trente, Owen se mit à faire les cent pas, Jared lui mit son manteau dans les mains et se tourna vers Jack et Simon.

— Voulez-vous l'emmener marcher un peu pendant que je m'occupe d'Erin ? L'air frais devrait lui faire du bien. Si ce n'est pas le cas, jetez-le dans la baie. En tout cas, ne revenez pas avant que je vous envoie un texto.

Jack se tourna vers Owen.

— En parlant de texto, pourquoi n'en as-tu pas envoyé un à Erin ?

Owen serra les poings.

— Parce que je n'ai pas son numéro.

Ils se rendirent à l'épicerie. Pendant que Jack et Simon faisaient leurs courses, Owen remplit un panier des mets préférés d'Erin : de la crème pour son café, des morceaux de sucre, des sauces et ingrédients pour épicer les salades, de la moutarde de Dijon, de la mayonnaise, des œufs bio, du lait entier.

Quand il passa à la caisse, Jack demanda :

— Comment sais-tu ce qu'Erin mange ?

Owen lui jeta un œil torve.

— Sérieusement ?

Simon intervint :

— Oui, Owen, je me posais la même question.

Ils n'étaient pas au courant ? Comme c'était étrange !

— Je le regarde quand il mange, répondit Owen. Je saurais aussi quoi acheter pour vous deux ou Jared. Je me souviens d'un tas de détails sur les habitudes des gens que je fréquente. Je pensais que tout le monde faisait pareil.

Imperturbable, Jack insista :

— Dis-moi comment je prends mon café ?

— Tu changes souvent, mais quand le café est bon ou qu'il n'y a pas de lait, tu le préfères noir. Parfois, tu prends aussi du thé, mais en général à la maison. Simon boit du thé vert à la maison, du chai latte ou du thé noir à l'hôpital et du Royal English Breakfast dans un Starbucks. Il ne boit du café, avec du lait, que s'il est très bon.

Owen posa sa brique de lait sur le comptoir et demanda, l'air soupçonneux :

— Vous savez aussi comment je prends mon café, non ?

Jack et Simon échangèrent un regard contrit avant de secouer la tête.

— Non, avoua Simon. Je n'en ai aucune idée.

Owen en resta bouche bée.

— Non, mais je rêve ! Nous avons vécu ensemble et nous nous connaissons depuis l'école secondaire !

Simon rougit.

— Tu bois, euh… du café ? Noir, je pense. Mais je ne sais pas si tu as d'autres goûts chez Starbucks ou à l'hôpital…

Jack leva les mains.

— J'aurais aussi voté pour le café, sans trop m'avancer au-delà.

Owen était sous le choc.

— Pour votre information, grogna-t-il, je commande chez Starbucks un *latte* à la vanille avec du lait écrémé et au travail comme à la maison, je prends mon café avec une pointe de sucre. Ce n'est pas compliqué !

Ils se répandirent en excuses. Sans plus les écouter, Owen soupira et regarda le caissier scanner la marque de yaourts qu'il se souvenait d'avoir vu Erin manger. Peu après, le trio sortait de l'épicerie.

Owen s'était un peu détendu en faisant ses courses, mais sa tension lui revint alors qu'il approchait de la maison. Pensant bien faire, Simon envoya un texto à Jared et apprit qu'Erin était bien rentré.

Étrangement, Owen en devint plus irrité encore. Il ignorait ce qu'il allait bien pouvoir dire à Erin. Et sous sa colère frémissait une insécurité dont il ne comprenait pas la cause.

Je suis capable de gérer ma vie tout seul.

Owen frappa le siège à son côté.

— Dieu, qu'il m'énerve !

En arrivant, il n'aurait pas été étonné d'apprendre qu'Erin s'était retiré dans sa chambre, mais pas du tout, il le trouva assis au salon. Sans doute était-ce une idée de Jared, qui les attendait dans la cuisine, les bras croisés.

En voyant Owen arriver les bras chargés de sacs, Erin se leva et se précipita pour l'aider.

— Mets ça au réfrigérateur, dit Owen en lui tendant la glacière.

Erin la posa sur le comptoir près du frigo et commença à la vider. Il se figea en sortant les yaourts.

— Oh. C'est… As-tu… ?

Le dos tourné, Owen posait les articles ménagers près de l'évier.

— C'est bien ceux que tu aimes, non ?

— Oui. Merci.

Ah, enfin un progrès ! Erin ne l'avait pas envoyé sur les roses en lui disant qu'il pouvait gérer tout seul ses achats de yaourts.

Tenté de demander à Erin s'il avait dîné, Owen hésita. Certes, il avait ce qu'il fallait pour préparer une salade, mais il était toujours en colère, aussi se contenta-t-il de ranger ses provisions dans les placards.

Erin avança vers lui, l'air incertain. Il s'éclaircit la gorge et déclara :

— Jared me dit que tu m'attendais à dîner. Je suis désolé. Je ne savais pas.

Sans se retourner, Owen haussa les épaules.

— C'est de ma faute, grommela-t-il. Je ne te l'avais pas dit.

— J'ai déposé mon numéro de téléphone à côté de ton ordinateur portable. Et Jared m'a déjà donné son numéro et le tien.

D'accord. Ça se passait beaucoup mieux qu'Owen l'avait prévu. Il s'accouda au comptoir et fit face à Erin.

— Lundi, nous retournons tous les deux au travail. Tu veux la jouer comment ?

Devant l'air éberlué d'Erin, il recommença à s'énerver.

— Nous sommes censés sortir ensemble ! grinça-t-il.

Erin cligna des yeux.

— Quoi ?

Ce type va me tuer, pensa Owen.

— Je veux savoir ce que tu attends de moi à l'hôpital. Sur le plan *personnel* !

Erin piqua un fard et détourna les yeux.

— Autant continuer le plus normalement possible.

— En clair, on passe notre temps à s'engueuler ? Drôle d'idée. Je me demande comment étaient tes précédents amants !

Cette fois, Erin semblait tout aussi exaspéré qu'Owen.

Bien fait pour lui !

— Pourquoi passes-tu ton temps à te disputer avec moi ?

— Parce que j'aime ça.

Jared ricana et s'installa dans le canapé pour mieux savourer le spectacle – il ne lui manquait plus que du pop-corn !

Erin paraissait très en colère.

— Tu *aimes* te disputer avec moi ? Pourquoi ?

— Parce que tu me tiens tête. Parce que tu es le seul à le faire. Tu n'as pas remarqué ? Tout le monde me fuit ! Et ceux qui n'y parviennent pas prennent l'air implorant ou me présentent de plates excuses en espérant apaiser la bête. Jack et Jared sont des adversaires de valeur, je te l'accorde, mais ils n'ont pas ton niveau. Après une journée difficile, je passe te titiller jusqu'à ce que tu mordes à l'appât, c'est un moment de pure jouissance pour moi.

Bouche bée, Erin le fusilla du regard.

— Je n'ai jamais entendu de pareilles couillonnades ! Tu es odieux !

Owen posa les poings sur ses hanches.

— Pourquoi dis-tu ça ?

— Parce que moi, je *déteste* me disputer avec toi !

— Tu mens.

Erin gonfla la poitrine et fit un pas en avant. Owen sourit, attendant l'assaut.

Puis Erin s'arrêta net, il leva les yeux au ciel et s'écarta.

— Tu me rends fou.

Owen haussa un sourcil.

— Tu me fais le même effet, reconnut-il. Bon, revenons-en au sujet en cours, il nous faut un scénario cohérent. Comment expliquer notre passion subite ? On ne peut pas raconter n'importe quoi… personne ne croirait que tu as enchéri vingt-cinq mille dollars sur moi parce que tu avais le béguin pour moi depuis l'adolescence.

Erin se raidit, l'air furibard.

Un moment, Owen pensa vraiment qu'Erin allait le frapper.

— Ce qui se passe entre nous est d'ordre privé, grinça Erin. Je ne vois pas pourquoi les gens devraient être au courant.

Owen se tapota les côtes de son index.

— Il faut de la crédibilité à notre subterfuge, sinon ton père n'y croira pas. Allez, aide-moi à trouver un mensonge plausible. À mon avis, les gens envisagent déjà une histoire secrète qui dure depuis longtemps. C'est la seule façon d'expliquer tes dépenses somptuaires et ton emménagement ici. Et le plus beau, c'est que nous n'avons rien à dire ou à faire. Si un indiscret nous interroge, il nous suffira de répondre « c'est privé » pour le conforter dans son idée d'avoir tout compris. En fait, je doute fort qu'il y ait beaucoup de questions, tu es plutôt distant et moi franchement agressif. Et puisque tu y tiens, je continuerai à me comporter comme avant avec toi. Les gens s'imagineront que c'était notre façon de cacher au public nos véritables sentiments.

Erin, le regard dans le vague, semblait penser à autre chose.

— Alors… je peux rester un moment ici ?

Owen se détendit.

— Bien sûr que tu peux. J'en serai ravi, Jared aussi. C'est ce qui t'inquiétait ? Tu craignais d'être expulsé ? Ça n'arrivera pas. Tu peux rester le temps que tu veux. Tu veux un contrat de bail en bonne et due forme ?

— Non, en revanche, je tiens à payer un loyer.

— Pas question, tu as déjà assez dépensé pour moi.

— Tu n'as pas encaissé ces vingt-cinq mille dollars.

— Je n'ai pas besoin d'argent, d'accord ? aboya Owen. Simon et Jared non plus. En tout cas, pas à la minute.

Il décida soudain de changer de sujet pour gagner la partie.

— Nous allons devoir sortir ensemble et nous afficher en public dans Copper Point, ajouta-t-il. Trouve-moi un remplaçant si j'ai une astreinte et je t'accompagnerai où et quand tu veux.

— Très bien. Je vais y réfléchir et je te tiens au courant.

Erin paraissait… timide et perdu. Une attitude à laquelle Owen n'était pas habitué, mais qu'il trouvait étrangement attachante.

— Génial.

— À demain.

Owen regarda Erin monter dans sa chambre. Ce fut seulement après son départ qu'il réalisa avoir oublié de lui demander s'il avait besoin d'aide pour s'installer.

Je suis capable de gérer ma vie tout seul.

Owen grimaça et se laissa tomber dans un fauteuil. Il récupéra le papier où Erin avait inscrit son numéro et le rentra dans le répertoire de son téléphone.

Jared ricana.

— Vous faites une sacrée paire, tous les deux ! Votre petit mélo était bien meilleur que ceux de Netflix.

Sans lever les yeux de son écran, Owen lui fit un doigt d'honneur. Puis, conscient d'avoir une dette envers son ami, il ajouta :

— Merci de l'avoir trouvé. Et de l'avoir incité à justifier son absence au dîner.

— Il s'est excusé de son propre chef. Je me suis contenté de lui rappeler deux ou trois règles essentielles à la vie en commun.

Owen se renversa dans son siège, les yeux au plafond.

— L'ambiance à l'hôpital lundi va être plutôt bizarre, non ?

— Ça, c'est sûr, acquiesça Jared.

Si Owen avait compté sur le week-end pour huiler les rouages de sa relation avec Erin, il découvrit vite s'être lourdement trompé. Erin passa l'essentiel de son temps enfermé dans sa chambre, même s'il mettait un point d'honneur à arriver à l'heure aux repas. Et les rares mots qu'ils échangèrent furent d'une banalité affligeante – « passe-moi le pain, s'il te plaît » ou « je vais vous aider à débarrasser. »

À sa grande contrariété, Owen découvrit aussi qu'Erin parlait plus facilement à Jared qu'à lui.

Comme prévu, le lundi commença de façon étrange.

En temps normal, Owen était le premier levé et lançait la cafetière avant de descendre passer une vingtaine de minutes à courir sur le treadmill du sous-sol, à faire aussi un peu d'haltérophilie. Ensuite, il remontait prendre une tasse de café dans la cuisine en préparant le petit déjeuner. Parfois, Jared s'en chargeait pour lui. Ou Simon, du temps où il vivait avec eux. Après une douche rapide, Owen se rendait à l'hôpital et vérifiait le planning des opérations nécessitant un anesthésiste. Il passait également en gynéco-obstétrique et interrogeait le personnel sur les parturientes susceptibles de réclamer une péridurale.

Ce matin-là, il descendit le premier et entendit Erin se doucher. Il savait que ce n'était pas Jared, parce que son alarme venait de sonner et qu'Owen l'avait entendu grogner et se retourner dans son lit pour l'arrêter.

Quand il commença à courir sur le tapis roulant, il évita, contrairement à son habitude, de mettre des écouteurs afin de tendre l'oreille sur ce qui se passait dans la cuisine. En entendant des pas, il trébucha et faillit se ratatiner la tronche sur le congélateur. Trop impatient de savoir si le nouveau venu était Jared ou Erin, il raccourcit sa séance d'entraînement et remonta les marches deux par deux.

Il trouva Erin, qui mangeait un yaourt et versait de la crème dans son café. Surpris par l'irruption d'Owen, il leva les yeux, l'air inquiet.

Et Owen ne sut que lui dire. Rien ne lui venait.

Il se versa du café, puis décida qu'après sa course, il devait d'abord se réhydrater. Il prit donc un verre d'eau.

— Bonjour, marmonna Erin.

— Bonjour.

C'est ridicule, pensa Owen. *J'aurais dû rester en bas. Et me muscler les jambes, comme prévu.*

Il tamponna avec sa serviette la sueur qui perlait à son front et demanda :

— Tu fais du sport, Erin ?

Erin baissa la tête et fixa son café qu'il continuait à remuer machinalement.

— Non.

— Rien ?

— Non.

— Ah.

De toute évidence, la conversation avait atteint une impasse. Owen reposa son verre vide et prit une gorgée de café. Il envisagea aussi de se faire des œufs.

Erin s'éclaircit la gorge.

— Toi, tu fais du sport, je présume. Tu parais très… en forme.

— Je n'ai pas trop le temps, alors, j'ai abandonné les sports collectifs. J'ai installé une petite salle au sous-sol avec un treadmill et un banc d'haltérophilie. J'aime bien le squash, mais j'ai du mal à garder des partenaires.

Erin fronça les sourcils.

— Pourquoi ?

— Comme je te l'ai déjà dit, tout le monde a peur de moi. Tu es l'exception qui confirme la règle.

Erin sirota son café.

— Hmm. Dommage, je ne joue pas au squash.

— Je peux t'apprendre, si ça te dit. Ce n'est pas compliqué.

— Je suis nul en sport, avoua Erin. Je suis maladroit et j'ai tendance à me blesser.

— Non, tu as l'instinct de gagner, il te manque juste de la pratique. D'accord, tu devras sans doute te renforcer un peu au niveau des bras, mais ta petite taille est un atout au squash, tu seras plus agile, c'est un gros avantage. De plus, c'est un sport violent, nous pourrons hurler à pleins poumons tout en tapant sur une balle en caoutchouc. Tu verras, tu ne seras pas dépaysé par rapport à ce qui se passe à Ste Anne.

Erin lui lança un regard étrange assorti d'un sourire.

— Je vais y réfléchir.

— Et tu trouveras au gymnase des personnes de connaissance, tu sais, les membres du conseil jouent au squash. Évidemment, c'est loin d'être un avantage…

Il s'interrompit en voyant le regard d'Erin, concentré et alerte.

— Tous les membres jouent au squash ? insista Erin.

— Oui, sauf Rebecca.

Erin posa son café d'un geste décidé.

— J'aimerais apprendre à jouer.

— Génial ! Nous nous y mettrons le plus tôt possible. Tu me diras tes plages de libres.

— Je t'envoie ça par mail dès que je serai dans mon bureau. Merci.

Owen plissa les yeux. Il trouvait l'excitation d'Erin éminemment suspecte, mais il devinait qu'une question directe ne lui apprendrait rien.

Quand il sortit de la douche, Erin était déjà parti. Il s'étonna d'en être aussi déçu. En y réfléchissant, il ne comprenait rien aux réactions à Erin, ou à ses propres réactions vis-à-vis d'Erin.

Le sec «*Je suis capable de gérer ma vie tout seul*» continuait de tourner en boucle dans sa tête. Chaque fois, Owen se hérissait, puis il se calmait en se souvenant qu'au cours du week-end, Erin l'avait remercié pour des bricoles qu'il avait paru trouver d'une importance démesurée.

Pas de doute, Owen devenait zinzin avec un zigoto pareil. Il serait sans doute bon à enfermer dans une cellule capitonnée dès la fin de la semaine.

S'IL AVAIT trouvé le petit déjeuner tendu, cette première journée à l'hôpital après son exhibition à la soirée caritative fut nettement pire. Comme il s'y attendait, personne n'osa les interroger de front, Erin et lui, mais dans leurs dos, tout le monde parlait d'eux, c'était évident.

Malheureusement pour lui, les gens trouvèrent un autre sujet à aborder en sa présence.

— J'ignorais que vous étiez un tel virtuose au violon, Dr Gagnon !

Owen entendit plus ou moins les mêmes mots de presque tous ceux qu'il croisa. Infirmières, aide-soignants, bénévoles, secrétaires et même le personnel de garde se crurent obligés de venir le féliciter.

Comme il était parti assez vite vendredi soir, ceux qui avaient assisté au concert n'avaient pas eu l'occasion de passer à l'attaque, mais là, ils se rattrapaient. Si quelques personnes se souvenaient qu'il avait joué du violon étant jeune, pour les autres, c'était une découverte et tous tenaient à détailler à Owen leur surprise et leur émerveillement. Au fur et à mesure que la journée passait, Owen s'accrocha à son sourire factice, les dents tellement serrées qu'il craignait de voir son émail céder.

Pire encore, il tomba sur Christian West quand il monta déposer un document administratif à l'assistante de Nick.

Il arrivait souvent à Owen de croiser à l'hôpital ce sempiternel membre du conseil d'administration de Ste Anne, ancien vice-président de la Weber Mines & Minéraux, soit parce que West assistait à une réunion, soit parce qu'il allait prendre un café avec une de ses connaissances. En général, Owen parvenait à l'éviter. Quand ce n'était pas le cas, il grognait une vague salutation et fichait le camp.

Ce ne fut pas possible ce jour-là.

— Dr Gagnon ! s'écria West, jovial.

À l'entendre, on aurait juré qu'il jouait régulièrement au golf avec Owen et qu'il s'apprêtait à discuter avec lui de leur prochain parcours.

— Vous nous en avez mis plein les yeux et les oreilles, vendredi soir sur la scène.

Avec Christian West, Owen se souciait peu d'être impoli. Rien que sa vue suffisait à le mettre en colère.

— Excusez-moi, je suis pressé, aboya-t-il. Un patient m'attend.

Il tourna les talons et se dirigea vers les ascenseurs, West le suivit d'un pas tranquille, sachant très bien que l'ascenseur serait en retard.

— J'avoue que vous voir avec le fils Andreas m'a surpris, susurra-t-il.

Va te faire foutre, connard.

— Sans blague ?

Abandonnant l'ascenseur, Owen fila par l'escalier. Quand il arriva en chirurgie pour se préparer à l'opération suivante, il espéra qu'on lui foutrait la paix. Ce ne fut pas le cas.

Simon l'aborda, les mains sur les hanches.

— Ah, te voilà ! Dis, tout le monde veut en savoir davantage sur Erin et toi. Je réponds aux questions comme tu m'as demandé de le faire, mais je ne suis pas sûr d'être crédible.

Il fronça les sourcils et pencha la tête en examinant Owen.

— Ça va ? s'inquiéta-t-il.

— Très bien, mentit Owen.

D'un revers de sa manche, il essuya la sueur qui perlait à son front, soulagé de penser à sa relation factice avec Erin et d'oublier aussi bien Christian West que son passé de violoniste. D'un coup de pied, il approcha un fauteuil roulant et s'y laissa tomber.

— Ne t'inquiète pas, Simon, ce que tu dis aux gens n'a aucune importance. Ils n'entendront que ce qu'ils veulent entendre.

— Ça va avec Erin ?

Owen grogna et haussa les épaules.

— Il a des réactions plutôt bizarres. Et il ne veut pas que je l'aide.

Évoquer le rejet d'Erin fit monter de nouveau en lui une vague d'irritation.

— Que tu l'aides à faire quoi ?

— Merde, tu as vu comment c'était chez lui. Et tu sais très bien ce qui se raconte sur lui et son père. Je l'ai vu devenir blême l'autre soir, à la loterie, quand son père lui a empoigné le bras.

Simon posa un plateau d'instruments et se tourna vers Owen, les yeux écarquillés.

— Tu crois vraiment que… ?

— Je ne sais plus quoi croire, coupa Owen. Je sais seulement ce que j'ai vu. Quand j'ai essayé d'en parler à Erin, il m'a dit qu'il était capable de gérer sa vie tout seul.

À la surprise d'Owen, Simon se détendit.

— C'est bien normal, non ?

Owen se sentit encore plus frustré.

— Pourquoi ?

— D'après ce que j'ai lu, le déni est une forme de défense classique. C'est comme si tant qu'on ne reconnaît pas un problème, eh bien, on peut prétendre qu'il n'existe pas. De plus, j'ai toujours trouvé qu'Erin était du genre indépendant, il ne doit pas apprécier perdre le contrôle. En fait, c'est sans doute ce qui explique vos incessantes prises de bec ! Tu cherches à l'aider et ça ne lui plaît pas du tout.

— Il a payé mon aide vingt-cinq mille dollars !

— Oui, il a payé cette somme énorme. Mais comme c'est son choix, il reste aux commandes. Et admets quand même que cette histoire est des plus étranges. Penses-tu vraiment que sa seule intention ait été de contrarier son père ? Il devait avoir un autre motif pour surenchérir sur toi.

Renfrogné, Owen frotta son pouce le long de sa mâchoire. Jared avait émis les mêmes doutes. Et maintenant Simon. Comme Owen ne tenait pas à s'attarder sur cette idée, il aborda l'autre question en suspens.

— Je ne comprends toujours pas pourquoi il se hérisse dès que j'essaie de l'aider.

Simon agita un doigt vers Owen.

— Peut-être parce que tu le lui proposes alors qu'il n'est pas encore prêt, déclara-t-il. Et tu devrais respecter sa position, vu que tu n'aimes pas non plus perdre le contrôle d'une situation. Si tu veux vraiment l'aider, laisse-le tranquille et attends qu'il te parle.

En réponse, Owen fit une moue dédaigneuse.

Simon éclata de rire.

— D'accord, je ne dis plus rien, dit-il en quittant la salle.

Toute la journée, Owen entendit les conseils de son ami résonner dans sa tête – en plus des mots d'Erin qui le hantaient toujours.

Il en devint si agité qu'il éprouva le besoin de se défouler.

Il décida de passer voir Erin.

Il était alors en pilotage automatique. Il voulait discuter, argumenter, se battre. Il se demanda s'il obtiendrait ce qu'il cherchait. Il se demanda aussi si c'était la bonne solution à son problème.

Une fois dans l'ascenseur vers le second étage, il dansa d'un pied sur l'autre sans trop savoir ce qu'il allait faire ou dire en arrivant à destination.

Peut-être devrait-il renoncer. Oui, ce serait plus intelligent.

Quand les portes de l'ascenseur s'ouvrirent, Owen ne sortit pas de la cabine et laissa passer les trois personnes qui se trouvaient là avec lui. Deux femmes arrivèrent et les portes commençaient à se fermer quand un retardataire se glissa à l'intérieur à la dernière seconde.

C'était Erin, les bras surchargés de dossiers.

D'instinct, Owen tendit la main pour l'en délester.

Erin lui échappa et recula.

Owen le fusilla du regard.

— Voudriez-vous presser le bouton du premier étage pour moi, Dr Gagnon ? demanda Erin.

Owen s'exécuta sans quitter des yeux la pile.

— C'est beaucoup trop lourd !

Erin pinça les lèvres.

— Non, ça va aller.

— Je ne suis pas d'accord, tu vas te coller une hernie discale.

Les deux femmes qui se trouvaient avec eux dans l'ascenseur échangèrent un regard entendu. Owen vit l'une d'elles cacher un sourire derrière sa main. L'autre se tourna vers lui et, avant même qu'elle n'ouvre la bouche, il lut dans son regard ce qu'elle allait dire.

Il se figea pour tenter de parer l'impact.

— Dr Gagnon, je vous ai entendu jouer l'autre soir…

Erin l'interrompit en passant devant elle pour tendre ses dossiers à Owen.

— Très bien, Dr Gagnon, vous avez gagné, portez mes dossiers si vous y tenez tant.

Abasourdi, Owen accepta les dossiers. Il lut dans le regard d'Erin que le geste avait été délibéré pour le sauver des questions.

Erin était venu à *son aide* !

Tétanisé d'horreur, Owen se demanda s'il n'était pas en train de piquer un fard.

Erin, lui, avait rougi. Et c'était adorable.

Owen s'éclaircit la gorge.

— Ce soir, nous serons seuls à dîner. Jared est de garde aux urgences. Des idées pour occuper la soirée ?

Erin s'intéressa au panneau d'affichage de la paroi.

— Je peux me charger du repas, proposa-t-il enfin.

Le cœur d'Owen en rata un battement. Puis il comprit que la remarque, comme le geste concernant les dossiers, était probablement destinée aux deux femmes qui les écoutaient avec attention.

Si tu veux l'aider, laisse-le tranquille et attends qu'il te parle.

Owen rééquilibra la pile qu'il tenait.

— D'accord. Dans ce cas, je serai de corvée de vaisselle.

Les portes s'ouvrirent. Owen quittait l'ascenseur derrière Erin quand il entendit dans son dos deux joyeux soupirs féminins.

Deux ou trois autres fois au cours de la journée, Erin intervint de nouveau pour empêcher un admirateur de parler à Owen de son violon.

117

VI

DEPUIS UN mois qu'Erin avait déménagé, son père ne l'avait pas contacté. Pas une seule fois.

John Jean venait à l'hôpital, comme d'habitude, mais au lieu de s'arrêter dans le bureau d'Erin pour le tancer sur l'organisation de la soirée caritative, son départ du manoir Andreas ou un autre thème, il l'ignorait purement et simplement. En toute franchise, Erin trouvait cette attitude bien plus perturbante que les hurlements et récriminations auxquels il était habitué. Il s'était attendu à une contre-offensive. Ce silence obstiné le mettait mal à l'aise : il se sentait abandonné.

Son père se fichait-il complètement qu'il ait quitté la maison ?

En revanche, Owen voyait beaucoup plus souvent John Jean, car dès qu'il apprenait sa présence à Ste Anne, il s'arrangeait pour se trouver sur son passage ou à proximité. Et il exacerbait à dessein les traits les plus irritants – aux yeux du père d'Erin – de sa personnalité. S'il ne se montrait jamais impoli, il n'était certainement pas obséquieux ou craintif, caractéristiques que le père d'Erin aimait à rencontrer chez ses interlocuteurs.

Au début, Erin tenta de lui expliquer que cette attitude ne leur apportait rien, mais Owen semblait déterminé à continuer.

— Tant que je l'énerve, expliqua-t-il, ton père n'a pas le temps de s'en prendre à toi.

Erin devait reconnaître que la distance prise par son père avait au moins un avantage : ça lui laissait le temps de parcourir en paix les dossiers que Nick lui avait remis.

Au final, il avait gardé cet amas de documents. Nick avait promis d'organiser un autre rendez-vous au chalet dès qu'il aurait un peu avancé dans son travail, mais cet objectif paraissait encore lointain. En vérité, Nick était surchargé et fouiller le passé de Ste Anne était une tâche fastidieuse qui nécessitait un œil attentif et de longues heures consécutives.

Erin y consacrait une bonne partie de ses nuits en espérant comprendre. Il progressait peu, le travail était accablant. Que cherchait-il de toute façon ? Et il s'inquiétait de manquer des indices essentiels en passant trop vite sur des éléments importants.

Les questions s'accumulaient dans sa tête. Et s'il trouvait une piste mais qu'elle menait à une impasse ? Le conseil était tellement fermé, comment espérer percer une brèche dans ses défenses ?

Erin sentait constamment l'anxiété mijoter en lui, comme un chaudron purulent qu'il remplissait chaque jour d'une nouvelle dose de doute et de peur. Extérieurement, il tentait de projeter une image de confiance et de compétence sans laisser paraître le désespoir qui le minait.

Le seul qui se doutait de quelque chose, c'était Owen.

Dès que les deux hommes avaient une pause déjeuner aux mêmes heures, Owen passait voir Erin dans son bureau et l'entraînait manger un morceau avec lui à la cafétéria « pour alimenter les rumeurs », disait-il. Parfois, c'était seulement le temps d'un café. Et Erin cédait, ayant appris d'expérience que protester ne le menait à rien.

— Vu que je t'ai coûté vingt-cinq mille dollars, disait Owen, la moindre des choses est que je te nourrisse.

Inévitablement, il ajoutait :

— Tu es sûr que ça va ? Tu sembles tendu. Plus encore que d'habitude.

Chaque fois, Erin mentait et prétendait que tout allait bien.

À la maison, le soir, il accomplissait sa part des tâches ménagères avant de se retirer dans sa chambre. Il avait bien tenté de rester travailler tard pour ne pas avoir à dîner avec Owen et Jared, mais dans ce cas-là, ils repoussaient leur horaire pour l'attendre, aussi avait-il renoncé à cette tactique. Il prenait donc sa place à la table commune, faisait la vaisselle, puis disparaissait dans sa chambre pour se plonger dans ses documents.

Après quatre semaines de cohabitation, Owen fit un jour irruption dans le bureau d'Erin, à Ste Anne. Il referma la porte derrière lui, traversa la pièce et se planta devant le DRH, les bras croisés sur la poitrine.

— J'en ai ras le bol d'attendre ! grogna-t-il. Explique-moi pourquoi tu es aussi stressé ! Et dis-moi comment je peux y remédier.

Erin cligna des yeux et recula son fauteuil de plusieurs centimètres.

— Quoi ?

Owen lui lança un regard noir.

— Tu es stressé. Ne cherche pas à mentir et à prétendre que tout va bien, c'est de la foutaise ! Si c'est moi qui te gonfle, dis-moi pourquoi. Qu'est-ce que j'ai encore fait ? Si c'est autre chose, explique-moi ce que je peux faire pour t'aider.

Mon Dieu! pensa Erin, éperdu. Il tenta de se ressaisir, mais pris au dépourvu par cette sortie inattendue, il ne parvenait pas à trouver de riposte adéquate. Et puis, Owen avait raison : il était stressé, tendu, à bout…

— Je… non, tu ne peux pas…

— Attends, coupa Owen, avançons pas à pas. Est-ce à cause de moi ?

Non, Owen ne faisait rien de mal – pas délibérément du moins. Ça n'était pas sa faute si sa seule présence mettait Erin dans tous ses états.

— Non. Ça n'a rien à voir avec toi. C'est pourquoi je souhaiterais que tu…

— C'est ton père, alors ?

Surpris, Erin ouvrit la bouche, puis la referma et resta figé sur place.

Owen fit la grimace et se laissa tomber sur l'un des sièges installés en face du bureau d'Erin.

— Je sais, je sais, reprit-il, tu vas encore me dire que ça ne me regarde pas et que tu es capable de gérer ta vie tout seul. Ou alors tu vas me dire que je ne peux rien faire, c'est ça ?

Erin frotta ses mains sur les jambes de son pantalon et baissa la tête, l'air coupable.

— Sans doute.

— Est-ce que ton père te maltraite ? insista Owen.

Le matin même, Erin avait vu son père passer devant lui dans le couloir en compagnie de Christian West et d'un autre membre du conseil sans même lui jeter un regard. Il en avait ressenti une étrange douleur au cœur.

— Non. Tout va bien. Je vais bien.

Owen secoua la tête.

— On ne dirait pas. Tu as l'air si malheureux que je ne suis pas le seul à l'avoir remarqué. Du coup, les gens commencent à se poser des questions concernant notre histoire. Ils voient bien que tu cherches à m'éviter. Si tu veux mon avis, vu ma réputation, le bruit doit déjà courir que je te traite mal. Même Simon m'a demandé pourquoi tu paraissais si effondré ! Alors, si tu ne veux rien me dire, je vais passer…

Erin le coupa sans lui laisser le temps de continuer :

— Nous pourrions passer une soirée en tête-à-tête dans un endroit public.

Sidéré, Owen lui lança un long regard. Cette fois, Erin ne détourna pas la tête.

Owen récupéra le premier et un lent sourire naquit sur ses lèvres.

— Excellente suggestion ! Où veux-tu aller ?

Erin entendit sa voix – elle lui sembla venir de très loin.

— Au restaurant.

— D'accord. Ce soir ?

— Si tu es libre.

Toujours souriant, Owen eut l'air si joyeux que le cœur d'Erin en rata un battement.

— Je suis libre. Nous irons *chez Cuore*, l'italien du campus. Je vais réserver une table près de la fenêtre. On y voit la baie.

Ça paraissait très chouette. Et aussi terrifiant.

Erin s'éclaircit la gorge.

— Tu veux que je me charge de téléphoner ?

Il s'en voulut mortellement d'entendre sa voix dérailler d'émotion.

Owen agita la main et se leva.

— Non, non, je m'en charge. Toi, pense à te détendre.

Une fois seul, Erin ne parvint pas plus à se détendre qu'à se concentrer sur son travail.

Pourquoi ?

Pourquoi avoir demandé à Owen une soirée en tête-à-tête ? Il était censé étudier les dossiers de Ste Anne, pas flirter avec Owen. En plus Owen ignorait les desseins d'Erin, il pensait le protéger de son père – qui paraissait avoir oublié son existence. Cette soirée était du temps perdu !

J'ai proposé d'aller au restaurant pour être avec lui.

C'était la vérité, même si Erin détestait devoir l'admettre.

Il se revit à dix-sept ans, croisant Owen dans le parc, près de la baie, et s'arrêtant pour lui parler, le cœur battant, prêt à avouer son amour…

Il se revit aussi en octobre dernier, quand il avait écrit le fameux mémo révoquant le règlement qui interdisait les relations intimes entre les membres du personnel de Ste Anne…

Saisi d'un coup de chaleur, il essaya de se changer les idées, mais il n'y parvint pas.

À dix-sept heures, la porte de son bureau s'ouvrit brusquement. Il sursauta, arraché à ses pensées.

— Salut !

C'était Owen, les cheveux tout hérissés d'avoir porté un calot de chirurgie toute la journée. Il hocha la tête et haussa un sourcil.

— Tu as fini ? Si c'est le cas, je t'accompagne jusqu'à ta voiture.

Erin laissa tomber le dossier qu'il tenait et jeta un coup d'œil à son bureau.

— J'ai encore quelques trucs à finir, bredouilla-t-il.

C'était faux, mais l'idée de s'afficher en compagnie d'Owen lui faisait soudain peur.

— J'attendrai.

Owen s'assit sur un des sièges en face de son bureau.

— C'est idiot de venir à deux voitures, ajouta-t-il. On devrait n'en prendre qu'une.

Erin étudia les cheveux ébouriffés d'Owen. N'y avait-il pas aussi passé les doigts dedans pour arriver à un tel désordre ? Si, bien sûr, puisqu'il répétait le geste en ce moment même sous le regard d'Erin.

Comment Erin aurait-il pu espérer travailler face à ce genre de distraction ?

— Qu'est-ce qu'ils ont mes cheveux ? s'inquiéta Owen. Tu les regardes avec un drôle d'air.

Erin s'éclaircit la gorge et se frotta la nuque.

— Rien, rien.

Il baissa les yeux et fixa son bureau, l'air hagard. Il était censé ranger ces trois piles de dossiers de couleurs différentes, mais il avait l'esprit si vide qu'il ne savait plus comment faire. Il soupira et se leva.

— Viens, Owen. Rentrons à la maison.

Sa formule le fit tressaillir. *À la maison.*

Avec Owen.

Il trébucha en contournant le coin du bureau. Owen se releva d'un bond preste et l'attrapa par le coude pour le stabiliser.

Erin rougit.

— Merci.

Owen resta impassible.

— De rien.

Ils prirent l'ascenseur ensemble et gardèrent le silence pendant le trajet jusqu'au rez-de-chaussée. Si Erin se sentait incertain et inquiet, Owen, lui, paraissait très détendu. Et c'était énervant.

Une fois dans le hall d'entrée, Owen demanda :

— Tu es garé au sous-sol ou à l'extérieur ?

— Là.

Erin désignait le parking souterrain en espérant qu'Owen soit dehors, pour avoir un moment de calme.

Owen lui emboîta le pas.

— Moi aussi, on y va ensemble. À quelle heure voulais-tu dîner ? J'ai oublié de te le demander, alors j'ai réservé *chez Cuore* pour dix-neuf heures trente, ça te va ? Je sais que c'est un peu plus tard que d'habitude, mais on fera semblant d'avoir les horaires branchés de la côte Est. Et ça te permettra de te reposer un peu en arrivant à la maison. Tu sembles fatigué.

Il était si attentif qu'Erin en avait le vertige.

À la maison. Il continuait à réfléchir à cette formule à la fois si banale et si troublante. Pourquoi considérait-il comme sienne la maison d'Owen ? Peut-être perdait-il vraiment la tête…

Peut-être devrait-il annuler le restaurant et se coucher tôt.

QUAND ERIN se gara dans l'allée, Owen attendait près du garage. Il ouvrit la porte menant à la cuisine et déclara dès qu'Erin le rejoignit :

— Au fait, je ne te l'avais pas dit, mais nous aurons la table que je voulais près de la fenêtre. En attendant, va faire une sieste. Je te réveillerai à temps pour te préparer. Combien de temps te faudra-t-il ?

Erin toucha ses joues brûlantes.

— Je n'ai pas besoin de sieste, merci.

— D'accord, va te détendre dans ta chambre comme tu l'entends. Et tu devrais en profiter pour mieux t'installer, tu n'as même pas vidé tous tes sacs et cartons !

Une fois dans sa chambre, Erin, loin de se détendre, sortit une pile des documents et tenta de se concentrer. En vain. Tout se brouillait devant ses yeux et son esprit s'emballa dans un tourbillon affolé. L'anxiété qui couvait en lui depuis si longtemps échappa à son contrôle.

Il se releva et se mit à faire les cent pas dans la pièce, le cœur tambourinant, les doigts serrés contre ses côtes.

Calme-toi, calme-toi. Qu'est-ce qui te prend ? Ses admonestations n'eurent aucun effet.

En désespoir de cause, il sortit et traversa le couloir jusqu'à la salle de bain. Il s'y enferma et s'aspergea le visage d'eau. En relevant la tête, il croisa son reflet dans le miroir et son expression torturée lui donna la nausée. Machinalement, il ouvrit la porte de l'armoire à pharmacie et étudia les flacons et boîtes qui s'y trouvaient.

L'un d'eux, qui provenait de la pharmacie de l'hôpital Ste Anne, attira son attention : *Alprazolam. Owen Gagnon. Prendre 1 à 2 comprimés trois fois par jour si besoin.*

123

La main toujours crispée sur le cœur, Erin fronça les sourcils. *Alprazolam*. Qu'est-ce que c'était ? Il savait se montrer indiscret, mais l'idée qu'Owen soit malade lui était insupportable. Surtout en plus de ce qu'il avait déjà à endurer !

À ce moment-là, il lut la dernière ligne : *générique du Xanax*.

Oh.

Erin se mordit la lèvre et s'agrippa au bord du lavabo.

Il ne devrait pas faire ça. *Vraiment*. Prendre un traitement prescrit à un autre était illégal. Et dangereux. Et immoral et…

Un anxiolytique m'aidera peut-être à oublier ce qui me ronge, ne serait-ce qu'un petit moment. Il fixa longuement l'étiquette. La voix de sa conscience devenait de plus en plus faible, ses conseils et avertissements paniqués faiblissaient devant la tentation grandissante.

Rappelle-toi la façon dont Owen s'est comporté après la vente aux enchères ? Veux-tu être dans le même état ? Sans le moindre complexe… totalement libre ? Veux-tu te ridiculiser ?

Oui, décida Erin. Il l'admettait en son for intérieur, ici, tout seul dans cette salle de bain, la main serrée sur un flacon rempli de drogue. Il ne s'était jamais enivré, il n'avait jamais pris de stupéfiants. C'était pathétique ! Un puceau de trente-trois ans qui n'avait jamais rien connu et dont le premier baiser était une mascarade.

Il dévissa le couvercle et fit glisser deux comprimés dans la paume de sa main. Ses doigts tremblaient. Il était comme Alice aux Pays des merveilles, prêt à sauter dans le terrier. Et il avait beau être terrifié, il avait hâte de découvrir le monde nouveau qui l'attendait.

Quand il retourna dans sa chambre, son cœur battait encore trop vite. En vérité, il se sentait plus anxieux encore d'avoir eu un geste aussi imprudent.

Une fois la porte refermée sur lui, cependant, il commença à se détendre. Le calmant ferait bientôt effet. Il n'avait qu'à attendre.

Du coup, il examina une fois encore ces listings comptables auxquels il ne comprenait rien.

Dix minutes plus tard, les yeux fixés sur des entrées datant de 2004, il réalisa que son corps se comportait bizarrement. Quand il tendit la main vers une autre pile de documents, son bras lui parut plus léger. Il regarda autour de lui, la chambre tournoyait légèrement.

Erin se redressa en position accroupie sur le tapis et étudia ce qui se passait en lui : il était moins tendu… En fait, il avait même la sensation de se dissoudre. D'abord, il ne parvenait plus à travailler, ensuite, s'inquiéter devenait difficile quand on était aussi désorienté.

Et fatigué. Il était si fatigué qu'il craignit de s'évanouir au milieu de ses documents étalés autour de lui.

Allait-il réussir à se traîner jusqu'à son lit ? Sans doute pas.

Erin décida qu'il n'appréciait pas le Xanax.

Il avait espéré une certaine euphorie, pas cette hébétude amorphe avec la bouche pleine de coton.

Dans un sursaut de volonté, il essaya de se lever et retomba lourdement dans un bruit sourd. Sa hanche droite heurta le sol et l'impact lui arracha un cri.

Je suis mal barré. Pendant plusieurs secondes, Erin, tout étourdi, resta roulé en boule, à réfléchir. Il lui vint à l'esprit qu'il réagissait mal au produit, sans doute n'aurait-il pas dû en prendre.

Ça ne le touchait pas vraiment cependant, il était déconnecté.

Et pas anxieux. Sur ce point-là au moins, c'était un succès. Ou pas, car de façon perverse, Erin aurait préféré sentir son cerveau tourner en rond comme un écureuil dans sa cage.

Eh merde.

Il hésitait encore entre tenter de rejoindre vers son lit ou s'endormir par terre quand un coup frappé à la porte le fit sursauter.

— Erin ?

Owen. Il était derrière la porte. Erin grimaça et laissa retomber sa tête. Et son vertige ne fit qu'empirer.

La porte s'ouvrit et Owen se pencha sur lui.

— *Erin !* Qu'est-ce que tu as ?

Même en temps normal, Erin n'aurait pas su comment gérer cette situation, mais alors là, il était vraiment au fond du trou. Pourtant, les recommandations de Nick sur le secret à garder concernant leur enquête restaient vrillées dans son cerveau.

Il appuya une main au sol et se souleva. De son autre main, il désigna les documents éparpillés et marmonna :

— Ne regarde pas.

— C'est *toi* que je regarde ! s'exclama Owen, exaspéré. Qu'est-ce que tu as ? Que s'est-il passé ? J'ai entendu un choc, tu as crié.

Sans répondre, Erin retomba en arrière, un sourire aux lèvres, les yeux vitreux.

Owen fronça les sourcils.

125

— Tu as bu ? Non, ton haleine ne sent pas l'alcool. Qu'est-ce que tu as pris ?

Erin aurait voulu mentir, mais son état commençait sérieusement à lui faire peur. Il devait parler, s'expliquer. Owen était médecin.

Il ouvrit la bouche, pas un son n'en sortit, ni au premier essai ni aux suivants. Il gémit et ferma les yeux.

— Je ne peux pas. C'est trop compliqué. J'ai la tête qui tourne.

Owen passa en mode praticien. Il ausculta rapidement Erin, vérifia ses signes vitaux, examina ses pupilles et son poignet.

— Ton pouls est normal, bien qu'un peu rapide. Ta peau est plus rouge que de coutume, ton discours flou et incohérent ne te ressemble pas du tout. Tes pupilles sont légèrement dilatées. Si ce n'est pas de l'alcool, c'est de la drogue. Qu'est-ce que tu as pris, Erin ? Réponds !

Cette fois, Erin devait avouer, sinon Owen allait le conduire aux urgences.

— Du Xanax, marmonna-t-il. Ton Xanax.

Owen sursauta.

— Tu… quoi ? Tu es sûr ? Combien de comprimés as-tu pris ?

Erin hocha la tête… doucement.

— Deux.

— Tu as l'habitude de prendre de l'Alprazolam ?

Encore un prudent mouvement de tête, décida Erin.

— Non.

— Alors, pourquoi…

Owen s'interrompit, il passa une main sur sa bouche et secoua la tête.

— Bien sûr, enchaîna-t-il. Tu en as eu besoin, je comprends. Je regrette que tu n'aies pas pensé à me le demander, j'aurais aimé que tu me fasses confiance. Le problème – comme tu dois commencer à le constater –, c'est que la posologie dépend du poids du patient, et que la dose indiquée pour un homme de mon acabit est bien trop forte pour toi. Et puis je ne t'aurais pas prescrit du Xanax, plutôt de l'Ativan [7]. Mais si tes crises d'anxiété deviennent ingérables, je peux te recommander une consœur à Duluth, elle te donnera un antidépresseur à long terme.

— Je n'ai pas besoin d'antidépresseur !

Le demi-sourire d'Owen fit naître des papillons dans le ventre d'Erin.

---

7 Ou lorazépam, anxiolytique commercialisé en Europe sous le nom de Témesta.

— Hmm. Ne me dis pas que le DRH d'un hôpital a un préjugé contre les antidépresseurs et ceux qui en prennent ? Je détesterais te voir descendre de ton piédestal, Andreas.

Oh, non. Le visage tordu d'inquiétude, Erin tendit la main vers Owen, mais il semblait si loin. Il abandonna et laissa tomber sa main.

— Je n'ai pas de préjugés. Je… je…

Oh, les mots sortaient avec tant de difficulté de ses lèvres inertes. La bouche d'Owen était si belle, cependant, avec une lèvre inférieure rouge et renflée. Erin aurait voulu y mordre. Il se sentait même le courage de le faire, à condition de réussir à lever sa foutue tête.

Owen se pinça l'arête du nez.

— À quoi penses-tu pour tirer une tronche pareille ? Ton regard est si intense que j'ai l'impression que tu me troues la peau !

— Je pense que j'accepterais tes antidépresseurs si tu te penchais pour me donner accès à ta lèvre. J'ai envie d'y mordre.

Owen ouvrit de grands yeux.

Erin fut ravi que le Xanax l'empêche de ressentir de la honte après des aveux aussi extravagants.

Quand Owen parvint à émettre un son, sa voix n'était pas très assurée :

— Si tu n'étais pas défoncé, j'accepterais ton offre… je crois.

Erin soupira.

— Si je n'étais pas défoncé, jamais je n'aurais eu le courage de dire une chose pareille. Quel dommage ! Je n'aurais pas dû t'avouer avoir touché à ton Xanax.

— Pour qui me prends-tu ? Je ne suis pas du genre à abuser d'une personne vulnérable !

Erin dut reconnaître que la position d'Owen se défendait. Mais quand même… Il parvint à lever la main vers le visage d'Owen pour effleurer cette belle lèvre si tentante.

— J'ai envie de t'embrasser depuis mes treize ans, chuchota-t-il.

Cette fois, quand Owen sursauta, et comme Erin avait les doigts posés sur sa bouche, il sentit le souffle qui en sortit. Et Owen trembla aussi. C'était délicieux.

— Tu… quoi ?

— Je rêve de t'embrasser depuis longtemps, très longtemps. Tu n'as pas entendu la première fois ?

— Mais… tu ne me connaissais pas quand tu étais ado.

— Si, nous nous sommes rencontrés un jour. En fait, je t'ai revu plus tard, à deux reprises, bien que la deuxième fois, je doute que tu m'aies remarqué.

Owen saisit le poignet d'Erin et éloigna sa main sans brusquerie.

— Erin, j'aimerais continuer cette conversation et entendre tout ce que tu as à me dire, mais je crains trop que tu m'en veuilles pour ces épanchements une fois retombé sur terre.

Erin savait qu'il disait vrai, mais en ce moment précis, le bon sens ne le tentait pas tellement.

— Tu ne peux pas imaginer comme c'est dur, continua-t-il, d'être seul, enfermé en soi-même. Je n'ai jamais eu personne à qui parler, à qui me confier, avec qui partager les petits riens de la vie quotidienne. Du coup, étant adulte, j'ai du mal à parler, à exprimer ce qui brûle en moi. Et pour une fois que j'arrive à le faire, tu ne veux pas écouter.

Owen entrelaça ses doigts aux siens et les serra doucement.

— Tu te trompes, je sais exactement ce que tu ressens, j'éprouve ce même blocage depuis mes dix-huit ans. C'est même pour ça que j'ai consulté toute une pléthore de thérapeutes et de psychologues avant de trouver cette psy à Duluth. J'ai longtemps pris des antidépresseurs. Alors oui, je te comprends mieux que tu te comprends toi-même.

Erin pouvait à peine respirer. Il aurait voulu pleurer, mais ses larmes ne coulaient pas.

— C'est un tel merdier ! J'essaie d'y mettre un peu d'ordre, mais je crains de tout compliquer.

De sa main libre, Owen lui effleura brièvement la joue, puis il s'écarta.

— Je t'aiderai, si tu acceptes. Je peux faire bien plus que titiller ton père. Je ferai tout ce que tu voudras.

— Pourquoi ?

Owen ferma lentement les yeux, puis il tourna la tête et pressa un doux baiser sur les doigts d'Erin. Il agissait un peu à contrecœur, comme s'il ne pouvait s'en empêcher.

— Parce que je t'aime bien, Erin. Parce que chaque jour j'apprends à mieux te connaître et je me rends compte que je t'avais mal jugé. Je t'avais cru bâti sur le même modèle que ton père, mais ce n'est pas le cas. Le jour où tu as révoqué le règlement de Ste Anne qui interdisait aux membres du personnel de se fréquenter...

Il resserra l'étreinte de ses doigts sur ceux d'Erin.

— … je t'ai trouvé génial ! Tu es incroyable. Tu es fascinant. Tu n'avais pas à dépenser cette somme absurde pour mon enchère, je t'aurais aidé si tu me l'avais tout simplement demandé.

C'était un beau discours, mais Erin ne put s'empêcher de revenir au point sur lequel se focalisait toute son attention.

— Mais je ne t'ai pas encore raconté toute l'histoire : elle commence le jour où je t'ai rencontré. J'avais treize ans.

Du pouce, Owen caressa l'intérieur de sa paume.

— Tu ne préfères pas attendre de ne plus être sous l'influence du Xanax ?

Pourquoi pas ? pensa Erin, adouci par le toucher hypnotique d'Owen. Il était détendu. Conciliant.

— C'est tout ce que tu veux de moi ? insista-t-il. Mon histoire ?

— Si c'est à tes baisers que tu fais allusion, je serai très heureux de les accepter aussi.

— Mais alors, il faudrait que je prenne l'initiative. Je n'aime pas ça !

Le pouce d'Owen glissa jusqu'au poignet d'Erin.

— Je te propose un marché : tu vas dormir un moment. Ensuite, si tu t'approches de moi, si tu touches mon visage en frottant ton pouce le long de mon menton, comme tu le fais maintenant, je t'embrasserai. D'accord ?

Dormir ? C'était une très bonne idée, décida Erin. Sauf qu'il se souvint du problème rencontré précédemment.

— J'ai essayé de m'étendre sur mon lit, mais c'est là que je suis tombé. De plus, nous devions sortir dîner. Et je ne veux pas être seul quand tout tourne autour de moi.

Owen sourit et repoussa les cheveux d'Erin sur son front.

— Je vais appeler le restaurant et annuler notre réservation. Tu n'es pas en état de sortir ce soir. Je vais te mettre au lit moi-même, je te porterai. Je resterai avec toi jusqu'à ce que tu t'endormes.

— Je ne veux pas dormir ici ! protesta Erin. Je veux dormir avec toi.

Owen émit un autre gargouillement surpris.

Erin décida qu'il aimait lui faire faire cet effet-là.

— Tu veux dormir avec moi ? suffoqua Owen. Dans ma chambre ?

— Dans ton lit, précisa Erin, au cas où Owen aurait l'idée saugrenue de le coller sur un canapé.

Il pensait la partie difficile à gagner, mais Owen ne disait plus rien. En revanche, il empoigna Erin, le souleva du sol et le berça contre sa poitrine. Deux minutes après, Owen se redressa et emporta Erin dans le couloir.

129

Erin s'accrocha à son cou et se blottit contre lui, humant son odeur avec délice.

— Tu devrais me porter plus souvent.

— Tu es bien plus adorable que je l'aurais cru, ça, c'est certain !

Erin se pelotonna davantage.

— Je ne suis pas *adorable*. Je suis un homme d'affaires avisé, un adulte autonome, hautement qualifié et compétent.

— Tu es adorable, répéta Owen, le visage enfoui dans ses cheveux.

C'était très étrange : entouré de la chaleur et l'odeur d'Owen, Erin avait l'impression de flotter. Malheureusement, ça ne dura pas, car il fut déposé sur un matelas moelleux. L'odeur d'Owen était présente dans ses draps, mais moins chaude et intense.

Erin sentit les bras d'Owen se relâcher. Il paniqua.

— Non ! Ne pars pas !

— Je ne comptais pas le faire. Chut, du calme.

Le lit bougea quand Owen s'allongea à son côté. C'était bien, mais insuffisant. Le confort de ses bras lui manquait.

Tiens-moi contre toi, pensa-t-il. Il tenta de formuler les mots, mais déjà il sombrait dans ce sommeil réparateur dont son corps épuisé avait désespérément besoin. Il s'enfouit sous la couette et se laissa couler.

Des idées flottaient dans son esprit à la dérive. *Parfois, quand je te regarde, j'entends de la musique. J'aimerais tellement comprendre ce qui te rend si triste.*

Une caresse effleura son front, des doigts doux et chauds, légèrement hésitants. Ou peut-être s'agissait-il d'un rêve que lui procurait le Xanax.

OWEN FIXAIT le visage calme et serein d'Erin endormi, heureux de ne pas avoir à cacher la vulnérabilité qu'il éprouvait. *Parfois, quand je te regarde, j'entends de la musique. J'aimerais tellement comprendre ce qui te rend si triste.* Les mots d'Erin avaient été à peine marmonnés, pourtant, Owen les avait entendus et il savait exactement à quoi ils se référaient. Ce fichu violon !

Jusqu'ici, tous les commentaires des invités de la soirée caritative ou des gens à l'hôpital lui avaient été odieux. Mille fois, il avait failli exploser et maudire Ram d'être tombé malade au plus mauvais moment possible – ou même d'avoir créé ce ridicule quatuor !

Mais le chuchotement d'Erin avait éveillé en lui une souffrance d'un ordre différent.

Parfois, Erin, j'aimerais pouvoir t'expliquer.

Il se racla la gorge et roula sur le dos, repoussant de son esprit le souvenir de cet instrument détesté. Pour se changer les idées, il chercha à comprendre comment et pourquoi Erin s'était retrouvé étalé sur le tapis de sa chambre, défoncé à mort, alors qu'il était censé faire la sieste.

Et sous l'effet de la drogue, il avait révélé les choses les plus étranges qu'Owen ait jamais entendues.

Owen dut faire un très gros effort sur lui-même pour ne pas tendre la main et écarter du front d'Erin ses boucles folles.

J'ai envie de t'embrasser depuis mes treize ans.

Owen se savait doté d'une mémoire presque eidétique. Comment aurait-il pu rencontrer Erin adolescent et ne pas s'en souvenir ? Comment oublier un ado qui s'était entiché de lui au point de vouloir l'embrasser ?

Il avait beau chercher, il ne voyait toujours pas.

S'il se retint de toucher Erin, il ne se priva pas de scruter ses traits endormis, son regard s'attardant sur la jolie bouche tendre aux lèvres roses légèrement entrouvertes. Erin l'aurait-il vraiment mordu si Owen l'avait laissé faire ? Ça devait être une impulsion due au Xanax. Si Erin gardait à son réveil le souvenir de ses paroles inconsidérées, il en serait très gêné.

Mais s'il se souvenait… et qu'il tentait de lui caresser le cou…

Le corps en feu, Owen fixa le plafond.

Il quitta son lit – sans trop remuer pour ne pas risquer de réveiller Erin – et sortit de la chambre sur la pointe des pieds. Il s'interrogeait sur ce qui allait se passer si le Xanax n'avait pas été une hallucination médicamenteuse, mais plutôt un sérum de vérité. Il n'en avait aucune idée.

En revanche, il tenait à comprendre ce qui avait rendu Erin aussi stressé, et la clé de cette énigme se trouvait certainement parmi la masse de documents éparpillés dans sa chambre. Après tout, c'était ce qui avait poussé Erin à prendre des anxiolytiques.

Il évoqua alors les premiers mots d'Erin à son arrivée : *ne regarde pas*. Une fois dans la chambre d'Erin, Owen se pencha et étudia les dossiers. Il fronça les sourcils. Des listings de compatibilité de Ste Anne qui dataient de plusieurs années. Des rapports financiers, des bilans, des budgets.

Owen s'accroupit et étudia les notes griffonnées par Erin. Que cherchait-il au juste dans ces archives ? Et comment les avait-il obtenues ?

Erin pensait-il à des erreurs ? À des irrégularités ? Manquait-il de l'argent dans les caisses de l'hôpital ?

Naturellement doué pour les chiffres, Owen organisa les documents par année et se mit à les passer au crible en commençant par les plus anciens dans l'espoir d'avoir une vue d'ensemble du puzzle.

Une heure plus tard, il sursauta quand Jared passa la tête par la porte restée entrouverte.

— Salut, Owen. Que fais-tu dans la chambre d'Erin et pourquoi dort-il sur ton lit ? De plus, je pensais que vous sortiez dîner.

— Erin était fatigué. Je l'ai laissé dormir. J'ai annulé notre dîner.

Oups ! pensa Owen en réalisant que, pris par ses recherches, il n'avait pas passé le coup de fil annoncé au restaurant. Il étudiait toujours le registre ouvert devant lui. Il fronça les sourcils devant le total annoncé de la dernière colonne et fit une annotation sur un brouillon posé à côté de lui.

— Qu'est-ce que tu lis ? demanda Jared.

Il entrait déjà dans la pièce pour regarder ce qui passionnait tant son ami.

Owen réagit au quart de tour. Jared avait de grandes qualités, mais c'était aussi une vraie commère par qui transitaient tous les potins de Copper Point. Erin ne serait pas très content qu'Owen ait été indiscret, mais autant limiter les dégâts.

Il bloqua le passage de Jared et répondit :

— Les impôts d'Erin. Il préfère éviter le comptable de son père, alors, je lui ai promis de jeter un œil.

Jared reculait déjà.

— Ah, d'accord.

Owen l'étudia.

— Ça va ? Pas trop fatigué ?

Jared haussa les épaules.

— Non, ça va. Je vais me préparer un morceau. Puisque tu n'as pas mangé, tu veux que je te monte quelque chose ?

— Merci, oui, volontiers. Et compte aussi Erin, il aura faim en se réveillant. Laisse-lui une assiette au four.

Jared hésita, puis il secoua la tête et s'éloigna en disant :

— Je te laisse travailler, Owen. Je te monte un plateau dès que c'est prêt.

Il répondit d'un hochement de tête distrait, déjà absorbé par son travail. Il y avait tellement de documents ! Pourquoi Erin était-il remonté aussi loin dans le temps ?

Les notes d'Erin disséquaient essentiellement les résultats annoncés d'une année sur l'autre. Dans chaque ligne budgétaire, il avait coché de légères incohérences de ratios, indiquées comme des erreurs corrigées. Par qui ? Y avait-il eu un audit ? Non, ce n'est pas ce qu'Erin semblait penser. Il vérifiait chaque ligne, recalculant les chiffres informatisés.

De chaque année.

Le travail était phénoménal ! Il ne s'agissait pas seulement de chercher une aiguille dans une botte de foin. C'était plutôt chercher un trèfle à quatre feuilles dans un champ de blé s'étendant jusqu'à l'horizon.

Et pourtant, Owen suivait très bien le raisonnement d'Erin. Lui-même aurait été plus vite, il avait une formation mathématique, contrairement au DRH de Ste Anne. *Pourquoi ne m'en a-t-il pas parlé ? Pourquoi ne m'a-t-il pas demandé de l'aider, ou mieux encore, de le faire à sa place ? C'est bien plus utile que de jouer au couple pour contrarier son père !*

Owen suivait du doigt une colonne de chiffres quand les paroles d'Erin résonnèrent dans sa tête. *J'accepterais tes antidépresseurs si tu te penchais pour me donner accès à ta lèvre. J'ai envie d'y mordre.*

Il cassa la mine de son crayon et tira sur le col de sa chemise.

Parfois, quand je te regarde, j'entends de la musique. J'aimerais tellement comprendre ce qui te rend si triste.

Le cœur serré, Owen se leva et arpenta la pièce plusieurs minutes avant de reprendre sa tâche. Quand l'envie lui vint de mettre Spotify, il céda à son impulsion concernant une artiste particulière sans remettre son choix en question ou s'y attarder. Il laissa simplement la musique l'entourer comme un cocon pendant qu'il travaillait.

Puis Jared revint lui apporter un plateau avec de la soupe, du pain et du thé. Owen le remercia et se mit à siroter son thé, toujours pris dans la transe des chiffres, si agréable pour lui.

Après avoir jeté jeta un coup d'œil au téléphone d'Owen, Jared s'étonna d'un ton prudent :

— Tu as choisi une musique… intéressante. Qu'est-ce que c'est ?

Owen s'empara de son téléphone pour vérifier le titre de la chanson.

— *Le Voile de Roxane.*

— Je parlais de la chanteuse…

— Vanessa-Mae.

Une violoniste virtuose qu'il avait appréciée… autrefois.

Owen regarda ses comptes et enchaîna :

— Laisse-moi travailler, s'il te plaît, il faut que je me concentre.

— Oui, c'est vrai. Excuse-moi.

Une fois Jared parti, Owen termina son repas et fronça les sourcils. Cette fois, c'était évident : la situation s'avérait louche. Il le sentait, bien que les malversations aient été bien montées et profondément enfouies. Il remonta ses manches et se mit à la tâche avec une ardeur renouvelée et finit par comprendre le processus utilisé pour siphonner les fonds de Ste Anne. Et ça durait depuis des années, depuis 1992, c'était certain, sinon avant. *Merde !* Si le modus operandi changeait parfois, l'argent disparaissait avec la même constance : des milliers et des milliers de dollars pris dans la poche des contribuables.

Le cœur battant d'excitation, Owen se concentra sur les liasses de documents qui correspondaient à ses années d'exercice à l'hôpital. Il constata très vite que les conspirateurs devenaient de plus en plus sournois. Désormais, les calculs étaient faits par ordinateurs, aussi truquer les comptes devenait-il plus délicat, mais comme Owen savait où chercher, la solution ne lui prit pas longtemps. Les vols persistaient. Et leurs montants évoquaient plus un casino de Las Vegas qu'un modeste hôpital de comté au nord du Wisconsin.

D'après ses estimations, si les escroqueries avaient été constantes au fil des années – et il ne voyait aucune raison d'en douter –, le manque à gagner pour Ste Anne représentait vingt millions de dollars. Sinon vingt-cinq.

— Putain de merde ! murmura-t-il, les yeux fixés sur les documents étalés devant lui.

Pris par ses recherches, il n'entendit pas la porte s'ouvrir.

Il sursauta quand le plancher craqua derrière lui, il se retourna et laissa tomber le crayon. Son cœur rata un battement quand il vit Erin, les yeux groggy, mais moins shooté qu'il l'avait été en s'endormant.

Erin le regardait, les sourcils froncés.

Owen éteignit la musique et se remit sur ses pieds.

— Tu m'avais demandé de ne pas regarder, je sais, mais j'ai voulu savoir ce qui t'avait mis dans un état pareil. Quand j'ai réalisé ce que tu cherchais, j'ai voulu t'aider, j'ai un esprit très mathématique, j'aime les énigmes, les puzzles… Justement, je venais de trouver quand tu es arrivé.

L'expression d'Erin se transforma, il semblait sous le choc.

— Ce n'est pas possible ! s'exclama-t-il. Pas aussi vite !

Owen poussa un soupir satisfait.

— Si. Et j'aurais été plus vite si j'avais su dès le départ que tu soupçonnais un détournement de fonds. D'un autre côté, tes notes m'ont ouvert la voie. Et une fois que j'ai eu le modèle, le reste est devenu plus facile, c'est le même schéma qui se reproduit d'année en année.

Erin recula de quelques pas, la main sur la bouche.

— Tu… tu as eu le temps de parcourir toutes les années ?

— À peu près, il me faudrait encore quatre heures et un fichier Excel pour terminer mon audit. Les années du grand changement seront sans doute un désastre, mais j'ai déjà fini les années quatre-vingt, le début des années quatre-vingt-dix et les dernières années. J'ai pris les deux extrêmes en priorité pour vérifier si le siphonnage des fonds continuait. C'est le cas.

Il brandit la feuille où il avait établi ses calculs pour la montrer Erin.

— Le montant varie selon les années, enchaîna-t-il, et il augmente constamment. J'ignore où va l'argent, mais sa disparition ne fait aucun doute. Et je t'accorde que le ou les escrocs ont bien dissimulé leurs traces. Ce qui explique sans doute qu'ils s'en soient sortis pendant aussi longtemps.

Il scruta Erin et pencha la tête. Après un bref moment de silence, il reprit :

— Je comprends mieux pourquoi tu comptais sur moi pour distraire l'attention de ton père, mais j'espère que tu ne penses pas en avoir terminé avec moi, car je ne compte pas te laisser…

Il s'interrompit quand Erin avança pour poser la main droite sur sa joue. Le cœur d'Owen se mit à tambouriner, un staccato tonitruant qui résonna dans ses oreilles et l'assourdit. Erin fit courir son pouce le long de sa mâchoire et glissa vers son menton.

Owen manqua basculer à la renverse. Il inspira un grand coup et déclara d'une voix cassée :

— Alors, tu t'en souviens ?

Erin ne détourna pas le regard.

— Oui. Je me souviens de tout.

— Je pensais que c'était peut-être dû au Xanax et que même si tu t'en souvenais, tu préférerais tout oublier.

Les joues d'Erin se teintèrent d'une ombre rose.

— Vas-tu rire de moi si je t'avoue que chaque mot que j'ai dit était vrai ?

Parfois, quand je te regarde, j'entends de la musique. J'aimerais tellement comprendre ce qui te rend si triste.

Owen déglutit.

— Je ne rirai jamais de toi.

Erin leva le menton, l'air à la fois si courageux et terrifié qu'Owen eut du mal à le supporter.

— Vas-tu tenir ta promesse, alors ? Ou était-ce juste une façon polie de me dire que tu n'es pas intéressé…

Il ne put terminer sa phrase, car Owen l'embrassa.

VII

LES LÈVRES d'Owen étaient aussi douces que lors de leur premier baiser, sauf que ce soir, elles avaient un léger goût de basilic et de menthe poivrée. Erin savoura surtout le parfum unique d'Owen, cette douceur épicée et enivrante qui le hantait depuis la soirée caritative.

Avec ces lèvres sur les siennes, Erin ne pensa à rien d'autre.

Dès qu'Owen releva la tête, Erin fut de nouveau saisi d'une vague de doute et de peur. Il baissa la tête, laissa retomber sa main du visage d'Owen et recula d'un pas.

Owen le rattrapa par le poignet et entrelaça ses doigts aux siens.

— Pourquoi cette mine sombre ? Ne me dis pas que mes baisers t'ont déçu ?

Son ton badin indiquait qu'il n'y croyait pas une minute. Quand Erin fronça les sourcils et tenta de s'écarter, Owen lui caressa le bras.

— Chut, du calme, insista-t-il. Dis-moi ce qui ne va pas.

Non, Erin n'y tenait pas du tout. *J'ai peur que tu agisses par pitié.* Owen avait promis de ne pas rire de lui, mais… il restait des zones d'ombre.

— Je ne veux pas que tu te moques de mes aveux.

— Quels aveux ? s'étonna Owen.

— J'ai dit que je voulais t'embrasser depuis mon adolescence.

Owen lui jeta un regard offensé.

— Je ne ferais jamais une chose pareille ! Le seul truc, grimaça-t-il, eh bien, ça me gêne un peu de t'avoir fait une telle impression sans m'en rappeler. Il est vrai qu'à cette époque je ne remarquais pas grand-chose et je faisais même tout mon possible pour tout oublier.

Il paraissait si sombre en évoquant ce lointain passé qu'Erin regretta amèrement d'avoir abordé le sujet.

Il désigna les documents comptables et ajouta :

— Je vais tout t'expliquer, mais avant, promets-moi de ne parler à personne de ce que tu as découvert. Pas même à Jared.

Owen agita la main.

— Bien sûr. Et j'ai déjà tout compris ou presque. Un groupe d'individus sans scrupules détourne depuis des années l'argent de l'hôpital.

D'après moi, ces gens-là font partie du conseil d'administration ou ils manipulent les membres. Et c'est le genre d'informations qu'il faut manier avec des pincettes. Comme je te le disais, je comprends que tu veuilles détourner l'attention de ton père. Et bien évidemment, je t'aiderai. Tu aurais dû m'en parler plus tôt, je suis doué pour les chiffres. J'ai déjà établi une première estimation du montant des vols.

Erin était à la fois effondré et émerveillé. Le détournement de fonds était désormais prouvé et leur pire crainte, à Nick et à lui, se réalisait.

Et Owen avait résolu l'énigme en une nuit.

— Tu es sûr que ça ne te gêne pas de finir, Owen ?

— Pas du tout. Je rentrerai les données demain matin dans mon ordi avant d'aller travailler. Ça tombe bien, j'avais aussi une lessive à faire.

Alors qu'Erin tournait en rond sur ces bilans depuis la vente aux enchères, Owen n'avait mis que vingt-quatre heures à trouver des preuves concrètes susceptibles de convaincre Nick. Il faudrait ensuite établir une liste de suspects et monter un dossier d'accusation pour convaincre les autorités. Cette pensée donna à Erin le vertige.

Avec un sourire amusé, Owen lui écarta les cheveux des yeux.

— Mon chou, on lit sur ton visage bien trop facilement ! Ne cherche surtout pas à te reconvertir dans le poker.

Erin pressa ses paumes contre ses joues. Ses doigts tremblaient.

Owen posa sur eux une étreinte apaisante et se pencha en avant.

— Qu'est-ce… que tu fais ? bredouilla Erin

— J'ai envie de t'embrasser. À moins que tu en aies assez ?

Sa voix avait un ton bas et envoûtant. Du bout des doigts, Owen se mit à lui masser le crâne. En même temps, il lui renversait la tête.

Erin trouva difficile de garder les yeux ouverts.

— Je… non, je…

— Si je ne t'ai pas remarqué quand nous étions plus jeunes, lors de notre première rencontre, j'ai été idiot. Maintenant, je ne vois que toi.

Puis il changea de ton et lança :

— Malheureusement, j'ai une mauvaise nouvelle !

Muet d'horreur, Erin ne put que cligner des yeux nerveusement,

Owen fit la grimace.

— J'envisage d'arrêter cette histoire bidon entre nous.

Erin en perdit le souffle.

Une très légère caresse effleura ses joues, des doigts tendres le prirent par le menton. Erin se concentra sur le visage penché sur lui. Le sourire d'Owen aurait pu appartenir à une créature d'un autre monde. Un mage noir ou un démon venu dévorer son âme.

— Je veux sortir avec toi, Erin Andreas. Pour de vrai !

Les yeux fermés, les genoux flageolants, Erin tenta de frapper Owen, mais il n'avait plus de force.

— Je te déteste !

— Mmm ?

Owen l'embrassa encore et le fit marcher à reculons en direction du lit. Pour ne pas basculer, Erin s'accrocha à la chemise d'Owen. Très vite, il fut distrait par la sensation des muscles durs sous ses paumes. Il laissa glisser ses mains le long du torse. Quand son pouce frôla un mamelon érigé, Owen gémit. Il releva la tête pour haleter.

Puis il poussa Erin sur le lit, faisant voler les piles de documents.

Erin émit un piaillement horrifié

— Ne panique pas, déclara Owen, je rangerai tout. Pour le moment, j'ai d'autres priorités.

Pour éviter qu'Erin s'inquiète inutilement, il se remit à l'embrasser

Erin était au bord de l'implosion. Jamais il n'avait expérimenté de sensations aussi fortes, aussi intenses. Jamais non plus il n'en avait rêvé avec un autre qu'Owen. Il avait mal partout, il n'arrêtait pas de trembler. Il lui fallait dire à Owen que… que…

Owen lui mordit le lobe de l'oreille, ce qui envoya des étincelles de feu tout le long de son corps.

— Erin ? Erin… ne le prends pas mal, s'il te plaît, mais je voudrais vérifier… quel est ton niveau d'expérience au juste ? Sexuellement parlant ?

Tout en parlant, Owen continuait à poser des baisers gourmands sur le corps offert, et cette bouche douce et chaude rendait Erin fou. Il s'accrocha à la tête d'Owen et cambra le dos. Puis il avoua :

— Je… n'ai… aucune expérience.

Il attendit les taquineries, le choc. *Quoi, à ton âge ? Tu es encore puceau à trente-trois ans ? Tu n'as même jamais été embrassé ? Ce n'est pas normal. C'est quoi ton problème ? Le sexe ne t'intéresse pas ?*

Owen posa sur sa clavicule un baiser presque respectueux.

— D'accord. Dis-moi, je ne te fais pas peur au moins ? Tu m'as demandé de t'embrasser, mais tu préfères peut-être que je n'aille pas plus loin…

Erin fut alors emporté par une tornade où se mêlaient diverses émotions conflictuelles : euphorie, anxiété, doute.

— Pourquoi… toutes ces questions ? Tu me trouves anormal, c'est ça ? Je suis trop vieux pour ne pas avoir…

Owen pencha son visage sur le sien.

— Non, je veux juste mieux te connaître. Il y a toutes sortes de tempéraments, aucun n'est anormal, chacun est unique. Tu as le droit d'être timide, inexpérimenté, ou autre, je veux juste te dire que tu es libre d'accepter ou de refuser ce que je te propose, je ne te forcerai pas. Mais pour savoir ce que tu aimes, il faut que tu me parles…

Se sentant aussi étourdi qu'à ses pires moments avec le Xanax, Erin remit ses mains sur les épaules d'Owen et les glissa le long de son cou.

— Je suis… inexpérimenté et timide. Jusqu'ici, je ne suis jamais intéressé au sexe, mais avec toi, j'aimerais… explorer.

Owen lui passa les doigts dans les cheveux.

— J'ai compris. Es-tu aussi d'accord pour sortir avec moi ? Pour de vrai cette fois ?

Quelle question idiote après tout ce qu'il avait avoué ! Il est exaspérant. Oubliant son embarras, Erin fusilla Owen d'un regard noir.

— Oui !

Owen se mit à rire.

— Cache ton enthousiasme !

— Je ne vois pas tellement pourquoi tu tiens à sortir avec moi, je doute d'être un bon coup.

Owen l'embrassa sur le menton, puis il se redressa, quitta le lit et tendit la main à Erin pour l'aider à se remettre debout.

— Viens avec moi. Jared t'a laissé un dîner au four et tu dois avoir faim.

À son grand étonnement, Erin découvrit que c'était le cas. Il était tard et Jared était déjà enfermé dans sa chambre, la télévision allumée. Owen prit Erin par la main et l'entraîna dans l'escalier. Il ne le lâcha pas avant de l'avoir installé sur un des sièges de la cuisine.

Owen lui servit un bol de soupe qu'il sortit d'une cocotte électrique et un sandwich enveloppé de plastique qui se trouvait au frigo.

— J'adore voir Jared paniquer aux fourneaux, déclara-t-il. Pour moi, cuisiner est assez machinal, pas pour lui. Simon me manque, nous avions nos petites habitudes tous les trois. À deux, c'est un peu court. Grâce à toi, la maison est de nouveau vivante. J'ai grandi enfant unique dans un foyer désuni, l'ambiance était assez difficile. Soit je tombais sur un épisode tragique, soit je subissais les conséquences d'un récent carnage. Dans tous les cas, j'étais pris entre deux feux. Et la cuisine me paraissait un endroit très dangereux vu que mes parents se jetaient volontiers des plats brûlants à la tête.

Erin se figea, ne sachant comment répondre. Qu'était-il censé dire ?

Owen posa un verre d'eau devant lui.

— Mange ta soupe.

Erin mangea, reconnaissant d'avoir à s'occuper pendant qu'Owen continuait à parler.

— J'essaie de me rappeler où j'aurais pu être à treize ans – non, j'ai un an de plus que toi, donc, j'aurais eu quatorze ans le jour de notre rencontre. Nous n'étions pas dans la même classe, car tu étais en pension. Était-ce à un événement de Copper Point pendant tes vacances ? En général, je n'y allais que contraint et forcé.

— C'était à la clinique Mayo, déclara Erin. Tu rendais visite à un patient avec ton père. J'étais perdu dans un couloir, tu m'as aidé à trouver mon chemin, puis nos pères se sont croisés. Je t'ai trouvé très beau.

Owen se frotta le menton tandis que cette ancienne journée lui revenait en mémoire.

— Oh, oui ! dit-il en s'asseyant. Mon père faisait de la lèche à Christian West, et pour une raison quelconque, il avait insisté pour que je l'accompagne. Il était en colère parce que d'après lui, je me tenais mal. Je devrais me souvenir de toi…

Les yeux écarquillés, il pointa un doigt sur Erin.

— Bien sûr ! Le gosse aux cheveux ébouriffés, perdu dans des vêtements zarbis… c'était toi ?

Erin lui lança une croûte de pain.

— Non.

Il mentait. C'était bien lui.

Owen sourit.

— Je te revois très bien à présent. Au début, je t'ai pris pour une fille. Tu semblais tellement… malheureux. J'ai été tenté de m'attarder pour te remonter le moral, mais j'avais mes propres problèmes. Puis tu es parti et mon père m'a retrouvé. Et il m'a engueulé, bien entendu, puisqu'il n'y avait pas de témoins.

Erin ouvrit de grands yeux.

— Ton père était violent ?

— Oui, il ne savait que hurler, du moins en privé. En public, il était M. Parfait.

Owen s'éclaircit la gorge et enchaîna :

— Tu as parlé de deux autres rencontres.

— Oh.

Erin hésita. Il ne voulait pas mettre Owen en colère.

— Je… je t'ai vu jouer une fois au manoir Andreas. De loin, j'étais caché derrière la porte, je n'étais pas censé être là, mais c'était tellement beau que je…

Il se rendit compte qu'il s'aventurait sur un terrain miné, aussi s'interrompit-il et se remit-il à manger. La soupe était délicieuse. Le sandwich aussi. Il pensa risquer une remarque banale sur la qualité du repas, mais à son grand étonnement, d'autres paroles émanèrent de sa bouche :

— Tu disais que ton père était parfait en public et horrible en privé. Le mien m'a toujours rabaissé en public et ignoré en privé. Je me demande laquelle de nos situations était pire que l'autre. Je suppose que chacune avait des avantages et des inconvénients. Je ne peux m'empêcher de remarquer, cependant, que tu sembles bien plus équilibré que moi. Tu es libre aussi, alors que je reste sous la coupe de mon père. J'aimerais penser que son attitude me dérange moins qu'avant, mais…

Il se tut, la poitrine comprimée dans un étau.

Après un bref temps de silence, Owen s'exprima d'une voix calme, gentille :

— Je me suis toujours demandé pourquoi tu étais revenu à Copper Point. Tu as pourtant travaillé ailleurs entre ton diplôme et ce poste…

Erin sirota son eau.

— Oh, non, pas vraiment, j'ai toujours travaillé pour ma famille. Et j'ai mis plus de temps que prévu à terminer mes études, tant au premier cycle qu'à l'université. Mon père insistait pour que je suive un cursus dans les affaires et le commerce, ce qui n'était pas mon premier choix. Je ne tenais pas vraiment à travailler à l'administration de l'hôpital, mais il n'en a pas tenu compte. Du coup, quand j'avais besoin d'une pause, je passais un été ou un semestre en stage avec ma mère dans l'une de ses organisations humanitaires, mais ce n'était pas non plus pour moi. Finalement, j'ai trouvé ma voie. J'ai renoué avec Nick et passé un marché avec mon père : il a accepté de nous embaucher tous les deux pour les postes qui venaient de se libérer à Ste Anne. A posteriori, je trouve qu'il a cédé un peu trop facilement, comme si ça l'arrangeait, mais je ne sais toujours pas pourquoi. Et depuis que je suis DRH, il semble constamment à cran, je le déçois. Et là encore, je ne sais pas pourquoi.

— Et toi, que penses-tu de tes compétences à ce poste ?

Erin se figea devant le regard qu'Owen posait sur lui, calme, mais intense et concentré.

Il s'éclaircit la gorge.

— Je… je ne sais pas trop… ?

— Es-tu heureux ?

La même question que grand-mère Emerson.

— Parfois… ?

— Pourquoi réponds-tu à mes questions avec ce ton interrogatif ?

— Je ne sais pas… ?

Erin grimaça, conscient d'avoir refait la même erreur, même s'il avait tenté de se corriger.

— Aurais-tu peur de donner les mauvaises réponses ?

Erin inspira plusieurs fois avant de répondre.

— Peut-être.

Là. Pas d'interrogation cette fois.

— Mais je me demande bien pourquoi, corrigea-t-il aussitôt. Après tout, je n'ai pas besoin de ton approbation !

Une expression étrange passa sur le visage d'Owen, mélange de soulagement, de chagrin et d'épuisement.

— Tant mieux. Parce que si tu avais à ce point mal-interprété notre relation, tu m'aurais vraiment pourri la journée.

Erin leva un sourcil.

— Tu m'as demandé de m'installer ici avec toi.

— Oui, ça me paraissait une condition utile à notre précédent arrangement. Désormais, j'y vois un avantage plus personnel.

Il baissa les yeux et suivit du doigt le bord du comptoir avant de reprendre :

— Je ne supporterais pas de te savoir seul dans la chambre mansardée d'un manoir où tu n'as pas libre accès. Je te veux ici avec moi. Je veux t'avoir à dîner. Je veux discuter avec toi dans ta chambre. Je veux t'embrasser à loisir.

Le cœur d'Erin était comme un papillon ardent et craintif dans sa poitrine.

— Je n'ai jamais eu de vrai ami, Owen. J'ai peu d'expérience sociale.

Ou sexuelle. Il ne put se résoudre à redire ces mots à haute voix, même après ses précédents aveux.

— Je ne suis pas tellement mieux loti, concéda Owen. Je travaille beaucoup, je suis trop crevé en finissant mes gardes pour avoir envie de draguer, je suis irascible au point que même mes amis – et j'en ai très peu – me trouvent souvent épouvantable. Tu cherches à te décrier, mais tu ne sembles pas voir que je suis un zombie.

— Tu n'as rien d'un zombie !

— Et tu n'as rien d'un antisocial !

Sous la table, Owen frappa son pied contre celui d'Erin.

— Je me souviens de notre dernière rencontre ! s'exclama-t-il. C'était à Bayview Park, juste avant que j'aille à l'université, pas vrai ? Je marchais le long de la baie quand je t'ai croisé, nous avons échangé quelques mots. J'étais sur le point de te demander ton numéro de téléphone quand Jared m'a appelé de la voiture. Après, tu avais disparu et je m'en suis voulu pendant six mois de n'avoir pas réagi assez vite. Par la suite, ma vie est devenue chaotique, j'ai voulu tout oublier et tu as fait partie du lot. Mais maintenant, ça me revient.

Erin avala sa bouchée de sandwich et se tapota la commissure des lèvres.

— Bah ! marmonna-t-il. Je devais avoir l'air aussi paumé à dix-sept ans qu'à treize ans.

— Non, pas paumé, tu étais… timide, presque éthéré. Si je n'avais pas eu autant de choses sur le cœur, je n'aurais pas hésité à te draguer.

Owen se pencha pour susurrer :

— Erin Andreas, j'aimerais avoir ton numéro de téléphone.

Erin le tapa sur l'avant-bras.

— Idiot ! Tu l'as déjà !

— Tu veux bien sortir avec moi, alors ?

— Oui, je te l'ai déjà dit.

— Cesse de faire la grimace comme si j'étais un ogre prêt à te dévorer et essaie de me sourire, ça serait plus sympa.

Erin piqua un fard et déposa un baiser timide contre la joue d'Owen.

— J'ai très envie de sortir avec toi, Owen. Je suis sûr que ça sera très amusant… la plupart du temps.

Avec un grognement, Owen se leva et l'embrassa sur les cheveux.

— D'accord.

LE LENDEMAIN matin, Owen sifflotait en traversant le parking pour se rendre au travail. Il croisa Rebecca devant l'ascenseur et la salua d'un coup de chapeau imaginaire.

Elle eut un petit rire.

— Il est rare de vous voir d'aussi bonne humeur !

Il haussa les sourcils.

— Que faites-vous ici à cette heure ? Une histoire de conseil ?

Avec un soupir, elle entra dans la cabine et jeta un coup d'œil à sa montre.

— Oui, bien entendu. Je suis arrivée tôt pour avoir le temps de passer en revue certains dossiers, mais je regrette déjà de ne pas avoir pris de café.

— Je m'en charge, j'ai un peu de temps devant moi.

— Sérieusement, qui êtes-vous donc, Monsieur l'imposteur ? Où est notre bon vieil ogre, le Dr Gagnon ?

Une idée parut la surprendre. Elle ouvrit de grands yeux et baissa la voix :

— Attendez un peu. Ne me dites pas que votre histoire avec Erin…

Owen la toisa, les mains sur les hanches.

— Rebecca. Nous nous affichons en public depuis un mois !

— Je sais, mais je n'y ai jamais cru. Pas avant ce matin, en tout cas.

— Eh bien, c'est la vérité.

Elle secoua la tête avec un sourire.

— Il va me falloir un moment pour m'y faire. Au fait, en parlant de trucs difficiles à croire, je tenais à vous dire que vous jouez…

Ils arrivaient au second et les portes de l'ascenseur s'ouvrirent. Owen poussa Rebecca hors de la cabine en disant :

— Chut, je ne tiens pas à en parler. Allez vous installer. Je reviens avec votre café dans une minute.

Une fois dans le coffee shop, Owen sourit au barista, qui, surpris, cligna des yeux en lui remettant sa commande. Dans le couloir, il adressa un signe de tête aux personnes qu'il croisa et jeta quelques mots à l'oncologue d'Eau Claire, qui assistait ce matin-là à un colloque organisé à Ste Anne. Il aurait voulu voir Erin, mais ce dernier n'était pas dans son bureau, aussi Owen laissa-t-il son café à sa place.

Quand il retrouva Rebecca à la bibliothèque de l'hôpital où elle s'était installée, il lui présenta sa boisson avec un profond et galant salut

— Voici votre *latte* au caramel, chère madame. Il faudra que vous veniez dîner un soir à la maison, Kathryn et vous.

Owen repassa dans le bureau d'Erin, qu'il trouva toujours vide. Il récupéra le café et se lança à la poursuite de l'absent. Il en profita pour rappeler le restaurant italien du campus, il s'excusa pour le contretemps de la veille et obtint une nouvelle réservation. Il raccrocha en arrivant devant l'ascenseur. Les portes s'ouvrirent et Erin sortit de la cabine, les bras chargés de dossiers. Il s'entretenait avec le responsable des soins infirmiers.

— Excusez-moi, intervint Owen.

D'une main, il récupéra le fardeau d'Erin, de l'autre, il lui tendit son café. L'infirmier-chef lui jeta un regard inquiet.

Quant à Erin, après avoir vaguement protesté, il rougit et marmonna :

— Bonjour, Dr Gagnon.

— Bonjour, toi.

Owen se pencha et embrassa Erin sur la joue. Puis il approcha ses lèvres de son oreille et murmura d'un ton à peine audible :

— J'ai fini. J'ai tout laissé sur ta table de nuit près de ton lit.

Erin recula en ouvrant de grands yeux.

— Tu parles sérieusement ?

— Oui. J'ai aussi une nouvelle réservation pour ce soir, alors rentre tôt à la maison, d'accord ? Disons dix-neuf heures.

Il s'écarta dans le couloir et ajouta :

— Je présume que je dois déposer ces dossiers dans la salle de conférence, c'est ça ?

— Oui, merci.

Erin souriait en le regardant partir. Puis son visage se figea, traversé par la peur, avant que le masque impassible ne retombe. Bien entendu, Owen chercha à savoir ce qui avait provoqué cette réaction, même s'il s'en doutait déjà. Il perdit aussitôt son amabilité inhabituelle et afficha un air renfrogné, presque sauvage.

John Jean sortait de l'ascenseur.

— Vous venez pour la réunion, je suppose ? grogna Owen. Je vous accompagne.

Devinant que le président du conseil allait refuser, il insista :

— Je tiens à savoir comment avance le projet de l'aile de cardiologie, si tant est qu'il y ait progrès.

John Jean plissa les yeux, mais il prit alors conscience d'être entouré de témoins qui tous tendaient l'oreille. Owen affichait un sourire carnassier et son regard défiant disait clairement : *je ne vais pas te lâcher ! Moi, je ne crains pas les scènes publiques !*

L'esprit obnubilé par les bilans récemment consultés, Owen insinua d'un ton doucereux :

— Ne me dites pas qu'il vous manque encore des fonds après le succès de cette vente caritative !

John Jean sentit que la bataille était perdue, il rendit à Owen son sourire factice et déclara :

— Je répondrai volontiers à vos questions concernant l'avenir de l'hôpital, Dr Gagnon.

En captant le regard inquiet d'Erin, Owen lui fit un clin d'œil pour le rassurer. *Pas de panique, bébé. Je gère.*

Une fois seul avec Owen, John Jean changea de ton :

— Je vois que vous mettez beaucoup d'ardeur à tenir votre rôle dans cette mascarade que vous avez montée avec mon fils.

Owen lui jeta un coup d'œil : Andreas senior ajustait les poignets de sa veste, les yeux baissés sur les lignes de parcours dessinées sur le sol.

Owen secoua la tête, le regard fixé droit devant lui.

— Croyez ce que vous voulez, monsieur, je m'en tamponne.

En général, quand il se montrait volontiers irrespectueux, le père d'Erin s'en irritait profondément. Sa réaction ce jour-là fut tout à fait différente : il semblait… mal à l'aise.

— Je ne vous donnerai qu'un seul et unique avertissement, Dr Gagnon, grinça-t-il. Dans cette débâcle, vous faites un bouc émissaire idéal. Vous ne vous en tirerez pas. Je protégerai mon fils à vos dépens.

Admettait-il être au courant des détournements de fonds ? se demanda Owen. Ou bien parlait-il d'une autre « débâcle ». Difficile à dire. Owen était au moins certain d'une chose : il avait réussi l'impossible en trouvant un point sensible dans le cuir épais de John Jean Andreas.

Il préféra néanmoins se méfier, parce que Jack Wu pâlissait encore quand il racontait – généralement après avoir bu quelques verres de trop –, la façon dont Andreas l'avait roulé dans la farine en jouant au vieillard débonnaire : il avait fait parler le chirurgien de Taiwan, sa patrie d'origine, puis utilisé ces renseignements pour tenter de le faire chanter. Pour le moment, Owen ne voyait ni appât ni hameçon, mais… eh bien, le salaud était bien capable de vouloir le piéger. Que diable espérait-il avoir comme moyen de pression ?

John Jean fit la moue, tirant toujours sur les poignets de sa chemise.

— Ne me regardez pas comme ça ! Vous me rappelez votre père !

Owen sentit son sang se figer dans ses veines. Il devint blême, puis une bouffée de rage lui monta à la tête. Il lâcha ses dossiers et avança sur John Jean, qui recula jusqu'à être acculé, le dos au mur.

Devant une attitude aussi physiquement menaçante, le président du conseil perdit toute bravade. Il cligna des yeux, l'air affolé.

— Gagnon, mon Dieu, que…

Owen ne posa pas la main sur lui, mais il se tenait suffisamment près pour que leurs corps se touchent presque. Owen sentait brûler en lui une fureur vieille de plusieurs décennies, alimentée par les abus d'autorité de John Jean sur son fils et son dernier commentaire sordide.

Il se pencha encore sur le président du conseil, toujours tétanisé de la transformation inattendue d'un anesthésiste compétent en sauvage écumant.

— C'est *moi* qui protégerai Erin, grinça Owen. Plus jamais il ne vivra dans un grenier comme un miséreux, caché dans sa chambre, tenu de faire des heures supplémentaires et d'organiser vos lubies au lieu de mener une vie normale. Il restera avec moi.

John Jean se taisait toujours, le regard fixe.

C'était une sensation étrange.

C'était aussi très agréable.

Owen enchaîna :

— Et si vous pensez avoir de quoi salir ma réputation, allez-y, essayez !

Il s'attendait à voir John Jean s'emporter avec des ricanements, des cris, des moqueries. Il était prêt. Il le *voulait* même. Mais, non, rien, le père d'Erin restait immobile et muet. Les yeux braqués sur ceux d'Owen.

Owen serra les poings, tenté de prendre son ennemi à la gorge. *Fais quelque chose. Défends-toi. Bats-toi pour que je puisse…*

Quand il réalisa le cours que prenaient ses pensées, Owen se détendit enfin et recula. Il tremblait presque, mais d'horreur, cette fois, pas de rage.

Il n'est pas question de se battre !

Il inspira plusieurs fois pour s'éclaircir l'esprit. Il ne comprenait toujours pas pourquoi John Jean clignait des yeux, abasourdi, sans réagir. Ce qui ne lui ressemblait pas du tout.

Owen se pencha et ramassa les dossiers d'Erin, qui par chance, n'avaient pas souffert de son traitement brutal. Il décida qu'il était temps de mettre un terme à cette conversation.

— Vos menaces ne me font pas peur, Andreas, grogna-t-il. Et je vous conseille de ficher la paix à Erin, sinon, c'est moi que vous trouverez sur votre chemin. Comme père, vous ne valez pas tripette !

À peine avait-il parlé qu'il regretta sa dernière remarque. Il parvint à entrer dans la salle de conférence et à déposer ses dossiers à la place d'Erin, mais ensuite, il dut se cacher dans la cage d'escalier, la tête appuyée au mur froid derrière lui, le temps que le monde cesse de tourner autour de lui.

Au bout d'un long moment, il parvint enfin à maîtriser son tremblement.

Tu n'es pas comme ton père. Ton père, tu ne le reverras plus jamais, ta mère non plus. Tu t'es laissé emporter avec John Jean, d'accord. Tu as perdu la tête un moment, mais tu n'as pas cédé à ton accès de violence. Il faut que tu te reprennes, que tu maîtrises ta rage. Quand elle est aussi aveugle, elle cherche une cible, n'importe quelle cible...

Une fois calmé, Owen passa les doigts à travers ses cheveux, il sortit de sa poche son masque de chirurgien et ouvrit la porte, prêt à retourner au travail.

VIII

Si AUX premiers temps de leur mascarade, Owen avait flirté avec Erin, tout était très différent désormais entre eux. Et Erin le remarquait surtout à la façon dont Owen le regardait. Bien sûr, ses réactions n'étaient pas les mêmes non plus. Chaque fois qu'Owen entrait dans une pièce, toute l'attention d'Erin se concentrait sur lui. Il en perdait même le souffle ! Et toujours, Owen lui souriait, d'un sourire intime qui n'était destiné qu'à lui. Erin ne pouvait s'empêcher de le lui rendre. Pour être franc, il gardait ce sourire aux lèvres longtemps après qu'Owen fut reparti. Il devait même parfois poser sa main sur sa bouche pour effacer son air béat.

Bien entendu, il s'était empressé de mettre Nick au courant de ce qu'Owen avait découvert concernant la trésorerie de Ste Anne. Il s'excusa de ne pas avoir réussi à garder le secret.

— J'ai tenté de ne pas l'impliquer, c'est arrivé par hasard.

Nick pinça les lèvres.

— Ce qui est fait est fait, répliqua-t-il. Ça n'est pas trop grave, à condition que Jared ne soit pas au courant.

Erin leva les mains.

— Oui, je sais, Owen m'a prévenu que Jared était incapable de garder un secret

Ensuite, Nick put se concentrer sur son travail. Erin, en revanche, ne cessa d'être distrait par des pensées parasites : il se demandait quand Owen allait passer le voir, ce qui le rendait euphorique.

Son assistante, Wendy, finit par remarquer son étrange attitude.

— Mon Dieu, mais ça devient sérieux entre vous, on dirait !

Troublé, Erin ne put s'empêcher de toucher à ses cheveux.

— Bien sûr, voyons. Je vous signale que nous avons emménagé ensemble.

Elle sourit.

— C'était une idée très étrange vu la façon dont vous vous comportiez l'un envers l'autre.

Erin fronça les sourcils.

— C'est moi qui ai eu l'idée de payer son enchère !

— Oui, je sais, mais vous et le Dr Gagnon n'avez cessé de vous disputer depuis que vous vous êtes rencontrés à Ste Anne ! Si je comprends bien, c'était juste les préliminaires ? Je suis heureuse que vous ayez pu régler vos différends, même si je n'ai pas tout compris. L'important est que ça ait fonctionné. Le cœur a ses raisons que la raison ne conçoit pas toujours.

Erin pensa beaucoup à cette conversation au cours de la journée et même le soir en rentrant chez lui. *Que dirait Wendy si elle savait que leur relation était basée sur une confession due au Xanax ?*

En arrivant, il avala un yaourt et monta dans sa chambre chercher la clé USB qu'Owen avait laissée à son intention. Le cœur battant, il la brancha à son ordinateur portable.

Tout était là, comme Owen l'avait dit. Les preuves étaient bien organisées et irréfutables.

Quelqu'un volait l'hôpital depuis des décennies !

Erin évoqua les divers visages aperçus lors de la dernière réunion du conseil d'administration à l'hôpital. Chacun des membres, sauf Rebecca, pouvait faire partie des coupables. Il y avait Ed Johnson, un vieil homme d'affaires local, Mike Leary, l'actuel trésorier, propriétaire de la plus grosse quincaillerie de Copper Point, Keith Barnes, le secrétaire et président à la retraite de la Banque d'État, Ron Harris, vice-président du conseil et PDG de la Weber Mines & Minéraux, Christian West, vice-président à la retraite de la même société.

Et bien entendu, John Jean Andreas, l'actuel président du conseil d'administration, leader local et philanthrope, investisseur, directeur à la retraite d'une marque de soins.

N'importe lequel d'entre eux était potentiellement impliqué.

Comment Erin allait-il réussir à trier le bon grain de l'ivraie ? Il avait l'arme du crime, mais il ignorait encore quelle main avait tiré.

Incapable de trouver une réponse à ses questions, il décida qu'il était trop fatigué pour continuer à y penser, au moins ce soir. En plus, il avait d'autres priorités : se préparer à sortir au restaurant.

Owen arriverait sans doute d'une minute à l'autre et ils étaient censés partir dans moins d'une demi-heure. *Que porter ?* se demanda Erin. L'idée d'enfiler un de ses costumes de travail l'inspirait peu. Qu'allait porter Owen ? En principe, rien n'empêchait Erin de lui demander, mais il n'en avait pas envie.

Il n'avait pas encore vidé tous ses cartons et ses sacs, où ses vêtements détente se trouvaient encore. Concentré sur le travail que Nick lui avait confié, il n'avait pas réellement pris la peine de s'installer dans sa nouvelle vie.

En tee-shirt et caleçon, il s'accroupit pour fouiller dans sa garde-robe. Il se souvenait d'un pull en cachemire corail qu'il avait porté durant un séjour au ski avec la famille de sa mère, trois ans plus tôt. Ça irait bien avec un col roulé jaune pâle, des mocassins et des chaussettes fantaisie. Sauf que toutes ses chaussettes étaient grises ou noires, d'une banalité affligeante. Pourquoi en était-il aussi déprimé ce soir ? Il n'aurait su le dire, mais il était soudain obsédé jusqu'à l'angoisse par l'envie de porter des chaussettes colorées.

Qu'est-ce qui ne va pas chez moi ? Qu'est-ce qui me prend ?

Je veux paraître à mon avantage pour Owen. Je veux que pour une fois, il me voie dans une autre tenue que mon uniforme de travail.

Quand on frappa à sa porte, il sursauta violemment et lâcha les vêtements qu'il tenait.

— Tout va bien ? s'enquit Owen depuis le couloir.

— O-oui. Oui, très bien. Désolé, je cherchais… c'est sans importance d'ailleurs. Je ne le trouve pas.

Il s'empara d'une chemise au hasard et la serra contre sa poitrine alors que la porte s'ouvrait.

— Que cherchais-tu ? Je peux peut-être t'aider.

Owen entra dans la chambre, il s'arrêta net et fronça les sourcils devant les vêtements jetés en désordre sur le lit.

— Ce sont les cartons et les sacs que tu as rapportés du manoir ! Pourquoi n'as-tu pas encore rangé tes affaires ? Tu n'as pas assez de place dans les placards et la commode ?

Erin s'éclaircit la gorge.

— Si, si, mais nous risquons d'être en retard, je m'en occuperai une autre fois.

— Dis-moi ce que tu cherchais.

Erin hésita. Connaissant l'entêtement d'Owen, il décida que mieux valait sans doute répondre que tenter de le faire changer d'avis.

— Un pull corail et un col roulé jaune. Et une paire de mocassins kaki.

— D'accord.

Owen posa la valise sur le lit et se mit à déplacer les cartons.

— Occupe-toi de la valise, moi, des cartons. Je revois très bien ce pull, je me souviens de l'avoir emballé en me disant qu'il devait bien t'aller au teint.

Erin fouilla la valise, sachant très bien qu'il ne trouverait rien. Il se décida cependant pour une paire de mocassins marron et des chaussettes unies assorties. Quand il entendit un grognement satisfait, il se retourna et vit Owen brandir les deux vêtements réclamés.

— Voilà. Et tes chaussures sont très bien. Par contre, ces chaussettes sont tristounettes.

Erin soupira.

— Je sais, mais je n'en ai pas d'autres.

Owen lui prit la main et l'attira vers la porte.

— Viens avec moi. J'ai une super collection de chaussettes.

Erin parut gêné.

— Voyons, je ne peux pas t'emprunter des chaussettes.

— Pourquoi pas ? Elles ont été lavées, je te le promets. En fait, beaucoup sont encore neuves. Allez, viens !

Sans plus résister, Erin le suivit jusqu'à sa chambre. Une fois entré, Owen se dirigea vers une grande commode et ouvrit les deux tiroirs supérieurs : ils débordaient de chaussettes.

— Choisis celles qui te plaisent. Zut, j'ai oublié le pull pour vérifier la concordance des teintes. J'y vais. Attends-moi.

Une fois seul, Erin étudia la masse de chaussettes bien rangées. Tant de couleurs ! Tant de variations ! Comment avait-il pu ne jamais remarquer ce qu'Owen portait aux pieds ?

Owen était un véritable collectionneur !

Jamais Erin n'aurait imaginé qu'il existait des chaussettes aussi drôles, sinon franchement absurdes. Une des paires – des chaussettes bleues – était décorée d'articles médicaux, stéthoscopes, plaquettes de pilules et seringues. Sur d'autres, il vit des tacos, des dinosaures, des paresseux, des hamburgers, des sushis, le buste d'Alexander Hamilton [8], la création d'Adam et Cthulhu [9].

Owen revenait avec le pull et le sol roulé d'Erin.

---

8 Homme d'État (1757/1804) fondateur du Parti fédéraliste et délégué de la convention constitutionnelle des USA.
9 Gigantesque créature extraterrestre inventée par l'écrivain américain Howard Lovecraft en 1928.

— Alors, qu'en penses-tu ? Dingue, hein ? C'est Simon qui a commencé à m'en acheter. Maintenant, Jared s'y est mis aussi et même Jack m'en offert pour mon anniversaire. Prends celles que tu veux et surtout, garde-les. Tu vois bien que je n'aurais jamais le temps de toutes les porter !

Pris par l'embarras du choix, Erin jeta un coup d'œil à sa tenue, puis à la mer colorée de chaussettes. Il se décida finalement pour une paire rayée orange assortie à ses vêtements.

— Je vais te prendre celles-ci.

— Un choix assez conservateur, ce qui ne me surprend pas.

Erin se demanda alors s'il n'aurait pas dû opter pour les chaussettes *Le Chat Noir* [10]. Non, sûrement pas. D'abord, elles étaient rouges, ensuite, jamais il n'aurait osé sortir avec.

— Je vais retourner dans ma chambre m'habiller.

— Reste ici, conseilla Owen. Je t'attends dans le couloir.

Au début, Erin trouva étrange de se déshabiller dans la chambre d'Owen. Une fois en sous-vêtements, il se sentit même franchement vulnérable. Il se rhabilla aussi vite que possible et éprouva encore un moment difficile quand il dut s'asseoir sur le lit d'Owen pour mettre les chaussettes empruntées. Il caressa la couette qui portait l'odeur d'Owen et sentit son esprit s'embrumer. Il se releva d'un bond et fonça vers la porte.

Il trouva effectivement Owen dans le couloir, avec à la main ses mocassins marron.

— Oh, tu es très chouette ! s'exclama Owen.

Erin rougit en acceptant les chaussures.

— Merci. Je vais déposer mes affaires et je suis prêt.

Ils prirent la voiture d'Owen pour se rendre au restaurant. Ils se garèrent sur le parking du campus, plus facile d'accès, et terminèrent leur chemin à pied. Moins de dix minutes plus tard, l'hôtesse les installait avec un sourire et leur tendait un menu en disant :

— Votre serveuse arrive bientôt.

Owen regarda autour de lui, une lueur satisfaite dans le regard.

— J'aime beaucoup l'ambiance, déclara-t-il. La salle est petite et assez discrète et la vue est somptueuse.

Erin lissa la nappe de ses mains et suivit le regard d'Owen. Oui, *somptueuse*, c'était bien le mot. Leur table, particulièrement bien placée,

---

10 En français dans le texte d'origine. Marque branchée au nom d'un cabaret parisien du XIXe.

leur offrait même de nuit un panorama ouvert sur la baie illuminée. Situé légèrement en hauteur sur un promontoire, le restaurant donnait sur l'ensemble du campus et une bonne partie du quartier de Main Street. Au loin, on distinguait les hauts arbres du parc qui bordaient la falaise sur la baie. Les lampadaires étaient à l'ancienne, les trottoirs sinueux, les rochers avançaient jusqu'à l'eau... C'était magique. La salle était tout aussi agréable, avec ses jardinières fleuries, ses chandeliers et sa musique romantique.

Erin se demanda si le son des violons ne dérangeait pas Owen.

Une très jeune et jolie fille – une étudiante, sans doute – passa prendre leur commande de boissons et apéritifs. Owen étant de garde, il évita l'alcool, mais il insista pour qu'Erin prenne un verre de vin.

— Tu me sembles en avoir besoin, déclara-t-il. Tu travailles trop.

Une fois les boissons servies et la serveuse repartie, Erin sirota son chardonnay et protesta :

— Tu travailles tout autant ! Et ces gardes si fréquentes, ce doit être stressant, non ? J'aurais aimé que nous puissions embaucher une infirmière anesthésiste à plein temps, mais l'argent manque, comme tu le sais bien.

Owen haussa les épaules.

— Les gardes ne sont pas ma partie préférée, mais je gère. C'est bien plus dur pour Jack. En fait, mon vrai problème est le même depuis toujours : il n'y a pas assez de travail à Ste Anne pour un médecin anesthésiste, une infirmière spécialisée suffirait la plupart du temps. Mais l'hôpital devrait aussi avoir plus de patientèle, surtout compte tenu de la zone que nous couvrons et du manque de soins médicaux dans le secteur. Une fois encore, c'est une question d'argent !

Erin détourna le regard, même s'il était conscient qu'Owen avait parlé machinalement. Pourtant, il était entré pile-poil dans le vif du sujet. Erin hésita à changer de conversation.

Et pourtant...

— La direction actuelle de l'hôpital est une véritable catastrophe, admit-il. Je pense pourtant qu'avec un homme compétent aux commandes, Ste Anne a le potentiel de grandir et de prospérer.

Owen sirota son eau et s'adossa dans son siège.

— Dans ce cas, comment virer tous les vieux croulants du conseil ?

Erin jeta un regard anxieux autour de lui.

— Chut !

— Personne ne peut surprendre notre conversation, chuchota Owen, mais tu as raison, mieux vaut rester prudent. Tu ne partages pas les vues de ton père sur l'avenir de Ste Anne, si je comprends bien ?

Erin passa le doigt autour du bord de son verre.

— Non.

De son pouce, Owen tapotait la table, plus un tic nerveux qu'un geste délibéré.

— Erin, tu devrais être vice-président, pas DRH.

Erin ne put retenir un rire.

— L'administration n'est pas mon fort, je te l'ai déjà dit.

— À mon avis, c'est faux. Je te crois même plus que doué. Si tu étais mieux entouré, tu apprécierais vraiment ce que tu fais.

— Ah ! Ça te va bien de dire ça ! Tu n'as pas cessé de contester mon autorité depuis mon premier jour à Ste Anne !

— C'est faux, je me contente de discuter, de te soumettre mes arguments pour t'aider à faire les meilleurs choix. Je te l'ai déjà dit, j'aime parlementer avec toi. Par pitié, ne cesse jamais de me rembarrer !

Tu es le seul avec qui je peux parler librement, sans prendre de gants.

Comme Erin ne tenait pas à admettre à haute voix cette vérité, il se contenta de demander :

— Pourquoi ?

Une ombre passa sur le visage d'Owen.

— Parce que ça démontre que tu n'as pas peur de moi.

Abasourdi, Erin ne sut que répondre. *Qu'a-t-il voulu dire ? Pourquoi aurais-je peur de lui ? Quelle idée loufoque !*

Par chance, la serveuse revint alors pour prendre la commande.

Repoussant de son esprit son inquiétude passagère, Erin se concentra sur le menu. Il opta pour des crêpes au saumon, Owen préféra les raviolis de courge. Ils prirent aussi comme entrées des *fritto misto* [11] et des *arancini* [12], ce qui était probablement beaucoup, parce que leurs repas étaient servis avec des petits pains italiens et du beurre à l'ail.

Erin trouvait à la fois décadent et délicieux d'être ainsi assis avec Owen à la fenêtre d'un restaurant avec tout Copper Point étalé devant eux. Et Owen, un homme si universellement craint, lui souriait, son pied

11 Beignets de calamars.
12 Recette sicilienne, boulettes de riz, panées et frites.

caressait même le sien sous la table. Owen lui avait prêté des chaussettes fantaisie, il l'avait aidé à retrouver son pull.

Owen le trouvait doué dans son travail. C'était le seul, à part Nick, à tenir à Erin un tel langage avec une telle assurance !

Quand un silence soudain tomba sur le restaurant, Erin entendit plus nettement le son du violon. Une alarme résonnant dans sa tête, il jeta un regard appuyé à Owen, qui le lui rendit en haussant un sourcil.

Appuyé sur ses coudes, Owen enlaça ses doigts à ceux d'Erin avant de demander :

— Tout va bien ?

Erin sourit et, de sa main libre, il effleura la manche d'Owen.

— Je n'ai jamais été aussi bien !

OWEN ÉTAIT heureux de s'afficher avec Erin. Il aimait la façon dont les gens les regardaient : deux princes sur une estrade, un peu à l'écart des autres tables de la salle à manger. Il appréciait tout particulièrement la surprise des convives. De toute évidence, on les considérait différemment aujourd'hui. *Pourquoi ?* se demanda-t-il. Qu'est-ce que les gens avaient remarqué de spécial ?

C'était peut-être dû à Erin. Il paraissait plus lumineux, plus… lui-même.

Owen avança la main et posa les doigts sur le pull en cachemire.

— J'aime beaucoup ta tenue. Je la préfère nettement à ces horribles costumes que tu t'obstines à porter au bureau.

Erin s'écarta d'un geste nerveux et planta sa fourchette dans un morceau de crêpe au saumon.

— Merci, susurra-t-il avec un sourire ironique, mais je me vois mal travailler en pull.

Owen pointa le doigt sur lui.

— Je disais juste que tu pourrais porter des couleurs plus vives. Ou changer la teinte de tes cravates. Ça me rend dingue de te voir aussi terne ! Tiens, je vais t'acheter de nouvelles cravates. Et aussi des chaussettes. Tu garderas tes costumes de croque-mort, mais avec des accessoires rigolos. Et si on te fait des remarques, tu diras que c'est de ma faute.

Il s'attendait à un refus tout net.

Erin se contenta de hausser les épaules.

— Je ne porterai jamais de chaussettes aussi loufoques que certaines de celles que j'ai vues dans tes tiroirs !

— D'accord, j'en tiendrai compte.

Pourtant, Owen avait noté dans la voix d'Erin une note de... regret ? Était-il à ce point détendu après un simple verre de vin ?

Ou était-ce dû à leur baiser ?

Non, le baiser datait déjà, ce devait être le vin. De toute façon, Owen avait la ferme intention de recommencer très bientôt à embrasser Erin.

Il termina son eau minérale en essayant de penser à autre chose qu'à ses lèvres sur celles d'Erin : il n'était pas très partisan du sadomaso.

— Parle-moi un peu de ta vie en pension, déclara-t-il. Tu te plaisais là-bas ?

Erin haussa les épaules.

— Bof, ça allait.

Saisi d'une soudaine appréhension, Owen s'appuya sur son coude et se pencha en avant.

— Tu ne te sentais pas trop seul ? Tu étais si *jeune*. Tu n'as pas eu peur ?

— Si, bien sûr, au début, j'étais terrorisé. Mais j'ai vite compris que le pire que j'aurais à affronter, c'était la solitude. Peu à peu, je me suis fait des amis et j'ai appris à naviguer dans le système, c'est allé de mieux en mieux. À bien des égards, la pension a été une grande chance pour moi. J'ai appris à me débrouiller. Je suis devenu plus indépendant, plus autonome. Je le suis resté d'ailleurs.

Owen ne pouvait nier que c'était la vérité : Erin était le modèle même d'un adulte compétent, concentré, indépendant. Toutefois...

— Nous avons tous besoin d'un coup de main, de temps à autre.

Erin sirota son vin.

— Pas moi.

Owen se frotta la mâchoire. Maintenant, il comprenait ce que Simon avait voulu dire en lui conseillant d'attendre qu'Erin soit prêt à s'ouvrir.

— Si, regarde, tu as eu besoin de moi pour distraire l'attention de ton père. Si ça t'a coûté, j'en suis désolé.

Erin secoua la tête et passa une main sur ses cheveux.

— Non, avec toi, ça ne me dérange pas.

Avec un sourire, Owen poussa son genou contre celui d'Erin.

— Quel compliment ! Tu vas me faire tourner la tête !

Erin s'éclaircit la gorge et tripota si nerveusement son assiette qu'il faillit la faire tomber.

157

— Au fait, en parlant d'école, je sais que tu as rencontré Jared et Simon en primaire. Tu as toujours été ami avec eux ? Je suis un peu jaloux, je crois.

— Non, nous n'étions pas si proches en primaire. En plus, ils étaient dans le groupe Sud et moi, dans celui du Nord. Nous nous sommes retrouvés en secondaire. Mais pourquoi serais-tu jaloux ? Tu avais des amis dans ton pensionnat, non ?

Ayant terminé son vin, Erin but un peu d'eau.

— Pas aussi proches que vous trois, corrigea-t-il. Vous êtes allés à l'université ensemble, vous avez acheté une maison ensemble. J'ai du mal à comprendre.

— Quoi donc ? Aller à l'université avec des amis ou acheter une maison avec eux ?

— Les deux. Regarde Nick, par exemple, je le connaissais à l'université, mais nous passions très peu de temps ensemble.

Voilà qui n'étonna pas du tout Owen : Nick était du genre solitaire. Il abandonna les raviolis qui restaient dans son assiette et se mit à jouer avec sa fourchette.

— Je suppose que c'est un peu différent pour ceux qui ont traversé de sales moments. On se renferme sur soi-même, on évite de se confier.

Erin paraissait déchiré par un dilemme, pris entre son envie de lâcher prise… et ses angoisses existentielles.

— Je n'y parviendrai jamais !

Owen sourit.

— Je suis là, mon chou.

Il n'aurait su dire si Erin en était heureux ou nerveux. Probablement les deux. Il s'apprêtait à poser une autre question sur l'adolescence d'Erin quand une voix stridente attira son attention :

— Owen, tu es là ! Erin aussi, c'est merveilleux !

Ram Rao s'approchait d'eux en agitant la main. Owen lui répondit, les entrailles nouées. Il devinait ce que Ram allait lui dire et n'était pas prêt à écouter cette conversation.

Ram rayonnait.

— Ça fait un bout de temps que je cherche à vous croiser tous les deux. Owen, merci de m'avoir remplacé le jour du concert. Cette fichue grippe ne pouvait pas plus mal tomber, mais j'ai entendu dire que tu t'en étais tiré comme un chef.

Owen baissa la tête sur son assiette.

— C'est rien, laisse tomber.

Ne me parle pas de ton quatuor. Ne m'en parle pas.

— Comment ça, c'est rien ? Pour moi, c'était vital et je te suis très reconnaissant. Mais tu sais, nous aimerions que tu joues avec nous de façon…

Owen leva la main dans un geste définitif, presque menaçant.

— Non ! Combien de fois faudra-t-il que je le dise ? Ça ne m'intéresse pas. Ton quatuor ne deviendra pas un quintet !

Ram soupira.

— Mais Owen, insista-t-il, c'est tellement dommage ! Tu as un tel talent ! Je l'avais entendu dire, bien sûr, mais maintenant que le premier pas est fait, je pensais te convaincre de revenir à la musique.

Une vague de peur, de chagrin, de culpabilité et de panique se mit à tourbillonner autour d'Owen. Il avait soudain très chaud. *Bon sang, ce n'était pas comme ça qu'il aurait voulu voir cette soirée se terminer !*

Erin intervint :

— Ram, vous êtes bien gentil, mais avant d'accepter de vous remplacer, Owen a bien insisté sur le fait que ce serait une occasion unique. Je tiens à ce que vous respectiez les termes de cet accord.

Peu habitué à ce ton cinglant de la part d'Erin, Ram se mit à bredouiller :

— Oh… pardon… je n'avais pas réalisé… je… je ne savais pas…

Avec un petit signe de tête maladroit, il conclut :

— Je suis désolé, Owen.

Owen hocha la tête d'un air bourru, ne sachant que répondre.

Erin, toujours aussi froid, adressa à Ram un sourire sans équivoque qui disait : «*cette conversation est terminée, plus un mot sur le sujet*».

Ram se tut et dansa d'un pied sur l'autre. Erin prit alors la peine de le rassurer en l'interrogeant sur ses prochains concerts à l'université.

Owen les écouta d'une oreille distraite, sans participer à la conversation. Du pouce, il frottait machinalement le bord de son verre à eau.

Une fois Ram parti, Owen pinça les lèvres et laissa échapper un soupir.

— Je suis désolé.

Erin agita la main.

— C'est rien.

Non, ça n'était pas rien. Owen se sentit déchiré.

— Tu n'aurais pas dû avoir à monter au créneau pour me sauver la mise.

— Ça ne me dérange pas.

La serveuse leur apporta l'addition. Owen s'en empara et la paya, malgré les objections d'Erin. Avant l'irruption de Ram, il avait prévu de prendre un dessert, mais maintenant, il était pressé de sortir.

Il avait également eu l'intention de proposer à Erin de marcher le long de la baie, mais le vent s'était levé, annonçant une prochaine chute de neige. Il faisait franchement froid.

Encore un projet qui tombait à l'eau.

Intellectuellement, Owen savait bien qu'il était injuste de sa part d'attribuer à Ram l'aigreur qu'il ressentait. Tout était de sa faute à lui. Pourquoi diable continuait-il de ressasser ce qu'il ferait mieux d'oublier ? Sur le plan émotionnel, cependant, il continuait de penser que Ram avait brisé le charme.

Il se sentit dériver. Plus il essayait de repousser l'obscurité qui l'envahissait, plus elle devenait inexorable.

Quand il arriva à l'endroit où il avait garé sa voiture, sa vision s'était réduite à un étroit tunnel, comme s'il n'était pas pris dans de simples rafales de neige mais dans un véritable blizzard, amplifié par ses émotions.

Erin l'intercepta à la portière de sa voiture.

— Je vais conduire pour rentrer.

Momentanément arraché à sa morosité, Owen lui jeta un coup d'œil sévère.

— Tu as pris du vin au dîner.

— Juste un verre. Je ne suis pas ivre, je peux conduire.

Il poussa Owen vers le siège passager. Malgré son désaccord de principe, Owen était trop secoué pour argumenter. Il tremblait de tout son corps et la proposition d'Erin lui parut un coup de chance.

Il s'installa dans la voiture et attacha sa ceinture. Au moment de quitter le parking, il sentit qu'Erin s'apprêtait à parler et se crispa. *Seigneur, pourvu qu'il ne dise rien concernant le violon !*

— J'ai passé une très bonne soirée, Owen. Merci pour le repas et pour les chaussettes. Je vais les garder, finalement.

Owen ne put retenir un sourire.

— Vraiment ?

— Oui, en souvenir. Et tu as prétendu en avoir tellement que tu ne remarquerais pas une paire de plus ou de moins.

Owen ne se souvenait pas d'avoir dit ça, mais c'était sans importance.

— Si tu veux encore piocher dans ma collection, n'hésite pas.

160

— D'accord, je le ferai peut-être.

Considérablement détendu par ce bref échange, Owens s'en étonna, vu l'état dans lequel il s'était trouvé après le départ de Ram. Il y réfléchissait toujours quand Erin arriva dans le garage de la maison.

Il coupa le moteur et se tourna vers lui, dans le silence sévère de l'habitacle.

— J'ai un truc à te dire.

Owen lui jeta un coup d'œil.

— Hmm ?

Bien qu'un peu nerveux, Erin était aussi intense qu'à son habitude, mais sans la posture raide qu'il gardait toujours au travail. Il essaya de croiser le regard d'Owen, n'y parvint pas et se concentra alors sur son menton.

— Tout à l'heure, au restaurant, je t'ai dit que ça ne me dérangeait pas d'avoir besoin de toi. C'est toujours un peu terrifiant pour moi, mais je m'y fais, je crois. Cela dit… tu peux aussi avoir besoin de moi parfois. Ça serait équitable et… je crois que ça m'aiderait.

Owen se verrouilla.

— Si tu comptes me parler du violon…

— Non, il ne s'agit pas de ça. Je disais juste que je suis là pour toi, c'est tout. Je peux t'écouter, quel que soit le sujet que tu as envie d'aborder, je serais heureux de t'aider si tu as besoin de moi. J'aimerais être pour toi…

Il s'interrompit et sembla se recroqueviller sur lui-même.

— Laisse tomber, chuchota-t-il. C'est complètement idiot.

Non, Owen ne le trouvait pas idiot du tout, juste gentil, triste et vulnérable. Incapable de supporter la peine muette d'Erin, il lui prit la main et la serra doucement, le regard fixé droit devant lui.

— Je ne supporte plus de jouer, déclara-t-il d'une voix sans timbre. Ça me rend malade. Je me sens violé.

Il était certain qu'Erin allait lui poser des questions auxquelles il n'était pas prêt à répondre. Ce ne fut pas le cas.

— Oh, mon Dieu ! Ce doit être terrible pour toi ! Je suis tellement désolé. Quel dommage ! Tu as un tel talent. Mais… tu n'étais pas comme ça étant jeune, quand je t'ai entendu au manoir, tu paraissais… heureux de jouer.

Owen ferma les yeux et resserra ses doigts sur ceux d'Erin.

— J'ai vécu un moment traumatique peu avant d'entrer à l'université.

Quel euphémisme! Owen n'avait jamais tenté de raconter cette histoire. Certains la connaissaient, d'autres en avaient deviné une partie, mais dans tous les cas, personne ne s'était aventuré à l'interroger.

Sauf ses psys et ses thérapeutes, bien entendu, mais c'était dans un autre contexte.

D'avoir avoué ces quelques mots à Erin le laissait écorché vif.

Mais ça lui faisait aussi du bien. C'était comme une libération.

Je veux lui en dire plus.

Erin s'accrocha à sa main.

— Je suis tellement désolé, répéta-t-il. Désolé de ce qui t'est arrivé. Désolé que tu aies été privé d'une grande joie. Désolé que tu en sois encore affecté aujourd'hui.

Il ne me demande pas ce qui s'est passé. Il n'essaie pas de me consoler par des banalités. Il se contente d'écouter.

Owen s'affaissa et posa la tête sur l'épaule d'Erin. Puis il pressa ses lèvres sur sa joue.

— Merci.

— Merci à toi de t'être confié.

Une vague d'émotion libéra Owen de sa nervosité, la remplaçant par un désir latent et tout aussi envahissant.

— Erin, je veux t'embrasser.

Dès qu'il chercha sa bouche, Erin laissa sa main glisser le long du bras d'Owen et chuchota :

— J'en ai envie aussi.

— Je veux t'embrasser dans ma chambre, étendu sur mon lit, tu ne porteras que tes chaussettes. Et moi pareil.

En entendant Erin retenir son souffle, Owen l'embrassa sur la clavicule.

— Ça te fait peur? s'inquiéta-t-il. Je vais trop vite?

— Je ne sais pas.

— Et si nous allions vérifier ça avec une petite expérience pratique? Qu'en dis-tu?

Erin ferma les yeux et pressa son front contre celui d'Owen.

— D'accord.

IX

LA MAISON était silencieuse quand Owen entraîna Erin dans sa chambre. De toute évidence, Jared s'était absenté, ce qui les laissait seuls tous les deux.

Erin sentait son cœur tambouriner et ses doutes lui revenir en force.

Il ne doutait pas de son envie de faire l'amour avec Owen, bien au contraire, il en rêvait depuis son adolescence, il en avait fantasmé. Il n'avait même jamais pensé à un autre homme que lui. Le moment était si important pour lui, si épique qu'il se sentait le ventre rempli de papillons.

Erin avait connu une puberté tardive et plutôt lente, au point qu'il s'était souvent demandé si quelque chose n'allait pas chez lui. Et même quand son corps avait enfin commencé à réagir, ce n'était que de légères poussées d'excitation sexuelle.

Sauf quand il pensait à Owen.

Et même là, ses fantasmes restaient vagues et nébuleux, juste des couleurs et des images qui lui traversaient l'esprit alors que son corps cherchait à se libérer.

Ce soir, ce serait différent et il n'était pas sûr d'être prêt.

Tu vas coucher avec Owen Gagnon.

Non, il n'arrivait pas à y croire. Il avait fini par se résigner à ne jamais connaître le sexe. Et pourtant, cette possibilité approchait et ce serait avec Owen…

Déjà, Erin arrivait à la porte de la chambre où Owen comptait l'embrasser, le toucher, lui retirer ses vêtements…

— Ça va?

Une fois la porte refermée sur eux, Owen posa sur le visage d'Erin une main apaisante, son expression était concentrée et inquiète.

— Tu es pâle comme un linge, enchaîna-t-il avec un petit sourire triste. Et tout rigide. Tu sais, si tu ne te sens pas prêt…

Erin secoua la tête et chercha à détendre ses muscles crispés.

— Si, si, je le veux. J'ai la trouille, c'est tout. Je suis désolé.

Owen glissa ses doigts sur la nuque d'Erin et lui massa le cou.

— Tu n'as pas à être désolé. Nous allons commencer tout doucement, d'accord, pour voir ce que tu aimes. Si tu préfères, je ne descendrai pas sous la ceinture. Ça ne me dérange pas du tout.

Erin en perdit le souffle.

— Comment ça, ça ne te dérange pas ? Que veux-tu dire ?

— Ce qui compte pour moi, c'est d'être avec toi et que tu sois bien, heureux, détendu. Pourquoi tires-tu cette tête ? insista Owen en pinçant les lèvres. Je te fais peur ?

Bien qu'il ait formulé sa question sous forme de plaisanterie, Erin vit une ombre passer sur son visage, une ombre qui lui rappela l'étrange humeur d'Owen en fin de repas. *Pourquoi a-t-il cette obsession de me faire peur ?*

— Bien sûr que non ! Je n'ai pas peur de toi.

Owen se détendit.

— D'accord. Alors, pourquoi es-tu si nerveux ? Essaierais-tu de me dire que tu ne veux pas aller jusqu'au bout ?

— Non, pas vraiment, c'est juste que…

Erin chercha à formuler ses craintes de la façon la plus exacte possible :

— … j'ai du mal à baisser ma garde. À me laisser approcher…

Owen prit son visage en coupe.

— Oui, je sais. Tu es seul depuis longtemps. Je veux juste être avec toi, même si c'est pour un petit moment.

À ces mots, Erin sentit sa terreur se cristalliser en une boule dure et pesante.

— C'est bien là mon problème, avoua-t-il. Si je te laisse approcher, je ne veux pas que ce soit seulement pour un petit moment.

L'expression d'Owen s'adoucit et s'éclaira, de surprise d'abord, puis de ravissement. Quand un sourire presque enfantin naquit sur ses lèvres, Erin sut qu'il venait de perdre son cœur.

— Alors, je resterai avec toi aussi longtemps que tu accepteras de me garder.

Il embrassa Erin. Le baiser fut différent de ceux qu'ils avaient déjà partagés, plus lent, plus attentif, plus intime. Et pourtant si chargé de promesses sensuelles qu'Erin s'accrocha aux épaules d'Owen pour ne pas basculer à la renverse. Il aurait voulu pouvoir s'appuyer à un mur ou à un lit. La langue d'Owen explora sa bouche avec une science savante et dévastatrice qui le laissa tout essoufflé. Les mains d'Owen parcouraient ses épaules, ses bras, ses flancs. Elles arrivèrent à sa taille et glissèrent sous le pull.

Oh, comme c'était bon ! Comme Owen était doué !

Laisse-le faire. Abandonne-toi. Il jouera de ton corps avec la même virtuosité que d'un instrument. Mentalement, Erin se voyait presque comme un violon qu'Owen serrait contre lui, la main glissant le long de son corps…

Avec un frisson, il se pelotonna davantage dans l'étreinte d'Owen.

Puis Owen rompit le baiser et chuchota, le visage pressé contre son cou :

— J'ai envie de te déshabiller un peu, d'accord ?

L'esprit en déroute, les jambes en compote, Erin répondit en levant les bras. D'une main preste, Owen fit disparaître le pull en cachemire et le col roulé. Erin se mit à trembler, en partie parce qu'il faisait frais dans la chambre, en partie parce qu'Owen le reprenait dans ses bras.

Pas pour l'embrasser, cependant, il s'empara de ses mains et demanda doucement :

— Déshabille-moi aussi.

Docile, Erin s'attaqua aux boutons de la chemise d'Owen. Il ne fut ni habile ni rapide, mais il savoura cette expérience, passionné de voir la peau apparaître peu à peu. Mieux encore, Owen frissonnait aussi d'excitation et d'anticipation.

Quand il lui murmura à l'oreille : « Touche-moi… », Erin n'hésita pas. Il posa les mains sur le torse dénudé et savoura les grondements de plaisir que son contact arrachait à Owen. Quelle peau magnifique ! Si douce, si ferme ! Enivré, Erin glissa ses doigts dans la toison qui descendait vers le ventre dur. Il remarqua soudain un tissu cicatriciel sur le flanc gauche, une série de fines lignes d'un rouge pâli dessinaient sur la peau des motifs étranges. Des cicatrices très anciennes.

Instinctivement, il devina qu'il ne devait pas y toucher.

Il se concentra plutôt sur les mamelons d'Owen, petits cercles rose pâle cachés par sa toison. Leurs petites crêtes centrales érigées bougeaient au rythme de la respiration rapide d'Owen. Quand Erin y pressa son doigt, Owen rit et posa un baiser sur ses cheveux.

— Tu peux me toucher autant que tu veux.

Il montra à Erin comment tirer sur le mamelon et se remit à savourer sa bouche, la mordillant plutôt que l'embrassant.

— Et moi, je peux te toucher aussi ? chuchota Owen.

Éperdu, Erin hocha la tête. Owen l'embrassa alors profondément, à pleine bouche, tout en jouant avec ses mamelons. Ils reculèrent ensemble, heurtèrent le lit et y tombèrent assis. Owen en profita pour ôter son pantalon.

Quand il glissa la main d'Erin sous la ceinture de son caleçon, Erin résista et enfouit son visage dans le cou d'Owen.

Owen caressa son dos nu.

— Je vais trop vite ?

Du pouce, Erin joua avec l'élastique tout en pesant la question.

— Oui, je crois.

— Dans ce cas, arrêtons-nous là.

— Mais je *ne veux pas* arrêter !

Amusé, Owen lui caressa les reins.

— Très bien, dans ce cas, je te propose un compromis. Allonge-toi sur le lit et nous allons juste nous embrasser. Et c'est à toi de décider quels vêtements nous pouvons encore enlever.

— Moi, pourquoi moi ? C'est pas juste !

Erin se trouva pitoyablement puéril.

Owen eut un petit rire et lui flatta le flanc.

— Si, parce que c'est *ta* première fois, pas la mienne. Moi, ce qui m'enchante, c'est d'être avec toi. Ça fait un bail que j'en avais envie.

Erin secoua la tête.

— Menteur. Tu ne m'appréciais pas du tout !

— Si, même quand je te considérais comme un opposant, j'avais du respect pour toi… et aussi du désir, parce que l'attraction sexuelle n'est pas toujours très logique.

Quand Erin lui éclata de rire au nez, Owen lui vola un baiser.

— Je me voyais bien me battre avec toi au lit, continua Owen. Et c'est un fantasme qui ne se réalisera pas.

— Oh, je suis sûr que nous trouverons encore de quoi nous disputer, rétorqua Erin, mais question sexe, je ne suis pas certain d'être bon à grand-chose.

— Tu n'as pas à être « bon » ou pas, ça ne marche pas comme ça. Tu dois juste trouver ce qui te plaît. Apparemment, tu n'as rien contre les caresses et les baisers, hein ? C'est un bon départ.

Erin le trouvait bien accommodant. Il ne savait trop quoi en penser.

— Oui, mais je… je crois avoir un problème de libido. En grandissant, j'ai bien été forcé de reconnaître que j'étais moins porté sur… sur la chose que les autres garçons de mon âge. Du coup, je me sens mal à l'aise.

Sa voix se cassa.

Owen le berça doucement.

— Continue à parler. Je veux tout savoir de ce que tu ressens.

Erin ferma les yeux et céda au plaisir d'être dans les bras d'Owen. Il chercha à se laisser aller, à s'ouvrir, à faire confiance. Après tout, ce serait peut-être plus facile qu'il l'avait cru.

— J'ai cherché à m'intéresser au sexe étant plus jeune, souffla-t-il. Par curiosité, par désespoir, j'ai eu parfois envie d'avoir quelqu'un à mes côtés, quelqu'un de compréhensif, de gentil… mais ça n'a jamais marché. Au final, j'ai jugé que tout miser sur un autre était trop risqué. Je crains que les émotions, les sentiments me rendent vulnérable. Et le côté physique du sexe m'affole. Comment accepter de perdre tout contrôle devant autrui ? Je n'ai jamais compris comment font les autres.

Il ouvrit les yeux et fixa nerveusement l'épaule d'Owen.

Owen continua à lui caresser la taille, le dos, les bras. Et il parla le visage enfoui dans le cou d'Erin, la joue sur ses cheveux.

— C'est drôle, parce que moi, c'était l'inverse. Étant jeune, je n'en avais jamais assez. Je voulais être vu. Je voulais être touché. J'étais si seul, si en colère, si triste que le sexe était souvent le seul moyen de m'apporter un minimum de contrôle. Mais l'effet était aussi éphémère que de se réchauffer avec une allumette. Alors la rage de me battre me reprenait très vite. Plus tard, j'ai fini par écouter mon psy et appris à mieux gérer mes pulsions. Je suis censé rester vide intérieurement jusqu'à ce que je comprenne la bonne façon de me reconstruire.

Ça ne semblait pas le gêner d'admettre avoir suivi une thérapie.

— Je n'ai jamais vu de psy, reconnut Erin.

— Pourquoi ? Parce que tu n'en as pas eu l'option ou parce que tu trouvais ça ringard ?

Erin sentit qu'Owen plaisantait, ce qui lui permit d'être franc :

— Les deux, je suppose.

— Le problème avec les psys, c'est d'en trouver un qui te correspond. Dégobiller ses pensées les plus intimes n'est pas évident. Il faut qu'il y ait un lien de confiance, bien entendu, mais aussi que ce soit un étranger pour ne pas avoir ensuite à le croiser tous les quatre matins. Je me souviens d'un conte que j'ai lu étant enfant. J'ai oublié les détails, mais il s'agissait d'une princesse volée enfant à ses parents, alors, elle confie son secret au four. Un jour, le roi l'apprend, il vient la délivrer et l'épouse. Je me souviens avoir été frappé par le fait qu'elle chuchote son secret dans un four. Eh bien, un bon psy, c'est un peu pareil, sauf qu'il répond. La mienne m'a aidé à me libérer de ce qui m'étouffait, j'ai réussi à analyser mes ressentis et à mieux les contrôler. Même si je les considère toujours comme un sac rempli de dégueulis !

Erin sourit à cette image.

— Je n'oserai jamais consulter un psy, déclara-t-il. Tout Copper Point en ferait les gorges chaudes.

— Il n'est pas question de voir quelqu'un de local ! N'as-tu rien écouté de ce que je te disais ? Ma psy actuelle est à Duluth. Si un jour tu veux tenter le coup, elle te conseillera un de ses associés et nous irons consulter aux mêmes créneaux.

Erin se demanda comment en moins d'une minute, ils avaient pu cesser de s'embrasser pour discuter de thérapie. En vérité, c'était un sujet manifestement important pour Owen.

Erin lui embrassa l'oreille.

— Je veux m'étendre sur le lit avec toi, murmura-t-il.

— D'accord.

Quand ils se trouvèrent allongés l'un contre l'autre, Owen était en caleçon et chaussettes, et Erin torse nu. Ils se contentèrent de s'enlacer et de s'embrasser, apprenant à mieux se connaître sans hâte, sans précipitation. Erin aima beaucoup l'expérience, il l'adora même. C'était tendre, grisant, intime et incroyablement sécurisant.

Soudain, Owen releva la tête.

— Il faudra bientôt organiser une autre sortie, déclara-t-il

— Oui, répondit Erin, avec conviction.

OWEN AVAIT l'impression d'être redevenu un adolescent, sauf que sa vie cette fois était bien plus sereine.

Quand il ouvrit les yeux, il était seul dans son lit, mais son oreiller gardait le parfum d'Erin. Il le pressa contre son visage et le huma avec délice. Il resta un long moment allongé, les yeux fermés, à évoquer en boucle les moments forts de la soirée.

Il se sentait… l'esprit libre.

Erin était si adorable ! Cela ne se voyait pas de prime abord, bien sûr, il fallait dépasser l'apparence austère, le regard froid, la rigidité de la posture pour trouver le vrai fond de sa nature. Qui aurait pu y croire ? Personne. Mais désormais, Owen connaissait la vérité. Erin était un homme sensible et tendre, qui tenait à aborder le sexe avec prudence. Bien qu'intimidé par son manque d'expérience en ce domaine, il s'était épanoui comme une belle fleur sous le soleil quand il avait eu l'opportunité d'explorer sa sensualité.

Owen savait bien qu'il ferait mieux de garder son opinion pour lui. Si Erin s'entendait traiter d'«adorable», il lui mettrait sans doute son poing dans la figure. Et ça aussi, c'était adorable. Totalement craquant.

Owen était le seul à connaître le véritable Erin Andreas. Il n'aurait pu en être plus heureux !

Quand il se leva enfin, il était le premier debout, comme d'habitude. Et il souriait toujours en émergeant du sous-sol après son entraînement matinal. En revenant dans la cuisine, il trouva Jared qui l'attendait.

Son ami lui rendit une tasse de café en disant :

— Si j'en crois ta tête, tu as passé une bonne soirée. Tant mieux !

— Très bonne, répondit Owen.

Il ne tenait pas à en dire plus, mais son sourire parlait pour lui.

— Au fait, où étais-tu hier soir, Jared ?

— Chez Jack et Simon. Ils m'ont convaincu de regarder avec eux le premier épisode d'une série coréenne romantique. Ce n'était pas trop mal. Mais par pitié, ajouta-t-il avec un coup d'œil appuyé, ne me chasse pas tout le week-end de la maison.

Owen pesa la question en sirotant son café.

— Non, c'est bon, on va rester tranquilles ce week-end. Je me mettrai sans doute à la cuisine, on peut aussi se visionner un film et inviter les tourtereaux, s'ils ne sont pas de garde.

JACK ET Simon travaillant tous les deux le samedi, la réunion eut lieu le dimanche. La veille fut consacrée aux courses hebdomadaires et Owen mit son ragoût à mariner avant de regarder une émission de télé-réalité.

À cette occasion, il découvrit qu'Erin avait un faible pour ce genre de shows, surtout quand il s'agissait d'améliorer les conditions de vie ou d'habitat. Après une brève recherche en ligne, Owen brancha la télé sur *Queer Eye*.

Ému aux larmes par la série, Erin usa d'une boîte de mouchoirs. Initialement assis près d'Owen, il finit par laisser sa tête tomber sur son épaule. Enhardi, Owen lui passa le bras sur les épaules. *Merci Fab Five*.

Le dimanche fut tout aussi réussi. Pour accueillir Jack et Simon, Owen avait décidé de se remettre aux fourneaux avec d'autant plus d'ardeur que le chirurgien était un excellent cuisinier et qu'une sérieuse rivalité opposait les deux amis depuis le jour de leur rencontre. Le matin, en faisant les courses, Jack et Owen eurent une vigoureuse prise de bec quant aux meilleurs produits à utiliser pour la recette. Simon finit par intervenir en entraînant Jack dans une autre allée.

Une fois seul avec Owen, Erin secoua la tête :

— Ben dis donc ! Tu disais vrai : tu aimes le débat.

Owen se frotta les mains.

— Ça aide à faire circuler le sang.

Il toisa Erin avec provocation et ajouta :

— Puisque Jack a laissé tomber, tu veux entrer dans l'arène ?

Avant qu'Erin ait le temps de répondre, une dame aux cheveux gris, le dos voûté, approcha d'Owen avec un sourire.

— Jeune homme…

Comprenant instantanément ce qui l'attendait, Owen se figea, mais il était coincé, il ne pouvait la repousser.

— … j'ai éprouvé un grand plaisir à vous entendre jouer le mois dernier.

Une fois de plus, Erin vint à sa rescousse et parvint à détourner l'attention de la vieille dame. Pourtant, Owen ne sombra pas dans une humeur morose. Il resta juste silencieux, plongé dans ses pensées. Puis avec un sourire, il posa un baiser sur la main d'Erin et continua son marché.

Il passa un très agréable moment avec ses amis, heureux de voir combien Erin s'était bien adapté à leur groupe.

Le soir pourtant, une fois seul dans sa chambre, il évoqua sa rencontre avec la vieille dame. Il dormit peu et mal et ressassa ses paroles toute la nuit. *J'ai éprouvé un grand plaisir à vous entendre jouer...*

Il y pensait toujours le lendemain matin quand il croisa Jared dans la cuisine. Après avoir siroté son café, il sortit du frigo de quoi faire une omelette.

— Tu as une journée pleine aujourd'hui, Jared ? s'enquit-il.

— Non, je ferai cet après-midi la tournée de mes patients et ce soir, je suis de garde aux urgences. Ce matin, je passe juste à Ste Anne pour une réunion et des dossiers à compléter. Et toi ?

— Eh bien, au départ, nous étions assez calmes en chirurgie, mais Kathryn vient d'appeler pour me dire qu'une de ses parturientes risquait d'avoir besoin d'une césarienne. Je vais donc lui prévoir une plage. Pour le moment, ils en sont encore à essayer de la faire accoucher par voies basses, mais si ça dure trop, il faudra trouver une autre solution.

Il lança un demi-oignon en l'air, le rattrapa, le posa sur sa planche et se mit à le découper d'une main experte.

— Si j'ai un moment de libre ce soir, je compte emmener Erin au gymnase, annonça-t-il.

— Ah bon, pourquoi ?

— Pour lui apprendre à jouer au squash. Je me suis dit que c'était un sport susceptible de l'intéresser. Il est partant pour tenter le coup.

— Bonne idée, amusez-vous bien tous les deux.

Owen repensa alors à sa rencontre de la veille. Il cessa de découper son oignon et laissa les mots que la vieille dame avait prononcés s'attarder dans sa tête, presque dans sa bouche, vérifiant avec prudence sa réaction.

— Tu sais, Jared, les gens ne cessent de me parler du concert de la soirée caritative. Même Ram est venu à notre table l'autre soir, chez l'Italien, pour tenter de me convaincre de jouer dans son quatuor.

Il se tut et attendit la réponse de Jared. Pendant un long moment, un silence pesant s'attarda dans la cuisine.

Puis Jared déclara d'une voix contrainte :

— Je regrette que tout le monde t'en parle encore, Owen. Je présume que ça te dérange...

Owen fixait son oignon avec une telle intensité que sa vision se brouilla.

— Hier, j'ai appelé ma psy. J'ai pris un rendez-vous. J'espère qu'elle pourra m'aider.

— J'espère aussi. Encore une fois, je suis désolé que tu aies à subir ça.

Owen décida que c'était sûrement l'oignon qui lui piquait les yeux.

— Je... je crois que je devrais en parler... à Erin. Il est en droit d'en savoir davantage sur mon passé. D'un autre côté, c'est peut-être égoïste de ma part.

Au nouveau silence de Jared, Owen comprit que son ami cherchait ses mots.

— Je ne comprends pas... En quoi serait-ce égoïste de le mettre au courant ?

Owen posa son couteau et pressa son pouce sur ses découpes d'oignon, humant l'odeur qui s'en dégageait.

— Je ne sais pas. C'est juste une impression.

— Tu crois qu'il préférerait ne rien savoir ?

Owen ferma les yeux. Ses sinus le brûlaient.

— Je n'en sais rien.

— Bien, attaquons par un autre angle, insista Jared. Pourquoi dis-tu alors qu'il est *en droit* de savoir ?

Parce que s'il n'accepte pas mon passé, je préfère que ça casse tout de suite entre nous, avant que je devienne trop attaché à lui.

Owen secoua la tête. Il se montrait injuste envers Erin. En vérité, il doutait fort qu'Erin le juge mal. C'était juste d'anciennes pensées nocives qui tentaient d'obscurcir son raisonnement. Heureux d'avoir identifié son problème, il était désormais prêt à l'affronter au lieu de projeter ses doutes sur Erin.

Il repoussa son oignon, inspira un grand coup et déclara :

— D'après moi, il est important que mes proches aient une idée du problème pour mieux comprendre mes éventuelles… déviances.

Il sentit Jared bouger juste avant qu'une main apaisante tombe sur son épaule. Il jeta un coup d'œil à son ami et reconnut son sourire triste : il l'avait chaque fois qu'Owen abordait sa souffrance passée.

Après une brève pression des doigts, Jared s'écarta en disant ;

— Ça n'a rien d'égoïste. Et je suis d'accord, aborde le sujet quand tu te sentiras prêt. À mon avis, il n'y a pas urgence.

Détendu, Owen hocha la tête.

— Merci. Quand tu es là, je n'ai pas besoin d'un psy. En plus, avec toi, c'est gratuit !

— De rien.

Jared remplit son thermos avec ce qui restait dans la cafetière. Puis il fronça les sourcils en disant :

— J'ai fini le café. Tu en voulais encore ? Je peux en refaire avant de décoller.

Owen agita la main.

— Non, c'est bon, je m'en occuperai. Mais avant, je vais finir mon omelette.

Le café était passé et Owen sortait sa première omelette de la poêle quand il entendit un bruit de pas dans l'escalier. Il se retourna et attendit, le cœur battant.

Erin entra dans la cuisine, tout ébouriffé de sommeil. Pour la première fois depuis son arrivée dans la maison, il n'avait pas pris la peine de s'habiller de pied en cap avant de descendre. Owen le trouva à croquer, aussi « adorable » que vendredi soir. Naturel, vulnérable, authentique.

Timide aussi.

Erin s'arrêta à la porte et surveilla Owen d'un œil méfiant, comme s'il était prêt à filer au moindre geste brusque.

Owen avança d'un pas léger et fit glisser son omelette dorée dans l'assiette qu'il avait préparée pour Erin, juste à côté de la tasse que ce dernier préférait – et qui lui avait été attribuée d'office.

— Assieds-toi et goûte-moi un peu cette omelette. Le temps d'en faire cuire une pour moi et je te rejoins. Prends du café aussi, il est tout frais.

Pendant qu'Erin prenait place, Owen sortit la crème du frigo et la plaça devant lui. Il craignait toujours d'en faire trop, mais s'occuper d'Erin, lui faire à manger, lui faire plaisir devenait pour lui une vraie addiction. Et puis ce matin, après sa nuit agitée, il avait besoin de s'occuper les mains.

Et de toute évidence, Erin aussi.

Owen fit cuire son omelette tout en surveillant Erin du coin de l'œil. Une fois assis, il demanda, mine de rien :

— Tu as bien dormi ?

Erin baissa sa tasse et s'essaya les lèvres avant de répondre :

— Très bien, merci. Et toi ?

— Pareil, mentit Owen.

Après une brève hésitation, il ajouta :

— Tu te rappelles qu'on avait parlé de jouer ensemble au squash, hein ? En bien, je me suis dit, pourquoi pas ce soir ? Tu es libre ? Si c'est le cas, je passe un coup de fil au gymnase pour nous réserver un court.

Erin cessa de manger et resta la fourchette en l'air.

— Oh... oui, bonne idée, ça me ferait très plaisir. Sauf que je doute d'avoir le matériel requis et la tenue adéquate.

Rassuré de savoir son plan en bonne voie, Owen se remit à manger.

— Nous nous arrêterons en chemin dans un magasin de sport. Si tu es d'accord, nous pourrions aussi ne prendre qu'une seule voiture ce matin. Comme ça, nous irions ensemble au gymnase. En revanche, si j'ai une urgence en salle d'op, tu risques de devoir m'attendre.

— Ça ne me dérange pas, j'ai toujours du travail par-dessus la tête.

— Alors, c'est réglé, déclara Owen. Sinon, tout va bien ?

— Absolument !

Une fois leur petit déjeuner avalé, ils firent la vaisselle ensemble, puis ils remontèrent se doucher, s'habiller et ils se rendirent à Ste Anne.

OWEN SE préparait pour passer en salle d'opération quand Simon vint le rejoindre. Il examina un moment l'anesthésiste, esquissa un clin d'œil effronté et lui envoya un coup de coude.

— Tu es rayonnant ! Erin aussi d'ailleurs. Tout le personnel ne parle plus que de vous. Pas à dire, vous avez sacrément changé tous les deux ces derniers temps. Owen, tu es devenu moins grincheux et Erin a perdu sa légendaire rigidité.

Owen ne sut quoi répondre. *Pourvu que ça dure !* lui parut trop fataliste. Au final, il se contenta d'un haussement d'épaules et d'un sourire. Et pourtant, esquiver un débat ne lui ressemblait pas.

Malgré tout, sa réaction ne paraissait pas… anormale, juste étrange.

La patiente de Kathryn finit par accoucher sans césarienne, aussi Owen fut-il libre plus tôt que prévu. Il s'installa dans le salon du personnel, au second, et joua sur son téléphone en attendant qu'Erin termine sa réunion. Délibérément, il évita de regarder les nouvelles du jour : il ne voulait pas qu'un scoop déprimant lui gâche sa belle humeur.

Puis Nick Beckert, le directeur de Ste Anne, apparut à la porte et le salua d'un geste de la main. Son attitude indiquant qu'il était prêt à discuter un moment, Owen ferma son téléphone et se leva pour rejoindre son ami d'enfance.

— Salut, Nick. Tu me cherchais ? Je peux faire quelque chose pour toi ?

En approchant, Owen remarqua que le sourire de Nick était factice, il n'atteignait pas ses yeux. De plus, il paraissait fatigué, comme s'il manquait de sommeil.

— Si tu as quelques minutes, Owen, accompagne-moi dehors. J'ai besoin de prendre l'air.

Owen cacha sa surprise. Jamais auparavant Nick ne lui avait offert de s'isoler avec lui. Que se passait-il donc ?

Il suivit Nick sur le toit – encore une surprise ! –, et le regarda sortir de sa poche un trousseau de clés pour déverrouiller la porte.

Nick lui jeta un coup d'œil.

— C'est mon spot en ce moment, déclara-t-il. Personne n'y vient jamais. Ça fait quinze ans que le conseil parle d'appointer un gardien sur le toit, mais comme l'argent manque, le projet n'a jamais été mené à terme.

— Pourquoi verrouiller la porte ? demanda Owen.

— Pour éviter que le personnel vienne fumer en douce là-haut.

— Ah, oui, bien sûr. Dans un hôpital, ça la foutrait mal.

— Je n'espère plus rien des gens, grommela Nick. Comme ça, je suis rarement déçu.

La porte étant un peu rouillée, Nick dut la pousser d'un coup d'épaule pour réussir à l'ouvrir.

174

Bien qu'Owen n'ait aucune idée de la raison ayant poussé Nick à vouloir cet aparté, il ne posa pas de questions. Mieux encore, il ne ressentit aucune inquiétude. Nick était un patron plutôt cool. D'après Jared, il l'était même trop et sa gestion était laxiste. Owen le reconnaissait, mais selon lui, ce n'était pas Nick le responsable, mais plutôt ceux qui l'entouraient et qui bloquaient toutes ses initiatives. Quand il en discutait avec Jared, son ami affirmait que Nick était trop prudent, parce qu'il cherchait toujours à ménager la chèvre et le chou.

Il est moitié Obama, moitié Aaron Burr, déclarait fréquemment Jared, l'air écœuré.

Mais Nick ne paraissait pas hésiter en ce moment. Il était aux aguets, comme un prédateur prêt à sauter sur sa proie après une longue traque. Il s'appuya à la rambarde du toit et fixa le sol, le dos tourné à Owen.

Owen avança et s'accouda à ses côtés.

— Dès qu'Erin a fini sa journée, je l'emmène au gymnase pour lui apprendre le squash.

Arraché à ses pensées, Nick tressaillit et lui jeta un regard un peu affolé.

— Erin ? Au squash ?

Owen acquiesça tout en écartant du pied quelques graviers qu'il regarda tomber sur la terrasse en dessous de lui.

— Il veut apprendre. Pourquoi pas ? Un jour ou l'autre, il peut avoir à jouer avec certains membres du conseil d'administration.

En voyant le visage de Nick se fermer aux mots « membres du conseil d'administration », Owen comprit que son ami d'enfance cherchait aussi le ou les responsables des fonds détournés. Et c'était logique, bien entendu. Owen était heureux qu'Erin ne se soit pas lancé seul dans cette enquête risquée.

Était-ce ce dont Nick tenait à lui parler en privé ?

Du pouce, Nick tapota la rambarde tout en scrutant Owen.

— Alors, vous deux, c'est sérieux ?

— Oui, confirma Owen. Nous sortons ensemble.

Nick grimaça.

— Je n'aurais pas dû lui conseiller de s'installer chez toi. J'aurais pu le prendre à la maison. Ma mère et ma grand-mère l'auraient bien accueilli, elles l'adorent.

Owen tiqua. *Attends un peu.*

— Pourquoi aurais-tu eu ton mot à dire ? Qu'est-ce que tu as à voir avec toute cette histoire ?

— Je voulais qu'il puisse travailler sur les dossiers comptables que je lui ai remis sans risquer que son père lui tombe dessus.

— Ah, oui, ce détournement de fonds dont j'ai vite découvert le fonctionnement, railla Owen.

Nick pinça les lèvres.

— Oui, justement. J'aurais préféré que ça reste entre Erin et moi. Toi, tu étais censé *faire semblant* de sortir avec lui.

Surpris par l'aigreur du ton, Owen s'accouda au mur et étudia Nick avec attention.

— Et ça te pose un problème que je sorte avec Erin ? Quant à tes dossiers, c'était juste un problème de chiffres. Je suis bon en maths.

— C'est bien plus grave que ça, tu le sais très bien.

Exact.

— Écoute, Nick, Erin m'a demandé de n'en parler à personne, j'ai tenu parole. Même entre nous, c'est un sujet que nous n'évoquons jamais.

— Tu t'affiches avec lui devant tout Copper Point ! Ça ne ressemble pas du tout à Erin d'être aussi… voyant. C'est sûrement une idée à toi !

Owen commençait à s'énerver.

— Dis, mon pote, depuis quand es-tu la nounou d'Erin ? Il est en âge de prendre ses décisions tout seul.

— Tu vas foutre sa vie en l'air. Pour le moment, tu lui tournes la tête et il ne sait plus où il en est. Tu es quelqu'un de bien, Owen, j'en suis conscient, mais quand votre histoire s'achèvera, tu continueras ton petit bonhomme de chemin. Lui, par contre, il sera au fond du trou.

— Et pourquoi notre histoire devrait-elle s'arrêter ? Nous progressons à notre rythme, voilà tout. Nous sommes déjà passés d'une mascarade à une vraie relation. Nous ne parlons pas encore mariage, bien entendu, mais ça me paraît tout à fait normal dans notre situation. Tu me prends pour un guignol ou quoi ?

— Je veille sur ce foutu gamin depuis que j'ai quinze ans ! s'exclama Nick. Si je ne l'avais pas fait, ma grand-mère m'aurait écorché vif. En plus, c'est mon ami.

Non, mais c'est pas vrai !

— Si je comprends bien, ton petit discours vient d'une inquiétude… de grand frère qui craint que je traite mal son cadet ? Et tu agis sur ordre express de ta grand-mère ?

— Oui.

Il avait répondu si vite et si instinctivement qu'Owen était enclin à le croire. De plus, il connaissait la grand-mère de Nick. À quatre-vingt-treize ans, Mme Emerson avait toute sa tête et vivait encore chez elle. Quand elle passait à Ste Anne, le personnel infirmier avait encore plus peur d'elle que d'Owen.

Owen secoua la tête et laissa son regard se perdre au loin droit devant lui

— Ben merde alors !

Nick soupira et passa la main sur ses cheveux.

— N'espère pas échapper à ma grand-mère, Owen. Elle veut te voir. Pour mettre toutes les chances de ton côté, apporte-lui une de ces tartes au citron meringué dont tu es si fier. Et ne plaisante pas sur le mariage devant elle. Ma grand-mère a toujours regretté qu'Erin soit aussi seul. Et elle en veut beaucoup à John Jean d'avoir la main aussi lourde pour diriger la vie de son fils.

Owen serra les poings.

— Qu'il essaie encore de le faire !

— N'affronte pas le vieil Andreas, Owen, tu n'en sortirais pas gagnant. Je te rappelle qu'il a fait plier le genou à Jack sans même lever le petit doigt. Et leur différend portait sur un poste de chirurgien. Avec toi, il s'agit de son fils.

Owen réagit avec fureur – il ne put s'en empêcher.

— Bien sûr qu'il s'agit de son fils ! rugit-il. De ce fils qu'il a négligé, abusé, manipulé, piégé.

Le visage de Nick se figea.

— *Piégé* ? De qui parles-tu au juste, Owen, du père d'Erin ou du tien ?

Frappé au cœur, Owen en perdit le souffle un long moment. Il se sentit impuissant, glacé.

Puis une vague monta en lui, un vortex de feu qui tourbillonna de ses pieds jusqu'à son cerveau. Il reconnut la puissance familière de cette ancienne tentation. *Vas-y et tu n'auras plus jamais à avoir peur.*

Il ferma les yeux et repoussa aussi bien sa colère que ses autres émotions conflictuelles. Pour mieux se calmer, il prit de longues et profondes inspirations.

— Je parlais d'Erin, répondit-il sèchement. Et si ta question visait à me tester, c'était un coup bas.

Quand il trouva que le silence durait trop longtemps, il ouvrit les yeux et croisa le regard de Nick posé sur lui. Le directeur de Ste Anne avait une expression que même Jared aurait approuvée sans restriction : celle d'un vrai chef, calme, sûr de lui, confiant, et pourtant compatissant.

— Non, répondit enfin Nick, je ne cherchais pas à me montrer cruel, j'essaie juste de protéger Erin. À l'école, toi et moi n'avons jamais été proches, Owen, tu étais trop irascible, trop batailleur. Tu ne t'attendais quand même pas que je te laisse Erin sans un minimum de vérification ? Bravo, tu t'en es bien sorti !

Il cligna de l'œil et posa brièvement la main sur l'épaule d'Owen. Puis, le lâchant, il traversa le toit et retourna vers la porte qui le ramènerait à l'intérieur.

Owen le regarda s'éloigner, un peu éberlué. Il secoua la tête et lança :

— En fait, Nick, moi non plus je ne te connais pas très bien. Je crois m'être laissé influencer par l'opinion de Jared. C'est une erreur que je ne commettrai pas deux fois.

Nick se retourna.

— Tu auras bien raison, parce que Jared raconte n'importe quoi.

Owen se redressa et s'éclaircit la gorge.

— Puisqu'on en est aux confidences, pourrais-tu m'indiquer quels sont les plats préférés d'Erin ?

Nick réfléchit un moment.

— Il aime les sandwichs aux œufs de ma grand-mère.

Owen sourit.

— D'accord, je lui demanderai sa recette quand je la verrai.

Nick désigna la porte avec un sourire.

— Allez, on retourne au boulot.

Quand il reprit sa marche, Owen le suivit, les sourcils froncés.

Quel idiot, ce Jared ! Pourquoi a-t-il des idées aussi biaisées concernant le directeur de Ste Anne ?

X

ERIN FUT surpris de découvrir qu'il fallait un tel équipement pour jouer au squash. Il étudia le contenu de son chariot.

— Des nouvelles chaussettes et des genouillères, admettons, dit-il. Mais pourquoi des lunettes ? Ça m'inquiète franchement.

— Parce que le squash se joue avec une petite balle en caoutchouc ronde et compacte qui file parfois à trois cents kilomètres/heure. Mieux vaut ne pas la recevoir dans l'œil ! Ces lunettes sont une protection.

Erin sursauta et protégea son œil droit d'un geste instinctif. Puis il laissa retomber sa main.

— Je vois. Et si j'achetais aussi une armure ?

Owen éclata de rire et lui embrassa la tête.

— Non, je ne crois pas que tu en auras besoin.

Au gymnase, les vestiaires étaient bondés, surtout chez les hommes. Le bruit, les échanges familiers et les plaisanteries triviales rappelèrent à Erin les années qu'il avait passées en pension.

Devinant son malaise, Owen le conduisit vers une zone plus éloignée, mais plus calme, où ils décidèrent de partager un casier mixte.

Le court de squash était une salle étroite et fermée, dont les murs hauts renvoyaient les échos. Owen expliqua à Erin les règles du jeu, lui montrant aussi la zone de service, les lignes de faute, les diverses positions et les objectifs à atteindre. Ensuite, ils se mirent à jouer.

Très vite, Erin s'avéra franchement mauvais. Au début, Owen fut patient avec lui, mais quand Erin, frustré de sa maladresse, se mit à avoir des gestes sauvages, Owen haussa le ton :

— Fais attention, tu vas te blesser ! Je ne tiens pas à te conduire à l'hôpital pour une épaule démise. Fais comme je t'ai appris. Voilà, comme ça…

Il se plaça derrière Erin, une main sur son épaule, et utilisa son bras libre pour détailler les bons gestes.

Erin retint un soupir. Owen passait son temps à craindre qu'il se fasse mal. Était-ce agaçant ou attendrissant ? Il n'arrivait pas à se décider.

— Ce qui me plaît le plus chez toi, Owen, c'est que tu ne supportes pas de voir les gens souffrir.

Owen laissa retomber sa raquette et le fixa, l'air éberlué.

— Quoi ?

Erin s'émut de lui voir une expression aussi vulnérable.

— Les gens ne te comprennent pas du tout, tu sais. Ils ne voient que ton abord abrupt, ils te croient dur et insensible. Oh, tu es très fort pour endosser le rôle de l'ogre de service, tu t'amuses à faire peur, mais jamais tu ne ferais de mal à une mouche. D'ailleurs, il n'y a qu'à voir ta spécialité pour deviner le vrai fond de ta nature !

— *Quoi ?* répéta Owen.

— Mais enfin ! Tu es anesthésiste – une branche de la médecine dont le but est d'éliminer la douleur !

Devant le silence persistant d'Owen, Erin se sentit brusquement gêné. Peut-être ferait-il mieux de changer de sujet.

— Hum, alors, on reprend ?

Owen hocha la tête et reprit son cours. Erin s'appliqua, mais il réalisa vite qu'il avait toujours les mêmes problèmes de coordination physique qu'à l'école. Il ne s'était pas amélioré en vieillissant, malheureusement. Pour maîtriser le B A BA du squash, il lui faudrait du temps, de l'entraînement et de la patience.

Ça ne serait sûrement pas drôle pour Owen.

Agacé, il jeta sa raquette sur le sol.

— Nous devrions abandonner. Je suis nul !

— Tu viens juste de commencer ! Vois plutôt le côté positif et les progrès accomplis aujourd'hui. La leçon est presque finie d'ailleurs, tape encore quelques balles contre le mur et on fera une pause.

Bien entendu, pour cette première fois, Owen n'avait pas tenté un vrai match. Quand l'heure fut écoulée, il sourit à Erin et le serra contre lui en lui ébouriffant les cheveux.

— Tu t'es débrouillé comme un chef ! Et tu as vu ? Tu as joué nettement mieux après avoir cessé de râler que tu étais mauvais.

Erin se frotta la joue, gêné de devoir reconnaître que c'était vrai.

— Tu as raison, mais contrairement à toi, j'ai eu étant jeune des problèmes en sport.

— Parce que tu imagines que j'étais un grand sportif ? Tu te trompes, je n'ai découvert le sport qu'à l'université. À l'école primaire…

Owen s'interrompit, le visage assombri.

Erin se demanda quel mauvais souvenir venait de se rappeler à lui : le violon ou son père ? Il aurait voulu aider Owen sans se montrer intrusif. Il se contenta de marmonner :

— D'accord, je vais rester positif et faire semblant de croire qu'un jour, je saurai jouer au squash, même en m'y étant mis sur le tard.

— Bien entendu, déclara Owen, rasséréné, l'important, c'est que tu progresses et que tu t'amuses.

Ils se séparèrent le temps de prendre une douche, puis se dirigèrent vers le sauna avec une serviette enroulée autour de la taille. Erin s'étonna de ne pas ressentir de gêne à se trouver presque nu à côté d'Owen. Il pensait à ce qui l'attendait, trop excité pour être intimidé.

Une fois entré dans l'étuve, il s'appuya contre le mur en lattes et ferma les yeux pour mieux se laisser envelopper par la chaleur.

— J'adore les saunas ! Il y en avait un chez ma mère, ou du moins dans la résidence où je lui rendais visite, et j'en profitais aussi souvent que possible. Le plus souvent seul, ce qui n'est pas tellement recommandé, mais j'étais totalement accro !

— Tu t'entends bien avec ta mère ?

Question difficile ! Erin ouvrit les yeux et fixa le plafond.

— Je ne sais pas trop, je pense peu à elle en vérité. Étant enfant, j'étais avide de son attention, bien entendu, mais en prenant de l'âge, j'ai pris la mesure de son indifférence, aussi la question ne s'est-elle plus posée. Nous avons des rapports plutôt cordiaux, mais elle n'est pas maternelle, elle ne l'a jamais été. Elle tenait son rôle quand j'étais en maternelle, à l'époque, elle s'intéressait encore à son image. Dès que j'ai grandi, elle a eu d'autres priorités. Elle n'hésite pas à m'appeler quand elle a besoin de moi et je présume qu'elle me cite parfois à ses connaissances, mais elle considère son mariage comme la pire erreur de sa vie, suivie de près par le fait d'avoir enfanté. Alors, en général, elle préfère oublier tout ça.

Il remarqua alors le silence d'Owen et lui jeta un coup d'œil. Il s'étonna de son expression… triste ? Non, plutôt douloureuse.

Il rêve d'être ton héros, de tuer des dragons pour toi et voilà qu'il te découvre sur le champ de bataille, hagard et déboussolé.

Quelle image ridicule ! se dit Erin. Pourtant, elle s'attarda dans sa tête au point que sa gorge se serra.

La conversation s'arrêta là, car un groupe d'hommes entra dans le sauna. Erin sentait pourtant un malaise latent entre Owen et lui.

En remontant dans sa voiture, il n'y pensait plus, pris par un souci plus immédiat : il avait mal partout ! Il décida de prendre de l'ibuprofène dès qu'il rentrerait à la maison.

Avant de tourner le contact, Owen lui tendit une bouteille d'eau.

— Bois, tu vas en avoir besoin pour calmer tes crampes. Et il te faut aussi des protéines. Quand nous arriverons, tu devras avaler un yaourt. Demain, nous consacrerons davantage de temps à l'échauffement. Si ça te dit, nous commencerons par le sauna.

Demain ? Erin frissonna à l'idée de retourner si tôt au gymnase.

LE LENDEMAIN matin, une tempête de neige se déclara, assez importante pour bloquer les intérimaires et autres médecins venant de l'extérieur. À Ste Anne, les emplois du temps d'Erin et d'Owen s'en trouvèrent ralentis. Plus de la moitié des opérations chirurgicales prévues furent annulées, certes, mais le service de gynécologie resta actif, car les bébés avides de naître se souciaient peu des conditions météorologiques. Quant à Erin, il aurait dû recevoir trois candidats à un poste à pourvoir, mais la route d'Eau Claire étant fermée, seul l'un d'entre eux se présenta.

Par chance, le ciel s'éclaircit aux alentours de midi.

Dans l'après-midi, il fallut de nouveau dégager le trottoir et l'allée devant la maison. Lors des précédentes chutes, Owen s'était chargé du déneigement, pour son tour et celui d'Erin. À qui était-ce cette fois ?

Mon Dieu, c'était à Owen ! L'épaisseur du manteau neigeux était d'au moins vingt centimètres et le vent violent avait provoqué de nombreuses congères. Ce matin, ils avaient eu du mal à faire sortir la voiture du garage et l'allée serait encore pire après le coup de gel.

Erin réfléchit un moment, les lèvres pincées, puis il sortit son téléphone.

Ils rentrèrent ensemble, Erin était au volant parce qu'Owen appelait Jack, pour établir avec lui les modalités d'un changement d'horaires en chirurgie. Peu avant d'arriver, Owen raccrocha avec un soupir et se frotta les joues.

— Ça va être la cata demain. En plus, il faut que je me tape cette foutue allée. Nous irons au gymnase plus tard que prévu, d'accord ?

— Euh, justement… à ce propos…

Comme Erin arrivait devant la maison, il n'eut pas à continuer ses explications : l'allée parfaitement déneigée parlait d'elle-même.

182

Owen se redressa, éberlué.

— Qu'est-ce... Jared... ? Non, il est à Ste Anne. Alors, c'est toi !

Il jeta à Erin un regard sévère.

— J'ai juste appelé un professionnel, répondit Erin, les yeux sur la route. Je me suis dit qu'après une longue journée, tu n'avais pas besoin de ça en plus.

Pourquoi était-il aussi nerveux ? se demanda-t-il. *Aucune idée.* Il se gara, coupa le contact et osa enfin jeter un coup d'œil à son passager.

Owen prit son visage en coupe et se pencha pour poser un baiser sur sa bouche.

— Merci.

Rassuré, Erin lui rendit son baiser.

— De rien.

Ils passèrent rapidement à la maison, juste le temps de récupérer leurs affaires – encore dans le sèche-linge – et de grignoter un en-cas.

EN ARRIVANT au gymnase, ils trouvèrent une place au fond du parking. Le vent s'était levé et le chemin jusqu'à la porte principale fut long et pénible. Owen fit de son mieux pour protéger Erin du froid en le serrant contre lui d'un bras. Erin ne protesta pas, heureux de cette attention. Et même une fois entré, l'idée de se déshabiller pour se mettre en short ne le tentait guère. Il frissonna.

Dans le vestiaire, Owen arracha son chandail et ouvrit son sac. Il en sortit une serviette.

— Nous allons d'abord nous réchauffer dans le sauna. Autant ne pas tenter des efforts physiques avec des muscles contractés par le froid.

Glacé jusqu'aux os, Erin approuva vigoureusement.

— Oui, un sauna me paraît une bonne idée.

— Alors, allons-y, dit Owen, qui lança une serviette à Erin.

La veille, quand ils s'étaient douchés, les vestiaires étaient bondés. Ce soir, ils étaient seuls. Et Erin fut douloureusement conscient du fait qu'Owen se dénudait à ses côtés. Il se concentra sur la tâche de déboutonner sa chemise, de plier ses vêtements, de les ranger dans le casier. Du coin de l'œil, il surveillait les progrès d'Owen. *Ça y est, il est torse nu ! Bon sang, ça se voit qu'il fait du sport et de l'exercice !*

Bien sûr, il s'était déjà retrouvé contre Owen, quand ils avaient dansé ensemble, quand ils s'embrassaient, il l'avait également vu en tee-shirt, mais jusque-là, il n'avait pas... *vraiment regardé.*

Quand Owen glissa les pouces sous l'élastique de son caleçon, Erin s'étrangla et cacha sa tête dans le casier. Il fut grandement soulagé en se souvenant que les douches, bien que communes, étaient dotées de stalles individuelles séparées par des rideaux.

Il apprécia le contact de l'eau tiède et se frotta le corps pour se débarrasser de ses derniers frissons.

Quand il sortit, Owen l'attendait, ne portant qu'une serviette nouée à la taille. Erin tenta de ne pas loucher sur le nœud du tissu éponge sous le nombril d'Owen ou sur les abdominaux sculptés du ventre dur. Il échoua.

Owen lui indiqua un petit couloir.

— On y va ?

Erin le suivit, tenant sa serviette à deux mains par crainte de la perdre.

— Tu connais bien ce gymnase, on dirait. Tu y viens souvent ?

— Pas autant qu'avant. Au fil du temps, je me suis aménagé au sous-sol un coin sport qui correspond exactement à mes besoins. Je viens ici quand j'ai envie de changement. Je n'ai pas de piscine à débordement à la maison et ce n'est pas un investissement que j'envisage de faire dans l'immédiat.

— Une piscine *à débordement* ?

Erin ne savait pas du tout à quoi ça correspondait.

Owen se mit à marcher à reculons en faisant des mouvements de bras comme s'il nageait.

— Oui, c'est une sorte d'effet spécial. Ils ont aussi des appareils de nage à contre-courant qui permettent de faire du sur-place tout en réglant la vitesse des vagues. Ça te dit d'essayer ?

Erin sentait complètement dépassé.

— Non, merci.

Owen eut un petit rire alors qu'il ouvrait la porte du sauna.

— D'accord, restons-en au squash pour le moment.

Comme Erin regardait Owen, ce fut seulement une fois entré qu'il remarqua la présence d'autres personnes dans le sauna : quatre membres du conseil de Ste Anne semblaient l'attendre.

Son instinct éveillé, Erin les balaya du regard. Ron Harris, assis dans le coin, bavardait avec Christian West ; Mike Leary était vautré à côté de Keith Barnes. Ils avaient « réquisitionné » le sauna, sachant parfaitement qu'en principe, personne n'oserait s'immiscer dans leur petit clan de puissance locale.

Erin, lui, n'eut pas de scrupules.

Il les salua d'un sourire mondain.

— Bonjour, messieurs. Quelle surprise de vous voir ici !

Harris jeta aux autres un regard entendu, puis il gloussa et déclara :

— C'est plutôt à nous d'être étonnés, mon garçon. Qu'est-ce qui vous a attiré au gymnase ce soir ?

Tous les yeux étant fixés sur Owen, les hommes du conseil indiquaient clairement savoir « qui » était responsable de la présence d'Erin – et aussi qu'ils n'étaient pas sûrs de l'approuver.

Erin ne perdit pas contenance.

— Eh bien, Owen m'a fait remarquer que je ne faisais pas assez de sport. Il a tout à fait raison, bien entendu, aussi ai-je décidé de me mettre au squash.

— Et il est très doué ! déclara Owen.

Il avança, prit Erin par la main et le conduisit vers un banc libre.

— Assieds-toi, mon chou, et détends-toi.

Erin s'amusa de voir les membres du conseil se raidir en entendant Owen l'appeler « mon chou ». Un seul détail le chiffonnait : il aurait préféré qu'Owen ait parlé avec sincérité, pas pour agacer le conseil.

Nous sommes ensemble, vraiment ensemble. Et je veux que tout le monde le sache. Du coup, il laissa sa main dans celle d'Owen un peu plus longtemps que nécessaire.

Barnes se pencha en avant, appuyé sur ses coudes.

— Alors, la rumeur dit vrai ? Erin, vous avez quitté la maison de votre père ?

Oh, c'était *ça* leur principale préoccupation ?

Erin frotta nerveusement sa serviette.

— Oui, il était temps, je crois.

Sa réponse lui paraissant faiblarde, il ajouta :

— J'espérais que mon père et moi nous entendrions mieux si nous n'étions plus constamment ensemble.

Owen resta silencieux, mais sa main se posa entre les épaules d'Erin et y dessina de petits cercles réconfortants.

Leary eut un ricanement.

— Nous aurions dû deviner depuis longtemps que tu étais… comme ça.

185

Erin sentit Owen se crisper à ses côtés. Pourtant, quand Owen parla, sa voix resta calme, avec un soupçon de réprobation – celle qu'il utilisait pour réprimander le personnel à Ste Anne.

— *Comme ça*, Mike ? Et vous l'entendez comment au juste ?

Un silence pesant tomba dans le sauna, les membres du conseil échangeaient des regards pour savoir comment réagir. Mentalement, Erin leva le poing «*yes !*». Il avait été certain que sans son père, leur leader, les autres ne sauraient que faire…

West était le seul à ne pas se soucier de l'agressivité d'Owen.

— Vous êtes amusants tous les deux, gouailla-t-il. J'ai assisté à votre performance le soir de la loterie, mais je ne me doutais pas que vous viendriez aussi vous exhiber au gymnase. Je me demande s'il y aura d'autres manifestations publiques d'affection.

Owen retira sa main de celle d'Erin et se pencha en avant, son visage était si rigide et glacé qu'Erin s'en inquiéta.

Il répondit le premier pour alléger l'ambiance :

— Nous avons été pris à l'improviste, vous savez. Et j'en suis le premier surpris. Après tout, ça ne me ressemble guère, comme tout le monde ne cesse de me le répéter.

Un petit rire nerveux agita trois des membres du conseil. West, lui, continua à fixer Erin et Owen avec dédain.

Étrange, pensa Erin. Jamais encore il n'avait pensé à West comme à un leader. D'un autre côté, jamais il n'avait vu les membres du conseil interagir en l'absence de son père. Et comme il cherchait toujours à savoir QUI avait détourné l'argent de Ste Anne, le moindre indice était important. Même si pour le moment, il ne voyait pas comment utiliser cette information.

Sa priorité à l'heure actuelle était de calmer la tension qui régnait entre Owen et Christian West. Sans doute se connaissaient-ils depuis longtemps, vu que le père d'Owen avait autrefois été cadre dans la même société minière que West, mais ça n'expliquait pas leur hostilité. Ou du moins celle d'Owen, manifestement tendu, tandis que son adversaire restait imperturbable.

C'était pour Erin une expérience nouvelle : il n'avait encore jamais vu personne garder son calme devant la colère d'Owen.

Un par un, les membres du conseil se levèrent et quittèrent le sauna. Owen et Erin les saluèrent au passage d'un signe de la main.

Une fois seul avec Owen, Erin poussa un discret soupir de soulagement. Il envisagea d'interroger Owen sur sa relation avec West, mais quand il se tourna vers lui et vit son visage rigide, il changea d'avis.

Non, ce n'était pas le moment de poser des questions.

Il se contenta de lui caresser l'avant-bras.

— Qu'est-ce qu'on fait ? On reste encore un moment à se réchauffer ou tu te sens prêt à jouer ?

Owen se détendit sensiblement.

— Je veux jouer ! J'ai très envie de frapper une balle et de l'envoyer contre le mur.

Erin se força à sourire.

— D'accord, allons nous rhabiller, alors.

Ils sortirent du sauna et retournèrent au vestiaire, où les membres du conseil, regroupés dans un coin, conversaient à voix basse. Quelques éclats de rire ponctuèrent un : « tu vois ce que je veux dire ! ». Habitué depuis la pension à ce genre de messes basses, Erin s'en préoccupa peu. Il s'inquiétait davantage de voir Owen de nouveau tendu.

Erin enfila rapidement ses vêtements et ses chaussures.

— Je suis prêt pour ma leçon, chuchota-t-il, pour éviter d'être entendu par les membres du conseil. On fait comment pour le court ? Hier, j'étais trop excité, je n'ai rien retenu des formalités. Tu as réservé ? Il faut signer quelque part ?

— J'ai réservé, oui, nous avons un court pour quatre-vingt-dix minutes. Prends tes affaires.

Ayant fini de lacer sa chaussure, Owen se redressa, sa raquette et une boîte de balles à la main.

En entrant sur le court, Erin sentait toujours la tension d'Owen, tout en sachant que cette sombre humeur n'était pas dirigée contre lui. Il devinait aussi les efforts que faisait Owen pour se détendre.

Erin aurait voulu l'aider, mais ne sachant que faire, il restait prudent, attentif et souriant.

— J'ai regardé les vidéos que tu m'as envoyées, tu sais. Regarde…

Il posa l'étui de sa raquette près de la porte, prit une balle et la fit rebondir de toutes ses forces. Elle atterrit dangereusement près d'Owen.

Atterré, Erin toussota, avant d'enchaîner :

— Même si j'ai mémorisé les règles du jeu, je vais devoir encore travailler ma coordination. J'espère que tu seras patient, parce que je…

Il s'interrompit en voyant Owen s'approcher de lui et l'enlacer. Le geste était si tendre, si doux, si adorateur même, qu'Erin se sentit flotter de bonheur. Il ferma les yeux. Bien que petit et frêle, il ne se sentait pas écrasé par l'étreinte d'Owen, mais protégé. Chéri. En sécurité.

— Je t'en supplie, ne fais plus jamais ça !

Le visage enfoui dans les cheveux d'Erin, Owen parlait d'une voix basse, brisée et torturée. Il se mit à trembler.

Erin le caressa.

— Qu'est-ce que j'ai fait ? Je ne comprends pas.

Owen soupira.

— Je sais. Et justement, ça aggrave les choses. Ne me souris pas comme si tu avais peur que je morde, ne prends pas de gants avec moi. Bats-toi, envoie-moi me faire foutre, traite-moi d'idiot, claque la porte, ignore-moi. Mais ne me regarde pas comme si j'étais un monstre !

L'estomac noué, Erin sentit une nausée lui remonter dans la gorge. Un *monstre* ? Il aurait aimé comprendre la réaction d'Owen, mais il savait que ce n'était pas le bon moment pour demander explications.

Il offrit donc à Owen le réconfort qu'il réclamait.

— Tu as tout compris de travers, mais c'est sans importance. Désolé si je suis mal exprimé. En tous les cas, je te promets que je n'agirai plus jamais de cette façon.

Owen semblait proche des larmes.

— J'aimais bien me battre avec toi, chuchota-t-il. Ça me manque.

Erin remarqua que des curieux les regardaient de la rambarde. Il entraîna Owen à l'abri du mur.

— D'accord, je trouverai de quoi argumenter, même si je comprends mal pourquoi tu y tiens tant.

— Parce que comme ça, je sais que tu n'as pas peur de moi.

Erin attira vers lui sa tête et posa la joue contre la sienne.

— C'est idiot, Dr Owen Gagnon, je n'ai jamais eu peur de toi et ce n'est pas maintenant que je vais commencer.

Owen resserra les bras autour d'Erin. Un frisson l'agita tout entier.

Erin effleura la mâchoire d'Owen d'un baiser. Puis il s'écarta :

— Bon, alors, on joue ?

Owen le rattrapa et l'embrassa avec passion.

— Bien sûr ! dit-il ensuite.

PLUS TARD, en voiture, Erin ne revint pas sur le changement d'humeur d'Owen au gymnase.

Et Owen ne savait pas s'il devait lui être reconnaissant ou s'en inquiéter. Oh, il n'avait aucune envie d'évoquer son passé, mais la façon

dont Erin évitait le sujet le mettait mal à l'aise. En temps normal, Owen repoussait les questions, mais ça, Erin l'ignorait. Donc, s'il ne posait pas de questions, c'était encore pour le ménager.

Et ça n'allait pas du tout. Parce que maintenant, Owen n'avait plus que l'option d'aborder lui-même le sujet.

Il conduisait, aussi gardait-il les yeux sur la route. Pourtant, toute sa concentration se focalisait sur Erin.

— Comme je te l'ai déjà dit, je suis très heureux de t'avoir à la maison et tu peux rester aussi longtemps que ça te chante. Tu peux aussi t'installer définitivement. C'est juste… il me semble que je devrais en faire plus. Si tu as besoin de moi, j'aimerais que tu me le dises.

Il n'était pas certain de la réaction qu'il avait espérée… En tout cas, ça n'était pas le silence qui régna dans l'habitacle après sa déclaration. Au bout d'un long moment, il envisagea de s'excuser, puis s'en abstint, craignant d'empirer la situation.

Quand il arriva dans le garage, il réfléchissait toujours à la meilleure façon de changer de sujet quand Erin prit enfin la parole :

— Je crois que mon mouvement de bras n'est pas encore au top. J'ai mal à l'épaule. Tu t'y connais en massage ?

Owen pivota brusquement dans son siège.

— Tu t'es blessé ? Pourquoi ne me l'as-tu pas dit plus tôt ?

Erin le fusilla du regard.

— J'ai *un peu* mal, c'est tout. Si tu comptes en faire tout un drame, je vais demander conseil à Jared.

Owen se renfrogna.

— Il n'en est pas question, merde !

— Alors, masse-moi sans envisager une hospitalisation !

Owen pinça les lèvres et récupéra les deux sacs de sport sur le siège arrière.

Erin soupira.

— Tu es un cas ! Tu t'inquiètes plus qu'une petite mémé !

— Possible, mais je masse bien mieux. Tu vas prendre ton pied !

— Je n'en doute pas.

Jared était dans la cuisine, il les salua en agitant le couteau avec lequel il découpait des crudités pour une salade.

— Le dîner sera prêt d'ici trois quarts d'heure environ. La machine est à votre disposition si vous avez du linge sale et transpirant. Ne le laissez pas traîner dans la buanderie, par pitié !

Owen vidait déjà le contenu de leurs sacs de sport dans la machine. Il mit le programme en route et cria par-dessus son épaule :

— Hé, Jar, tu sais où est passé l'huile de massage ? Elle était à Simon, l'aurait-il embarquée ? Erin s'est luxé l'épaule, je vais le masser.

— Aucune idée. Ça fait un bail que je n'ai pas vu cette lotion. Regarde dans le placard du couloir du premier. Sinon, je ne vois vraiment pas. Et tu comptes masser Erin, vraiment ? Juste l'épaule ?

Au ton employé, Owen devina que Jared s'apprêtait à faire une plaisanterie grivoise, aussi prit-il Erin par la main pour l'entraîner vers l'escalier aussi vite que possible. À sa grande surprise, Erin ne résista pas. Les joues un peu rouges, il jeta un coup d'œil à la porte d'Owen.

— Ma chambre est encore en désordre, je crois qu'on serait mieux…

En désordre ? C'était une litote. La pièce était devenue aussi bordélique que la mansarde qu'Erin avait occupée au manoir Andreas.

— Si ça te dit, je pourrais t'aider à aménager, tu sais.

— Oui, oui, on verra. Pour le moment, j'ai mal à l'épaule et j'ai envie d'un massage relaxant. Tu crois qu'on pourrait aller dans la tienne ?

Le cœur d'Owen rata un battement. *C'est ridicule !* se fustigea-t-il. Rien ne lui interdisait d'emmener Erin dans sa chambre, pas vrai ? Et c'était pour un massage thérapeutique, pas pour s'envoyer en l'air !

— Bien sûr, entre.

Pendant qu'Erin s'asseyait sur le lit, Owen fit le tour de la pièce, il ramassa quelques vêtements qui traînaient et referma le tiroir de la commode. Il ressortit dans le couloir et trouva le flacon d'huile à l'endroit indiqué par Jared.

Quand il revint dans sa chambre, il déclara d'un ton qu'il espérait désinvolte :

— Euh, enlève ton tee-shirt, d'accord ? Cette lotion est salissante. Mieux vaut ne pas tacher tes vêtements. Si tu préfères rester habillé, je peux aussi te masser sans utiliser d'huile…

Non mais franchement, je déconne ou quoi ? Il avait passé une demi-heure à poil avec Erin au gymnase, aux vestiaires, à la douche, au sauna… Il l'avait embrassé maintes et maintes fois.

Alors pourquoi ça lui paraissait tellement différent ce soir d'avoir Erin dans sa chambre ?

— Non, c'est bon. Je l'enlève.

Les yeux détournés, Erin lissa son tee-shirt à rayures rouges et blanches. C'était un vieux polo de rugby, un des rares vêtements usés par le temps et les lavages qu'il possédait et il aimait le porter pour être à son aise *à la maison*.

Comme si cette maison représentait son foyer.

Et Owen adorait ce polo.

Erin tira lentement sur son ourlet, dévoilant peu à peu son torse, sa peau douce et pâle. Quand la tête bouclée jaillit, Owen détourna les yeux pour ne pas être pris en flagrant délit d'indiscrétion. Erin frissonna et resserra les bras autour de lui-même : la chambre était fraîche.

— Je me mets dans quelle position ?

Il fallut à Owen un gros effort pour repousser les images très graphiques – et torrides ! – qui lui venaient à l'esprit.

— Allonge-toi sur le côté en me laissant de la place. Je vais m'asseoir derrière toi.

Erin obtempéra et lui présenta son dos. Libre de regarder cette fois, Owen ne s'en priva pas. Il versa un peu de lotion dans ses paumes et les frotta l'une contre l'autre.

— J'aurais dû penser à monter un bol d'eau chaude pour cette huile.

Le sourire d'Erin s'entendit dans sa voix :

— Tes mains vont très vite la réchauffer. Ça va aller. Arrête de te faire du mouron.

Je n'aime pas que les gens souffrent… faillit dire Owen, mais il s'en abstint en se souvenant de ce qu'Erin lui avait dit pour justifier le choix de sa spécialité.

— Je suis juste consciencieux, grogna-t-il. Est-ce un tort ?

Il appliqua ses mains sur Erin et grimaça quand le froid fit tressaillir son patient.

— Ah ! Tu vois !

— C'est rien, juste un réflexe, je suis à la fois frileux et chatouilleux. Et que tu sois consciencieux n'a rien d'un tort, ce qui me semble étrange en revanche, c'est que tu cherches à cacher ce côté de ta nature. Pourquoi refuses-tu d'accepter tes qualités ?

— Eh bien, j'ai été élevé dans la religion luthérienne.

Erin tourna la tête sur l'oreiller et ses yeux se fixèrent sur Owen.

— Écoute, je vais être franc avec toi, Owen. J'ai effectivement l'épaule un peu nouée, mais si je t'ai réclamé ce massage, c'est surtout pour passer un moment en tête à tête avec toi. Je me suis dit que dans ce contexte, ça me serait peut-être plus facile de te parler. Et réciproquement.

Owen se figea et son pouls s'emballa. Il se racla la gorge.

— Ah. D'accord.

Erin referma les yeux et se détendit sous les mains savantes d'Owen.

Une bonne minute plus tard, il reprit la parole :

— Tu as étudié ces documents comptables que Nick m'a remis, tu as compris comme moi qu'une ou plusieurs personnes siphonnaient depuis des années la trésorerie de Ste Anne. J'aurais voulu t'en parler plus tôt, mais Nick tenait au secret tant que nous n'avions pas de preuves.

— Je sais, il m'en a un peu parlé.

Surpris, Erin lui jeta un coup d'œil par-dessus son épaule.

— Vraiment ?

— Oui, mais il n'a pas élaboré. Il est très secret, il ne doit pas aimer étaler au grand jour le linge sale de Ste Anne. Pourquoi abordes-tu le sujet ce soir ?

— Parce que Nick et moi n'avançons pas. Je lui ai remis tes calculs, mais ça ne nous donne pas le ou les noms des coupables, bien que nous soyons à peu près sûrs qu'ils font partie du conseil d'administration. Du coup, j'aimerais m'entretenir avec les membres et les interroger, histoire de savoir ce qu'ils savent.

— Oui, le conseil est certainement impliqué, sinon, ces détournements n'auraient pas pu durer aussi longtemps.

— Nous sommes confrontés à un grave problème. Ces ponctions financières nous empêchent d'embaucher des spécialistes et de créer la nouvelle salle de cardiologie. Quand je pense à tout ce que nous aurions pu faire avec plus de fonds au fil des ans, ça me rend malade ! Je veux démasquer les coupables, bien sûr, mais je veux surtout faire cesser cette hémorragie. Malheureusement, je ne sais pas comment m'y pendre. Et j'ai peur que mon père soit mêlé à cette affaire sordide, avoua-t-il.

Ses épaules s'affaissèrent sous les mains d'Owen.

Owen était stupéfié. Il n'avait pas pensé à cette complication. Focalisé sur la relation conflictuelle entre le père et le fils, il avait occulté leurs liens professionnels.

Il crispa les doigts sur les épaules d'Erin. En étendant un cri, Owen, horrifié, lâcha Erin et s'écarta.

— Eh merde ! Excuse-moi. Je suis vraiment désolé.

— Non, c'est rien… tu ne m'as pas fait mal, tu m'as juste un peu trop serré à un endroit sensible.

Owen lui caressa le dos.

192

— Qu'attends-tu de moi, Erin ? Je ferai ce que je peux pour t'aider. Parle-moi, dis-moi ce dont tu as besoin. Je veux te protéger.

Erin sursauta. Puis il se détendit et Owen reprit son massage.

— Je sais, Owen, merci, c'est très gentil, mais… eh bien, ça me met mal à l'aise. Pour être franc, j'ai beaucoup plus l'habitude d'être seul et ignoré qu'entouré et protégé. C'est pathétique, mais c'est comme ça. Je ne peux pas changer ma nature.

Il était tout crispé, mais cette fois, ce n'était pas dû au squash. Les joues empourprées, il ferma les yeux et enchaîna :

— Je n'ai jamais eu ni ami ni amant.

Avec un sourire, Owen lui passa les doigts dans les cheveux.

— Je vois très bien ce que tu veux dire. Tu sais, avant l'arrivée de Jack, je n'avais en tout et pour tout que deux amis : Jared et Simon.

Toujours écarlate, Erin secoua la tête.

— Je suis une vraie catastrophe en ce qui concerne les relations sociales. À mon avis, c'est pour se moquer de moi que mon père m'a placé aux ressources humaines. Ou alors c'est pour me punir d'avoir résisté pendant des années à ses injonctions de m'intéresser au droit administratif et des affaires. Quand je suis arrivé à Ste Anne, j'étais terrifié, admit Erin avec un énorme soupir. Tu disais avoir apprécié nos disputes, eh bien, moi aussi. Tu t'en prenais à moi sans te soucier du nom que je portais. J'étais si choqué que je ne savais plus quoi faire, du coup, je rendais coup pour coup, et à partir de là, tout est parti en vrille. J'étais certain que tu me détestais.

Owen en eut le cœur serré.

— J'avais un a priori contre toi, je le reconnais, parce que je te prenais pour un clone de ton père, avec les mêmes idées bornées. Mais c'est du passé, tout ça. Et je te l'ai dit, que tu sois puceau n'a aucune importance, tu n'as pas à te sentir gêné.

Erin soupira de plus belle.

— Je ne suis pas resté puceau par choix ! Juste parce que je ne savais pas comment… approcher les gens.

— Et moi alors ? Tu m'as bien approché.

Les doigts d'Owen avaient ralenti sur la peau d'Erin et, tout à coup, le temps s'arrêta entre les deux hommes, comme suspendu.

Erin jeta un coup d'œil par-dessus son épaule.

— Je t'ai fait des confidences. Vas-tu m'en faire aussi ?

Owen recula, pris dans la vague de terreur qui remontait en lui, prête à l'étouffer. Même quand Erin roula sur lui-même, torse nu, les yeux implorants, Owen ne parvint pas à se reprendre. Il avait dit à Jared vouloir tout raconter à Erin, mais en vérité, il n'était pas prêt. Il le constatait alors qu'il se retrouvait au pied du mur.

Pas encore. Pas maintenant. Je ne peux pas.

Il se calma en sentant la main d'Erin sur son genou.

— S'il te plaît… Je voudrais te masser.

Non ! faillit crier Owen. Il déglutit et jeta un regard égaré en direction de la porte.

— Le dîner doit être prêt.

Erin resserra les doigts

— Non, pas encore. Jared a dit quarante-cinq minutes. S'il te plaît, Owen.

Incapable de refuser quoi que ce soit à Erin, Owen n'en était pas moins terrifié.

— Qu'est-ce que tu veux que je te dise ?

— Ce que tu veux. Je viens de te dévoiler mon âme, ce que je n'ai jamais fait avec personne, pas même avec Nick qui est pour moi… presque un ami. Toi, c'est différent. Notre prétendue relation est ce qu'il y a de plus important dans ma vie. Je me sens si seul parfois que ça me coupe le souffle. Au sens littéral… je n'arrive plus à respirer.

Cette fois, Owen eut une réaction sincère :

— Notre relation est réelle désormais !

Erin se recroquevilla sur lui-même.

— Je sais, mais… Je ne demande pas à connaître tous tes secrets, juste quelques confidences pour me sentir… connecté. Oh, laisse tomber, c'est idiot, excuse-moi. Ce que je dis n'a aucun sens.

Owen vacilla et ferma les yeux.

Puis il arracha son tee-shirt et tomba en avant sur son lit, le visage enfoui dans ses bras. Erin se mit à genoux et approcha, il posa les mains entre les omoplates d'Owen.

— Tu… tu veux que je commence par où ?

Emporté par un tsunami interne, Owen se mit à surfer sur la vague.

— Où tu veux. J'aime… le contact. Toucher et être touché par les gens que j'apprécie. C'est un truc à connaître sur moi.

Les mains erraient sur sa peau, un toucher hésitant, mais réconfortant.

— Je ne m'en serais jamais douté avant d'emménager chez toi, chuchota Erin.

— Je ne le répands pas sur les toits ! En fait… en dehors de Simon, qui est presque un petit frère pour moi, je ne touche personne.

— Si, moi. Tu me touches. Beaucoup.

— Je sais. Je suis… heureux que tu me laisses faire.

Owen se tut pendant un moment, mais il était moins nerveux.

— Tu as raison, dit-il enfin. Le massage m'aide à parler. Comment as-tu eu cette idée ?

— Par expérience, j'aime que tu me touches. Ça me détend. Je me suis dit qu'on pouvait changer de rôle.

Pendant quelques minutes encore, Owen tira ses forces du contact d'Erin, puis il s'immisça avec prudence dans les eaux où il craignait de se noyer.

— Quand j'étais enfant, ma mère me frottait le dos aussi.

Il retint son souffle.

Erin continua à masser ses épaules, puis glissa le long de sa colonne vertébrale.

— J'espère que c'est un bon souvenir…

Une réponse difficile. Owen réfléchit à la manière de l'exprimer.

— C'est un souvenir doux-amer. Mais j'aime ton contact.

— Tant mieux.

Une fois encore, il entendit le sourire d'Erin dans sa voix.

Il était perdu en mer, si loin qu'il n'était pas certain de retrouver le chemin pour revenir au rivage. Il finit par décider que le seul moyen à sa portée était de rentrer avec Erin.

— Je t'aime bien. Ça me plaît de t'avoir ici. De t'apprendre le squash. D'aller travailler avec toi. De sortir avec toi. De t'aider. De prendre soin de toi. D'être avec toi. Ça me plaît beaucoup, souffla-t-il.

Les doigts d'Erin tremblaient sur la peau de son dos.

— Comment peux-tu dire ça ? Je suis tellement maladroit ! Je ne te crée que des problèmes !

— Tu es parfait. Je ne te trouve aucun défaut.

Ça aurait dû être un moment d'ouverture et d'acceptation. Owen aurait dû se retourner pour embrasser Erin et peut-être même lui faire l'amour. Mais avant même de sentir le retrait d'Erin, Owen comprit que ça n'allait pas arriver. Erin s'en était déjà expliqué. Il avait du mal à accepter ses qualités et plus Owen lui ferait des compliments, plus Erin se refermerait sur lui-même.

Sauf si tu lui démontres éprouver le même malaise que lui.

Tu veux t'ouvrir à lui, tout lui dire. Tu le lui dois. Et malgré ta peur, tu sais très bien que c'est le bon moment, le meilleur qui soit. Fais au moins l'effort d'amorcer la conversation.

Ravalant sa peur, Owen laissa les eaux se refermer sur lui.

— Quand j'étais jeune, mon père me frappait.

Sans se donner le temps d'analyser la réaction d'Erin, il se contenta d'accepter sa présence comme une ancre dans son naufrage intime. Et il continua à parler :

— Bien entendu, il veillait à ne jamais laisser de traces sur moi, sauf quelques-unes qui ne provoquaient pas de questions. Personne ne s'est jamais douté de rien. Mon père m'a appris aussi à craindre les autres, à ne pas leur faire confiance. De ce fait, il a davantage marqué mon esprit que mon corps. Une fois adulte, quand j'ai fini par comprendre les dégâts qu'il avait causés chez moi, il était trop tard pour espérer changer. Parfois, j'avais envie d'une connexion, mais soit ma main ne parvenait pas à se tendre, soit je me sentais séparé des autres par une paroi de verre incassable.

Encore, va plus profond, creuse encore. Jusqu'où se sentait-il capable d'aller ? Jusqu'au violon ? Il n'en savait rien. Il s'en moquait. Tant qu'il sentait les mains d'Erin sur lui, il pouvait continuer.

Il inspira un grand coup et ajouta :

— Avec toi, j'ai réussi très facilement à tendre la main. Même quand je nous croyais ennemis, même quand je te pensais dans le camp de ton père, je pouvais te parler, t'engueuler, me connecter. En fait, c'est la raison qui me pousse à te trouver parfait. Tu es parfait… pour moi.

Erin eut un léger hoquet et ses mains s'immobilisèrent.

Quand un baiser hésitant tomba sur son épaule, Owen sentit sa peau s'enflammer.

La pièce se mit à tourner, ou peut-être était-ce juste le lit. Owen ouvrit la bouche pour chercher l'oxygène tout en remuant le moins possible, de crainte que le moment s'évapore.

Il chuchota :

— J'ai eu envie de t'inviter à sortir bien avant que tu enchérisses sur moi à la loterie. Depuis le jour de notre rencontre à Ste Anne, je ne vois que toi, tu m'obsèdes. Même quand je ne t'appréciais pas, je pensais constamment à toi.

Erin hésita, puis il se détendit.

— Je te crois, souffla-t-il.

Owen attira la main d'Erin jusqu'à sa bouche et y posa un tendre baiser sur le bout des doigts.

— Tu as raison, parce que c'est la vérité.

Erin se pencha et posa son front sur l'épaule d'Owen, son souffle chaud et erratique lui frôlant la peau.

Après un long moment, Erin déclara :

— Tu pensais à moi, pourtant, tu comptais t'en aller !

Owen tressaillit, surpris par la douleur qu'il perçut dans sa voix. Il lâcha la main d'Erin et roula sur le côté pour le dévisager.

— M'en aller ? Qu'est-ce que tu racontes ?

— Tu parlais de quitter Ste Anne à l'automne dernier.

Oh, oui. Il avait prévu de suivre Jack et Simon avec Jared.

— C'est vrai, mais à l'époque, je te pensais du côté de ton père, alors, je me disais qu'il valait mieux…

— C'est pour toi que j'ai écrit ce mémo, c'est pour te garder que j'ai annulé l'ancien règlement !

Le cœur tambourinant, Owen se retourna et s'assit dans le lit.

Erin se tordait les mains, les joues empourprées.

Owen pensa qu'il avait dû mal entendre.

— Non, corrigea-t-il, les sourcils froncés, tu l'as fait pour que Jack et Simon puissent être ensemble et rester à Ste Anne.

Erin lui jeta un coup d'œil inquiet, puis il baissa la tête.

— Non, je l'ai fait pour toi. J'ai essayé de parler à Simon, mais les mots sont restés coincés dans ma gorge. Je voulais qu'il accepte de mener une liaison discrète avec le Dr Wu, sans faire de vagues. Il a refusé. Pire encore, il m'a rappelé mes devoirs de DRH par rapport au bien-être du personnel. Et là, j'ai réalisé, primo, qu'il avait raison, secundo, que tu ne me respecterais jamais si je continuais à être aussi lâche. Je ne voulais pas que tu partes, j'étais prêt à tout… alors, j'ai écrit ce mémo. Je savais que mon geste rendrait mon père furieux, mais je voulais te montrer ce dont j'étais capable. Pour que tu me voies différemment…

Il continua à se tordre les doigts et ajouta :

— Sauf que mon plan n'a pas marché comme prévu. Tu n'as pas réagi comme je l'espérais…

Erin ne put terminer sa phrase parce qu'Owen le prit dans ses bras et l'embrassa. Son baiser était plein de respect, de révérence. Owen prit le visage d'Erin en coupe et savoura les ondes de choc qui se déversaient en lui suite à cette révélation inattendue.

— Dis-moi… chuchota-t-il contre la bouche d'Erin. Dis-moi ce que tu veux. Je ferai n'importe quoi pour toi. Maintenant, demain, toujours.

Erin s'accrocha aux bras d'Owen et l'attira plus près tout en enroulant les jambes autour son corps.

— Je ne veux plus jamais t'entendre dire que tu pars.

Owen l'embrassa sur la mâchoire et le berça.

— Alors, je resterai.

Erin glissa les mains dans ses cheveux, cherchant la forme de son crâne.

— Je veux aussi que tu me fasses l'amour. Tout de suite.

— D'accord, répondit Owen.

Il déposa une pluie de baisers dans le cou d'Erin.

XI

CE QU'OWEN Gagnon savait faire avec sa bouche devrait être illégal.

Certes, Erin n'avait aucun élément de comparaison, mais ça ne remettait pas en cause sa certitude : Owen était un amant exceptionnel. Ses lèvres glissaient sur sa peau, découvrant une zone érogène après l'autre, et Erin craignit une auto-combustion. Conscient d'avoir accepté d'aller jusqu'au bout, il frissonnait jusqu'aux tréfonds de lui-même en suivant les avancées de la bouche d'Owen sur son corps.

La langue d'Owen joua sur son mamelon érigé.

— Veux-tu que nous fassions comme avec le massage : nous donner du plaisir à tour de rôle ? Ou devons-nous céder à l'impatience et nous caresser en même temps ?

— *En même temps* ? Impossible ! Quand tu me touches comme ça, je ne peux penser à rien d'autre, encore moins agir de façon cohérente !

Owen gloussa.

— Je suis très flatté.

— C'est pourtant la simple vérité. Ah...

La bouche d'Owen se referma sur son mamelon et le suça fort. Erin frissonna et passa les doigts dans les cheveux d'Owen.

Owen caressait son sternum, son abdomen, et glissait vers la ceinture. Sans cesser d'embrasser le ventre d'Erin, il le débarrassa de ses vêtements et les jeta derrière lui.

— Ça va toujours ? demanda-t-il.

Erin hocha la tête, les doigts crispés dans les cheveux d'Owen, plus pour s'y ancrer que pour les caresser.

— Oui, souffla-t-il. C'est parfait.

— Tu comprends mon objectif, j'espère ? Je compte prendre ta queue dans ma bouche.

À ces mots, Erin souleva les reins du lit. Il bandait si fort que c'en était douloureux.

— Euh... oui. J'avais cru deviner. Je ne comptais pas t'en empêcher.

Avec un petit rire, Owen l'embrassa sur la hanche.

— Je t'aime.

Le silence retomba tandis que les mots flottaient dans l'air autour des deux hommes. Tous deux s'étaient figés.

Il a parlé sans réfléchir, décida Erin en son for intérieur, bien que son idiot de cœur batte comme un tambourin. *C'est juste une formule, parle d'autre chose.*

Mais son côté irrationnel – celui qui l'avait poussé à une enchère aberrante – déclara soudain :

— Oh ?

Owen se redressa et approcha son visage de celui d'Erin. Il avait une expression grave, inquiète… sinon, terrifiée.

— Tu trouves que j'ai parlé trop tôt ? Je suis désolé. Et j'ai une autre confession à te faire, une que tu n'auras aucun mal à croire : moi, j'aime vite et de façon inconditionnelle. Tu comprendras sans peine que c'est une raison de plus pour me méfier des gens, car l'expérience m'a appris que l'amour entre de mauvaises mains est une arme terrible.

Erin avait le cœur qui battait dans la gorge, il ne parvenait plus à respirer normalement.

— Les miennes ne sont pas mauvaises. Je veillerai sur toi.

Sans doute son aveu était-il ridicule.

Si Owen le pensait aussi, il ne le dit pas. Il posa juste ses lèvres sur celles d'Erin, scellant un accord muet.

Et sa main, glissant entre leurs deux corps, se referma sur le sexe d'Erin.

Erin s'étrangla. Incapable de réfléchir, il se laissa aller à accepter la caresse, la sensation. Jusqu'ici, Owen l'avait parfois palpé à travers ses vêtements, mais là, peau contre peau, c'était… différent. Magique.

Owen quitta sa bouche et mordilla sa joue, son cou. Il descendit le long du corps d'Erin.

La bouche était si chaude, si… mouillée. Elle atteignit enfin son but et la langue savante joua tout le long du sexe d'Erin, titilla le gland tumescent, plongea dans le méat. Erin avait parfois fantasmé sur une fellation d'Owen, mais ses pensées avaient été éphémères, de simples brumes traversant son esprit. La réalité le secoua tout entier.

Il eut l'impression que son corps se dissolvait en une gelée traversée d'étincelles brûlantes.

Owen montait et descendait, il suçait, il mordillait, il léchait. Les sons, les sensations, les odeurs… Erin subissait une overdose sensorielle. Outre la bouche qui s'activait sur lui, il y avait aussi les mains d'Owen lui maintenant les jambes ouvertes, les pouces à la base de son sexe. Erin hésita à ouvrir les yeux pour regarder, puis y renonça, craignant que ce soit trop. Il était d'ores et déjà prêt à exploser dans la bouche d'Owen, dans sa…

Son orgasme jaillit, irrépressible et brutal, une vague de fond, une marée humide. Il jouit dans un grand cri inarticulé et se vida dans la gorge d'Owen.

Qui sembla trouver ça tout à fait naturel.

Quand Erin retomba sur le lit, Owen se redressa et s'essuya la bouche d'un revers du bras.

— Excuse-moi… commença Erin.

Il s'interrompit en voyant Owen se pencher sur lui avec un sourire satisfait.

— Ne t'excuse pas. Pour moi, c'était super. Et toi ?

Erin n'avait pas de mot pour décrire son expérience.

— J'ai éjaculé très vite, souffla-t-il, le visage écarlate de gêne. Je le fais toujours, c'est plutôt embarrassant. Je ne parviens pas à me contrôler. J'aurais aimé que ça dure, c'était tellement bon et…

Owen posa ses lèvres sur les siennes, sa langue avait un goût de sperme. Erin gémit et se blottit contre son amant. Owen pénétrait sa bouche avec de longs va-et-vient. En même temps, il frottait son bas-ventre au sien. Erin ne bandait pas encore, c'était trop tôt après son orgasme, mais il accepta l'invitation tacite et écarta les jambes.

— Oh mon Dieu ! J'ai l'impression que je vais exploser en un million de morceaux.

Il ferma les yeux, il laissa ses bras tomber au-dessus de sa tête et se cambra contre Owen.

Ce dernier l'embrassa sous l'oreille

— Vas-y, explose. Je suis là pour te rattraper. Je te tiens désormais, je ne te laisserai plus jamais partir.

Tout en parlant, il se débarrassa de son jean et de son caleçon. Une fois nu, il s'étendit sur Erin.

Erin gémit en sentant le sexe de son amant contre le sien. La sensation était si intime qu'il recommença à bander.

Owen surveillait sa réaction.

— Ça va ? Tu n'es pas trop sensible ?

Erin s'accrocha aux épaules d'Owen et hocha la tête.

— Non, non, continue. C'est bon. C'est même parfait.

— Et si je te proposais d'ajouter un peu de lubrifiant et de passer à l'étape supérieure, tu serais toujours partant?

Erin respira un grand coup avant de lancer :

— Oui.

Après avoir oint ses doigts, Owen empoigna la queue d'Erin et se mit à le masturber. Erin en perdit le souffle. Il oublia qu'il n'avait aucune expérience, que c'était gênant... Il oublia même qu'il était avec Owen Gagnon, le seul être sur lequel il avait fantasmé, oui, il oublia tout et s'abandonna aux mains de son amant.

Quand Owen prit sa tête au creux de son bras pour l'embrasser tout en continuant ses caresses, Erin répondit avec enthousiasme. Il ne retenait plus rien. Il souleva le menton et les hanches, s'offrant tout entier. Il ne voulait plus hésiter, plus avoir peur, pas alors qu'il faisait l'amour avec Owen. C'était une occasion trop belle pour la gâcher.

Il ne jouit pas physiquement, mais il éprouva une forte décharge mentale quand Owen se vida sur son abdomen. Enivré, Erin accepta le lent et sensuel baiser post-coïtal d'Owen, puis il attendit sur le lit, alangui et détendu, pendant que son amant passait dans la salle de bain et en revenait avec une serviette humide pour le nettoyer.

Owen l'examina avec un sourire démoniaque.

— Que tu es beau dans la débauche !

Avec un petit rire, Erin passa les doigts dans les cheveux d'Owen.

— Parce que j'ai été débauché par toi. Pour être honnête, tu es le seul à avoir tenté de le faire.

Owen lui mordilla la paume.

— Tant mieux ! Je revendique ce privilège exclusif. Je te débaucherai si souvent que tu n'auras jamais envie d'un autre.

Tu as toujours été le seul à m'intéresser, pensa Erin. Il laissa sa main tomber sur le matelas.

— J'ai hâte de savourer tes efforts, souffla-t-il.

Après avoir jeté la serviette dans un panier à linge à l'autre bout de la pièce, Owen s'étendit à côté d'Erin.

— Reste avec moi ce soir. Si tu acceptes, je te préparerai un petit déjeuner demain matin.

— C'est ce que tu fais toujours !

— Oui, mais cette fois, ce sera un petit déjeuner extra-génial. Et je te l'apporterai au lit.

Erin ouvrit de grands yeux.

— Je n'ai jamais pris de petits déjeuners au lit.

Owen lui flatta le cou.

— Alors, tu restes ?

— Oui, chuchota Erin.

Il se blottit contre Owen et ferma les yeux.

LE PETIT déjeuner qu'Owen lui apporta le lendemain matin était vraiment exceptionnel : soufflé individuel au jambon et fromage servi dans un petit ramequin, crêpes suédoises aux fruits rouges et chocolat chaud. Ce qu'Erin préféra, ce fut de partager un plateau avec son amant. Puis Owen s'amusa à le faire manger et Erin fit pareil, et ils alternaient leurs becquées de baisers.

Du coup, ils faillirent être en retard au travail.

Une fois à Ste Anne, Erin prit l'ascenseur, le sourire aux lèvres. Il ne cessait de toucher son visage et ses cheveux en montant jusqu'à son bureau au second.

Il souriait toujours quand on frappa à sa porte, à onze heures.

Nick paraissait contrarié.

— Jared a tellement insisté que j'ai fini par accepter de jouer au squash avec lui contre Owen et toi. Je savais que tu apprenais à jouer, mais je ne pensais pas devoir m'impliquer aussi.

Erin eut des remords.

— Je suis désolé. J'ai dit à Owen qu'il fallait que je m'entraîne avant d'affronter sur le terrain les membres du conseil. J'ai pensé que ça serait un moyen de mieux les connaître individuellement et peut-être découvrir le responsable des vols.

Nick se frotta le visage avant de se laisser tomber sur le fauteuil en face du bureau d'Erin.

— Ça vaut la peine d'être tenté, admit-il, mais je doute fort que tu réussisses à leur soutirer des informations susceptibles de nous aider.

— Si tu as d'autres idées, je suis preneur. Je ne peux pas les inviter à déjeuner, mon père le saurait et il interviendrait. En revanche, il ne joue pas au squash. En attendant de leur parler, j'ai établi le profil de chacun d'eux, mais je n'en ai pas tiré d'indices flagrants.

— Il est possible que nous ne trouvions jamais le coupable, Erin. Il faudra l'accepter.

— Nick, non! Si nous abandonnons notre enquête, nous ne parviendrons jamais à dissoudre le conseil et ils continueront de bloquer toutes tes initiatives comme ils le font depuis deux ans.

Nick détourna la tête.

— Un jour ou l'autre, ils prendront leur retraite. Nous aurons de nouveaux membres.

— Non, mon père m'a déjà expliqué que chaque membre, avant de se retirer, choisirait un remplaçant et le formaterait à son image. Ils tiennent vraiment à garder la mainmise sur le conseil d'administration. Il ne nous sera pas facile de les en empêcher.

Nick se pinça l'arête du nez.

— Je sais, je sais. Emmanuela ne cesse de me le seriner.

— J'ai toujours bien aimé ta sœur.

— Nous n'avons rien de concret, Erin. Ils ont bien effacé leurs traces. Et ça m'inquiète beaucoup que ton père ne t'ait pas encore contacté. Ça ne lui ressemble pas, donc, c'est louche. Il doit avoir un plan tordu et tisser sa toile sans que je le réalise.

— Si mon père cherche à nous contrer, nous serons deux pour l'affronter.

Il évoqua la réaction de colère d'Owen envers son père et ajouta :

— Nous serons même trois, parce qu'Owen est avec moi.

— C'est censé me rassurer? grommela Nick. Je ne me suis toujours pas fait à l'idée que tu sortes avec lui.

Une image d'Owen, allongé sur le lit, flamba dans le cerveau enfiévré d'Erin, il revit le dos puissant qu'il avait massé la veille, les aveux d'Owen concernant la brutalité de son père…

Il chercha à éluder la question, mais sans trouver.

Ogre. Dragon. Démon. Non, Owen n'était rien de tout ça, Erin connaissait désormais la douceur blessée qui se cachait sous ce rude abord. Il restait hanté par le souvenir d'Owen, allongé sur le lit, parlant de son triste passé.

Moi aussi, je te protégerai.

Il posa la main sur les dossiers devant lui.

— C'est un homme bien. Les gens le jugent de façon injuste.

Nick ouvrit de grands yeux.

— Tu es amoureux! Eh bien, je n'aurais jamais cru que ça arriverait un jour! En tout cas, fais attention à toi. Ne laisse pas ton père s'en prendre à toi. Si tu apprécies Gagnon, profites-en à fond. Et n'oublie pas que je suis là si tu as besoin de moi.

Nick se leva, il brossa son costume et quitta la pièce.

Toute la matinée, Erin réfléchit à ces aroles. Oui, il appréciait Owen, il était bien avec lui, il était… heureux. Il travailla machinalement, ses pensées revenant toujours à l'homme qui les occupait. Il évoqua leurs ébats de la veille, il songea aux jours à venir. Il assista même à une réunion mortellement ennuyeuse en s'amusant à imaginer ce que ferait Owen pour s'y incruster et la rendre intéressante.

Il n'échappa qu'une seule fois à son obsession envers Owen : ce fut en croisant son père dans le couloir. Une fois encore, John Jean l'ignora. Une fois encore, Erin en souffrit.

Il eut beau se dire et se répéter que, d'après Owen, ça n'était pas si grave, il ne parvint pas à combler la vacuité qu'il ressentait.

Il fit de son mieux pour chasser son père de son esprit et se rendit à la cafétéria retrouver son amant.

Il trouva Owen occupé à fusiller des yeux un groupe d'infirmiers et d'aide-soignants qui ne l'avaient pas vu. Étonné, Erin fronça les sourcils : qu'avait fait le groupe pour susciter la colère d'Owen ?

Il dut poser la main sur l'épaule d'Owen pour attirer son attention.

Oubliant ses vis-à-vis, Owen se redressa avec un sourire et désigna la chaise vide à côté de lui.

— Salut, je t'ai réservé une place. Assieds-toi.

Erin, toujours debout, secoua la tête.

— Non, je suis désolé, je ne peux pas rester. Je voulais juste fixer une date pour notre match à quatre. Nick est passé ce matin m'en parler.

— Oh, bien sûr. Eh bien, il faut leur laisser le temps de s'entraîner, alors disons… en avril ? Ça te convient ?

— Bien sûr. J'espère avoir fait des progrès d'ici là. Heureusement, c'est un match amical, pas un vrai tournoi.

— Tu t'en sortiras bien.

Un infirmier éclata alors d'un rire tonitruant, ce qui attira leur attention. Owen se renfrogna derechef.

— Pourquoi les regardes-tu de cette façon ? s'étonna Erin.

— Ils dissèquent les membres du personnel qu'ils n'apprécient pas, grogna Owen.

Erin tendit l'oreille.

— Vraiment ? As-tu entendu des choses intéressantes ?

— Oui, je compte lister ces colporteurs de ragots, mais je n'ai pas encore décidé de leur sanction. Dois-je simplement les terroriser ou les virer par principe ?

Erin ouvrit de grands yeux.

— Les virer ? Tu es fou ? Il n'est *pas question* que j'aie à embaucher leurs remplaçants. Arrête tout de suite avec cette idée loufoque !

Owen pinça les lèvres.

— D'accord. Je vais donc les terroriser.

— C'est mon rôle de DRH. Toi, reste ici et prends l'air féroce si tu y tiens, mais je te défends d'intervenir.

Abandonnant Owen qui marmonnait entre ses dents, Erin avança jusqu'au groupe de bavards en restant à l'abri d'un pilier. Trop occupés à papoter et à rire, ils ne le virent pas arriver.

Erin soupira. Il avait l'habitude des salariés de ce genre, les incorrigibles tire-au-flanc. Il y en avait dans tous les établissements de soins – et ailleurs, sans doute. Ces gens-là en étaient toujours aux blagues estudiantines, aux geignements constants, aux récriminations en tout genre. Ils considéraient le travail comme une corvée à éviter autant que possible et s'agglutinaient en meute avec leurs semblables. Par chance, le personnel de Ste Anne était constitué dans sa majorité de professionnels compétents et efficaces.

Erin était désormais assez près du groupe pour surprendre des bribes de leur conversation. Tous les secteurs de Ste Anne y passaient : infirmières, médecins, administration. Et, timing parfait, une assistante jeta alors un nouveau nom dans la mêlée :

— Et Andreas, hein ? Non mais quel piquet ! Jamais vu un gars aussi raide et guindé ! Je ne crois pas une seconde qu'il sorte avec Gagnon !

Le reste du groupe venait de repérer Erin. Ils tentèrent de faire taire la pipelette. Ils avaient tous pâli.

Le silence retomba. Pesant.

Erin sourit de ce sourire qui était sa marque de fabrique : « rien de ce que vous dites ne peut m'affecter ». Il balaya chacun des présents d'un regard qui cataloguait, enregistrait.

— Bon après-midi. Vous êtes exceptionnellement bruyants.

Il s'arrêta et les regarda remuer sur leurs sièges, gênés et mal à l'aise. Ils avaient tous la tête baissée, pas un ne croisa son regard. Un ou deux envisagèrent un moment de présenter une excuse bidon, puis y renoncèrent, conscients d'être en mauvaise posture.

Erin consulta sa montre.

— Soit vous êtes déjà en retard pour votre travail, soit vous occupez de façon abusive cette table à la cafétéria. Et votre tapage dérange les patients et les clients réguliers. Vous connaissez pourtant le règlement de l'hôpital ! Le Dr Gagnon a enregistré votre conversation des vingt dernières minutes. Il pourra en témoigner. Si vous avez à vous plaindre de vos conditions de travail ou d'un membre du personnel, prenez rendez-vous avec moi pour en discuter. Mais Ste Anne ne tolère ni les calomnies ni les ragots, c'est bien clair ? Ce sera votre seul et unique avertissement. Maintenant, disparaissez ! Et vite, parce que le Dr Gagnon tient beaucoup à vous exprimer son déplaisir.

Ce fut la débandade. Quelques rares courageux jetèrent au passage un coup d'œil à celui qui les fixait depuis sa table, dans le coin.

Puis Erin revint vers Owen.

— Alors, Dr Gagnon, vous êtes satisfait ?

Owen grimaça en montrant les dents.

— J'aurais préféré que tu me laisses en croquer un ou deux. Je n'ai pas déjeuné.

Erin vérifia l'horloge murale. Quatorze heures trente, le service déjeuner était fermé.

— Tu as été pris en chirurgie, j'imagine ? Pourquoi n'as-tu rien prévu à emporter de la maison ?

— Je l'avais fait, mais j'ai oublié ma gamelle sur le comptoir. J'ai été distrait ce matin.

Bien qu'amusé d'avoir ainsi troublé Owen, Erin le toisa sévèrement :

— En clair, c'est de ma faute si tu as l'estomac vide ?

Owen leva les mains.

— Hé, c'est bien toi qui t'es pavané ce matin dans ce nouveau costume gris que je t'ai offert, cette chemise écossaise et cette cravate rose pâle, non ? Dire que ces sinistres imbéciles te trouvent guindé !

Erin soupira, tout en cachant son sourire.

— Je n'ai pas mangé non plus. As-tu le temps d'attendre que je nous commande quelque chose ?

— Oui, si c'est rapide. Kathryn a une parturiente susceptible d'avoir besoin d'une péridurale, la jeune mère est affolée, je suis censé lui parler et la calmer.

Erin tressaillit.

— Elle ne craint pas l'ogre ?

Owen lui fit un clin d'œil.

— Je ne terrorise que le personnel infirmier. Pour les jeunes mères qui espèrent un accouchement sans douleur, je suis le Roi des Drogues Miracles. Elles ne vantent pas ma beauté ou mes bonnes manières – comme pour Jared – ni mon talent à manier le bistouri – comme pour Jack –, mais les mamans nerveuses ont toutes une amie qui leur conseille de ne pas s'inquiéter, parce que le Dr Gagnon veillera à ce qu'elles n'aient pas mal.

Ému, Erin lui sourit.

— Je vais commander chez China Garden. Que veux-tu ?

Owen se leva en agitant les mains.

— Le truc aux nouilles que Jack prend toujours pour Simon. Je ne me souviens plus du nom.

Une chance qu'il n'ait pas trop de travail cet après-midi, pensa Erin.

— D'accord.

Owen lui posa un baiser sur la joue.

— Merci, mon chou.

Erin fit de son mieux pour ne pas rougir. Il restait encore quelques personnes dans la cafétéria.

— Où seras-tu, Owen ? Dans ton bureau ?

— Non, j'errerai sans doute dans les couloirs. Si tu me cherches, suis les cris terrorisés du personnel.

Une femme d'âge mûr qui les écoutait sans s'en cacher ne put retenir un gloussement.

— Pour l'amour du ciel ! marmonna Erin.

En quittant la cafétéria, il décida d'aller interroger Simon pour connaître le nom de son plat de nouilles. Il le trouva au bloc opératoire, occupé à nettoyer les lieux après la dernière chirurgie de la journée.

En voyant Erin, Simon lui sourit et lui fit signe d'entrer.

— Bonjour, M. Andreas. Que puis-je pour vous ?

Erin fronça les sourcils.

— Pour commencer, appelez-moi Erin.

— Non, pas au travail. Ici, j'appelle Owen « Dr Gagnon » et Jared « Dr Kumpel », vous savez. Même Hong-Wei est le « Dr Wu » quand je m'adresse à lui. Je ne tiens pas à ce que les autres infirmiers pensent que j'ai pris la grosse tête en traitant les médecins sur un pied d'égalité.

Il rangea le matériel médical qu'il sortait du stérilisateur et ramassa un instrument dont Erin ignorait le nom.

— Je demandais juste ce qui vous amenait, M. Andreas, insista Simon. Ce n'est pas votre genre de perdre du temps à bavarder. Pourtant, j'aimerais en savoir davantage sur ce match entre Owen, Jared, Nick et vous. Même si Hong-Wei ne l'admettra jamais, il est un peu vexé de rester sur la touche. Du coup, je vais me mettre au squash.

Erin apprécia la perspective de jouer contre Simon et Jack.

— Je suis venu vous demander le nom d'un plat chinois, ces nouilles que Jack commande toujours pour vous chez China Garden. Owen n'a pas déjeuné et la cafétéria ne sert plus. Alors, je vais passer commande.

— *Tsao mi fun*, répondit Simon. En fait, demandez seulement les nouilles sautées du Dr Wu, ça suffira.

Erin décida de prendre la même chose pour lui. Et tout à coup, l'idée lui vint que si Owen n'avait pas eu le temps de manger, ce devait également être le cas de Simon et Jack.

— Si vous voulez, je commande aussi pour Jack et vous.

— Oh, merci, c'est vraiment sympa ! J'avais prévu un en-cas pour Jack et moi, mais j'ai vu un peu court et nous sommes tous les deux affamés. Je vais vous noter ce qu'il nous faudrait.

Il se sécha les mains et récupéra un bloc-notes tout en jetant un coup d'œil à Erin.

— J'aime beaucoup votre tenue.

Erin n'eut aucune difficulté à passer sa commande. Dès que son interlocutrice apprit qu'il connaissait le Dr Wu – et qu'un des plats lui était même destiné –, elle changea notablement de ton. Erin devina que la livraison serait bien plus rapide que s'il avait été un client lambda.

Quelques mois plus tôt, Jack avait sauvé la vie du propriétaire du China Garden [13], depuis lors, il était un héros aux yeux du personnel. Mais même avant cela, il avait eu avec eux un contact très amical. Ils passaient souvent à l'hôpital lui apporter des plats.

Comme prévu, ce fut M. Zhang en personne, le propriétaire de China Garden, qui apporta la livraison. Et le vieil homme fut déçu, même s'il le cacha, que ce soit Erin qui le reçoive au lieu de Jack. *Son anglais s'améliore*, pensa Erin. Jack devait lui donner des cours.

Après avoir remercié le vieil Asiatique, Erin lui donna un généreux pourboire et alla délivrer ses commandes.

---

13 Voir le tome 1 de l'Hôpital de Copper Point, *Les Secrets du Docteur Wu*, même auteur, même éditeur.

Il garda Owen pour la fin, pensant le trouver au salon des médecins. En fait, il était au comptoir des infirmiers, occupé à terroriser le personnel, comme il l'avait promis.

Erin s'approcha en étouffant un soupir.

— Dr Gagnon, voici votre déjeuner. Je suis certain que vous avez mieux à faire que de harceler ces malheureux.

Sans lâcher le bord du comptoir, Owen se tourna vers lui, le regard en partie caché sous ses mèches désordonnées. *Il ressemble vraiment à un ogre parfois*, pensa Erin.

— Comment résister à ma nature, M. Andreas ? Après tout, un sauvage est toujours susceptible de péter un câble à la plus petite provocation. Et il paraît que je suis un monstre... susurra-t-il.

Erin se figea, l'estomac noué. Dès son premier regard au groupe atterré qui tremblait devant Owen, il comprit qu'il ne s'agissait pas d'une simple plaisanterie, Owen répétait ce qu'il venait d'entendre, de surprendre.

Erin déposa le sachet sur le comptoir et toisa les infirmiers avec froideur. Il haussa les épaules.

— J'ai peur de ne pas pouvoir vous aider, Dr Gagnon. Si j'en crois les ragots qui courent à mon sujet, je suis un piquet raide et guindé.

Owen perdit son air mauvais et éclata de rire.

— Je n'ai jamais rien entendu de plus ridicule !

— Eh bien, appliquez ce même mépris à votre cas, Dr Gagnon. Si je ne suis ni raide ni guindé, vous n'êtes ni un sauvage ni un monstre.

Owen planta les coudes sur le comptoir.

— Vous croyez, Andreas ? J'ai comme un doute, je me sens très tenté par quelques sauvageries monstrueuses en ce moment précis. Et ça fait dix minutes que j'attends qu'un de ces pleutres trop bavards me donne une bonne raison de «péter un câble».

Erin désigna le sac posé près d'Owen.

— Je comprends très bien, Dr Gagnon, mais votre repas risque de refroidir, et franchement, ce serait dommage.

Owen feula, un son qui donna à Erin la chair de poule.

— Oui, la tentation est grande. Ajoutez un baiser, mon prince, et je cesserai d'être un ogre.

Erin roula des yeux.

— Non, mais... *ça ne va pas la tête !*

Avec un sourire irrésistible, Owen se pencha et passa le doigt sous la cravate d'Erin.

210

— Allez, quoi ! Tu as versé vingt-cinq mille dollars pour attirer mon attention, tu peux oser un baiser en public.

Erin sentit ses oreilles devenir brûlantes.

— C'est du harcèlement sexuel !

Owen tira sur la cravate, rapprochant Erin de lui.

— Non, j'ai juste envie de toi, chuchota-t-il. S'il te plaît ?

Malgré le regard attentif des cinq personnes derrière le comptoir – et des ragots qui ne manqueraient pas d'être colportés –, Erin fit de son mieux pour oublier ses inhibitions. Il prit en coupe le visage de son ogre et l'embrassa brièvement sur la bouche.

C'était le deuxième baiser qu'ils échangeaient en public, plus un chaste effleurement des lèvres qu'un vrai baiser d'ailleurs, mais quand Owen lui effleura les joues du bout des doigts, Erin sentit son cœur gonfler dans sa poitrine et des papillons danser dans son ventre.

Il entendit des murmures flotter dans le petit groupe et se retrouva transporté dans le passé, au temps où il était en pension.

Tu viens d'être embrassé devant ceux qui t'ont raillé, ceux qui t'ont ignoré. Ton amant est un beau médecin, compétent et puissant. Ton ogre te défendra face à tes agresseurs s'ils osent rire de toi, il leur arrachera le foie pour te plaire. Il t'accompagnera jusqu'à ta salle de classe en te tenant la main.

Il guérira les fissures béantes de ton âme, si tu acceptes son aide. Parce qu'il est parfait pour toi, Erin Andreas.

— Que se passe-t-il ?

La voix sévère de John Jean Andreas atteignit Erin comme un coup physique. Il s'écarta d'Owen.

Tiens. Son père s'était remis à lui parler, on dirait.

Erin ressentit une terreur glacée le parcourir des pieds à la tête, c'était comme s'il venait de recevoir un seau de glaçons, sa peau s'humecta de sueur froide. Un bref instant, il se sentit déconcerté et honteux d'avoir été pris en flagrant délit d'exhibition publique. Et il ne sut pas cacher sa réaction. *Il est mécontent. Il est fâché contre moi.* Formaté par trente-trois ans de dressage, Erin se recroquevilla intérieurement.

Il s'écarta d'Owen et chercha à se fondre dans l'ombre.

Ça ne dura en vérité qu'une seconde ou deux. Il avait à peine reculé de quelques centimètres quand Owen le bloqua en glissant un bras autour de ses épaules. Il affronta John Jean, à l'autre bout du couloir.

Collé à Owen, Erin ne pouvait voir son visage, mais il entendit dans sa voix un sourire létal.

— Bonjour, M. Andreas. Vous voulez savoir ce qui se passe ? J'ai travaillé sans discontinuer et je n'ai pas eu le temps de déjeuner. Erin non plus. Nous allons donc prendre un repas tardif. Voulez-vous vous joindre à nous ?

Oh Seigneur !

Personne ne respirait, personne ne parlait, même pour murmurer. Quelques patients sortirent de leur chambre et jetèrent un coup d'œil dans le couloir. Owen Gagnon et John Jean Andreas se toisaient toujours, aussi glacial l'un que l'autre. La proposition d'Owen n'était pas une invitation courtoise, bien entendu, mais un défi, un gant jeté au visage de son adversaire.

John Jean plissa les yeux.

— Une autre fois, peut-être.

Moqueur, Owen inclina la tête avec un simulacre de salut.

— Ce sera un plaisir !

Une fois le père d'Erin parti, Owen récupéra le sachet et mena Erin – d'une main ferme au creux des reins – jusqu'au salon des médecins.

Erin se laissa entraîner, totalement sonné. Il avait une sensation étrange dans l'estomac, comme si ce dernier s'était détaché de ses autres organes et rebondissait dans son ventre. C'était assez désagréable.

Pourquoi ? se demandait-il. *Pourquoi son père le traitait-il ainsi ?*

Pourquoi infiltrait-il sa froideur dans le bonheur qu'Erin avait espéré trouver ?

Owen le serra contre lui et posa un baiser dans ses cheveux.

— Ne t'inquiète pas. Je te protégerai. Je te l'ai déjà dit.

Erin resta muet, il était incapable de proférer un son. Anéanti et inerte, il se laissa mener par Owen en faisant de gros efforts pour reconstruire ses murs mentaux et afficher un air serein.

Autant qu'Owen soit le seul à savoir qu'Erin était au bord de l'effondrement.

XII

CE SOIR-LÀ, après le dîner, Owen enfila un short et un tee-shirt et descendit au sous-sol, même si ce n'était pas dans son programme classique d'entraînement. Il brancha ses écouteurs, ajusta les paramètres du tapis roulant et se mit à courir, tout en sachant très bien où ses pensées allaient l'entraîner.

John Jean Andreas.

Owen n'avait pas anticipé que le père d'Erin assiste à leur baiser. S'il l'avait fait, il se serait arrangé pour que le spectacle soit plus outrancier encore. Il avait éprouvé un plaisir glacial en protégeant le fils tout en toisant le père.

Gagner, c'était toujours un grand plaisir. *Il fallait bien l'avouer.*

Il essuya la sueur de son front et lutta contre la pente, énergisé par l'adrénaline de la victoire. Il y aurait des représailles, ça ne faisait aucun doute. Jamais un homme comme John Jean ne laissait passer un affront. Owen s'en fichait. Il était prêt.

John Jean n'avait aucune arme contre lui, rien qu'Owen ne soit apte à contrer. L'argent ? Owen avait ce qu'il lui fallait, personne ne pouvait le menacer ou l'acheter. Le pouvoir ? Là encore, il ne désirait rien de plus que ce qu'il avait. Il pouvait protéger ses amis, ou alors ils étaient capables de se protéger seuls.

Viens me chercher, fumier, je t'attends.

Le seul joker de son jeu, reconnut-il en se rinçant dans la douche du sous-sol, c'était Christian West.

Owen était prêt à parier que c'était West le voleur, tout en sachant très bien que sa haine le rendait partial. À ses yeux, West était responsable des pires maux existant de par le monde. Il avait été un ami de son père. Parfois, Owen entendait encore le rire de ce sinistre connard flotter dans le couloir de sa maison d'enfance, tout comme il restait hanté par sa voix basse, la nuit où Christian West avait conseillé à William Gagnon de couvrir ses traces pour ne pas avoir à *laver son linge sale en public.*

Envers West, Owen réagissait de façon trop émotionnelle. Il devait apprendre à se contrôler. Il ne pouvait pas se laisser atteindre si aisément.

Sa priorité actuelle, c'était Erin, Erin qui avait été si secoué aujourd'hui, Erin qui méritait un baiser bien plus ardent que celui qu'il avait reçu devant témoins.

Owen espérait qu'Erin ne lui en voulait pas trop. Ou si c'était le cas, que sa colère éclate en une dispute purifiante.

Mais Erin ne semblait pas en colère. Owen le trouva installé sur le canapé du salon, occupé à regarder avec Jared une émission de relooking. Il était totalement absorbé, les traits crispés par l'enthousiasme. Il n'entendit pas Owen arriver derrière lui et ne réagit qu'en sentant une main sur son épaule.

— Ah, c'est toi. Tu te sens mieux après avoir couru ?

Owen s'installa sur le canapé à côté de lui.

— Oui, merci. Et vous deux, comment vous êtes-vous occupés ?

Erin répondit sans détourner les yeux de l'écran.

— Nous venons juste d'allumer la télé après avoir terminé la vaisselle et rangé la cuisine. Ça te dit de regarder avec nous ?

Owen avait surtout envie de regarder Erin, ému par la passion qu'il manifestait pour cette émission.

Une heure plus tard, quand il annonça qu'il était l'heure de monter, Erin ne protesta pas. Owen lui frotta le cou en disant :

— Nous pourrions commencer par ranger ta chambre.

Il s'attendait à le voir se hérisser, mais ce ne fut pas le cas.

Erin se pelotonna contre lui.

— Je préférerais rester avec toi ce soir, d'accord ?

— Bien sûr.

Owen l'embrassa sur le front, à la racine des cheveux, et l'entraîna dans le couloir vers sa chambre.

Dès qu'il était seul avec Erin, Owen se sentait à nouveau un ado dégingandé dont les membres poussés trop vite n'étaient pas bien coordonnés. Ce soir, pourtant, au premier regard qu'il jeta à son amant, ses doutes se dissipèrent. Erin avait besoin de lui. Il paraissait perdu, renfermé sur lui-même.

Owen le fit s'étendre sur le lit, la tête sur l'oreiller, et se plaça derrière lui, en cuillère, son corps l'enveloppant dans un cocon. De sa main libre, il lui caressa les cheveux, ses doigts lissant les boucles folles. Il adorait cette sensation.

— Parle-moi.

— J'ai froid. Je me sens aussi… à vif, comme si j'avais un couteau planté dans le ventre, mais je ne peux rien faire pour m'en débarrasser, quel que soit l'endroit vers lequel je me tourne. C'est tellement idiot! Je ne sais même pas de quoi j'ai peur! Je ne comprends pas. Je *déteste* cette sensation d'impuissance! C'est comme si je n'avais plus aucun contrôle sur ma vie!

C'est de ça que tu as peur, amour. De perdre le contrôle.

Owen pressa un doux baiser sur la nuque d'Erin, humant l'odeur de sa peau. Il enfouit son nez dans les cheveux d'Erin, appréciant plus encore leur contact, leur parfum. S'il mourait maintenant, son paradis serait les cheveux d'Erin.

Il soupira en fermant les yeux et serra Erin contre lui.

Il faut que tu lui parles, que tu lui dises tout. Il doit savoir que tu le comprends.

Owen était terrifié. Mais cette fois, il était prêt. Il voulait tout avouer.

Par où commencer?

Peut-être devait-il simplement se lancer. À cette idée, il eut la nausée, aussi huma-t-il de nouveau les cheveux d'Erin et mêla-t-il ses doigts aux siens. Tout de suite, il se sentit mieux.

— Je t'ai déjà parlé de mon père…

Respire, tu vas y arriver.

Oui, avec Erin, il pourrait le faire.

— … mais je ne t'ai pas tout dit. La situation à la maison n'était pas terrible quand j'étais enfant, mais ça s'est un peu calmé durant ma dernière année de primaire [14]. À cette époque…

Il déglutit, se raidit et se mit à jouer avec les cheveux d'Erin

— … à cette époque, enchaîna-t-il, ma mère m'a inscrit à des cours de violon. Je les prenais avec un professeur de l'université, mais elle ne voulait pas m'y conduire. Je m'y rendais à pied et je jouais sur place. Un jour, j'ai accepté de monter dans la voiture d'un voisin, elle était furieuse contre moi. Je ne l'ai plus jamais fait.

Il tremblait d'émotion en évoquant ses souvenirs. Sans rien dire, Erin lui caressa le bras. Peu à peu, Owen se calma suffisamment pour continuer.

— Mon père me giflait souvent et mes parents se battaient constamment. Mon père sortait aussi à des soirées organisées par sa boîte. Quand il rentrait, ma mère me consignait dans ma chambre, la porte verrouillée. Elle cachait la clé. Mon père frappait à la porte. J'avais peur. Je

---

14 Le cinquième grade aux USA correspond au CM2 en France

215

voulais qu'il parte. En l'absence de ma mère, j'ai parfois tenté de provoquer mon père, je voulais qu'il me frappe pour ensuite aller voir la police et porter plainte. Il n'est jamais tombé dans le piège. Quand il me laissait des marques, elles n'étaient pas probantes. Ils ont divorcé quand j'étais à l'école secondaire et mon père a quitté la ville. Malheureusement, la situation à la maison ne s'est pas améliorée. Nous faisions semblant que tout allait bien, mais j'avais constamment la sensation d'étouffer tellement l'ambiance était lourde.

Après une courte pause, il reprit :

— Mon seul refuge, c'était le violon. J'avais toujours le même professeur et je jouais à l'université. C'est là que je passais l'essentiel de mon temps, une fois sorti de l'école. J'ai postulé pour des bourses universitaires et j'ai obtenu des réponses positives à chacune d'entre elles. J'ai choisi la meilleure école de musique, une université à l'autre bout du pays. Mon objectif était de quitter définitivement Copper Point. J'étais terriblement impatient que ce jour-là arrive. Mais alors…

Il frissonna et se tut, doutant soudain d'avoir la force de terminer.

Erin leva sa main jusqu'à ses lèvres et l'embrassa. Ensuite, il ne bougea plus. Il attendait, la bouche sur les doigts d'Owen.

Il se concentra sur la chaleur du souffle d'Erin sur sa peau. Il trouva enfin ses mots :

— Deux semaines avant la date limite pour envoyer mon dossier et les fonds à l'université, elle m'attendait quand je suis rentré à la maison. Elle était assise au piano. Elle avait bu. Elle m'a annoncé qu'elle ne voulait pas que je parte. Elle a dit que je lui devais bien ça… de rester avec elle. J'étais en colère, avoua Owen, la gorge serrée. Je ne comprenais plus rien. J'ai refusé d'accéder à sa requête. Et là, elle m'a expliqué que si j'avais eu droit à des cours de piano, si j'avais dû aller à pied jusqu'à l'université, c'était parce qu'en mon absence, elle servait de punching-ball à mon père. Et il ne faisait pas que la battre… il lui faisait aussi… autre chose. Elle m'a tout raconté en détail… je ne pourrais jamais oublier, elle a déchiré mon âme ce jour-là. Bref, c'était le prix qu'elle avait payé mes moments de joie, d'évasion, de réconfort. Et elle comptait que je la rembourse en restant avec elle.

Erin resserra les doigts sur les siens.

— *Owen !*

Owen ne répondit pas à son geste, il était focalisé sur la suite de son récit.

— Le lendemain matin, après avoir dessoulé, elle m'a demandé pardon, mais elle ne m'a pas autorisé à partir pour autant. Elle comptait toujours me garder. En fait, ses excuses n'étaient pas sincères. Elle réalisait, bien sûr, qu'elle n'aurait jamais dû me parler comme elle l'avait fait, mais au fond, elle était soulagée que je sache la vérité. De toute façon, pour moi, le mal était fait. Je savais déjà que je ne toucherais plus jamais à un violon. J'aurais voulu massacrer mon instrument, mais je ne pouvais pas, parce que c'était un cadeau de mon professeur, je me suis contenté de le lui rendre, je lui ai aussi demandé de contacter l'université pour refuser la bourse et annuler mon inscription. J'ai quitté la maison le jour de mes dix-huit, je suis allé à l'université de Madison et j'ai payé mes études en travaillant. Dès que j'ai eu de l'argent, je l'ai envoyé à ma mère pour rembourser mes cours. Elle a cherché à me contacter, je lui ai dit que j'accepterais de la revoir à condition qu'elle suive une thérapie. Elle a refusé et s'est remise à boire. Plus tard, quand je suis devenu médecin, j'ai proposé de payer cette thérapie – elle avait quitté Copper Point à ce moment-là. Elle n'a jamais voulu y aller. Donc, je ne lui ai plus jamais parlé. Et je n'ai plus jamais touché à un violon… jusqu'au soir de la vente caritative. Voilà pourquoi jouer m'est insupportable. Je n'en ai parlé qu'à ma psy. Jared et Simon savent seulement que j'ai vécu un événement traumatique… et que je n'aborde jamais le sujet.

Il pouvait respirer désormais. Alors, il le fit, le nez dans les cheveux d'Erin. Il se sentait mieux. Plus léger. Il berça Erin contre lui tandis que se dissipait l'obscurité de ses souvenirs.

Au bout d'un moment, il prit conscience qu'Erin tremblait dans ses bras. Il lui caressa le dos pour l'apaiser.

— Ça va aller, souffla-t-il.

— C'est à moi de te dire ça! protesta Erin. Pourquoi est-ce toujours toi qui me réconfortes? Ce qui t'est arrivé est tellement horrible!

— Mes parents sont dotés de terribles défauts. Ma mère a fait de son mieux, mais de façon tordue. Elle aurait dû quitter son mari abusif quand j'étais petit et m'emmener avec elle, mais elle ne voulait pas abandonner sa position et son statut. Mon père subissait une terrible pression, ce n'est pas une excuse pour se comporter comme il l'a fait, mais je suis à peu près sûr qu'il a reproduit le schéma de son enfance, parce que son propre père lui tapait dessus bien plus brutalement encore. J'ai fait de mon mieux pour rompre ce cercle vicieux : à l'université, j'ai suivi plusieurs thérapies. Aujourd'hui encore, je consulte ma psy une fois par trimestre pour vérifier que tout va bien dans ma tête. Et j'évite de ressasser un passé qui ne m'apporte que de la souffrance. En fait, j'évite même d'y penser, point barre. Sauf ce soir, parce que je voulais que tu saches tout de moi.

Il enroula ses jambes autour de celles d'Erin.

Erin se retourna et se blottit contre lui.

— Je déteste l'idée que tu aies dû supporter ça tout seul. Elle t'a enlevé si cruellement le violon, la musique, tout ce que tu aimais. Pas étonnant que tu aies eu cet air égaré le soir du concert… Et pourtant, tu es tellement doué, Owen. Je sais qu'il t'est douloureux d'entendre ces mots et je regrette de te blesser, mais je trouve navrant qu'on t'ait volé ton talent, voilà. Si tu n'appréciais pas la musique, ce serait différent, mais tu l'aimais tant autrefois… je le *sais*, je t'ai *vu*. Je me trompe ?

— Non. J'adorais la musique – et c'est là mon problème. En une seule phrase, elle a versé de l'acide sur ma joie, elle l'a détruite, elle s'est assurée que je ne puisse jamais plus en profiter. Le concert de la St Valentin me l'a encore prouvé. Chaque note m'a été un supplice. Et les jours qui ont suivi, chaque fois que j'ai reçu un compliment, j'ai revu le visage de ma mère, ivre, les traits tordus de sadisme pendant qu'elle me décrivait ce que mon père lui avait fait subir en échange de mes heures de plaisir.

Il sentit dans son cou des gouttes chaudes, les larmes d'Erin.

— C'est lamentable ! hoqueta Erin. Comment a-t-elle pu te raconter de telles horreurs ? C'est mal, c'est pervers ! Tu n'aurais pas dû avoir à porter un tel fardeau !

Owen ferma les yeux et se pencha vers lui, emmêlant ses doigts dans les cheveux qui bouclaient sur sa nuque

Tu n'aurais pas dû avoir à porter un tel fardeau !

Les mots résonnaient dans la tête d'Owen. Il avait entendu des paroles semblables dans d'autres bouches, avec des variantes de forme plus que de fond. Pourtant, ce fut le cri du cœur d'Erin qui apaisa son âme meurtrie comme il ne l'aurait pas cru possible.

Il inspira un grand coup et serra son amant dans ses bras.

— Intellectuellement, je comprends qu'elle n'avait pas le droit de faire ce genre de confidences à l'enfant que j'étais. Émotionnellement parlant, c'est très différent.

— Je me souviens du soir où je t'ai vu jouer au manoir, tu étais encore tout jeune et j'ai bien senti que le violon comptait beaucoup pour toi. Elle t'a pris cette joie… délibérément. Cette cruauté mentale est presque pire que la brutalité physique de ton père. Elle était censée te protéger, ce qui rend son geste encore plus odieux. Je ne peux le lui pardonner.

Owen sourit de son indignation.

— Merci. Je te suis reconnaissant de prendre mon parti avec une telle chaleur. Si je t'ai raconté cette triste histoire, c'est en partie pour te faire savoir que je comprends ce que tu me disais tout à l'heure. Parfois, on a peur sans savoir pourquoi. Mais ça n'empêche pas la peur d'être réelle.

Erin frotta d'un geste machinal le tee-shirt d'Owen.

— J'ai peur que mon père t'enlève à moi, souffla-t-il.

— Il ne peut pas. Personne n'a ce pouvoir. Sauf toi. Je ne partirai que si tu me chasses.

Erin enfouit son visage dans la poitrine d'Owen.

— Intellectuellement, je sais que c'est vrai, mais comme tu disais, c'est différent émotionnellement parlant. Alors, j'ai peur, avoua-t-il. Je pensais avoir accepté la façon dont j'ai grandi, mais plus je passe du temps ici, avec vous tous, avec toi en particulier, plus je me rends compte que je me suis menti. Jamais je n'avais reconnu ma solitude avant de te connaître. Je suis devenu vulnérable et ça me terrifie.

Owen lui caressa les cheveux.

— Ton père t'aurait-il privé de choses qu'il savait importantes à tes yeux ?

— Je ne sais pas… Je ne crois pas qu'il l'ait fait de façon délibérée comme tu sembles le penser. Et pourtant… oui, parfois, j'ai eu cette impression. Mais quand même, je n'ai pas vécu la vie d'Oliver Twist ou de Sara Crewe !

Il semblait mal à l'aise, ce qu'Owen comprenait très bien. Lui-même réagissait de la même façon quand on lui parlait du violon – un sujet qu'il ne tenait pas à aborder.

Il s'exprima donc d'une voix très douce :

— Parle-moi de ta solitude. Ou d'autre chose, si tu préfères. Je n'insisterai pas si ça te rend malheureux.

— Je ne sais pas, je n'ai pas gardé beaucoup de souvenirs de mes jeunes années, ni à la maison ni à l'école. Avant mes treize ans, tout est flou, grisâtre… je n'ai que des images décousues, de vagues concepts, des fragments. On dirait ces vieilles bobines des années 1970, qui tournent trop vite avec une qualité de son médiocre. Rien de particulièrement menaçant, mais peu de détails.

— C'est dû à un mécanisme de défense de ton cerveau, déclara Owen. J'ai le même genre d'images saccadées de mes vacances et anniversaires, alors que Simon et Jared se souviennent des leurs avec tendresse et excitation. Mes souvenirs sont vagues et surtout inventés, ce qui est étrange chez moi parce qu'en temps normal, j'ai une mémoire presque eidétique. Ça m'inquiétait d'ailleurs, avant que ma psy m'aide à accepter que si je ne me souviens pas de tout, c'est peut-être aussi bien. D'après ce que j'ai compris, c'est la façon qu'a eue mon cerveau de me protéger. Dans mon métier, je vois souvent de jeunes mères ayant accouché sans anesthésie parler de la douleur de manière abstraite, elles s'en souviennent, bien entendu, mais sans se sentir connectées. C'est dû en partie aux hormones postnatales, en partie au travail du cerveau.

Il ne s'étonna pas de constater qu'Erin semblait peu rassuré de cette explication.

— Alors pourquoi ai-je eu cette réaction aujourd'hui ? Pourquoi repenser à mon enfance, à ma peur de rentrer à la maison en quittant l'école ?

— Je ne sais pas. Mais j'aimerais en entendre davantage.

Erin ricana.

— Sur quoi, ma vie en pension ? Mes vacances à la maison ? C'était pathétique, si tu veux tout savoir. J'ai détesté l'école, où je n'avais pas d'amis, mais au moins, j'étais entouré d'une foule animée et vivante. À la maison, j'étais seul, en silence. Les premières années, j'espérais que mon père finirait par me remarquer si j'avais de bons résultats, je pensais qu'il me féliciterait et m'emmènerait dîner quelque part… mais il n'a jamais rien dit. La seule fois où il s'est occupé de moi, c'était… oh ! J'avais oublié.

Erin s'était figé.

— Quoi donc ? insista Owen.

— Je n'arrive pas y croire ! Comment ai-je pu oublier ? J'ai eu un ami, en fait, il vivait à quelques heures de Copper Point. J'étais si fier de cet exploit que j'en ai parlé à mon père, aux vacances suivantes. Il était furieux, je ne sais pas pourquoi, il m'a ordonné d'oublier ce garçon et de ne plus jamais lui adresser la parole. Peut-être considérait-il qu'il ne venait pas d'une assez bonne famille… J'étais abasourdi, j'ai fait mine de me soumettre, bien entendu, mais j'avais la ferme intention de continuer à voir Benjamin, le seul ami que j'aie jamais eu. Je n'ai pas pu, car Benjamin ne voulait plus de moi quand je suis retourné à l'école. Et j'ai compris que mon père était derrière ce revirement. J'en ai été… dévasté.

Owen le berça contre lui.

— Je suis désolé.

Erin soupira.

— À partir de là, je ne me suis plus confié à mon père. J'ai rencontré d'autres garçons au fil des années, certains ont été amicaux, mais j'étais devenu si parano que je les ai fait fuir. De son côté, mon père m'a présenté des personnes, mais je savais que leur intérêt était acheté, aussi suis-je devenu de plus en plus renfermé et asocial.

Owen comprenait mieux qu'Erin ait eu tant de mal à lui parler lorsqu'ils s'étaient rencontrés jadis à Bayview Park.

Il souleva le visage d'Erin pour l'embrasser.

— Il m'est déjà venu à l'esprit que toi et moi avons tout de deux ados attardés. Nous avons pourtant dépassé la trentaine, mais avec toi, je rajeunis.

Erin sourit.

— Et Ste Anne est notre école, notre terrain de jeu ?

— Pourquoi pas ?

Quand Erin rit, Owen fit pareil. Erin frotta son nez contre le sien pendant que ses mains prenaient le visage d'Owen en coupe.

Le pouls d'Owen s'emballa.

— Nous avons raté pas mal de choses à l'école secondaire. Il nous faut rattraper le temps perdu.

Erin haussa un sourcil.

— Que veux-tu dire ?

— Considère ça comme une cure de jouvence. Qu'est-ce qui t'a manqué à l'école ? Quels regrets as-tu ? Tu en as sûrement. Moi en tout cas, j'en ai toute une liste. J'ai l'intention de réparer ça avec toi.

Erin s'accrocha à la nuque d'Owen.

— Hmm. C'est plutôt embarrassant de le reconnaître, mais je suis très vieux jeu. J'ai toujours rêvé d'un dîner romantique. Je voulais qu'on vienne me chercher en voiture, qu'on m'emmène dans un bel endroit, je voulais être sur mon trente-et-un et sentir battre mon cœur en regardant mon vis-à-vis à la lueur des bougies.

Owen roula sur le dos, Erin calé dans le creux de son bras.

— Je ne vois rien là-dedans d'embarrassant ou de vieux jeu ! Moi aussi je rêvais d'un dîner de la St Valentin. D'après ce que j'ai entendu, c'est interdit de nos jours à l'école secondaire de Copper Point, mais autrefois, les fleuristes apportaient les bouquets dans les classes ce jour-là. Et j'étais le seul qui ne recevait rien. Même Simon et Jared avaient des fleurs de leurs amies filles.

— Et à toi, ils n'offraient rien ?

Owen rit.

— Nous avions fait notre coming out, mais nous n'étions pas suicidaires. Et l'administration n'aurait pas autorisé des gays à échanger des bouquets. Ils auraient eu trop peur que les parents d'élèves se plaignent.

Du bout des doigts, Erin traça la ligne du sternum d'Owen.

— Ce qui me manquait le plus étant ado n'avait rien à voir avec la romance, avoua-t-il. J'aurais aimé avoir un ami et l'inviter à la maison.

— Tu as des amis maintenant : Jared, Simon et Jack.

— Ce sont tes amis, je ne suis qu'une pièce rapportée.

— Alors, tu devrais t'entraîner à faire des choses avec eux sans moi. Peu à peu, ils deviendront pour toi de vrais amis.

— Ça me fait peur.

Owen l'embrassa sur la tête.

— Je sais, mais c'est une peur qu'il te faut combattre. Ton père ne peut rien contre moi. Je te le dirai autant de fois que tu auras besoin de l'entendre. Je ne t'en voudrai jamais d'avoir peur, c'est bien compréhensible dans ton cas.

— J'ai aussi peur que tu te lasses de mes peurs irrationnelles et de ma maladresse.

— Idiot ! Plus tu es inquiet et maladroit, plus je t'aime.

D'un bond, Erin se mit à genoux et enjamba Owen pour s'asseoir sur lui. Il se pencha en avant, planta une main dans le matelas à côté de l'épaule d'Owen et de l'autre, lui caressa le visage.

— Tu n'es ni un ogre, ni un dragon, ni aucun des noms qu'on te donne. Je ne veux plus t'entendre te les attribuer.

Owen eut un sourire un peu triste.

— En ce bas monde, chacun porte sa croix. Tu as la tienne, moi aussi.

Erin tira sur une mèche de son front.

— Si c'est une malédiction, je sais exactement comment t'en libérer.

— Montre-moi.

Owen enroula ses bras autour d'Erin, impatient de voir ce qui allait suivre.

XIII

ÇA FAISAIT longtemps qu'Owen ne s'était pas senti aussi nerveux en se rendant à une séance de thérapie. En route pour Duluth, il s'agita tout le long du trajet, incapable de décider quelle station écouter ou quel livre audio brancher pour lui tenir compagnie. Et bien entendu, le silence de l'habitacle le mit encore plus mal à l'aise.

Dans la salle d'attente, il tripota son téléphone, grimaça en lisant les infos, passa d'un jeu inepte à l'autre, testa des applications sans intérêt. Il eut une moue de dégoût en regardant les couvertures des magazines sur la table basse où s'affichaient politiciens et célébrités.

Quand ce fut enfin son tour d'entrer dans le cabinet de Jeannie, il était stressé et tout tendu.

À son habitude, sa psy ne commenta pas son humeur de chien. Assise sur le canapé, elle l'accueillit avec un sourire. Elle portait l'uniforme qu'il lui avait toujours vu : un cardigan corail, un tee-shirt – aujourd'hui de couleur gris tourterelle – et une jupe fluide aux tons pêche. Ses cheveux noirs encadraient son visage d'un carré parfait. Le bureau était assorti aux teintes de ses vêtements : terra cotta, avec des notes rouge vif et gris. Outre les divers cristaux et autres pierres de guérison judicieusement placés tout autour de la pièce, les murs présentaient des sculptures en bois, des tentures et des cadres avec des citations de sages reconnus. Sur le bureau, Jeannie gardait des photos de sa famille : son mari, ses enfants et petits-enfants, prises aux anniversaires, *quinceañeras* [15] et mariages ; tous souriaient et s'enlaçaient.

Jeannie croisa les mains sur ses genoux.

— Je suis ravie de vous voir, Owen. Prenez une minute pour vous mettre à l'aise, je vous en prie. Voulez-vous une tasse de thé ?

Owen traversa la pièce en direction de la théière.

— Oui, merci. Je m'en charge. Vous en voulez aussi ?

---

15 « Fête des quinze ans », qui marque le passage de l'enfance au statut de femme adulte, célébration traditionnelle de rite catholique des populations latino-hispaniques.

— Volontiers, merci. Le thé herbal se trouve dans la boîte de droite, celle qui est bleue avec des fleurs orange.

Owen trouva plus facile de parler pendant qu'il se concentrait sur le rituel du thé : remplir la bouilloire électrique avec l'eau de la cruche, préparer les tasses et les sachets de thé.

— Il s'est passé beaucoup de choses depuis notre dernière rencontre.

— Bien, je suis impatiente que vous me racontiez tout cela.

Pourquoi suis-je si anxieux ? Owen fixa la bouilloire, en particulier les gouttes de condensation qui se formaient le long de la ligne de remplissage d'eau.

— Je ne sais pas trop par où commencer, dit-il enfin. J'aimerais ne pas revenir sur le passé et en venir directement à ce qui… m'oppresse.

— Bien sûr, comme vous voudrez. S'il y a des points que je ne comprends pas ou quand le contexte me semblera important, je vous le dirai et vous répondrez alors à mes questions. Cela vous convient ?

— Très bien, merci.

Il versa l'eau bouillante dans les tasses qu'il rapporta jusqu'à la table basse. Il prit ensuite place en face de Jeannie.

Il enchaîna :

— J'ai récemment dû jouer en public. Je savais que ça me remuerait, mais je n'avais pas prévu le temps que ça durerait et je ne pensais pas vouloir…

Pris d'une vague de panique, il se tut, le souffle coupé, et fixa sa tasse.

Sans le toucher, Jeannie se pencha en avant et dit d'une voix très douce :

— Owen, *vouloir* quelque chose ou vouloir *faire* quelque chose, c'est tout à fait normal. Pourquoi vous l'interdire ? Vous êtes en sécurité ici, vous pouvez tout me dire. Prenez votre temps et parlez lorsque vous serez prêt, je vous écouterai.

Owen ferma les yeux, il inspira un grand coup et expira lentement, concentré sur l'air qui sortait de sa bouche. Les mots qui bouillonnaient dans sa tête le terrorisaient, mais il ne voulait plus enterrer son ressenti.

Il serra donc les mains sur ses genoux et avoua dans un murmure presque inaudible :

— J'ai envie de jouer.

À peine ces paroles sorties de ses lèvres, son estomac se tordit. Il eut une nausée, la bile lui remonta dans la gorge. Il respira plusieurs fois pour se contrôler.

Ensuite seulement, il enchaîna :

— Oui, je veux jouer pour lui… pour Erin.

Cet aveu le bouleversa. Il sentit des larmes couler et lutta pour retenir ses sanglots et la souffrance qu'il portait en lui.

Je veux jouer pour Erin. C'était la première fois qu'il l'admettait à haute voix. Jusque-là, il y avait seulement eu cette émotion qui le déchirait de l'intérieur, cherchant à ouvrir une porte qu'il tenait à garder verrouillée.

Je veux jouer pour Erin.

Il soupira. Son souffle devint erratique.

La voix de Jeannie se fit caressante.

— Bravo, je sais combien cet aveu vous a coûté. Je suis très fière de vos progrès, Owen. Que vous vouliez jouer, même si ce vœu reste conflictuel, c'est une étape majeure. J'espère que vous le comprenez. J'espère aussi que vous considérez cette avancée comme une réussite.

Elle lui tapota la main et ajouta :

— Maintenant, j'ai une question, bien entendu. Qui est Erin ?

Par où commencer ? se demanda Owen.

Il sourit en répondant :

— Il a enchéri vingt-cinq mille dollars pour moi à la loterie des célibataires de l'hôpital.

— Mon Dieu ! On ne voit pas un tel geste tous les jours, c'est certain. Serait-il provocateur, cet Erin ?

Provocateur ? Non, la plupart des gens ne penseraient pas à Erin de cette façon. Pourtant, en y réfléchissant, Owen admettait que la définition pouvait lui convenir.

— Il est… très obstiné si nécessaire. Et décidé aussi, il sait assumer ses responsabilités. Mais sous ce masque froid, c'est un homme très tendre, très seul. Il aime se croire autonome, mais à mon avis, il a besoin de compagnie, bien plus qu'il le pense. Il sait tenir sa part dans un débat, j'adore nos prises de bec ! Il sait me remettre à ma place quand je dépasse les bornes et ne recule jamais, quelle que soit mon humeur.

— Et il vous a donné envie de vous remettre au violon ?

Dans un autre contexte, avec une autre personne, Owen aurait très mal pris cette question. Avec Jeannie, il l'accepta, tout simplement.

Il prit une gorgée de thé et hocha la tête.

— Oui. Je lui ai parlé de mon père, vous savez, il était en colère pour moi, mais quand je lui ai raconté ce que ma mère avait fait, il s'est… transformé. Il était en colère aussi, mais surtout bouleversé. J'ai cru qu'il allait se ruer vers elle et me venger. Il a trouvé son attitude encore pire que celle de mon père. *Elle n'aurait jamais dû t'infliger ce fardeau*, a-t-il dit.

— Je comprends mieux pourquoi il vous a fait forte impression. Et maintenant, vous voulez jouer pour lui. Est-ce parce qu'il vous a permis de dépasser votre traumatisme passé ?

— Non, je… je ne pense pas. Erin a vécu une enfance très différente de la mienne, mais sur certains points, il y a des ressemblances. Son père – c'est l'actuel président du conseil d'administration de l'hôpital – était à la fois distant et autoritaire, Erin a grandi solitaire. Quand il m'a raconté son passé, ça a créé un lien entre nous. C'est la raison pour laquelle j'ai envie de jouer pour lui. Je me sens en sécurité avec lui.

Jeannie se redressa, les yeux écarquillés.

— Attendez. Si son père est le président du conseil… Erin serait-il le DRH dont vous ne cessiez de vous plaindre ?

Owen baissa la tête et esquissa un sourire penaud.

— Exactement.

Il vida son sac et raconta à Jeannie les soupçons d'Erin et de Nick concernant un détournement de fonds, sa participation à lui, l'emménagement d'Erin chez lui, leurs soirées en tête-à-tête, l'évolution de l'ambiance au travail, le quatuor de Ram et la raison pour laquelle il avait été entraîné à jouer pour la soirée…

Ce fut une véritable logorrhée verbale, une catharsis à effet libérateur.

Et Jeannie l'écouta sans jamais l'interrompre, en sirotant son thé.

Quand il se tut enfin, elle commenta :

— Vous aviez raison, il s'est passé beaucoup de choses depuis notre dernière rencontre. Revenons-en, si vous le voulez bien, au quatuor et à votre envie de jouer. Quand vous en avez parlé, au début de notre entretien, c'était comme un secret honteux que vous aviez envie d'oublier. Désormais, vous semblez prêt à explorer cette possibilité.

— Vous croyez ?

Owen ouvrit de grands yeux. Il reconnut cependant qu'il y pensait sans paniquer.

— Je ne compte pas accepter la demande de Ram et le laisser transformer son quatuor en quintet, déclara-t-il.

Après une pause, il rectifia :

— En tout cas, pas tout de suite. La perspective de toucher à un violon m'est encore… difficile. Je veux juste jouer pour Erin.

— Très bien. Commençons par là. Imaginez que vous jouez pour lui. Vous avez le choix de l'endroit, du moment, de votre tenue à tous les deux… Que ressentez-vous ?

Owen ferma les yeux et essaya de faire apparaître la vision.

— C'est très intime, chuchota-t-il. Il n'y a que nous deux. Mais ça ne se passe pas… pas chez moi. Je ne tiens pas à entendre les échos de la musique résonner plus tard dans les pièces où je vis… C'est trop tôt.

Il se vit debout, le violon serré contre lui. Erin, assis, le regardait. Il était bien habillé.

— Nous sommes tous les deux en smoking, ajouta Owen. L'ambiance est feutrée, élégante. Il y a des bougies et des sièges tapissés en rouge lie-de-vin. C'est une belle soirée. On se croirait dans un conte de fées.

— C'est effectivement très beau. Vous êtes bien ?

Oui. Et même mieux encore, il était heureux, à sa juste place. C'était pour lui un premier pas vers la guérison totale.

Troublé, Owen vida son thé tiède.

— Oui, je vais le faire. Je vais nous trouver un salon privé et créer cette belle soirée dont j'ai eu la vision. Je vais jouer pour lui. Je veux que ce soit parfait, pour lui autant que pour moi.

— Vous paraissez très décidé.

Effectivement, il n'éprouvait plus aucune hésitation. Oh, ça ne durerait sans doute pas, mais autant profiter du moment.

— Je vais devoir m'entraîner, emprunter un violon. Donc, je vais devoir me confier à quelqu'un.

— Avez-vous des personnes dignes de confiance dans votre entourage ?

Owen pensa à ses fidèles amis et sourit.

— Oui.

— Parfait. Bien, vous avez un objectif et un plan. Tout va bien ?

Avant de répondre, Owen étudia un moment ce qu'il ressentait. À sa grande surprise, son compas émotionnel était au beau fixe.

— Oui, répondit-il avec conviction.

MERCREDI MATIN, alors qu'Erin prenait tranquillement son petit déjeuner en faisant le point sur sa journée, Owen déclara soudain :

— Je veux fêter la St Valentin le week-end prochain avec toi !

Sidéré, Erin posa sa fourchette.

— Le week-end prochain ? Mais nous serons le 13 avril ! Je te signale que la St Valentin est passée depuis longtemps.

— Je sais. C'est justement mon problème. Nous avons raté une des plus belles occasions de l'année pour sortir ensemble. Je veux rattraper ça. Comme deux ados de l'école secondaire !

— Le 13 avril ?

Erin sentit qu'il y avait anguille sous roche : Owen était plus que nerveux. Il semblait… inquiet.

— Oui. Je veux passer une soirée spéciale avec toi. Je ne suis pas d'astreinte le week-end prochain et j'ai déjà réservé un chouette endroit. Je l'espère, en tout cas.

Un peu affolé, Erin se tourna pour lui faire face.

— Owen, tout va bien ?

— Très bien ! Et même mieux encore.

Owen prit son visage en coupe et posa un baiser sur ses lèvres. Quand il se redressa, il ajouta :

— N'oublie pas de te libérer samedi soir, d'accord ? Et prévois une chouette tenue !

Sans vouloir en dire plus, il s'éclipsa. Et il prenait sa voiture aujourd'hui, seul, parce qu'il avait « un truc à faire », déclara-t-il avant de disparaître.

Une fois à l'hôpital, Erin ne revit pas Owen de la journée. Il s'en étonna. Même quand le planning chirurgical était chargé, Owen trouvait toujours un moment pour passer le voir.

Oui, il y avait manifestement anguille sous roche, mais Erin ne perdit pas de temps à tenter de résoudre cette petite énigme. Il se concentra plutôt sur ses priorités : trouver une tenue adéquate pour un dîner romantique de la St Valentin. Et un cadeau !

Oh, Seigneur !

Owen lui avait bien offert trois nouveaux costumes et plusieurs cravates, mais Erin ne considérait pas ces vêtements « de travail » comme étant romantiques. Du coup, il n'avait rien d'original à porter. Et comme il ne connaissait rien à la mode, il s'affola à l'idée de faire des courses seul.

Quant à devoir acheter un cadeau, c'était encore pire. Il était d'ores et déjà certain qu'il allait prendre le pire qui soit, comme chaque fois qu'il tentait d'acheter sur Internet. C'était comme si tout son bon sens disparaissait dès qu'il se connectait. Mieux valait sans doute se contenter d'un cadeau banal, pensa-t-il.

Pour sa tenue, ça restait un problème. Il ne pouvait commander sur Internet et être ridicule.

Le jeudi, Erin quitta l'hôpital de bonne heure et passa voir Rebecca à son cabinet. Il la supplia de l'aider.

Elle déposa une pile de dossiers sur son bureau et lui jeta un regard amusé.

— Je n'arrive pas à trancher sur ce qui me surprend le plus. Que nous soyons devenus le genre d'amis qui font du shopping ensemble, que vous me pensiez capable de choisir vos vêtements ou qu'Owen décide de fêter la St Valentin avec deux mois de retard.

En y réfléchissant, Erin était tout aussi choqué.

— Je ne saurais vous dire ce qui est passé par la tête d'Owen. Quant à mes achats, j'avais bien envisagé de réclamer son aide à Simon, mais je sais qu'il me soumettrait à une véritable inquisition. Alors…

Il termina avec une grimace.

Elle haussa un sourcil.

— Et vous me pensez moins curieuse que lui ?

— Euh, oui.

Elle sourit de plus belle.

— Très bien, dans ce cas, je ne serai pas indiscrète. J'aimerais juste savoir pourquoi, quand vous prévoyez des achats, c'est à moi que vous pensez pour vous assister.

D'un geste ample, Erin désigna la tenue de la jeune avocate, à la fois professionnelle et colorée.

— Parce que vous avez du style, répondit-il en toute honnêteté. Et que vos vêtements vous ressemblent. Moi, je suis terne. Owen ne peut plus supporter mes anciens costumes gris uniforme. J'aimerais porter quelque chose… d'approprié pour l'occasion, si vous voyez ce que je veux dire. Je suis certain que vous sortez très souvent.

— Je suis lesbienne, rappela Rebecca.

Il refusa de se laisser distraire.

— C'est sans importance, vous avez du flair, vous êtes toujours superbe, même en vêtements décontractés. Je ne réclame ni un miracle ni une cure de jouvence. Juste un nouveau costume et quelques conseils pour me débrouiller seul la prochaine fois. Il y a aussi autre chose…

Il déglutit et tiraille sur sa cravate. Après avoir reçu l'aval de Nick, il était prêt à se confier à Rebecca, mais il restait nerveux.

— Voilà… ça concerne le conseil de Ste Anne.

229

Le regard de Rebecca s'aiguisa. Elle soupira et croisa les bras.

— Je vois. C'est intéressant. Vous avez de la chance, ma femme travaille tard ce soir et je viens de terminer ce dossier. J'aurai donc le temps de faire du shopping.

Ils tombèrent d'accord sur une heure et décidèrent que Rebecca passerait chercher Erin chez lui, de préférence avant le retour de Jared et d'Owen afin d'éviter les questions.

ELLE ARRIVA à l'heure dite. Il sortit aussitôt et la rejoignit. Il s'installa avec un soupir soulagé sur le siège passager.

Rebecca le regarda attacher sa ceinture de sécurité.

— Vous avez changé depuis que vous avez emménagé avec Owen. J'en suis ravie. Cette relation vous sied. J'avoue qu'au début, j'avais des doutes, mais Owen et vous êtes nettement plus détendus ces derniers temps.

— Ma vie n'est plus la même, c'est certain, déclara évasivement Erin.

Il cherchait toujours la meilleure façon d'aborder le problème du conseil, tout en en révélant le moins possible sur leur enquête financière, comme il l'avait promis à Nick, quand Rebecca, à son habitude, attaqua sans prendre de gants :

— Vous disiez vouloir me parler du conseil d'administration, je présume que vous avez découvert vous aussi que les comptes étaient truqués ?

En voyant Erin se figer, elle eut un petit rire et ajouta :

— Hé, vous ne vous doutiez pas que, moi aussi, j'allais me poser des questions ? Cette histoire pue le poisson pas frais. Je n'ai jamais connu d'hôpital qui tourne avec un cash-flow aussi limité alors que, depuis des décennies, les rupins de Copper Point font des pieds et des mains pour siéger à son conseil. Et j'ai bien noté leur opposition massive à l'arrivée d'outsiders dans mon genre, vous savez. Au début, j'ai pensé à un simple cas de racisme doublé de misogynie, et bien que ça explique en partie leur antagonisme à mon égard, il y a davantage. Dès le premier jour, j'ai senti qu'ils cachaient des magouilles. Alors j'ai souri, j'ai fait semblant de rien et je me suis mise à creuser. Quand j'ai vu Nick mettre la main sur les mêmes dossiers que moi, je me suis dit « pas trop tôt! » Malheureusement, ils l'ont repéré aussi, ils l'ont dans le collimateur. J'ai tenté de détourner leur attention sur moi, mais ils ont l'habitude d'attaquer sur plusieurs fronts. Ce n'est pas la première fois qu'ils ont à se protéger.

Erin avait le vertige. Du coup, il ne savait plus par où commencer. Ainsi, Rebecca avait eu des soupçons elle aussi ? En y réfléchissant, ça n'avait rien d'étonnant. Excellente avocate, elle n'habitait à Copper Point que depuis son mariage avec Kathryn, la gynécologue de Ste Anne. Pour elle, ces vols étaient sans doute du menu fretin.

Erin décida de s'assurer que Rebecca et lui étaient bien sur la même longueur d'onde.

— Nous avons effectivement la preuve qu'il manque des sommes énormes et que les ponctions durent depuis des années, mais nous ignorons encore l'identité du ou des coupables. Auriez-vous des pistes à nous proposer ?

— Malheureusement non ! J'espérais que vous trouveriez des réponses dans les dossiers que vous avez empruntés. Vous les avez passés au peigne fin, je présume ? insista-t-elle, les sourcils levés.

— Oui, mais pas tout seul.

Il expliqua qu'Owen, après être tombé par hasard sur ses notes, avait résolu sans difficulté la partie mathématique du problème sur lequel il s'arrachait les cheveux. Sous l'effet de la stupeur, Rebecca manqua brûler un feu rouge. Elle se reprit à temps et eut un rire moqueur.

— Oh, Kathryn ne va pas me rater ! Depuis le premier jour, elle ne cesse de me répéter qu'il faut en parler aux hommes. À Owen, en particulier, parce qu'il a un don pour les chiffres. De toute évidence, elle avait raison.

— Pourquoi avoir refusé son avis, si je peux vous poser la question ? Ils travaillent à l'hôpital.

Elle eut un sourire qui fit frissonner Erin.

— Parce que je préférais impliquer le moins de monde possible dans cette enquête. Je sais à quelle vitesse les rumeurs se propagent dans une petite ville. Plus un secret est partagé, moins il est possible de le garder. Tôt ou tard, il y a des fuites. D'ailleurs, dès que j'ai compris que Nick et vous fouiniez aussi, j'ai cessé de le faire, pour ne pas interférer dans vos progrès. À mon avis, c'est à vous deux de gérer Ste Anne. Vous devriez être vice-président, Erin, et Nick devrait avoir plus de pouvoir de décision. Croyez-moi, je serai à vos côtés le moment venu, mais en attendant, je préfère vous laisser gérer cette affaire, pour que ce soit votre victoire et que vous en retiriez le bénéfice. Au final, j'en profiterai aussi, d'ailleurs.

— Rebecca, je vais vous engager pour devenir mon avocate !

— Pourquoi pas ? Je dirai à ma secrétaire de vous envoyer une facture et les documents d'usage à signer.

Elle mit son clignotant et se dirigea vers un parking.

Une fois garée, elle annonça :

— Nous y voilà. Nous allons commencer par Engleton.

Il n'y avait que deux magasins de prêt-à-porter à Copper Point, Chez Engleton et une enseigne de grande chaîne située dans la galerie marchande d'un centre commercial en perte de vitesse, de l'autre côté de ville. Erin faisait la plupart de ses achats sur Internet, ou lors de ses déplacements ou de ses visites à sa mère. Il n'était jamais entré chez Engleton ni à la galerie commerciale.

Une fois dans la boutique, il se sentit rassuré. C'était plus grand qu'il n'y paraissait de l'extérieur, plus moderne aussi. L'espace était partagé en trois, les vêtements femmes à gauche, les vêtements hommes à droite et les chaussures au fond. L'éclairage était tamisé et les murs marron glacé donnaient une aura d'élégance à laquelle Erin ne s'attendait pas. Les rayons, bien achalandés, invitaient les clients à explorer.

Erin sursauta quand un jeune éphèbe aux cheveux ensoleillés et aux yeux d'un bleu irréel s'approcha de Rebecca, les bras ouverts, un grand sourire aux lèvres.

— Rebecca ! Quel plaisir de vous voir ! Je commençais à craindre que vous ayez porté votre attention chez mes concurrents. Comment allez-vous, ma chère ?

Elle lui rendit son étreinte chaleureuse, puis recula d'un pas.

— Bien, je travaille beaucoup, j'ai donc moins le temps de faire les magasins. D'ailleurs, je ne viens pas pour moi…

Elle désigna Erin et enchaîna :

— Je vous présente un nouveau client, Erin Andreas. Il a une soirée romantique samedi et il aimerait faire bonne impression.

Erin eut à peine le temps de rougir, car le vendeur reportait déjà son attention sur lui.

— Enchanté, M. Andreas, je suis très heureux de vous accueillir dans notre magasin. Je suis Matthew Engleton, le fils du propriétaire. Je vais m'occuper personnellement de vous. Suivez-moi, voulez-vous ?

Malgré son aspect éthéré, Matthew était une force de la nature, Erin le réalisa très vite.

Quarante minutes plus tard, il passait à la caisse avec un énorme tas de vêtements, deux paires de chaussures et plusieurs paires de chaussettes fantaisie. Il avait suivi les conseils avisés de Matthew pour ses nouveaux achats, bien que le style soit très différent de ce dont il avait l'habitude.

Et en plus d'habits décontractés, il avait également acquis une « chouette tenue », plusieurs chemises habillées et trois nouvelles cravates qui, d'après lui, plairaient à Owen.

Erin n'avait donné qu'une consigne à Matthew :

— J'aimerais un peu plus de couleur.

Les articles étaient d'excellente facture, aussi ne tiqua-t-il pas en réglant la note plutôt élevée, bien que nullement déraisonnable. En vérité, il payait bien plus cher les vêtements de moindre qualité qu'il achetait dans les boutiques préférées de sa mère.

Rebecca avait réservé une table pour deux dans un restaurant, non loin de là. Ils s'y rendirent à pied. Erin la suivit dans un état second.

Elle attira son attention d'un coup de coude.

— Vous avez trouvé ce que vous vouliez, non ? Pourquoi cette mine sombre ?

— Oui, c'est parfait. Je me sens juste… un peu dépassé.

— Matthew est un excellent vendeur. Son père possède la boutique, mais il s'est mis en semi-retraite et laisse volontiers les rênes à son fils. En vérité, les affaires allaient plutôt mollement avant que Matthew n'apporte quelques changements de style et de décoration.

Elle se frotta les mains et ajouta :

— Vous avez ce qu'il vous faut pour samedi, nous avons évoqué le conseil de Ste Anne, y a-t-il autre chose en suspens ?

Erin secoua la tête.

— Non, mais je tiens à vous inviter, c'est la moindre des choses après le service que vous m'avez rendu.

Elle accepta avec un sourire et poussa la porte du restaurant.

— Après vous, M. Andreas.

Erin eut un petit rire en passant devant elle.

OWEN COMPRIT vite que pour emprunter un violon, il devait s'adresser à Jack. Il trouva une occasion de lui parler seul à seul, le jeudi, après une opération.

— Tu aurais un moment à m'accorder ? Juste toi et moi, c'est privé.

Il craignit que Jack réclame des explications, mais ce ne fut pas le cas. Le chirurgien lui jeta un coup d'œil avant de répondre :

— D'accord, je t'envoie un texto dès que j'ai une plage libre.

Le soir même, selon les consignes du texto reçu, Owen se rendit chez Jack et Simon. À son arrivée, il demanda :

— Où est Simon ?

— Il aide sa mère à collecter des fonds à l'église. Il ne rentrera pas avant deux heures, donc, nous sommes seuls.

Owen ôta ses chaussures – une règle absolue – et les posa sur le tapis au bas de l'escalier.

— Merci.

— De rien.

D'un mouvement de tête, Jack désigna la cuisine et ajouta :

— J'ai préparé du café. Tu en veux ?

— Oui, merci. Noir, avec un demi-sucre.

Jack eut un sourire ironique.

— Je n'ai pas oublié.

Les fiancés vivaient dans un beau duplex joliment aménagé, non loin de la maison de Jared et d'Owen. Le premier niveau en *open space* comportait un très grand salon et une salle à manger ouvrant sur la cuisine. Owen avait passé de très agréables moments à cette table, à savourer la cuisine de Simon et Jack, ou à cuisiner avec eux. Même s'il détestait l'admettre, leurs couteaux étaient d'une qualité supérieure aux siens et leurs appareils ménagers *up to date*.

Il vit le violon de Jack dans le salon, sorti de son étui et accroché à un pupitre, l'archet posé à côté. Les deux médecins s'assirent sur le canapé et sirotèrent leur café en silence. Owen s'agitait, nerveux. Jack, lui, ne bougeait pas, il attendait patiemment.

Son calme aida considérablement Owen à se détendre. Bien qu'amis, Jack et lui étaient un peu rivaux depuis l'arrivée du chirurgien à Ste Anne. Owen s'était souvent dit que s'il avait connu Jack à l'école secondaire, il aurait passé son temps à tenter de le battre, scolairement parlant, tout en le défendant si besoin était.

Ironiquement, dans le seul domaine où il pensait avoir les meilleures chances, il n'était pas tenté de concourir.

Lassé du silence qui s'éternisait, Owen finit par lâcher :

— Je voulais savoir si… tu accepterais de me prêter ton violon.

Jack haussa un sourcil.

— Je vois. Et tu préfères que ça reste un secret, je présume, sinon, tu n'aurais pas demandé à me rencontrer seul ?

Pourquoi Owen avait-il tant de mal à contenir sa nervosité ?

— Un secret, oui, pour le moment. Je veux faire une surprise… à quelqu'un.

Il passa la main dans ses cheveux. Ses doigts tremblaient.

— C'est difficile pour moi de recommencer à jouer, reprit-il d'une voix cassée. Tu ignores mon histoire… et je doute que tu cherches à me l'arracher, ce que j'apprécie. J'aimerais que tu me prêtes ton violon et aussi que tu me donnes des conseils. Et bien sûr que tout ça reste entre nous.

— Je ne t'interrogerai pas, bien entendu, et je garderai ton secret, même vis-à-vis de Simon. J'espère juste que tu lui parleras toi-même, parce qu'il tient à toi, tout comme Jared et moi.

Il sourit, se tut un moment, puis reprit :

— Mais des conseils ? Owen, tu n'en as pas besoin. Je t'ai entendu jouer l'autre soir, tu es bien meilleur musicien que moi – ce qui me navre ! – même si tu n'as pas joué depuis des années, même quand tu es bouleversé. Qu'attends-tu de moi au juste ?

Owen avait les yeux rivés sur les profondeurs d'encre de son café.

— À la soirée caritative… chaque note m'a coûté un morceau de moi, je les sentais s'arracher et tomber sur le sol. Je n'ai mis dans mon jeu ni plaisir ni passion, juste du chagrin et une très ancienne terreur. Quand j'ai reçu des compliments sur mon jeu, chaque mot a été pour moi un coup de hache en plein cœur. Je ne tiens pas à ressentir ça quand je joue, mais je ne sais pas comment l'empêcher. Toi, tu ne connais pas mon passé, donc, tu n'auras pas pitié de moi pendant que j'essaie de me débarrasser de ces sentiments négatifs. Tu es un excellent musicien et un bon ami. J'aimerais que tu me fasses oublier mes terreurs afin de jouer dans de meilleures conditions.

Pendant tout le temps où il parla, Jack resta assis à écouter avec attention. Ensuite, il hocha la tête.

— Bien sûr, je t'aiderai de mon mieux.

Il serra ses longs doigts autour de sa tasse et précisa d'une voix plus sèche :

— Et même si je connaissais ton histoire, Owen, je n'aurais pas pitié, comme tu dis, au contraire, je respecterais ton combat et je ferais de mon mieux pour l'honorer tout en t'aidant à avancer.

C'était étrange. Au fond, Owen le savait déjà, mais entendre Jack prononcer ces mots à haute voix, comme un vœu, lui réchauffait le cœur et comblait en partie les trous béants qu'il avait à l'âme.

Il eut un sourire apaisé.

— Un jour, peut-être, je te raconterai tout.

— Et je serai prêt à t'écouter chaque fois que tu en ressentiras le besoin. Au fait, je te prête mon violon à une condition.

Surpris, Owen haussa un sourcil.

— Oh ? Laquelle ?

Jack lui lança un regard sévère.

— Je tiens à participer à votre tournoi de squash.

Owen éclata de rire.

— Deal.

— Parfait, je veillerai à entraîner Simon avant le match. En attendant, on y va ?

Il tendait la main vers son violon.

Owen posa sa tasse et se leva.

— Bien sûr.

XIV

LE SAMEDI soir, Owen passa chercher Erin à dix-neuf heures pétantes.

À plusieurs reprises, Erin avait protesté qu'il était ridicule de «passer le chercher» alors qu'ils résidaient dans la même maison, mais Owen avait refusé d'en démordre.

— C'est une question de tradition, répétait-il.

Que cette obstination en soit la cause ou pas, Erin l'ignorait, mais il était dans un terrible état de nerfs alors qu'il attendait Owen dans l'entrée de la maison, guettant la voiture par la fenêtre. Il portait une des tenues que Matthew l'avait aidé à choisir et s'était trouvé plutôt présentable dans le miroir en pied de sa chambre. Maintenant, il commençait à en douter.

Il avait à la main son cadeau dans un sac et se désespérait d'avoir été aussi banal. Il touchait aussi constamment la poche de son manteau, où l'autre cadeau était caché, sans trop savoir lequel des deux il allait offrir à Owen.

Il vit enfin la voiture s'arrêter devant le trottoir. Il ouvrit la porte.

Owen montait déjà les marches deux par deux pour l'intercepter avant qu'il sorte de la maison.

— J'étais censé frapper!

Owen l'examina des pieds à la tête et sourit.

— Tu es superbe! ajouta-t-il.

— Merci. Toi aussi.

Erin s'étonna qu'Owen ait boutonné son manteau. La température était douce, il allait avoir trop chaud. Erin ouvrait la bouche pour en faire la remarque quand Owen se pencha pour l'embrasser.

Dès que les lèvres fermes dévorèrent les siennes, Erin ne pensa plus à rien.

— Merci pour les fleurs, chuchota Owen contre sa bouche. Elles sont magnifiques.

Oh, oui! Dans son émoi, Erin avait fini par oublier les fleurs. Mais dans la matinée, Owen avait dû se rendre à la maternité de Ste Anne pour aider une parturiente de Kathryn, et Erin en avait profité pour lui faire livrer des fleurs à l'hôpital.

Gêné, il passa la main sur ses cheveux.

— Je suis content qu'elles te plaisent. Nous ne sommes plus à l'école, mais je me suis dit qu'à l'hôpital, ça ressemblait un peu.

— C'était *parfait*. Elles ont été déposées sur le comptoir des infirmières avec mon nom sur l'étiquette et ça a été le principal sujet de conversation de tout le personnel ce matin. Apparemment, personne n'avait imaginé qu'on puisse m'envoyer des fleurs ! J'étais d'une fierté rare en récupérant mon bouquet pour le porter dans mon bureau !

Erin en rougit de plaisir.

— Je suis content, répéta-t-il avec un sourire.

Il regrettait juste de ne pas avoir assisté à la scène. Doté d'une bonne imagination, il tenta de la reproduire mentalement. Il était encore plongé dans ses fantasmes quand il monta dans la voiture.

Owen lui tendit un bandeau.

— Je vais te le mettre.

Retombant sur terre, Erin eut un mouvement de recul.

— Un masque ? Pourquoi ?

— Parce que tu ne dois pas savoir où je t'emmène avant d'y être.

Il fit glisser le bandeau sur la tête d'Erin.

— Mais… oh, je ne vois plus rien !

— C'est le but !

Erin effleura le tissu noir, puis il attacha sa ceinture de sécurité à tâtons. Owen l'y aida.

Quand Owen démarra, Erin s'accrocha à sa portière avec un petit rire chatouillé.

— J'ai l'impression d'être kidnappé.

Owen lui prit la main.

— Bien sûr que non ! J'aime beaucoup ta tenue. Tu es allé chez Engleton ?

— Comment le sais-tu ?

— Je reconnais le style de Matt. J'approuve. Mais la prochaine fois, laisse-moi venir avec toi, d'accord ? J'aimerais beaucoup faire du shopping avec toi.

Erin sentit son cœur s'emballer.

— D'accord.

Même s'il avait voulu deviner où Owen l'emmenait, ça n'aurait pas été possible. Être aveugle le déconcertait trop. Il se sentait flotter. Sa seule ancre dans l'obscurité, c'était la main d'Owen serrée sur la sienne.

Puis Owen le lâcha et se gara. Il coupa le moteur.

— Ne bouge pas, d'accord. Je fais le tour pour venir te chercher.

— D'accord.

Erin ne toucha pas à son bandeau, il avait compris que pour Owen, ce n'était pas un jeu. C'était important.

La portière s'ouvrit. Owen lui prit le coude.

Erin résista.

— Attends ! Il y a un sac à mes pieds. Prends-le, veux-tu ? Et ne regarde pas.

Il entendit le bruissement du papier.

— Qu'est-ce que c'est ? demanda Owen, curieux.

— Ton cadeau pour la St Valentin. Tu n'auras droit de l'ouvrir que quand je serai libéré de ce bandeau.

Il sursauta quand Owen déposa un baiser sur sa joue.

— Tu es adorable. Allez, viens. J'ai hâte de t'offrir ton cadeau.

Erin s'agrippa au bras d'Owen en marchant sur le parking goudronné.

— Mon cadeau est très banal, tu sais. Je ne savais pas quoi t'offrir.

— Il vient de toi, c'est tout ce qui compte, répondit tendrement Owen. Attention aux marches, elles sont un peu hautes.

Erin cessa de parler et s'étonna effectivement de trouver sous ses pas des marches en bois un peu branlantes. Sa vue étant occultée, ses autres sens étaient aux aguets. Son cerveau lui envoyait aussi des images familières. *Il reconnaissait cet escalier !*

Erin sourit. Il était déjà venu. Son pas se fit plus assuré.

Où était-il au juste ? se demanda-t-il. Même s'il faisait partie d'une des plus anciennes familles de Copper Point, il connaissait peu les principaux édifices de la ville. Alors d'où lui venait cette extrême familiarité ?

Il comprit dès qu'Owen ouvrit la porte. L'odeur de la maison le frappa comme un coup de butoir, lui coupant le souffle. Vieux meubles, cire d'abeille, de très légers relents de moisi… pour le meilleur ou pour le pire, Erin avait connu cette fragrance toute sa vie.

Il était au manoir Andreas.

Owen l'avait ramené chez lui.

Il resserra ses doigts sur le bras d'Owen et réussit à respirer, mais pas à parler.

Owen lui passa un bras autour de la taille et posa un baiser sur sa tempe.

— Nous serons seuls. J'ai loué le manoir pour la nuit.

Erin avançait sur des jambes de plomb.

— Mon… mon père… ?

Owen lui frotta le dos.

— Il s'est absenté pour quelques jours. Rappelle-toi. Et Diane n'est pas là non plus. Nous pouvons rester toute la nuit, mais si tu n'en as pas envie, nous partirons quand tu veux.

Erin ne comprenait plus rien. Que se passait-il ? Il voulut ôter son bandeau, Owen l'en empêcha.

— Attends encore un peu, s'il te plaît. Fais-moi confiance.

Erin céda, bien entendu. Que pouvait-il faire d'autre ? Il laissa Owen l'entraîner à l'intérieur du manoir.

Il était chez lui, dans la partie musée de la maison. Et il était entré par la grande porte. Depuis quand n'avait-il pas gravi les marches de devant, ouvert la lourde porte et pénétré dans sa demeure comme le fils des propriétaires ? Il n'en avait aucune idée. Il l'avait fait enfant, mais c'était si loin que ses souvenirs étaient brouillés, il entendait pourtant vaguement le bruissement de la jupe de sa mère qui le conduisait de pièce en pièce pour jouer.

Qu'allaient-ils faire au manoir ? Pourquoi Owen l'avait-il loué ce soir ? Qu'avait-il…

D'une main très douce, Owen le libéra de son bandeau. Brièvement, Erin oublia l'odeur du manoir Andreas, ne pensant plus qu'à celle d'Owen, légèrement poivrée, et un soupçon de musc et de vent.

Ébloui par le brusque retour de la lumière, il cligna des yeux pour ajuster sa vision

À ce moment-là, Owen s'écarta. Pour la deuxième fois ce soir, Erin perdit le souffle. Il pressa la main contre ses côtes pour garder son cœur à sa place.

Owen avait changé le manoir.

Tout au moins le salon, la pièce dans laquelle ils se trouvaient maintenant, la seule pièce qu'Erin voyait. Si Owen avait aussi rendu vie aux autres pièces, Erin n'était pas certain de survivre.

Oh, Owen n'avait rien fait d'irrémédiable, Diane ne serait pas horrifiée, les meubles anciens n'avaient pas bougé, les tentures en damas non plus.

Owen avait juste exposé sur les tables les trésors qu'Erin gardait dans sa chambre : souvenirs d'écoles, anciennes réalisations artistiques, projets scientifiques, médailles qu'il avait gagnées, photos de classes datant d'une époque où il essayait encore de se faire des amis, collection de pierres amassées un été où il s'était senti particulièrement seul…

Les bibelots habituels avaient été enlevés, les vieux fauteuils aussi anciens qu'inconfortables étaient drapés des couvertures et oreillers de la chambre d'Erin, de coussins venant de la maison d'Owen. Et partout, il y avait des bougies, de minuscules bougies à piles installées dans tous les coins et recoins, leur lumière vacillante donnant à la pièce sinistre une lueur réconfortante. Au-dessus de leurs têtes, des centaines de guirlandes lumineuses formaient un doux filet blanc vaporeux.

Ce n'était plus un froid salon de musée. C'était une tonnelle magique où Owen invita à Erin à entrer.

Le cœur battant très fort, Erin fit un pas en avant.

Il nota la nervosité d'Owen, qui le conduisait jusqu'au canapé et l'incitait à s'asseoir. Owen veilla à son confort en amassant des coussins derrière son dos, en posant une couverture sur ses jambes.

Sans laisser à Erin le temps de parler, il se lança :

— Tu disais ne plus jamais entrer dans la plus jolie partie de ta maison, alors j'ai pensé t'offrir cette opportunité d'en profiter, entouré des souvenirs qui te tiennent à cœur. Un dîner nous attend dans l'autre pièce, mais c'est ici que je tenais à t'offrir la seconde partie de ton cadeau.

Erin faillit lui demander s'il avait également modifié la salle à manger, puis il décida la question idiote. Bien sûr qu'il l'avait fait !

— Qu'est-ce que c'est ?

Il chercha son sac.

— Oh, j'ai aussi mon cadeau.

Il était gêné que son cadeau soit d'une si piètre originalité par rapport à celui d'Owen.

Owen leva une main tremblante.

— Je l'ouvrirai après, si tu veux bien. Il me faut… un effort de concentration pour continuer. Ne me laisse pas perdre courage.

Il esquissa le geste de passer ses doigts dans ses cheveux, puis se reprit et se frotta le cou. Quand il se débarrassa enfin de son manteau, Erin ouvrit de grands yeux.

— Tu as mis un smoking ? Avec une queue de pie ? Pourquoi ne pas m'avoir demandé de porter le mien ?

— Tu es magnifique tel que tu es. Pour moi… c'est un uniforme.

Quand Owen s'approcha pour lui embrasser le bout des doigts, Erin devina son appréhension. Son incompréhension changea alors d'objectif.

— Owen…

Owen se redressa.

— Ne bouge pas s'il te plaît. Je n'ai pas fait ça depuis dix-sept ans.

De l'autre côté de la pièce, une petite porte de service s'ouvrit et, à la grande surprise d'Erin, Jack Wu apparut. Lui aussi était en smoking queue de pie. Il avança jusqu'au piano et s'assit sur le banc. Les deux hommes se regardèrent, un échange muet passa entre eux dans le silence assourdissant du salon. Ensuite, Jack et Owen hochèrent en même temps la tête.

Fasciné, Erin se demanda ce qui allait se passer.

Owen se pencha et sortit un violon de derrière le piano. Il le cala sous son menton.

Émerveillé et incrédule, Erin se redressa soudain, un coussin serré contre sa poitrine.

Owen lui sourit.

— C'est pour toi, Erin. Rien que pour toi.

L'air commença au piano avec de doux arpèges. Erin crut reconnaître une chanson pop, mais il cessa d'en chercher le titre dès qu'Owen se mit à jouer. Il arrachait à son violon des sons purs, bouleversants, captivants. Son jeu reflétait sa personnalité.

Si beau. Si totalement et douloureusement beau.

Erin ne connaissait pas grand-chose à la musique ni à ce qui rendait un jeu bon ou mauvais, mais même lui était capable de reconnaître l'incroyable virtuosité d'Owen, le contrôle qu'il avait sur son instrument, l'intensité des sons qu'il en tirait. Parfois, il jouait si doucement qu'Erin retenait son souffle pour ne pas perdre une note. Parfois, sa puissance faisait vibrer les murs. Erin devina qu'Owen interprétait très librement l'air originel.

Erin remarqua aussi l'étrange accord du violon avec le piano, soit en symbiose, soit en simple accompagnement. D'après lui, c'était pour Owen une façon de raconter son histoire. Et bien qu'il aime à rivaliser avec Jack, ce soir, il laissait le chirurgien mener le jeu.

Le plus remarquable, bien entendu, était qu'Owen se soit délibérément remis à jouer. Et ce soir, il ne semblait pas en souffrir. Non, Erin l'entendait, la musique apportait à Owen du plaisir, de la joie.

À la fin de la chanson, il se leva et se dirigea vers Owen, il se jeta dans les bras de son amant.

Quand il recula, Owen était agrippé à son violon, une expression impénétrable sur le visage. Erin fit de son mieux pour la déchiffrer. Était-ce de la douleur ? De l'angoisse ? De la déception ? Du soulagement ? De la joie ? Ou un mélange trop compliqué à nommer ?

Erin posa la main sur sa joue, très doucement, pour ne pas briser le charme.

— Owen ?

Est-ce que ça va ? Mon chéri, mon amour, ça va ?

Une seule larme glissa le long de la joue d'Owen.

Erin lui aussi avait les yeux humides.

— Ça m'avait tellement manqué, murmura enfin Owen. Ça fait toujours mal, mais… ça m'avait tellement manqué.

Erin commençait à comprendre. Cette partie du cadeau n'était pas pour lui, du moins pas complètement. C'était aussi le cadeau qu'Owen n'osait pas se faire. Erin évita donc de se répandre en compliments, ce n'était pas le bon moment. Il se contenta de presser un tendre baiser sur le front d'Owen.

— Tu mérites de jouer chaque fois que tu en as envie, Owen, chuchota-t-il. Tu mérites d'être heureux. Ce qu'elle t'a dit n'a plus d'importance.

Tout tremblant, Owen posa le violon sur le piano et enroula ses bras autour Erin.

Erin croisa alors le regard de Jack. Le chirurgien se leva, hocha la tête et disparut par la porte d'où il était entré.

Seul avec Owen, Erin se fondit dans ses bras.

— Tu mérites d'être heureux, Owen Gagnon, déclara Erin d'une voix plus forte. Personne n'a le droit de t'en empêcher.

Owen laissa alors couler ses larmes et s'écroula, assis par terre. Erin s'agenouilla à ses côtés, sur le tapis persan, contre le pied du piano. Il serra son amant brisé contre sa poitrine et le berça avec des mots sans suite. Il posa la tête sur les cheveux ébouriffés d'Owen et ferma les yeux, inhalant les parfums troublants du manoir Andreas et d'Owen Gagnon.

Au fond de son cœur, il prononça d'autres mots tout aussi ardents : *oui, Owen, tu mérites d'être heureux. Et moi aussi.*

OWEN N'AVAIT pas prévu de s'effondrer comme ça.

Il n'avait pas eu de visuel spécifique à la fin de sa performance, mais se retrouver le cul par terre à pleurer dans les bras d'Erin n'était certainement pas dans sa liste des probabilités. Pourtant, il ne pouvait nier que les mots d'Erin lui avaient fait un bien fou : *tu mérites d'être heureux.*

Une phrase toute simple. Pourquoi était-elle pour lui une telle révélation ? Pourquoi des paroles basiques qu'il aurait très bien pu dire à autrui l'avaient-elles transpercé si profondément ? Elles lui avaient coupé les jambes, au sens littéral, le vidant de ses larmes jusqu'à épuisement.

Peu à peu, il se calma et prit conscience du fait qu'Erin lui caressait doucement ses cheveux.

— Tu te sens mieux ?

Owen leva la tête et s'essuya les yeux d'un revers de la main.

— Oui. Merci.

Erin sortit un mouchoir de sa poche et lui tamponna les yeux. Il agissait avec un parfait naturel, comme s'il était normal qu'un adulte s'effondre ainsi dans ses bras.

— Merci d'avoir joué pour moi, chuchota Erin. Et merci d'avoir aménagé le salon. C'est la première fois que quelqu'un a envers moi un geste aussi adorable. Tu es un vrai charmeur, Owen Gagnon !

Owen ouvrait la bouche pour répondre quand il aperçut quelque chose pointer de la poche d'où Erin avait sorti son mouchoir.

— Qu'est-ce que c'est ?

Erin baissa les yeux et devint écarlate.

— Ton cadeau.

Étonné, Owen fronça les sourcils.

— Je pensais qu'il était dans le sac que j'ai sorti de la voiture.

— Ce cadeau est idiot. Je ne savais pas si je devais te le donner. J'ai changé d'avis.

Erin lui tendit un paquet fin et plat enveloppé de papier de soie rouge. Dès qu'Owen l'eut dans les mains, il comprit :

— Des chaussettes !

Mais pourquoi Erin avait-il eu un doute ?

Owen ouvrit le paquet et son cœur se serra : les chaussettes étaient imprimées de minuscules violons.

— Tu as déjà toutes sortes de chaussettes, chuchota Erin. Mais pas celles-ci.

Il pressa son genou contre celui d'Owen.

— Je les adore !

Owen se pencha et ôta ses souliers. Il se débarrassa des chaussettes qu'il portait et commença à enfiler celles qu'Erin venait de lui donner.

Les sourcils froncés, Erin regardait la paire qu'il avait ramassée.

— Des chaussettes *noires* ? Dis, tu es sûr que tu es le vrai Owen Gagnon ?

— J'avais un concert ce soir. C'était une soirée sérieuse.

Owen tendit les jambes et admira ses pieds en remuant les orteils.

— Géniales ! déclara-t-il. Où les as-tu trouvées ?

— Sur un site Internet, elles viennent du Canada. Je les ai fait envoyer à l'hôpital.

Owen l'embrassa longuement sur les lèvres.

— Merci. J'adore mon cadeau. Bien, avant de passer à table, j'aimerais que tu me fasses visiter le manoir.

Erin sourit.

— Bien sûr.

Owen avait déjà fait le tour au moment de signer le contrat de location, mais avec Diane, ça ne comptait pas. Il tenait à voir la maison en compagnie d'Erin. Il constata très vite la différence. En passant de pièce en pièce, Erin ne s'attardait pas sur la valeur des meubles ou leur contexte historique, il évoquait ses souvenirs d'enfant.

— Là, c'est l'entrée. Autrefois, elle était simple et fonctionnelle, sans toutes ces antiquités. La pièce a toujours eu du chien. Quand j'allais à l'école catholique de Copper Point, je déposais mon sac sur un joli banc ancien placé dans cet angle. Ma mère l'a pris quand elle est partie. Personne ne s'asseyait jamais dans le salon, les sièges sont précieux et très inconfortables. Nous nous tenions plutôt dans la salle à manger pour les grandes occasions et dans ce petit salon les autres soirs. Quand le musée a contrôlé le manoir, ils ont enlevé nos meubles modernes et remis des antiquités. La pièce est désormais dédiée aux personnalités de Copper Point. C'est pourtant là que je regardais des dessins animés étant petit. Le parc était beaucoup plus grand aussi, ils en ont bétonné une partie pour créer un parking. Nous avions une gouvernante formidable, qui était aussi une excellente cuisinière. Elle était très gentille avec moi. Elle m'apporterait à manger dans ma chambre en cachette, bien que mes parents insistent pour que je ne mange que dûment assis. Tu veux que je te montre mon ancienne chambre ? Elle ne ressemble plus à ce qu'elle était, bien sûr, mais si ça te dit.

— Oui, volontiers.

Owen le suivit, très étonné. Il découvrait une facette d'Erin qu'il avait ignorée jusqu'à ce jour et il n'osait parler de peur de rompre le charme.

Erin se hâta dans l'escalier principal, entraînant joyeusement Owen derrière lui.

— La chambre a été refaite depuis, mais de mon temps, elle était rose. Ma mère espérait une fille. Et bien que tu n'aies jamais fait de remarques – c'est très gentil de ta part –, c'est ce qui explique que mon prénom prête à confusion.

— Pourquoi ne pas avoir pris la version masculine ?

— Il est toujours difficile de suivre le processus de pensées de ma mère. Je crois qu'elle avait un autre nom prévu pour une fille, mais quand je suis né, elle a opté pour un prénom équivoque. Ah, nous y voilà !

Il ouvrit une porte dans le couloir du premier étage. La chambre, très grande, avait effectivement été refaite, comme le reste du manoir, dans les couleurs sombres de fin d'époque victorienne, avec de lourds rideaux. Sur le mur du fond, devant la grande baie vitrée, une méridienne était garnie d'élégants coussins.

Erin y jeta un regard attendri.

— Je passai mon temps à lire dans ce recoin. J'y jouais aussi, ou j'admirais la vue sur la baie. Le panorama donne sur l'horizon. Parfois, je suivais pendant des heures le passage des navires. C'était tellement paisible !

Owen nota la mélancolie qui s'affichait sur son visage, il comprit alors qu'Erin rêvait de rentrer chez lui. Cette révélation l'obséda tout le reste de la visite.

Voilà pourquoi Erin n'avait toujours pas déballé ses valises et ses cartons dans la maison d'Owen, pourquoi il laissait un désordre délibéré aussi bien dans l'ancienne chambre de Simon que dans sa mansarde dans le grenier du troisième. Que ce soit conscient ou pas, Erin chérissait ses souvenirs dans ce manoir – et il tenait à y retourner.

Non, pas dans le manoir-musée, il voulait retrouver la maison familiale qu'il avait connue étant enfant.

Ils s'assirent enfin dans la salle à manger et Owen servit le plat de lasagnes et le pain à l'ail qu'il avait gardés au chaud dans le four.

La salle à manger restait froide et sans âme malgré ses efforts de décoration : des bougies, des photos trouvées dans la chambre d'Erin et celles – fort rares – prises depuis qu'Erin vivait avec lui. Il étudia les photos, y cherchant d'autres indices sur le passé d'Erin.

— Ça devait être chouette de grandir ici, observa-t-il. Tu as dû être triste de quitter ta maison pour étudier au loin.

Erin avala ses pâtes et se tamponna la bouche de sa serviette.

— Oh, non, j'ai toujours su que j'irais en pension un jour ou l'autre, même si je n'avais pas prévu que ça arrive si tôt. Quant à grandir ici, eh

246

bien, il y avait de bons moments… mais pour être franc, mes parents ne s'entendaient pas du tout. En y réfléchissant, ils sont restés ensemble plus longtemps qu'ils n'auraient dû. Ma mère a regretté son mariage et le fait d'être mère bien avant de s'en aller. Ce qui lui plaisait, en revanche, c'était de jouer à la dame du manoir. En grandissant, chaque fois que je les écoutais s'envoyer des piques, je me disais qu'ils seraient bien plus heureux chacun de leur côté. Ma mère me supporte mieux en tant qu'adulte, mais elle reste égoïste, versatile et capable de dire les pires cruautés sans y prêter attention. Quant à mon père, malgré ce que les gens pensent de lui, il est sensible et prend tout à cœur. Je pense qu'elle l'a fait beaucoup souffrir.

Était-ce l'ambiance familière qui permettait à Erin de parler aussi calmement de son père ?

Bien que tenté de se taire, Owen ne put s'empêcher de dire :

— Ton père est un odieux tyran. Il a toujours cherché à t'écraser.

Erin se contenta d'en rire.

— C'est vrai. Mais comme il était le seul parent qui me restait, je faisais tout mon possible pour gagner son approbation. Le problème, c'est que physiquement, je ressemble à ma mère. Je devais la lui rappeler. Et comme elle était manipulatrice et volage, il se méfiait de moi tandis que j'espérais vainement recevoir un compliment de sa part. C'est bien triste. Nous avons joué nos rôles dans un vaudeville digne de Broadway. Lin-Manuel Miranda devrait nous mettre en musique.

Owen avait du mal à accepter que John Jean puisse être vulnérable.

— Ton père est généralement considéré comme un homme manipulateur et calculateur, tu es au courant, j'imagine ?

— Oui, et je suppose qu'il l'est, d'une certaine façon. J'ai du mal à décider qui avait le plus de torts, lui ou ma mère. La mémoire a le don de fausser les souvenirs, non ? Il suffit qu'un père te sourie une fois, qu'il te tienne la main et te dise que tu es brillant et qu'il a hâte de voir l'homme que tu deviendras pour que tu passes des années à te repaître de cet unique compliment sans voir que ledit père est devenu un parfait étranger. C'est pathétique !

Il joua avec le fromage dans son assiette avant de reposer ses couverts. Owen mit un moment à réaliser que le silence était retombé.

Il s'arracha péniblement aux souvenirs qu'il avait de son géniteur et releva la tête :

— Si mon père a un jour été gentil, j'ai oublié, marmonna-t-il. En fait, j'ai tout occulté de mon passé, aussi bien la noirceur que les vagues éclairs de lumière.

Dans la pénombre, Erin avait un visage adouci, un sourire teinté de mélancolie.

— Et tu le regrettes? Ou tu en es satisfait?

— La plupart du temps, je n'y pense pas. Je n'ai pas agi délibérément, ça s'est fait tout seul, une fois que j'ai compris que je ne les reverrais jamais. Si l'un d'eux se pointait aujourd'hui et tentait de réparer ses torts, je préférerais ne pas le recevoir. Les voir pendant des années m'a collé des crises de panique et ma psy m'a aidé à comprendre que pour me protéger, je pouvais dire non. Je ne veux plus les voir, c'est plus sain pour moi. C'est pourquoi mon cerveau a effacé le maximum. Je n'ai pas *oublié* mes parents, mais les détails sont devenus flous. Je me souviens surtout de la tension, de la douleur, de mon inquiétude constante de ce qui allait se passer. J'étais en pleine crise d'orientation sexuelle et tout autour de moi ce n'était que fureur et confusion. J'ai enfin trouvé la joie et la libération dans la musique, alors, en être privé a failli me détruire. Et ça, je ne peux l'effacer, quoi que je fasse.

Erin posa sa serviette et rapprocha sa chaise afin de mettre sa main sur la cuisse d'Owen.

— J'aimerais pouvoir te libérer de cette douleur.

— Et je déteste penser à ta solitude, au peu de souvenirs que tu gardes de ta jeunesse, au fait que tu te sois si souvent senti seul et invisible dans ta pension… C'est ton père qui t'a peu à peu condamné à faire partie du décor au point qu'on te distingue à peine des tentures.

Erin passa le doigt sur le nez d'Owen, sans le regarder dans les yeux.

— Malgré tout, je ne peux renier mon père. Est-ce que tu m'en veux?

Owen pesa la question en jouant avec un morceau de pain.

— Non. Je ne te comprends pas, mais je ne t'en veux pas. Ce que je crains surtout, c'est que tu coures après une illusion en souhaitant renouer des liens qui n'ont jamais existé.

— Si ça peut te rassurer, c'est une question que je me pose souvent.

Erin prit une longue gorgée de vin, il déglutit et soupira.

— Parfois, je me demande si je ne fais pas traîner cette affaire à Ste Anne parce que j'ai peur de ce que je risque de trouver.

— Tu penses que le coupable pourrait être ton père?

— Non. Je suis certain qu'il n'en est pas capable. En revanche, je crains de briser mon dernier espoir de réconciliation. Si je dénonce le ou les coupables, les retombées éclabousseront le conseil et mon père ne me le pardonnera jamais. Et comme je te le disais, Owen, c'est le seul parent qu'il me reste. Sans compter que s'il découvre ce que je mijote, il s'opposera à moi, c'est certain.

Il fit tourner son doigt sur le rebord de son verre et ajouta :

— Ces craintes ne m'arrêteront pas, bien entendu. Avant de vous connaître, Jared, Simon, Jack et toi, j'étais entièrement seul, ce qui rendait ma position plus délicate. Maintenant, la perspective de couper les ponts avec mon père n'a plus le même impact.

Owen le prit par le poignet.

— J'en suis heureux. Parce que tu n'es plus seul.

Sans enlever sa main, Erin emmêla ses doigts à ceux d'Owen.

— Grâce à toi, j'ai appris que je pouvais me faire des amis. Je peux créer mon réseau. C'est un peu triste qu'il m'ait fallu si longtemps pour le réaliser, mais mieux vaut tard que jamais.

Il mit un baiser sur le nez d'Owen et ajouta, espiègle :

— Peut-être avais-je juste besoin d'être kidnappé ?

Owen s'étrangla.

— *Kidnappé* ? Tu m'as suivi de ton plein gré. J'ai juste dû insister pour que tu portes ton bandeau. Et depuis que je te connais, c'est moi qui me suis apprivoisé. Ma réputation d'ogre en a pris un coup, je vais me faire virer du comité !

Une lueur dans les yeux, Erin lui caressa la joue.

— Tu n'es pas un ogre, je te l'ai déjà dit.

Owen savait qu'il ferait mieux de se taire. Pourquoi gâcher un moment parfait ? Mais justement, ce fut la raison qui le poussa à parler :

— Non, Erin. Au mieux, mon ogre est apprivoisé. Nous ne sommes pas dans *La belle et la Bête*, le monstre ne disparaîtra pas avec un baiser. Il est toujours là, en moi. Il fait partie de mes gènes. J'ai peur, parfois, qu'il me rende un jour semblable à mon père.

Erin bougea si vite qu'Owen en perdit le souffle. Il chercha à détourner les yeux.

— Non ! Tu n'es pas ton père !

Erin prit son visage en coupe et renversa son menton pour croiser son regard.

— Regarde-moi, Owen, insista-t-il. *Tu n'es pas ton père.* Tu ne me traiteras jamais comme il a traité ta mère. Tu ne traiteras jamais personne comme lui traitait les gens. Ta peur est sans fondement. Ta rage t'appartient, tu y as droit après ce que tu as vécu, mais tu la contrôles. Douter et agir, ce n'est pas pareil. Si un jour tu frappais quelqu'un sous le coup de la colère, tu le regretterais une fois calmé, tu ne saurais plus quoi faire pour réparer. Même envers ton pire ennemi.

Owen posa son front sur l'épaule d'Erin.

— Comment le sais-tu ?

— Parce que je te connais. Parce que je t'aime.

Owen s'accrocha à Erin et accepta cet amour qui s'offrait à lui.

Erin lui caressa le dos, les cheveux.

— Le repas était délicieux, déclara-t-il. Tu as prévu un dessert ?

— Des *cannoli* [16] à la pistache. Oh, j'ai aussi des sandwichs aux œufs.

Erin se figea.

— Des sandwichs aux œufs ? Pour le dessert ?

— Non, pour plus tard. Au cas où nous aurions un petit creux. J'ai suivi la recette de grand-mère Emerson, donc, tu devrais les aimer. Mais d'abord, chuchota-t-il, je veux t'emmener au salon et te faire l'amour.

Quand Owen lui embrassa le cou, le mordilla, Erin fondit dans ses bras.

— Dans… dans le salon ?

— Oui. Je me souviens que tu avais parlé un jour de te rouler tout nu sur le tapis ancien. Je me suis dit : pourquoi attendre ?

Avec un soupir, Erin glissa ses bras autour du cou d'Owen.

— J'avais parlé de le faire quand je posséderais la maison.

— Ne me dis pas que tu refuses de les tester maintenant ?

En guise de réponse, Erin l'embrassa voracement.

Owen considéra avoir obtenu le feu vert.

Quand ils revinrent au salon, les bougies à piles s'étaient éteintes, mais les guirlandes suffisaient à donner à la pièce une atmosphère enchantée.

Entre deux baisers, Erin demanda :

— Allons-nous devoir tout remettre en ordre après ?

Bien qu'occupé à le débarrasser de sa chemise, Owen répondit :

— Non, j'ai demandé à Simon, Jack et Jared de s'en charger.

---

16 Pâtisserie sicilienne, rouleau de pâte aromatisée au marsala et au cacao, frit et garni d'une crème de ricotta.

Owen pressa un baiser sur la poitrine d'Erin avant de s'accroupir pour l'aider à ôter son pantalon.

— Ta nouvelle tenue est très chouette ! Pourquoi ne pas la porter au travail ?

— Parce que je préfère la garder pour des occasions spéciales.

— D'accord, dans ce cas, nous sortirons le plus souvent possible.

Après avoir enlevé sa veste de smoking et sa cravate, Owen allongea Erin sur le tapis

Qu'il est beau ! Mince, pâle, on dirait un prince captif. Un prince heureux d'avoir été capturé.

Erin caressa les cuisses d'Owen avec un sourire.

— J'en ai rêvé, tu sais. Peut-être pas exactement dans ce contexte, mais j'ai rêvé d'être avec toi. J'étais allongé sur mon lit, dans ma mansarde, à vouloir une autre vie… Alors, j'imaginais que tu grimpais le long du mur et tu apparaissais à ma fenêtre pour coucher avec moi.

Owen rit.

— À la fenêtre, hein ?

Quand il regarda autour de lui, Erin l'attira par les revers de sa chemise.

— N'y pense même pas !

Owen lui mordilla la mâchoire.

— Tu voulais faire l'amour avec moi, vraiment ?

— Oui, à ma manière naïve, je ne savais rien de toi, sauf que tu m'avais regardé et que tu jouais si bien que mon cœur s'était emballé… Je savais bien que mes rêves ne se réaliseraient jamais. Mais le simple fait que tu existes faisait naître en moi des désirs que je ne savais pas comment exprimer.

— Et maintenant ?

Erin planta ses dents dans le lobe de l'oreille d'Owen, ce qui provoqua un frisson tout le long de sa colonne vertébrale.

Erin l'attira vers lui avec un sourire lascif.

— Je suis moins naïf.

XV

LE PREMIER match officiel de squash en double devait avoir lieu le lundi suivant la soirée au manoir Andreas.

Owen l'annonça à Erin le dimanche matin, alors qu'ils étaient attablés ensemble dans la cuisine, chacun picorant dans l'assiette de l'autre.

— Ce sera plus un tournoi qu'un simple double, parce que Jack et Simon tiennent aussi à participer.

Il donna à Erin la dernière bouchée de son pain perdu, puis se leva en disant :

— Maintenant, je file à Ste Anne, Kathryn m'attend pour une césarienne. Je te vois plus tard ?

— Bien sûr.

Après un dernier long baiser parfumé au sirop d'érable, Owen enfila son manteau et sortit.

Jared se glissa dans le siège en face d'Erin avec un sourire entendu.

— C'était une idée sympa de fêter la St Valentin en mode amoureux d'école secondaire, annonça-t-il. Ça me plaît.

Il s'empara de la dernière tranche de bacon et ajouta :

— Simon et Owen sont casés maintenant, je commence à me sentir sur la touche.

Erin y avait également pensé.

— Tu joues avec Nick au squash, non ? Pourquoi ne pas le draguer ?

Jared, qui s'apprêtait à porter sa fourchette à sa bouche, se figea et lui jeta un regard étonné.

— Tu es au courant pour Nick ? Il t'a dit qu'il était gay ?

Erin rougit.

— Euh… non. J'ai toujours senti qu'il l'était. Je ne sais pas pourquoi. Ah, si ! C'est à cause d'Emmanuela, sa sœur, qui le pensait aussi.

— Je vois. J'ignorais que tu connaissais aussi bien sa famille.

— Quand j'étais ado, ma mère a décidé un jour de me rendre à mon père, alors elle m'a planté devant la clinique Mayo où il rendait visite à un ami hospitalisé. J'avais treize ans, je me suis perdu.

Jared le regarda avec horreur.

— Elle t'a laissé à la clinique Mayo ? C'est un vrai labyrinthe ! Même un adulte a besoin d'une carte pour s'y retrouver.

— Oui, je sais. J'étais tout seul dans une salle d'attente quand je suis tombé sur la famille de Nick. Emmanuela a été la première à m'accepter. Sa grand-mère l'a suivie de près. Nick et sa mère ont été réticents au départ. Je leur avais donné mon nom, ils connaissaient mon père, bien entendu, et ils préféraient éviter les problèmes.

Jared roula des yeux.

— Oui, c'est bien dans leur caractère à tous les deux !

— Ils n'avaient pas tort, parce que quand mon père est arrivé, il a été odieux. J'étais horriblement gêné. Par la suite, les Beckert m'ont plus ou moins adopté… sur ordre express de grand-mère Emerson, j'en suis certain. Au début, j'étais plus proche d'Emmanuela que de Nick. Elle passait me voir l'été, dès que je débarquais à la maison, elle me proposait des sorties, des balades. J'ai mieux connu Nick plus tard, quand nous nous sommes retrouvés dans la même université.

Jared soupira et détourna la tête pour regarder par la fenêtre.

— Je connais Nick et sa famille depuis mon enfance. Ma mère m'emmenait parfois à ses réunions de club de lecture, certaines d'entre elles se passaient chez les Beckert. Ça me plaisait infiniment, parce que je trouvais des enfants de mon âge avec lesquels jouer. Un jour, Nick m'a demandé de rester après le départ de maman et j'ai eu l'impression d'avoir gagné à la loterie.

Étonné, Erin fronça les sourcils.

— Je n'aurais jamais cru que Nick et toi aviez été amis !

Jared eut un sourire forcé.

— Je me demande bien pourquoi ! J'attends avec impatience ces matchs en double. Ça fera du bien à Nick, tu ne crois pas ? Il travaille trop, il a besoin de prendre l'air.

— Oui, je suis content que nous soyons tout un groupe à jouer. J'ai encore beaucoup de progrès à faire, alors, je préfère être avec des amis qui ne me jugeront pas trop sévèrement.

— Je n'ai jamais compris pourquoi Owen tenait tant à t'apprendre le squash. Ses réponses n'ont pas été claires du tout. L'hôpital prévoirait-il d'organiser un tournoi ?

Erin hésita.

— Non, mes raisons sont d'ordre personnel. Dès que j'aurai acquis un minimum de compétences, je compte jouer avec les membres du conseil et récolter discrètement des informations. Il faut aussi que j'apprenne à perdre avec grâce.

Jared, qui s'était mis à la vaisselle, essuya un verre d'un air pensif.

— Ah, je vois. Je me souviens qu'à ton arrivée, tu impressionnais tout le monde, un peu comme Roz [17] dans *Comment se débarrasser de son patron* [18]. Nous y allions tous mollo avec toi. Sauf Owen, en fait. Lui, il attaquait bille en tête.

Erin rougit en évoquant la délicieuse façon avec laquelle Owen l'avait possédé la nuit précédente. Pour cacher son embarras, il baissa la tête et termina ce qui restait dans son assiette.

MIRACULEUSEMENT, LE lundi à Ste Anne se déroula sans surprise de dernière minute ni anicroche, ce qui permit aux six participants d'arriver au gymnase à dix-sept heures trente.

Le premier match eut lieu entre Erin et Owen contre Nick et Jared.

Trop tendu au début, Erin commit des erreurs stupides, ce qui le poussa à des crises de rage. Owen se montra patient, il dérida son partenaire et amant d'un baiser sur les lèvres, d'un sourire assorti d'un clin d'œil, ou d'un petit rappel qu'ils jouaient pour s'amuser, pas pour sauver le monde.

Jared et Nick gagnèrent de quelques points seulement. Ils affrontèrent ensuite Simon et Jack.

Comme Erin tenait à faire des progrès, il joua contre chacun des autres à la fin du mini-tournoi. Bien qu'Owen et lui aient été chaque fois perdants, Erin se consola à la fin du troisième match en constatant qu'il progressait.

Il s'apprêtait à proposer aux autres une douche et un sauna quand Jack pointa sa raquette vers Owen en déclarant :

— Gagnon ! Et si nous faisions un petit match en solo ?

Avec un sourire de fauve, Owen fit rebondir sa balle sur le sol, puis il attrapa sa bouteille d'eau.

— D'accord.

Erin, épuisé, s'étonna qu'Owen ait encore envie de jouer. Il s'installa néanmoins pour regarder le match – ou plutôt le duel. Dès la première balle,

---

17 Fidèle assistante qui se cache dans les toilettes pour surprendre les conversations personnelles
18 Film américain.

il fut évident que les deux « rivaux » étaient prêts à tout donner. Erin passa la majeure partie du match la bouche ouverte, trop abasourdi pour parler.

Il finit par dire à Simon :

— Je ne savais pas qu'Owen jouait si bien ! Oh, je sentais qu'il se retenait avec moi, mais à ce point, quand même !

Simon paraissait tout aussi ébahi.

— Je découvre la même chose avec Hong-Wei.

Jared ricana.

— Allons ! Ces deux-là ne savent plus quoi faire pour s'affronter ! Ils marquent leurs territoires tout en restant amis, c'est assez comique !

Nick, qui s'était absenté, revint et jeta un coup d'œil au court.

— Gagnon joue encore ? Ah, oui, bien sûr, il affronte Wu.

Il s'essuya le menton de sa serviette en secouant la tête.

Jared le pointa du doigt et déclara à Simon et Erin :

— Vous voyez ? Même Nick est au courant.

Nick le toisa, les sourcils levés.

— Ça veut dire quoi, *même Nick* ?

Jared posa son menton dans sa main et se concentra sur le match.

— Ah ! Jack vient de marquer. Et Owen est franchement énervé !

Nick grogna entre ses dents, puis il tourna les talons.

Jack gagna le match.

Ensuite, tous se douchèrent et se rendirent au sauna où Nick les avait précédés. Jared ne lui accorda pas un regard et Nick évita soigneusement d'interagir avec le pédiatre.

Leur attitude interpella Erin, d'autant plus que les deux hommes venaient de jouer ensemble. Ils avaient formé une équipe homogène, alors pourquoi étaient aussi froids l'un envers l'autre désormais ?

En quittant le sauna, Simon déclara avec entrain :

— C'était très amusant ! Il faudra recommencer !

Erin jeta un coup d'œil à Nick, certain que le directeur allait trouver une excuse. À sa grande surprise, Nick acquiesça.

— Oui, volontiers, dès que mon emploi du temps me le permettra.

Une fois dans le parking, Erin abandonna Owen et les autres pour suivre Nick jusqu'à sa voiture.

— Merci d'être venu. J'espère que tu as passé un bon moment.

— Ton plan n'est pas idiot, Erin. Il est exact que si tu approches les membres du conseil sur un court, ils ne se méfieront pas. Et ton père ne pourra intervenir.

255

Tenté d'interroger Nick sur sa relation avec Jared, Erin s'en abstint et resta un moment pensif, à regarder la voiture s'éloigner.

Ensuite seulement, il revint vers Owen.

Pendant le trajet pour rentrer, Owen demanda :

— Nick t'a dit quelque chose ? Tu parais ailleurs.

— Non, rien, juste qu'il approuve mon plan pour tenter de débusquer le responsable des vols.

— D'accord. J'espère juste qu'il a compris que tu jouais *avec moi*. S'il veut participer, qu'il se trouve un partenaire !

Malgré sa lassitude physique, Erin avait du bonheur plein le cœur, il appuya sa tête sur l'épaule de son compagnon et ferma les yeux.

LE PREMIER match contre deux membres du conseil eut lieu par hasard. Au cours du deuxième tournoi amical, Owen vit, pendant une pause, Keith Barnes et Mike Leary sortir du vestiaire. Or, tous les courts étaient occupés et les deux nouveaux venus allaient devoir attendre au moins un quart d'heure.

Owen prit Erin par la manche et, d'un geste du menton, lui désigna discrètement le secrétaire et le trésorier du conseil.

— Va leur parler. Je te rejoins sous peu. Il faudrait les convaincre d'échanger quelques balles avec nous le temps que leur court se libère. Lance-leur un défi, les perdants offriront l'apéro, quelque chose comme ça. Nous allons perdre, bien entendu.

Erin passa ses mains sur son short.

— Je ne suis pas trop chiffonné ?

— Non, tu as l'air d'un joueur de squash. Allez, fonce. Moi, je vais libérer le court.

Sans plus discuter, Erin se dirigea vers les deux hommes qui attendaient. Owen, lui, interrompit le match de ses amis. Jack et Jared protestèrent. Sans les écouter, Owen attira Nick à l'écart.

— Erin va revenir avec Barnes et Leary. J'ai besoin du court pour jouer contre eux.

Une vive lueur d'intérêt brilla dans les yeux de Nick.

Puis il fronça les sourcils et regarda les deux médecins qui attendaient sans comprendre.

— Que dois-je dire à Jack et Jared ?

— À mon avis, la vérité. C'est à toi de voir, bien entendu, mais pourquoi refuser les bonnes volontés ? Le gang Scoubidou est fiable et solide.

— Le *gang Scoubidou* ? hoqueta Nick, en clignant des yeux.

— Oui. Tu en fais partie, tu es même notre président, au cas où tu ne le saurais pas. Nous tenons à te donner les pleins pouvoirs, tu les mérites.

Sur ce, Owen tapota le bras de Nick et se dirigea vers la porte.

— Bon, jeta-t-il par-dessus son épaule, je vais rejoindre Erin. À toi de jouer, Fred [19].

— Je *ne suis pas* Fred ! protesta Nick.

Owen sourit.

— Quoi, tu préférerais être Véra [20] ? Ne me dis pas que tu es Daphné [21] !

Nick lui fit un doigt d'honneur.

Quand Owen rejoignit Erin, Barnes et Leary. Les deux membres du conseil le saluèrent, Leary tendit la main.

— Ravi de vous voir, Gagnon. Erin nous a proposé quelques balles. Je suppose que vous serez son partenaire ?

— Bien sûr. Les autres ont terminé. Nous avions organisé un petit tournoi entre amis.

Barnes sourit.

— Ah, oui, nous le faisions aussi, à l'époque. Ma femme se plaignait que j'étais toujours en retard pour le dîner.

D'après les souvenirs d'Owen, Mme Barnes était décédée début 2000, après une longue lutte contre le cancer. L'accumulation des factures médicales aurait-elle pu pousser Barnes à puiser dans la caisse de Ste Anne ? Non, décida-t-il, cela n'expliquait pas les premiers prélèvements des années 80 et 90.

Les quatre hommes entrèrent sur le court, Erin et Owen prirent position contre Barnes et Leary.

— Les gagnants seront ceux qui auront marqué le plus de points quand notre court sera libéré, d'accord ? suggéra Leary.

— D'accord, répondit Owen.

---

19 Frederick « Fred » Jones est un personnage de la franchise Scoubidou. Il est très attiré par les médias.

20 Véra Dinkley (idem), de loin la plus intelligente du lot.

21 Daphné Blake (idem), reconnaissable à sa couleur fétiche, le bleu lavande.

Erin se concentra davantage sur sa raquette que sur le plan en cours. Dès les premières balles, Owen comprit que Leary et Barnes, partenaires depuis des années, tenaient à marquer leur supériorité sur « les jeunes ». Ils n'eurent guère de mal à le faire. Erin était encore un novice au squash et leur équipe nouvellement créée manquait de coordination. Ils se défendirent honorablement, cependant, et après la sonnerie, ils échangèrent une poignée de main en concédant la victoire aux membres du conseil.

Barnes fit un clin d'œil à Erin et proposa :

— Et si vous veniez sur notre court pour un vrai match de revanche ?

Erin répondit du tac au tac :

— Volontiers. Et cette fois-ci, les perdants offriront à dîner aux vainqueurs, d'accord ?

Les yeux de Leary s'illuminèrent de plaisir anticipé.

— Excellente idée !

Owen et Erin subirent une défaite cuisante.

Après avoir joué aussi longtemps, ils apprécièrent d'autant plus de se relaxer dans le sauna. Conscient de l'épuisement physique d'Erin, qui manquait encore d'endurance, Owen fut très tenté de le serrer dans ses bras. Mais le DRH avait encore une tâche à accomplir, aussi Owen resta-t-il dans son coin, à observer la scène.

Tout en massant les muscles raidis de son bras droit, Erin sourit aux deux membres du conseil.

— C'est agréable, je trouve, de passer un moment ensemble, en dehors de l'hôpital. Je vous vois souvent en ville, d'ailleurs. Vous vous connaissez depuis longtemps, ça forme des amitiés solides.

Barnes eut un petit rire.

— Ça, c'est sûr ! Nous nous sommes mutuellement soutenus si souvent que j'en ai perdu le compte. Nous pouvons compter l'un sur l'autre, dans les bons jours comme dans les mauvais.

Owen décida alors d'intervenir dans la conversation.

— Vous avez tous les deux grandi à Copper Point, non ? Comme les autres membres du conseil ?

Délibérément, il occultait Rebecca. En la mettant ainsi à l'écart, il incitait les deux hommes à le croire de leur côté.

— Oh, oui ! C'est pour nous une grande fierté de pouvoir citer nos ancêtres dans la région sur plusieurs générations. Il n'y a que cette femme qui fasse tache au conseil, ajouta Leary avec une grimace.

Erin arbora son « sourire DRH », comme l'appelait Owen, ce sourire qu'il avait toujours avant d'attaquer à la jugulaire.

Cette fois, pourtant, il n'en fit rien.

— Je travaille dans l'administration hospitalière depuis quelques années seulement, déclara-t-il d'un petit ton modeste, mais plus je découvre le passé historique de Ste Anne, plus je me rends compte que c'est le conseil qui a fait de cette institution ce qu'elle est aujourd'hui. Et la plupart des membres y siègent depuis les années 80. Vous étiez encore actifs à l'époque, il n'a pas dû être facile pour vous de combiner ainsi plusieurs tâches. Votre engagement est remarquable !

Owen hocha la tête, il connaissait son rôle à présent.

— C'est vrai. Je ne l'avais pas réalisé avant qu'Erin me le fasse remarquer. Je doute que Copper Point apprécie à sa juste valeur tout ce que vous avez accompli pour le service public.

Les deux conseillers avaient avalé l'appât et l'hameçon.

Barnes eut un sourire béat.

— Oui, ça n'a pas toujours été facile, laissez-moi vous le dire, mais pour survivre, une communauté a besoin de bons soins de santé, vous ne croyez pas ? Nous sommes souvent critiqués, mais malgré ce que disent les mauvaises langues, la population de Copper Point est au centre de nos préoccupations.

Leary fit un grand geste.

— Ça a été terrible avant votre arrivée, Erin, cette affaire de corruption aux plus hauts niveaux de l'administration nous a beaucoup secoués. Nous avions eu d'autres alertes dans les années 90, surtout au moment où West luttait contre son cancer, Collin Beckert a brièvement pris sa place au conseil. C'était un brave type, et peut-être serait-il resté plus longtemps dans d'autres circonstances, mais sa famille ne correspondait pas à l'image que tenait à donner le conseil. En tout cas, Nick et vous faites du bon travail. Le petit incident que vous avez déclenché l'an dernier nous a inquiétés, je l'avoue, mais une fois les remous retombés, nous avons décidé de passer l'éponge.

Ce discours comprenait tant d'insultes voilées qu'Owen ne savait pas par où commencer pour en faire le tri. D'abord, cette implication d'avoir accepté Collin Beckert au conseil d'administration pour remplacer *West* – cette ordure ! –, avant de l'expulser pour un problème racial ? Dans les années 90, Copper Point n'avait-il pas encore aboli le racisme primaire ? Ensuite venait la pique contre le mémo d'Erin annulant la clause du règlement de Ste Anne qui interdisait les relations intimes entre les membres du personnel. C'était le conseil qui avait pondu cette aberration !

Si c'était un test, Erin le passa haut la main.

Le signe de tête qu'il adressa à Leary était un message sans équivoque : *je vous comprends.*

— Ste Anne a eu des difficultés, c'est bien normal. Mais je suis d'accord avec vous, il faut maintenir un front uni et se serrer les coudes. Je vous suis reconnaissant d'avoir *passé l'éponge* sur ma transgression comme vous l'auriez fait pour un de vos pairs. Oh !

Il se couvrit la bouche et simula un profond embarras.

— Je ne voulais pas dire… Je suis désolé, mes paroles ont dépassé ma pensée. Je suis certain que vous n'avez jamais commis d'infraction.

Barnes et Leary échangèrent un regard lourd de sens.

— Oh, si, bien sûr, déclara Leary. Il y a eu quelques transgressions au fil des années.

Bien joué, Erin.

Après cette intéressante information, les deux conseillers se turent. Ni Erin ni Owen ne leur posèrent de questions.

Ils endurèrent ensuite la présence des deux hommes à dîner dans un steak house, où Owen paya l'addition. La conversation fut pénible, souvent émaillée de commentaires racistes, homophobes, sexistes, sectaires, intégristes, bref, la totale ! Le pire était que ni Leary ni Barnes ne semblait agir délibérément, c'était pour eux naturel de s'exprimer ainsi.

Owen et Erin reçurent la récompense de leur abnégation sur le parking, au moment de se séparer.

— Que diriez-vous d'un match revanche ? proposa Barnes.

— Oui, acquiesça Leary. Demain par exemple. Seriez-vous libres vers dix-huit heures ? Je sais qu'il y aura d'autres membres du conseil sur les courts à cette heure.

Erin eut un sourire factice.

— Nous viendrons.

Une fois dans la voiture, il explosa !

— Ils sont odieux ! J'ai dû me mordre l'intérieur de la bouche pour ne pas leur dire ce que j'avais sur le cœur.

Il boucla sa ceinture de sécurité, se tourna vers Owen et enchaîna :

— Comment as-tu réussi à te taire ? Crois-tu qu'ils ont voulu nous tester ?

Owen haussa les épaules.

— Je n'en suis pas certain. C'est possible. Au fait, je me posais la question : que cherches-tu à obtenir en rencontrant ces gens ?

— Je ne le sais pas encore. J'ai juste l'intuition que ça fera tilt quand je tomberai dessus. Sur le papier, ils ont tous eu la possibilité d'avoir volé cet argent, mais je ne vois aucun motif qui désigne plus spécifiquement l'un ou l'autre. Ils ont pris des montants énormes, mais par petites sommes, aussi est-il possible que plusieurs coupables aient agi en même temps.

— Peut-être. Mais il y a obligatoirement un meneur, quelqu'un qui sait compter et manipuler des écritures. Tout désigne le trésorier.

— Alors, Christian West est hors de cause. Comme il était à l'hôpital, il n'a pas pu organiser l'opération.

— Non, répondit Owen avec force, il a très bien pu s'en charger avant. Et comme une machine aux rouages bien huilés, tout a continué pendant son absence. En fait, mes tripes me disent que c'est lui le principal agenceur.

— Qu'est-ce que tu as contre West, Owen ? Tu deviens agressif dès que son nom est mentionné.

Owen soupira.

— Mon père et lui travaillaient dans la même boîte, ils étaient amis. West passait son temps à la maison. Je me suis méfié de lui dès le premier jour, mais ce que je ne lui pardonne pas, c'est d'être intervenu pour empêcher mes parents de divorcer. Je ne sais pas quel moyen de pression il avait sur ma mère, mais il l'a contrainte à rester avec mon père alors qu'elle n'aurait pas dû. Le soir, après qu'elle était montée se coucher, West discutait avec mon père jusqu'à tard dans la nuit, je les ai souvent entendus rire et plaisanter. West donnait à mon père des conseils sur la façon de contrôler sa famille et mieux gérer sa vie. C'est un salaud manipulateur et sadique !

— Tu aimerais qu'il soit coupable.

Owen n'envisagea même pas de mentir.

— Oui. J'essaie de rester objectif, mais oui, ça me plairait beaucoup de le voir embarqué, menottes aux poignets. Bien entendu, je ne vais pas pour autant l'accuser sans preuves.

— Ne t'inquiète pas. Nous trouverons le vrai coupable. Et il paiera, affirma Erin, le menton levé, les épaules carrées, le dos bien droit.

QUAND ILS arrivèrent, Jared les attendait dans la cuisine, les bras croisés. Il paraissait contrarié.

— J'ai appris de trois sources différentes que vous avez dîné au steak house avec Barnes et Leary. C'est vrai ou pas ? Je veux une explication ! Pourquoi avez-vous fait ça ? Et pourquoi Nick ne me dit rien ?

Owen soupira. Nick n'avait pas suivi son avis, après tout. Mince !

Il se tourna vers Erin.

— Je te laisse répondre.

Erin tira sur ses boucles.

— Eh bien, c'est compliqué, et sans l'aval de Nick, je ne peux pas tout révéler. Pour résumer, nous suspectons des malversations dans les comptes de Ste Anne et nous enquêtons, voilà. Et si nous cherchons à approcher les membres du conseil, c'est pour leur soutirer des informations dans un contexte moins informel.

— Tu dis « nous », coupa Jared. De qui parles-tu ?

— Au début, il n'y avait que Nick et moi. Puis Owen est tombé par hasard sur des papiers, du coup, il s'est impliqué aussi.

Jared secoua la tête.

— Tu connais ma réputation, hein ? Tous les potins de Copper Point transitent par moi. Je sais *tout* de la vie de ces types. Pourquoi ne pas m'avoir mis au courant ? Je pourrais vous aider, tout comme Jack et Simon.

Erin se frotta le cou.

— Je sais, je comprends. Laisse-moi d'abord en parler à Nick, d'accord ?

À la surprise d'Owen, qui pensait que l'entretien annoncé aurait lieu plus tard, à Ste Anne, Erin sortit son portable et commença à monter dans sa chambre. Il entama la conversation au milieu des marches.

Manifestement vexé, Jared toisa Owen.

— Tu étais donc au courant depuis le début ?

— Pas vraiment. Tu as entendu Erin ? Je suis tombé dessus par hasard. Je sais juste ce qu'ils cherchent. C'est une affaire à la fois compliquée et délicate. Laisse-les respirer, d'accord ?

Jared grinça des dents.

— Je n'ai pas aimé la façon dont Nick m'a repoussé sur le court. Je n'aurais pas dû être surpris, venant de lui, mais ça m'a hérissé le poil.

Owen hésita. Par où était-il censé aborder le sujet ?

— Hum. Jared, tu sais très bien qu'avec Nick, vous finissez toujours par vous crêper le chignon.

— Non, il ne s'est jamais rien passé entre nous, alors, lâche-moi. J'étais juste poli, ce qui est la moindre des choses. Mais apparemment, même ça, c'est trop lui demander.

Pour distraire Jared, Owen le félicita sur son jeu au squash. Il lui proposa aussi un match en solo.

Puis Erin revint, son appareil encore à la main.

— Nick arrive. Il demande que nous appelions Jack et Simon pour les mettre également au courant. Croyez-vous qu'ils vont accepter de nous rejoindre ?

Jared sortait déjà son téléphone. Dix minutes plus tard à peine, Jack et Simon sonnaient à la porte. Erin et Owen avaient préparé un plateau avec du café et de l'eau chaude pour faire du thé. Jared avait disposé des biscuits sur la table basse. Le petit groupe bavarda de tout et de rien en attendant Nick.

L'ambiance changea dès qu'il entra et un silence expectatif tomba dans le salon. Ils étaient tous assis, sauf Nick, qui se tenait debout devant la cheminée.

Il entra directement dans le vif du sujet.

— Un membre du conseil d'administration détourne de l'argent des caisses de Ste Anne depuis les années 80. D'après les calculs d'Owen, il aurait volé vingt-cinq millions de dollars. Rebecca a très vite eu des soupçons, mais elle reste à l'écart depuis que nous avons repris l'enquête. Elle nous soutiendra dès que nous serons en mesure d'agir. Nous essayons de débusquer le coupable. Ensuite, nous utiliserons cette information pour réduire le pouvoir du conseil en faveur de l'administration. Erin a eu l'idée d'approcher les membres du conseil, mais il craint que son père lui mette des bâtons dans les roues. En ce moment, d'ailleurs, John Jean s'est absenté. Nous avons donc une petite fenêtre pour avancer sans interférence. Comme John Jean ne joue pas au squash, le gymnase s'avère un terrain neutre.

Jack fronça les sourcils.

— C'est assez aléatoire comme plan.

— C'est exact, reconnut Nick. J'admets me méfier du conseil depuis que j'ai pris mes fonctions, je fais profil bas pour ne pas me le mettre à dos. Ce sont des roués, ils ont l'habitude de n'en faire qu'à leur tête. J'ignore ce que nous tirerons de ces conversations informelles, ou si nous réussirons à leur mettre la pression, mais c'est un début.

— Nous pourrions divulguer le vol dans le journal, suggéra Simon.

Erin et Nick secouèrent la tête avec une grimace. Jared leva la main.

— Non, ce serait suicidaire. Et le coupable effacerait ses traces.

Jack se leva et fit les cent pas, le regard au sol, perdu dans ses pensées.

— Oui, les traces… voilà la clé. Les mouvements d'argent laissent toujours des traces. Quelqu'un a volé dans les caisses pendant toutes ces années, et ça continue. Mais cet argent, il faut bien le distribuer. Donc, il a eu des versements.

Owen n'arrivait pas à y croire : comment avaient-ils pu rater ça?

— Tu veux donc explorer le problème sous un autre angle?

Nick semblait ragaillardi, presque optimiste.

— Avons-nous encore d'anciens dossiers papier? demanda-t-il. Depuis peu, l'hôpital traite en direct sa comptabilité, mais je n'ai pas accès aux archives des années antérieures.

— Pourtant, elles existent quelque part, dit Jared, une lueur combative dans les yeux. En attendant, restons-en au plan d'Erin : qu'il continue à parler aux membres du conseil. Qui sait, nous pourrions apprendre quelque chose, mais même sans ça, c'est une diversion. Pendant ce temps, nous allons chercher et trouver la trace des paiements et vérifier à qui ils ont été versés.

Jack secoua la tête.

— Il doit y avoir des tonnes d'archives à compulser!

Owen sourit.

— Je m'en charge. J'ai l'habitude. Faites-moi confiance.

Simon se leva, il prit la main de son fiancé, puis celle d'Erin.

— Non. Nous t'aiderons. Nous le ferons ensemble. Ça ira plus vite.

XVI

PENDANT DEUX semaines, Erin ne fit rien d'autre que chercher les archives et jouer au squash.

C'était pareil pour les autres comploteurs : en plus de leurs emplois quotidiens, bien entendu. Ils cherchaient les archives et jouaient à tour de rôle avec les membres du conseil. Le soir, tous s'écroulaient, épuisés.

Ils fouillaient essentiellement à Ste Anne, n'imaginant pas d'autres endroits pour archiver des comptes et de vieux dossiers papier. Simon était celui avec le moins de temps libre, car un infirmier était censé aider là où nécessaire pendant ses heures de travail, même si ce n'était pas dans son service attribué. Il n'osait se démarquer pour ne pas attirer l'attention ou, pire encore, les soupçons.

Jack et Jared, même s'ils avaient plus de temps libre, ne pouvaient s'aventurer trop fréquemment dans les quartiers administratifs, où la présence de deux médecins aurait pu susciter des questions. Nick et Erin assumaient le secteur. Et bien évidemment, aucun d'eux ne pouvait réclamer des renseignements sans se trouver en position délicate. La réputation d'Owen l'aida, car même si on le croisait là où il n'avait pas lieu d'être, personne ne se serait aventuré à lui en faire la remarque.

Ce fut Jared qui trouva enfin la réponse, grâce à la dame d'un certain âge qui l'avait « acheté » à la loterie caritative des célibataires.

Greta avait choisi de garder son « gage », comme elle disait, sous le coude pendant quelques semaines, afin que Jared l'accompagne au mariage de sa petite-fille au mois de mai.

Au milieu de la soirée, Jared envoyait déjà de textos d'alerte rouge aux autres comploteurs afin d'organiser une réunion d'urgence le soir même chez lui.

Ils l'attendaient tous quand il rentra enfin. À peine garé dans l'allée, il se précipita et les retrouva dans le salon.

Le souffle court d'avoir couru, il haleta, vibrant d'excitation :

— Je sais où sont les archives et nous y trouverons très certainement les preuves dont nous avons besoin. Greta a été une fantastique mine d'informations ! D'après ses dires, Ste Anne, avant ton arrivée, Nick, était sous la coupe d'une véritable mafia.

Il leur raconta sa soirée. Après avoir poliment félicité la mariée et dansé avec toutes les laissées-pour-compte de la famille, Jared avait fini par converser avec son acheteuse. Il en était venu à évoquer son travail à Ste Anne. Greta lui avait alors révélé qu'elle-même profitait d'une retraite bien méritée après toute une carrière professionnelle passée au cabinet de comptabilité Shaw.

En entendant ce nom, Owen dressa l'oreille.

— Hé, n'est-ce pas le cabinet qui s'occupait de la paie du personnel de Ste Anne avant que Nick prenne son poste ?

Erin hocha la tête.

— Oui. En arrivant, Nick a réclamé un audit, puis dénoncé le contrat pour que la paie, parmi d'autres, soit gérée en interne.

— Exactement, confirma Nick. C'est à travers les contrats de sous-traitance que mon prédécesseur a commencé ses magouilles financières. J'aurais dû penser plus tôt à réclamer à Shaw les archives de paie, mais j'avais un tel travail devant moi que j'ai visé les priorités. L'autre jour, j'ai appelé le cabinet pour les demander, ils ont prétendu que tout avait été détruit une fois le contrat résilié.

Jared leva la main.

— Selon Greta, c'est faux. Elle prétend que le sous-sol est plein de cartons d'archives empilés et que rien n'a jamais été détruit.

Erin ouvrit de grands yeux incrédules.

— Ils auraient menti à Nick ? Mais pourquoi ? Et pourquoi n'ont-ils pas apporté ces preuves à la justice quand l'ancien président et l'ancien DRH ont été inculpés ? Le dossier de l'accusation aurait été plus solide !

— D'après Greta, Shaw senior – il est décédé l'an dernier – était cul et chemise avec l'ancien président du conseil. Sans doute était-il impliqué dans les fraudes, ou du moins touchait-il sa part. En cherchant un autre dossier, Greta est tombée un jour sur les archives de Ste Anne. Comme par hasard, Shaw l'a poussée peu après vers une retraite anticipée avec une grosse prime à la clé. À l'époque, elle a tenu sa langue, mais elle s'est lâchée avec moi ce soir. Hé, je sais attirer les confidences.

Jared sourit, puis il enchaîna :

— Greta est certaine que le fils Shaw, qui a repris le cabinet depuis le décès de son père, ignore ce qu'il a dans son sous-sol. Shaw senior avait promis à ses complices du conseil de se débarrasser des preuves compromettantes, mais par flemme ou autre, il n'en a rien fait. Le sous-sol est tellement encombré que le fils n'y met jamais les pieds. Il a plus urgent à faire que trier des papiers qu'il doit juger sans importance.

— Donc, nous serions les seuls à savoir que les preuves dont nous avons besoin se trouvent là-bas ? insista Simon.

Jared leva au ciel un poing vainqueur.

— Exactement ! Ça nous donne un atout de taille, non ?

Nick croisa les bras sur sa poitrine.

— Je savais déjà que mon prédécesseur et le conseil manquaient d'éthique, mais là, nous abordons un tout autre niveau de corruption. Il nous faut ces archives !

Jack haussa les sourcils.

— J'ai du mal à croire que le président actuel du conseil ignore ces détournements. Il a la réputation d'être très impliqué et directif.

Affreusement gêné, Erin baissa les yeux. Allait-il découvrir que son père était compromis ? John Jean aurait-il aussi été payé pour fermer les yeux ?

Il déclara enfin d'une voix contrainte :

— Avant de porter des accusations, il nous faut découvrir qui parmi les membres du conseil était de mèche avec l'ancien PDG de Ste Anne.

Pitié, que ce ne soit pas mon père !

Simon tapota la table des doigts.

— Mais comment récupérer ces archives ? Bien sûr, Nick pourrait demander à les voir, mais s'il essuie un refus, nous nous retrouverons au même point. Surtout si le cabinet pense sincèrement qu'elles ont été détruites.

Jared se frotta les mains.

— Il faudrait qu'Owen entre au cabinet Shaw. Il passera les archives en revue et trouvera ce dont nous avons besoin.

— Je veux y aller aussi, déclara Nick. C'est mon hôpital.

— Si vous envisagez d'entrer par effraction, ne comptez pas sur moi, déclara Jack.

Owen se gratta le menton.

— Non, Jack, ton rôle sera plutôt de créer une diversion. J'ai juste besoin d'une opportunité pour descendre au sous-sol et ouvrir les dossiers d'archives. Dès que je tombe sur quelque chose d'incriminant, tout est fini. Même s'ils nous expulsent.

Simon grimaça.

— Je préférerais un meilleur plan.

Jared désigna le calendrier mural.

— Je vous rappelle que John Jean revient demain à Copper Point. Il reste notre principal adversaire, parce qu'il fera tout ce qui est en son pouvoir pour protéger le conseil. Faites bien attention à vous ! Bon, nous ferions bien de réfléchir à tout ça à tête reposée, chacun de notre côté, nous nous retrouverons bientôt pour faire le point.

Les autres ayant acquiescé, ils se séparèrent en se souhaitant une bonne nuit. Owen et Erin montèrent ensemble dans la chambre d'Owen. Ils se couchèrent et restèrent un moment dans le noir, la tête d'Erin posée sur l'épaule d'Owen.

Owen lui caressa les cheveux, ses doigts jouant avec les boucles.

— Tu es tout tendu, Erin. C'est à cause du retour de ton père ?

Erin était nerveux depuis plus d'une semaine.

— Déjà qu'il ne me parlait plus *avant*, je doute qu'il en ait envie maintenant.

Owen l'embrassa sur le front.

— Oui, je sais que tu aimerais renouer avec lui.

Erin enfouit son visage contre la poitrine d'Owen, il posa une pluie de baisers sur la toison frisée, puis laissa ses lèvres glisser plus bas.

Owen resserra les doigts sur la tête de son amant.

Ils ne faisaient pas l'amour tous les soirs. Souvent, ils se contentaient de se serrer l'un contre l'autre avant de dormir. Parfois aussi, comme ce soir, ils échangeaient de tendres caresses et des baisers.

Owen fit remonter Erin et l'embrassa langoureusement, puis il pesa sur lui et frotta son bas-ventre au sien, appréciant la friction entre leurs deux sexes érigés. Sa langue plongea dans la bouche d'Erin au même rythme sensuel. Sans même prononcer un mot, il parvint à dissiper les inquiétudes et les craintes d'Erin sur ce que le lendemain risquait de lui apporter, sur ce que l'enquête allait révéler concernant son père.

Pour le moment, il n'existait plus que deux amants et le plaisir qu'il se donnait l'un à l'autre.

LE LENDEMAIN, Erin enfila un costume bleu-gris et une cravate dont la teinte orange vif le rendait optimiste. Il compléta sa tenue avec des chaussettes empruntées à Owen, décorées d'étoiles filantes. Il prit son petit déjeuner et monta seul dans sa voiture pour se rendre à l'hôpital, car Owen était déjà parti pour une chirurgie de bonne heure.

Après avoir salué l'assistante de Nick et récupéré son courrier, Erin se rendit dans son bureau, déterminé à passer une bonne journée quoi qu'il arrive.

Il trouva son père qui l'attendait.

Il s'arrêta sur le pas de la porte, si surpris qu'il faillit lâcher son courrier. Il jeta un coup d'œil interrogateur à Wendy : elle aurait dû l'avertir qu'il avait un visiteur. Elle détourna les yeux d'un air coupable.

— Entre et ferme la porte ! ordonna John Jean.

Erin s'exécuta, ne sachant que faire d'autre. L'esprit en déroute, il n'entendait plus que des questions tourbillonner dans sa tête. *Son père était-il impliqué dans les vols ? Son père était-il venu pour interrompre son enquête ? Son père avait-il commis un acte illégal ? Son père allait-il finir en prison à cause de lui ?*

L'argent volé avait-il financé les études d'Erin ?

John Jean le toisa avec colère et mépris.

— J'en ai assez d'attendre que tu reprennes tes esprits et que tu rentres à la maison ! Je pensais, en revenant, découvrir que cette farce avec le fils Gagnon avait pris fin, mais au lieu de cela, j'apprends que tu l'as fait entrer chez nous ?

Le fils Gagnon ? Quelle étrange façon de parler d'Owen, pensa Erin. Il aurait voulu protester que sa relation avec Owen n'avait rien d'une farce, très loin de là, mais il n'en eut pas le temps.

Son père enchaînait déjà :

— Maintenant, j'entends dire aussi que tes amis et toi fricotez avec les membres du conseil, même ce pantin que nous avons actuellement comme PDG. J'ignore à quoi tu joues, Erin, mais c'est fini, terminé. Tu vas rentrer chez nous, cesser de voir Gagnon et de fouiner autour du conseil. Suis mes ordres à la lettre, sinon, tu le regretteras. Est-ce que c'est clair ?

Non.

Le mot ne franchit pas les lèvres d'Erin. Comme de coutume en présence de son père, il était tétanisé. Il baissa les yeux en silence.

John Jean s'approcha et ajouta d'une voix plus calme :

— Tu n'as pas idée des risques que tu prends ! Il y a des choses qu'il ne faut pas remuer, Erin. Fais profil bas et tu échapperas aux retombées.

D'un ton plus sec, presque sarcastique, il enchaîna :

— Quant à Gagnon, j'ignore si c'était sérieux ou pas, mais c'est sans importance. C'est du passé désormais.

Non, tu ne me le prendras pas. Il ne t'appartient pas. Et moi non plus.

Une fois encore, les mots ne sortirent pas de sa gorge serrée. Erin resta soumis devant son père, tout recroquevillé sur lui-même.

La porte s'ouvrit et Nick appela :

— Erin ?

Sa voix brisa le charme. Erin, bien que toujours secoué, recula.

— O-oui ?

Ignorant John Jean, Nick resta l'embrasure de la porte et regarda Erin, comme s'il n'avait pas conscience d'intervenir au milieu d'une semonce du père à son fils.

— Venez dans mon bureau, Erin, nous avons des dossiers à revoir ensemble.

Il sembla alors remarquer la présence du président du conseil et eut un bref signe de tête.

— Bonjour, John Jean. J'espère que votre voyage s'est bien passé.

Sur ce, il tourna les talons et s'en alla en laissant la porte grande ouverte.

John Jean pointa son fils du doigt.

— Je t'attends ce soir à la maison. Gare à toi si tu ne viens pas.

Muet, Erin regarda son père s'en aller.

Quand il fut enfin seul, il s'écroula dans son fauteuil.

Deux minutes après, Nick revint et referma la porte sur lui avant de s'accroupir devant Erin, son regard était attentif et anxieux.

— Ça va ?

Erin hocha la tête en se frottant la tempe. Il se pencha en avant pour tenter de retrouver son souffle.

— Oui, je crois. Je… je n'étais pas prêt. Je n'ai pas pu parler !

— Wendy n'aurait jamais dû le laisser entrer ! s'exclama Nick, les traits durcis. Qu'est-ce qu'il lui a pris ? Cette corruption que nous découvrons m'écœure de plus en plus, je ne supporte plus d'attendre. Ils pensent diriger cet hôpital et avoir tous les droits ? Ce n'est pas vrai ! Je me fiche de perdre mon emploi à condition de pouvoir donner un bon coup de pied dans ce nid de frelons ! Je ne resterai pas plus longtemps la marionnette dont ils se moquent impunément. Dans ma famille, nous avons le sens des vraies valeurs.

Les paroles de Nick hantèrent Erin tout le reste de la matinée, alors qu'il tentait désespérément de reprendre ses esprits et de travailler.

Dans ma famille, nous avons le sens des vraies valeurs.

Qu'en était-il de celle d'Erin ? Il avait été élevé en pension, par des étrangers, dans une triste solitude. À quel pilier moral était-il censé s'accrocher ?

IL SE préparait à aller déjeuner quand sa porte s'ouvrit de nouveau, cette fois sur un Owen très essoufflé, qui portait toujours son uniforme de salle d'opération, même s'il avait baissé son masque sous son menton et mis son bonnet de travers.

— J'ai entendu dire qu'il était passé te voir !

Owen se précipita vers Erin, il s'agenouilla et prit les deux mains d'Erin dans les siennes.

— Ça va ? ajouta-t-il. Qu'est-ce qu'il t'a dit ?

Erin craignit de voir couler les larmes qu'il avait combattues depuis le départ de son père. Par précaution, il se frotta ses yeux.

— Oui, ça va, souffla-t-il. Il m'a dit d'arrêter de fouiner, de ne plus approcher le conseil, de cesser de te voir et de rentrer à la maison.

Owen resserra son emprise sur les mains d'Erin.

— Je n'arrêterai pas de te voir et je ne veux pas que tu t'en ailles.

Quand Erin sourit, une larme roula sur sa joue. Il caressa tendrement la joue d'Owen.

— Je sais.

— Tu veux que j'aille parler à ton père ? Que je lui ordonne de te ficher la paix ? Je peux y aller tout de suite. J'ai un petit moment avant la prochaine opération. S'il est quelque part dans le bâtiment, je finirai bien par le débusquer.

Le cœur gonflé d'émotion, Erin trouva la réponse à la question qu'il s'était posée un peu plus tôt. *À quel pilier moral s'accrocher ?* À Owen, mais aussi aux sentiments découverts à son contact. Erin était devenu plus fort, plus conscient de sa valeur personnelle. Ces atouts lui appartenaient désormais, il ne les perdrait pas, quel que soit l'avenir de sa relation avec Owen.

Je vais m'accrocher à moi-même.

Il prit entre ses paumes le visage d'Owen.

— Je t'aime.

Owen tourna la tête pour poser un baiser au creux de sa paume.

— Je t'aime aussi. Tu me donnes quartier libre pour le mettre au tapis, alors ?

Erin lui embrassa le nez.

— Non, je préfère que tu retournes travailler sans te faire arrêter pour coups et blessures.

Owen grimaça.

— Erin, je te promets qu'il ne t'arrivera rien, je ne le permettrai pas. Personne ne te fera plus jamais de mal.

Erin glissa de la chaise dans les bras d'Owen, son poids les faisant tous les deux rouler sur le sol.

Je te promets la même chose, pensa-t-il avec passion, tout en embrassant éperdument son amant.

ILS MIRENT un certain temps à peaufiner leur plan, mais le 10 mai, tout était décidé. Owen ne le sentait pas trop, mais tant que ça donnait des résultats, il était partant.

Jared étala un document sur la table alors qu'ils étaient tous réunis un soir chez Owen et lui.

— Bien, il nous faut une diversion pour permettre à Owen de se rendre au sous-sol. Jack, Simon et moi allons prétendre avoir besoin d'un comptable pour nos comptes personnels, ça va occuper Shaw et une partie de son cabinet. C'est là que tu interviens, Nick, avec Erin, tu annonces avoir des questions sur le contrat du cabinet Shaw avec l'hôpital, ce qui devrait mettre le reste en alerte rouge.

Jack fronça les sourcils.

— Mais ne crains-tu pas qu'ils remarquent la disparition d'Owen?

Jared leva un doigt.

— Ah, justement, c'est là que ça devient intéressant. Greta m'a dessiné un plan des lieux. L'escalier du sous-sol est juste là, à côté du cabinet de toilette. Owen peut fouiller discrètement les archives pendant que nous lui accordons le temps nécessaire. Le fils Shaw continuera de nier son implication. Si Owen ne trouve rien, nous passerons à autre chose. S'il tombe sur le jackpot, nous appellerons la police.

Les yeux de Simon s'écarquillèrent.

— La police? Sérieusement?

Les yeux de Jared étaient durs comme du silex.

— Bien sûr. Un détournement de fonds, c'est un délit, surtout de cette importance. Ça ne peut pas durer.

Erin devenait verdâtre.

Nick intervint :

— Ça fait beaucoup si nous débarquons tous à la fois, Jack et Jared pour un comptable et moi avec mes questions, non ?

Jack sourit.

— À mon avis, Jared tient à nous offrir à tous la possibilité d'être là.

Jared haussa les épaules.

— C'est vrai.

Simon tapa du doigt la table.

— Le plus important, c'est qu'Owen ait accès au sous-sol. Et Erin devrait l'accompagner. Comment expliquer la présence d'Owen ? Cherche-t-il lui aussi un comptable ? Ça pourrait être une décision collégiale des médecins de Ste Anne dont vous seriez les représentants… C'est un peu léger, mais avec le bagout de Jared, ça devrait passer. Quand Nick arrive, il crée la panique et, avec un peu de bol, Owen revient à ce moment-là avec des preuves irréfutables.

Jack secoua la tête.

— Ça paraît trop simpliste. Ça ne marche jamais comme ça, sauf dans les films.

Owen était d'accord avec lui. Mais un plan, même foireux, lui paraissait préférable à ne rien faire du tout.

Jared obtint un rendez-vous plus tôt que prévu : le 13 mai.

Par miracle, ils réussirent tous à se libérer de l'hôpital.

— C'est le destin, décréta Simon.

C'était *quelque chose* en tout cas, même si Owen ne savait pas encore le définir.

La veille du rendez-vous, Owen était si agité qu'il quitta la maison sous prétexte de faire des courses et roula un moment le temps de réfléchir.

Il savait qu'Erin craignait d'apprendre l'implication de son père dans ces détournements de fonds. Du coup, Owen avait dans l'idée qu'il était censé réconforter son amant, mais comment ? Il ne savait pas. Il ne comprenait pas pourquoi Erin tenait autant à John Jean.

Il y avait une autre explication, admit-il, en passant pour la troisième fois sur la route qui longeait Bayview Park. S'il était vraiment honnête avec lui-même, peut-être que lui aussi aspirait la rédemption d'un de ses parents. Malgré ses années de thérapie et son acharnement à occulter sa colère et ses émotions, bien qu'il se soit créé une nouvelle famille, bien qu'il répète constamment ne pas avoir besoin dans sa vie des monstres qui avaient détruit son enfance, peut-être n'avait-il pas complètement renoncé à des souvenirs apaisés de son passé. Et c'était sans doute ce qui continuait de le déchirer chaque fois qu'il se laissait aller à y penser. Quand son téléphone sonnait, il se demandait parfois si un de ses parents ne l'appelait pas pour faire amende honorable… Et pendant les vacances «familiales» – Halloween, Noël –, il ressentait le vide qu'il avait créé autour de lui.

La famille. Les liens du sang existaient, même s'il tentait de les nier. Ses parents l'avaient élevé – mal! – et ils resteraient à jamais en lui, pour le meilleur ou pour le pire, à lui arracher le cœur.

Il éprouvait cette même douleur en prenant son violon, réalisa-t-il. Si cette vérité, cette assurance inébranlable lui desséchait l'âme chaque fois qu'il jouait, qu'allait-il se passer s'il y cédait? S'il reconnaissait son envie de se remettre à la musique? S'il admettait ce qu'il avait perdu, ce qu'il souhaitait, tout en sachant que plus rien ne serait jamais comme avant? S'accrocher à une telle douleur semblait insensé…

Sauf que je ne garderais peut-être pas cette douleur avec moi. Peut-être réussirais-je à la dissoudre dans les cordes.

Il se demanda si c'était possible.

Du coup, il eut envie de jouer, là, tout de suite.

Sauf que… d'abord, il n'avait pas de violon sous la main, ensuite, il était censé rapporter du lait et des œufs.

Il se dirigea donc vers l'épicerie. Avant d'y entrer, il envoya un texto à Jack pour lui emprunter son violon le soir même.

À peine dans le magasin, il tomba sur Christian West. Il fit un pas de côté, West eut le même réflexe et ils se trouvèrent face à face.

West ricana :

— Tu me parais bien pressé, Owen!

Owen ravala la bile qui lui remontait dans la gorge.

— Désolé d'avoir failli vous télescoper. J'ai des courses à faire.

Quand il recula, West le retint.

— Pas si vite. Je suis content de tomber sur toi, justement, je voulais te parler.

Owen tenta de cacher sa réaction de dégoût, mais c'était difficile. Il croisa les bras sur sa poitrine.

— De quoi?

— Ah, toujours cette agressivité latente. Mais tu n'as pas à être comme ça avec moi. Je t'ai connu bébé sur les genoux de ton père.

Owen tenta encore de s'en aller, il ne le put. West l'avait acculé entre deux rayons.

Il se pencha et susurra à l'oreille d'Owen :

— Tu ne fais pas le poids, mon garçon, tu es trop impulsif, tu agis sans réflexion ni planification. Tu laisses les autres te contrôler, tu ne sais pas te contrôler toi-même. Tu cèdes trop vite à la colère. Tu es bien comme ton père, conclut-il avec un ricanement sardonique.

Owen tourna les talons et quitta le magasin presque en courant, il revint jusqu'à sa voiture. Ses mains tremblaient et sa vision était devenue floue, mais il devait s'échapper, fuir très loin de West.

Peu après, il arrivait dans un état second chez Jack et Simon. Il n'avait même pas vérifié sur son téléphone si Jack avait répondu à son texto.

Owen frappa, la porte s'ouvrit. Jack apparut avec l'instrument en main, bien rangé dans son étui.

— Tu ne m'as pas donné d'heure, mais je me suis dit que tu allais passer sans tarder, alors…

Il s'interrompit tout net en découvrant le visage d'Owen.

— Qu'est-ce que tu as ? reprit-il sur un autre ton. Tu veux entrer ?

— Non, merci, ça va aller. Si tu veux bien, je garderai ton violon quelques jours.

Jack lui tendit l'étui, il semblait soucieux.

— Bien sûr. Pas de problème. Si tu as besoin de quelque chose, tu sais où me trouver.

— Oui, merci.

Owen serra l'instrument contre sa poitrine et retourna à sa voiture.

Il alla au parc de Bayview, à l'endroit où il avait rencontré Erin autrefois. Ce même jour, il avait officiellement renoncé à devenir violoniste et opté pour la médecine dans la même université que Simon et Jared.

Il se souvenait d'Erin à présent, le garçon de dix-sept ans, pas l'adulte qu'il avait connu plus tard à Ste Anne. En ce jour lointain, il avait trouvé Erin éthéré et mystique, aussi beau qu'une licorne de contes de fées, celui dont tout Copper Point parlait à voix basse depuis des années, « le fils Andreas ». Peu après, la vision s'était évanouie, emportée par la marée ayant anéanti ce qui restait de sa jeunesse.

Puis Erin était revenu dans sa vie quand il avait été nommé – par son père et le conseil – DRH dans l'hôpital où travaillait Owen. Bien entendu, il l'avait considéré comme un ennemi, le clone de son père.

Alors, l'ogre avait déchaîné sa colère et sa verve cinglante sur le fils Andréas. Erin n'avait jamais reculé. Au final, il avait réussi l'impossible : il avait ouvert les fenêtres de sa tour d'ivoire et invité Owen à l'y rejoindre.

L'agitation d'Owen devenait si aiguë à présent qu'elle en était douloureuse. Il alla jusqu'au fond du parc, un endroit d'où il pouvait regarder la baie. Au clair de lune, l'eau paraissait sombre et dangereuse.

Tu laisses les autres te contrôler, tu ne sais pas te contrôler toi-même. Tu cèdes trop vite à la colère. Tu es bien comme ton père !

Owen laissa les mots de West le découper à un endroit qu'il ne se permettait jamais d'explorer : son cœur. Il laissa le sang dégoutter et réveiller le monstre en lui.

En même temps, il ajusta le violon sous son menton.

Écoutons ce que tu as à dire, mon ogre.

Dès qu'il se mit à jouer, les larmes coulèrent sur son visage. Quelle était la chanson ? Il n'en savait rien. Peut-être l'avait-il entendue quelque part, peut-être la composait-il au fur et à mesure en écoutant les sanglots de son cœur brisé et solitaire. Il ne bloqua aucune note, il ne tenta pas d'arrêter, il n'avait pas peur. Il ne retint pas son souffle dans l'espoir que puiser dans sa douleur le libère. Il ne reconnut pas qu'il était comme son père, pas plus qu'il ne nia une éventuelle ressemblance. Il ne musela pas le vague regret qui le traversa à l'idée que sa brutale réaction aux aveux de sa mère avait peut-être été excessive et qu'il s'était privé bien trop longtemps d'une musique qui aurait pu être sa consolation. Pourquoi nier ses émotions ? Il ne répondit pas non plus au contre-argument immédiat de son cerveau, affirmant qu'après une telle trahison, il avait eu besoin de temps pour cicatriser et arriver à ce jour où il pouvait à nouveau envisager de toucher un archet.

Owen joua pour lui tout seul, sans crainte ni hésitation. Il tenait à voir ce qu'il éprouvait s'il ne retenait rien.

Son jeu était plus intense, plus poignant que dans son souvenir. Plus brillant aussi, avec des résonnances plus profondes qui contaient sa douleur. Il entendit sous ses doigts le chagrin, la perte, la mélancolie et les regrets. Il entendit aussi la résilience. Et le goût de la vie et la beauté.

Je ne suis ni ma mère ni mon père. Ils me manquent, comme me manquera toujours la vie que j'aurais dû avoir. Pourtant, je ne suis pas celui qu'ils ont tenté de formater. Je me suis créé seul, avec l'aide des amis que je me suis choisis. Ils m'aiment.

Je suis entouré de personnes qui m'aiment.

Pourquoi ne pas m'aimer aussi ?

Oui, même avec mon alter ego, l'ogre qui vit en moi.

Owen poussa un très long soupir, puis il continua à jouer.

Il joua longtemps dans la nuit, l'obscurité, dans le vent de la baie. La musique comblait le gouffre qui existait entre son présent et son passé, il joua les notes qui auraient dû être et celles qui viendraient.

XVII

QUAND OWEN rentra enfin, Jared et Erin étaient dans la cuisine, manifestement inquiets. Tous deux se levèrent à sa vue.

— Nous étions sur le point de partir à ta recherche, déclara Jared.

Owen fit bouger l'étui du violon sur son dos.

— Je suis tombé sur Christian West, annonça-t-il. Nous devons envisager la possibilité qu'ils nous aient battus au poteau.

Erin secoua la tête.

— Compte tenu de ce que Jared nous a dit, je doute qu'ils sachent que Shaw a conservé ses archives, tu ne crois pas ?

Le regard d'Erin s'attarda sur le violon. Owen serra plus fermement la sangle.

— Je ne sais pas, admit-il.

Jared se leva avec un soupir fatigué.

— Nous le saurons bientôt. La journée de demain sera chargée. Je suggère que nous couchions tôt.

Une fois dans la chambre à l'étage, Erin et Owen se déshabillèrent en silence.

Une fois étendu contre son amant, dans le noir, Erin demanda enfin :

— Tout va bien ? Tu paraissais secoué quand tu es revenu.

Du bout des doigts, Erin caressait ses épaules nues. Owen lui saisit la main et emmêla ses doigts aux siens.

— Ça va, oui. West m'a mis en colère, alors… je suis allé au bord de la baie et j'ai joué un moment. Ça m'a fait du bien.

Il faisait sombre dans la pièce, mais Owen devina qu'Erin écarquillait les yeux.

— Tu as joué ?

Owen hocha la tête.

— Oui, longtemps. Je me sens mieux.

Erin sourit.

— J'en suis heureux.

— Et *toi* ? demanda Owen. Tout va bien ?

Erin se blottit contre sa poitrine.

— Non, pas vraiment. Si mon père est impliqué, je vais souffrir, mais je ne vois pas comment l'empêcher.

Owen posa un baiser sur ses cheveux et lui caressa le dos d'une main apaisante.

— S'il est impliqué, tu pleureras un moment, puis tu continueras à vivre. Et je serai là. Toujours.

Il ferma les yeux et chercha à retrouver cette paix sereine qu'il avait découverte en jouant. Il reprit d'un ton très doux :

— Même s'il a commis des actes répréhensibles, même si ça te brise le cœur, il reste ton père et tu es en droit de l'aimer.

Sans répondre, Erin se blottit davantage contre lui.

LE MATIN arriva trop tôt, trop lumineux, trop vif.

Owen profita mal de ses exercices physiques et son petit déjeuner eut du mal à passer. Il avait la langue plâtreuse. Il trouva aussi son café trop amer. Et c'était sans doute un signe du destin, car quand il lut la devise écrite sur son mug, il découvrit : *la lie est encore plus amère*.

En arrivant à l'hôpital, il fut heureux de se découvrir un planning chargé. Au moins, il n'eut pas le temps de ressasser ses doutes et ses contrariétés.

Dans l'après-midi, il y eut même une opération d'urgence et Erin craignit un moment de ne pouvoir partir à l'heure pour leur rendez-vous. Par miracle, tout s'arrangea. Jared sortit également de la clinique et, à dix-sept heures trente, ils étaient tous les six derrière la haie du parking à synchroniser leurs montres – métaphoriquement parlant.

Jared ajusta sa cravate et s'adressa au groupe :

— Bon. Jack, Owen, Simon et moi entrerons les premiers, puisque nous avons rendez-vous. Nick, Erin et toi devrez nous suivre de quelques minutes. Il faut créer une perturbation afin qu'Owen puisse filer. Erin, éventuellement, pourra demander où sont les toilettes. Vous vous éclipsez tous les deux, vous descendez dans la salle des archives et là, soyez rapides. D'après Greta, les boîtes sont étiquetées SA, rien d'autre. Vous risquez d'avoir à déplacer d'autres cartons avant de tomber dessus, c'est le bordel, d'après ce qu'elle dit. Il nous faut un nom pour suivre la piste.

Nick grimaça en jouant avec les manchettes de sa chemise.

— Si le sous-sol a été réaménagé en salle de repos pour le personnel, nous aurons perdu notre temps !

Jared avait dans les yeux un feu qu'Owen n'était pas sûr de lui avoir jamais vu.

— Non ! Ça n'arrivera pas. J'ai foi en Greta et en le gang Scoubidou. Maintenant, allons-y, sus aux méchants !

— Oui, Fred, murmura Jack, avec un sourire.

Si Owen avait eu de sérieux doutes quant aux manœuvres de diversion, elles furent remarquablement efficaces. Jack et Jared jouèrent la carte charme, Simon fut le fidèle assistant et quand Nick entra, il était à fond dans son rôle de PDG survolté.

Comme Jared l'avait prévu, les bureaux se vidèrent et tout le personnel, curieux, vint assister à l'altercation.

Même si Owen et Erin avaient emprunté l'escalier du sous-sol en faisant des claquettes, personne ne leur aurait prêté attention.

Une fois la porte refermée sur eux, Erin prit la main d'Owen.

— J'espère que nous ne sommes pas venus pour rien !

Owen l'espérait aussi. Il retint son souffle en poussant la porte de la salle des archives. Comme Greta l'avait annoncé, elle était pleine à craquer de cartons et de vieux documents. Au fond, à gauche, des boîtes blanches avec les lettres SA contenaient les comptes du centre médical de Ste Anne, y compris les salaires et les règlements aux sous-traitants. Erin s'accroupit à côté d'Owen, scannant les dossiers avec lui.

— Je n'y comprends strictement rien, admit-il. Aurons-nous le temps de trouver des preuves ?

Owen, très concentré sur sa tâche, leva la main pour le faire taire. Il y avait une énorme masse de documents, d'informations, de chiffres, de comptes. Mais il y avait aussi des noms. Beaucoup des noms. Des noms qu'il connaissait.

Il avait l'impression de découvrir une capsule temporelle de Copper Point, un retour à sa jeunesse, à ses premiers jours de travail à l'hôpital, aux années qu'il avait passées à l'université, et même plus loin, dix ans avant sa naissance… Chaque nouvelle boîte lui donnait une nouvelle époque. Médecins et infirmières, secrétaires, cuisiniers, le personnel d'entretien, tous entraient et repartaient… les administrateurs aussi, les PDG… Il n'y avait que deux noms, le corrompu, dont ils cherchaient les complices, et Nick.

Il arriva enfin au conseil, ce conseil qui étranglait Ste Anne d'un poing d'acier, avec toujours les mêmes membres, aucun ne lâchant jamais prise.

Owen se figea. *Attends voir.*

Il sortit un document, puis un autre dans une autre boîte, puis un autre, puis un autre… Quand les pièces du terrible puzzle se mirent en place, il laissa échapper un soupir, il était sous le choc.

Seigneur! Ils n'avaient même pas utilisé de noms d'emprunt sur leurs comptes. Ils étaient sûrs d'eux et arrogants à ce point, persuadés de ne jamais avoir à répondre de leurs actes!

Owen ne pouvait pas y croire. Il n'y avait pas un seul coupable, mais…

— Owen?

Nick? Il cligna des yeux et se retourna. Il vit Nick, mais aussi Jared, Jack, Simon et Erin. Et plusieurs membres du personnel et Shaw, qui semblait prêt à exploser.

Le comptable ne pipait mot cependant. Il regardait Owen. Tout le monde regardait Owen, attendant le dernier acte du show.

Oui, j'ai ce qu'il faut pour finir en beauté, pas vrai?

Simon se pencha en avant.

— Tu as trouvé quelque chose, Owen?

Cette fois, Shaw réagit en marmonnant entre ses dents :

— C'est ridicule! Il n'y a rien à trouver.

Il avait l'air un peu inquiet, cependant.

Owen l'ignora et répondit à Simon.

— Oh, oui. J'ai trouvé le coupable. Ou plutôt, les coupables : tous les membres du conseil sont impliqués dans ces détournements de fonds, TOUS! Y compris l'ancien PDG et mon père, à l'époque où il vivait encore à Copper Point. Et Shaw senior les a aidés.

Shaw junior s'avança, les yeux écarquillés.

— Non! Mon père n'aurait jamais…

— Votre père a laissé toutes les preuves nécessaires ici même, il les a tous condamnés. En vérité, un seul nom manque, celui du président actuel du conseil : John Jean Andreas n'a jamais touché un sou de ces malversations.

Il regardait Erin en parlant.

Jared haussa si haut les sourcils qu'ils disparurent sous sa frange.

— Tu plaisantes? Il n'aurait rien vu?

Nick secoua la tête.

— Oh, je suis certain qu'il a eu des doutes, mais il a préféré se taire et protéger ses petits copains. Ça fait des décennies qu'il les fréquente, vous ne me ferez jamais croire qu'il n'était pas au courant.

Erin n'avait toujours pas dit un mot, il tomba lourdement assis sur un carton, les yeux baissés. Owen aurait voulu le réconforter, mais il était encore enfoui dans la paperasserie.

Dès qu'il bougea, Shaw avança vers lui en se tordant les mains.

— Qu'est-ce qu'on fait maintenant ?

Owen n'aima pas le regard spéculatif du comptable sur les archives. Prévoyait-il de s'en débarrasser ?

Owen récupéra les boîtes révélatrices alors que Jack sortait son téléphone.

— Nous appelons les autorités, bien entendu, déclara le chirurgien. Qu'y a-t-il d'autre à faire ?

Nick lui posa la main sur le bras.

— Nous ne sommes pas à Houston, Jack. Les « autorités », comme tu dis, ont de grandes chances d'être apparentées d'une façon ou d'une autre aux membres du conseil. Il nous faut contacter le procureur du comté et je n'ai pas son numéro sous la main. En attendant, évitons surtout que Shaw détruise les preuves.

Le comptable se hérissa.

— Jamais, je ne…

Nick lui coupa la parole d'une voix que la fureur déformait :

— Vraiment ? Mon père a eu des soupçons, j'en suis certain, pendant le bref moment qu'il a passé au conseil. Il a tenté de les faire tomber. Voilà pourquoi, quand West est revenu, ils ne se sont pas contentés de le renvoyer, ils se sont acharnés sur lui, ils l'ont ruiné. C'est à cause d'eux qu'il a fait cette crise cardiaque qui lui a été fatale. Alors plus un mot sur qui va contacter qui, je me charge de tout. Et qu'on ne me parle plus du gang Scoubidou. La métaphore a changé. C'est *Brooklyn Neuf-neuf* [22] à présent !

Il frappa furieusement l'écran de son téléphone.

— J'appelle Rosa, conclut-il.

Shaw, manifestement perdu, bredouilla :

— Pardon, il appelle *qui* ?

Jack avait remis son téléphone dans sa poche

— Rebecca Lambert-Diaz, répondit-il.

Shaw gémit et recula pour s'adosser au mur.

---

22 Série télévisée américaine qui raconte la vie d'un poste de police à l'arrivée d'un nouveau capitaine, froid et strict.

Alors que Nick se retirait dans une autre partie de la pièce pour expliquer la situation à Rebecca, Owen enjamba les boîtes de dossiers, il s'assit près d'Erin, l'attira sur ses genoux et le serra très fort.

QUELQUES HEURES plus tard, Erin était assis avec les autres comploteurs et Rebecca autour de la table chez Owen et Jared, ils passaient en revue les boîtes que Shaw leur avait remises.

Le procureur du comté, parti quelques jours en famille, rentrerait le lendemain pour récupérer ces preuves accablantes. En attendant, il avait accepté de les laisser aux bons soins de ses découvreurs, Owen et Jared.

Les boîtes blanches s'entassaient donc sur la table de la salle à manger, dans le salon et sur le plancher de la cuisine. Elles puaient la poussière, le vieux papier moisi et la corruption.

Et mon père est impliqué, pensait Erin.

— Il est impossible que John Jean n'ait pas eu connaissance de ces vols, disait justement Rebecca, mais il n'y a aucune preuve tangible contre lui, ni dans les archives de Shaw ni dans les dossiers comptables que Nick et Erin ont empruntés. La seule façon de l'impliquer, c'est qu'il avoue – ou qu'un des autres le charge. Et j'ai du mal à y croire. Nick a convoqué une réunion extraordinaire du conseil pour demain. Peut-être pourrons-nous faire jouer l'effet de surprise. Peut-être l'un d'eux va-t-il craquer devant le procureur du comté.

Jack secoua la tête.

— C'est une perspective assez vague.

— C'est tout ce que nous avons, souligna Jared.

— Moi, ajouta Simon, je crains surtout que Shaw ou un de ses employés crache le morceau et prévienne le conseil.

Rebecca eut un sourire létal.

— Shaw filera droit. Nick, Jared et moi l'avons pris à part pour lui faire un petit topo. À l'heure actuelle, sa seule option pour continuer de travailler à Copper Point, c'est que le nom de son père reste dans la mémoire collective comme celui qui a aidé à faire tomber les malfaiteurs et non comme leur complice.

Owen fit la grimace.

— Même si c'est lui qui a tout organisé ?

Rebecca lissa un document posé devant elle.

— Ce n'est pas lui, affirma-t-elle. Il est mort, nous ne pouvons plus rien contre lui. Et ne pas ternir sa mémoire contre la participation de son fils ne me gêne pas. Une fois l'histoire ébruitée, nous ne pourrons plus la contrôler aussi facilement. Je veux essentiellement faire tomber les membres encore actifs. Ils iront tous en prison.

En prison.

Erin se leva et quitta la pièce. Il ne fut pas surpris qu'Owen le suive, mais il ne voulait pas l'entendre lui demander si tout allait bien. Ce n'était pas le cas.

Sans mot dire, Owen sortit avec lui sous le porche et regarda la nuit.

— J'avais besoin d'air, finit par dire Erin.

— Moi aussi.

Owen mit ses mains dans ses poches et leva les yeux vers les étoiles. Il ajouta :

— Personne ne te dira rien.

Erin eut un rire amer.

— Si, bien sûr ! Toute la ville va en parler.

— Tu as raison, je me suis mal exprimé. Aucun de nous ne t'en voudra si tu préfères rester à l'écart et ne pas t'impliquer dans la phase finale. Tu as entendu Nick ? Il tient à tout gérer. Et Rebecca est tout aussi acharnée à faire tomber le conseil. Tu as des sentiments pour ton père, alors, assister à la réunion de demain risque d'être très douloureux pour toi. C'est à toi de décider si tu veux cacher ta souffrance ou l'exprimer, il n'y a pas de bonne ou de mauvaise solution. Je te soutiendrai, quoi que tu décides.

Erin fut tenté de pleurer, de se jeter dans les bras d'Owen, de monter dans sa chambre et se blottir sous la couette pour tout oublier. Pourtant, il ne bougea pas. Il resta planté là, tout engourdi. Depuis la terrible révélation d'Owen dans le sous-sol du cabinet Shaw, il se sentait éviscéré, congelé, inerte.

— J'aimerais rester seul un moment.

Il ne reconnut pas sa voix, c'était comme si quelqu'un d'autre avait parlé, quelqu'un de très lointain.

Owen lui serra doucement le bras et l'embrassa sur la joue.

— D'accord. Je serai à l'intérieur si tu as besoin moi.

Une fois seul, Erin étudia ce qu'il ressentait. C'était comme s'il avait quitté son corps… pour être dans différents corps à la fois. L'un d'eux était engourdi, incapable de penser, de ressentir ou de bouger. Un autre était fou de rage, prêt à jurer, à déchirer ses vêtements, à s'arracher les cheveux, à tout casser. Un autre avait envie de sangloter, de s'effondrer, de se vider de son chagrin. Un autre était déterminé à prendre les clés de la voiture d'Owen et foncer tout droit dans la nuit.

Sans se donner le temps de réfléchir, Erin suivit cette dernière impulsion.

IL S'ARRÊTAIT à un feu rouge du centre-ville quand il se demanda enfin : *je vais où comme ça ?*

La réponse vint plus vite qu'il ne s'y attendait : *voir mon père une dernière fois.*

Rage, chagrin et engourdissement tourbillonnaient en lui dans une tempête déchirante. Erin s'y abandonna tout en conduisant, en pilotage automatique, jusqu'au manoir Andreas.

Alors qu'il approchait, la voix de la raison le transperça. *Attention ! Tu ne peux rien révéler de ce que tu sais. Ne détruis pas le travail des autres sous prétexte que tu souffres.*

Pourtant, il hésita, tenté. Il se reprit vite. Il ne pouvait oublier la façon dont Nick avait évoqué la mort précoce de son père. Si John Jean était coupable, il devait payer. Ce n'était que justice.

Je veux voir son visage.

Cette fois, Erin savait ce qu'il allait faire : il se faufilerait dans la maison sans que son père le sache. Il savait marcher sans être entendu, s'attarder sans être vu dans les endroits où il n'était pas censé se trouver. Il l'avait fait toute sa vie. Si Diane l'avait surpris la nuit où il était venu chercher ses affaires, c'était seulement parce que ceux qui l'accompagnaient n'avaient pas été assez discrets.

Erin prit le chemin des fournisseurs et laissa la voiture derrière le garage, comme il était censé le faire quand une réception au manoir réclamait que le parking reste libre.

La lune, haute dans le ciel, éclairait la route. Il coupa ses phares au dernier tournant avant la maison. L'air était vif, mais la brise apportait déjà un souffle printanier. Il descendit de la voiture et approcha de la porte de la cuisine en remerciant silencieusement le ciel que Diane soit déjà rentrée chez elle. Il glissa aussi la main dans sa poche pour éteindre son téléphone. Tout allait marcher comme sur des roulettes.

Il posait sa main sur la poignée quand il se figea. Il venait de remarquer une voiture étrangère devant la maison.

Une visite, à cette heure tardive ?

Avec plus de prudence encore, Erin ouvrit la porte. Le rez-de-chaussée était silencieux. Il comprit que son père recevait son invité tardif dans son bureau, au premier. Sans rien allumer, il monta l'escalier de service, la main posée sur le mur.

Peu avant d'atteindre le palier, il entendit une voix familière :

— … même si elle a récupéré les doubles des livres comptables, rien ne peut la mener jusqu'à nous. Et aucun de nous ne garde chez lui de documents compromettants. Mike y veille tout particulièrement.

Christian West.

Il était dans le bureau du père d'Erin à discuter des fonds dérobés.

Erin resta l'oreille tendue, sans bouger.

Le soupir de John Jean exprimait l'agacement.

— Je suis certain qu'ils s'apprêtent à passer à l'offensive. Je ne vous parle pas de Lambert-Diaz, mais *d'eux.*

West s'esclaffa.

— Vous parlez de votre fils et de sa bande de Robin des Bois ? Eh bien, ce ne sera pas la première fois que nous affronterons ce genre d'adversaires, pas vrai ? Voyons, JJ, c'est un cycle immuable.

— Vous ne toucherez pas à mon fils.

West fit claquer sa langue.

— Oh, j'ai peur qu'il ait bientôt le cœur brisé, parce que le bon docteur, son fougueux compagnon, sera le premier à tomber. D'ailleurs, Gagnon est une grenade prête à exploser, il suffira de le titiller sur son père et *boum !* une bonne scène publique. Ensuite, nous planterons sur son ordinateur de quoi l'accuser. Vous me direz comment vous voulez régler cette petite affaire. Quant aux autres, une faute professionnelle est si vite arrivée et détruit si complètement une carrière prometteuse. L'infirmier, lui, n'a aucune importance, je peux le faire virer dès demain. Il nous restera notre bon PDG : il fera un parfait bouc émissaire.

Et West gloussa sombrement.

John Jean ne riait pas.

— Tout cela ne me plaît pas.

— Vraiment ? Jusqu'ici, vous ne vous êtes jamais soucié des tristes réalités de l'épuration, JJ. Continuez de fermer les yeux et laissez-nous manager.

— Vous avez failli conduire Ste Anne à la faillite !

286

— Le marché boursier a connu une longue période de récession, voilà tout, vous vous êtes affolé et vous avez voulu intervenir. C'est *ça* qui a failli nous faire couler, ajouta West d'une voix dangereuse. Je vous rappelle que vous êtes désormais aussi impliqué que nous. Vous n'avez peut-être pas piqué dans la caisse, mais vous nous avez laissés faire, ce qui est également un délit punissable par la loi. Nous avons accepté que vous viriez Albertson et Lamb sans vous salir les mains, mais vous avez désormais joué vos atouts. Alors soit vous vous confessez au procureur du comté, soit vous vous taisez en faisant ce qu'on vous dit de faire, ce qui est votre rôle principal.

Erin attendit longtemps, mais son père n'ajouta rien.

De toute évidence satisfait, West reprit, d'une voix doucereuse :

— Très bien. Vous devenez pénible ces derniers temps, JJ. J'en viendrais presque à regretter William. Lui au moins savait vous gérer.

Quand West soupira, Erin devina qu'il souriait.

— Ne bougez pas, JJ, je saurai retrouver mon chemin.

Le silence retomba, uniquement troublé par le « *tic-tac* » de la vieille horloge du couloir. Erin ne bougea pas avant d'entendre la voiture de West faire crisser les graviers de l'allée.

Alors seulement, il monta les dernières marches de l'escalier, il traversa le palier et poussa la porte du bureau de son père.

À ce bruit, John Jean leva les yeux. En voyant son fils, son expression lasse disparut, il paraissait en état de choc.

— Erin ?

Erin n'était plus en conflit, ni vacant ni désireux de choses qu'il n'aurait su nommer. Deux émotions seulement bouillonnaient en lui : la rage et la douleur. Il traversa la pièce en trois enjambées et affronta son père, les narines palpitantes, les poings serrés à ses côtés.

— Monstre ! Tu savais, tu as toujours su ! Ah, ton précieux hôpital, cette institution à laquelle tu m'as sacrifié, tu les as laissés le piller depuis avant ma naissance ! *Toi* ! Et tous ceux qui ont essayé de s'interposer, tu les as jetés en pâture aux loups, tu as protégé les voleurs. Ah, comme tu as dû rire quand je t'ai demandé d'engager Nick comme PDG, après ce que tu avais fait à son père. Et moi qui le poussais constamment à s'affirmer davantage, moi dont le père a tué le sien !

John Jean leva la main.

— Non ! J'ignorais ce qu'ils comptaient…

— Tu savais qu'ils envisageaient de se débarrasser de lui !

Devant sa colère virulente, son père se tut, stupéfait.

— Ce sont des voyous sans foi ni loi, insista Erin, et tu le savais. Et tu n'as rien fait pour les arrêter. Ni pour aider le père de Nick, ou sa famille ni pour aider Copper Point, cette ville que tu prétends aimer !

Toujours vibrant de rage, Erin plissa les yeux. Il pointa le doigt sur son père et jeta d'une voix aussi tranchante qu'un couteau :

— J'ai encore une question pour toi, *Père*. Et tu vas me répondre tout de suite : que savais-tu des agissements de William Gagnon ?

John Jean se redressa légèrement, l'air perplexe.

— William ?

Un autre morceau de fureur déchaînée explosa dans la bouche d'Erin – elle avait un goût d'amertume et de rêves défunts.

— Si j'apprends un jour que tu étais au courant de ce qu'il faisait subir à Owen, je brûlerai ce manoir le jour même où j'en hériterai !

John Jean se recroquevilla, le visage défait. Et pour la première fois, il fixa son fils avec dans les yeux une lueur désespérée.

— Erin ! Je…

Erin sentit des larmes sur ses joues, un rire aigu s'étouffa dans sa gorge.

— Non, ne réponds pas. Je ne te crois plus. Tu n'es qu'un menteur et un manipulateur. Un minable voleur, un lâche. Tu as laissé la lie de Copper Point voler à Ste Anne des millions et des millions. Tu as repoussé ceux qui ne demandaient qu'à t'aimer, tu as détruit des familles, y compris les Beckert, les seuls à m'avoir toujours accueilli et choyé. Tu as transformé la maison de mon enfance en musée glacial où je n'avais pas le droit d'entrer. Je ne veux plus jamais te voir. Je te renie, ainsi que tout ce qui a trait au nom d'Andreas.

— *Erin !*

Erin tourna les talons. À la porte, il s'arrêta et jeta à son père un regard froid et méprisant – exactement semblable à ceux qu'il avait si souvent reçus. Et dont il avait tant souffert.

— Et si toi ou un de tes sbires malfaisants essaie de toucher à Owen, je m'occuperai personnellement de vous en faire passer l'envie.

Ignorant les pleurs de son père, il descendit par le grand escalier et sortit par la porte principale.

Il quitta le manoir sans un regard en arrière.

XVIII

Au bout d'une heure, voyant qu'Erin ne revenait pas, Owen sortit le chercher, mais sans le trouver.

Il revint dans la salle à manger, où les autres discutaient toujours, et interrompit la conversation en disant :

— Hé, auriez-vous vu Erin ?

Jack regarda autour de lui.

— Je vous croyais dehors ensemble.

Owen sentit une angoisse soudaine lui tordre les tripes.

— Oui, mais ça fait un bail. Il a voulu rester seul, je l'ai laissé, ce qui a été idiot de ma part, je le réalise maintenant. Il n'est pas dehors et je ne l'ai pas vu entrer.

Ils se mirent à fouiller la maison, la cour et le garage. Jared découvrit alors que la voiture d'Owen ne s'y trouvait plus.

Une fois encore, Owen composa le numéro d'Erin. Au même moment, il entendit des roues dans l'allée. Il se précipita.

Quand Erin sortit de la voiture, il ne ressemblait plus à l'être amorphe qu'Owen avait laissé sous le porche, non, il était au bord de l'implosion nucléaire.

— Mon père est complice ! jeta-t-il, rageur. Il n'a rien touché, mais il était au courant et il les a laissés faire. Chaque fois que le conseil se sentait menacé, il réagissait en frappant à la jugulaire et là non, plus, mon père n'a pas réagi. Ils sont au courant de notre enquête et ils s'apprêtent à faire la même chose avec nous.

L'intérêt de Rebecca s'éveilla.

— Comment le savez-vous ?

— Je suis allé au manoir voir mon père et j'ai surpris une conversation édifiante entre Christian West et lui.

Erin se tourna alors vers Nick, et la colère qui l'avait soutenu commença à se calmer.

— Nick, ajouta-t-il, je suis vraiment désolé. Je les ai entendus parler de ton père. Quand je pense combien toi et ta famille avez été gentils avec moi, alors que pendant ce temps mon père…

Il baissa les yeux pour continuer :

— Mais tu le savais déjà, pas vrai, Nick ? Vous le saviez tous ! Il n'y a que moi, pauvre aveugle, qui n'avais rien vu, rien compris.

Nick resta stoïque, avec cette réserve détachée qu'Owen comprenait soudain beaucoup mieux.

— Maintenant, tu sais, Erin. Et j'aimerais savoir ce que tu as dit à ton père. Lui as-tu parlé de nos projets ?

Erin eut un rire amer.

— Non. Je l'ai juste traité de menteur, de voleur, de manipulateur. Je l'ai renié. Oh, j'ai aussi menacé de lui régler son compte s'il s'en prenait à Owen.

Quand il se tut, le silence fut pesant.

Finalement, Simon s'enhardit à demander :

— Erin, ça va ?

Erin ferma les yeux et se balança d'avant en arrière.

— Non, je ne crois pas.

Alors Owen lui passa un bras autour de la taille et le raccompagna dans la maison. Il aurait bien voulu l'emmener se coucher, mais Rebecca s'interposa : elle tenait à enregistrer ce qu'Erin avait entendu de Christian West. Erin ayant annoncé qu'il préférait parler sans la présence d'Owen, ce dernier les laissa et retourna sur le perron.

En voyant que Simon l'accompagnait, Owen lui lança un regard sombre.

— Je ne compte pas m'enfuir en voiture, grommela-t-il. Je n'ai pas besoin de baby-sitter.

Simon s'approcha, glissa le bras sous le sien et posa la tête sur son épaule.

— Je sais. Mais je me suis dit qu'un peu de compagnie ne te ferait pas de mal.

Il n'avait pas tort. Owen fixa l'obscurité de l'autre côté de la rue.

— Je ne l'ai jamais vu comme ça.

— Il essaie de te protéger.

— Mais je n'ai pas besoin de l'être !

— Nous avons tous ce même instinct, Owen : protéger ceux que nous aimons.

Owen grimaça et se balança sur ses talons.

— Je sais ce que Rebecca a derrière la tête. Elle espère utiliser le témoignage d'Erin pour faire tomber son père. En théorie, je suis d'accord, mais dans la pratique, je m'inquiète de l'impact que ça aurait sur Erin.

— Peut-être que cela l'aidera à tourner la page.

Owen soupira.

— Peut-être. Je crains surtout que ça l'endurcisse et ça ne me plaît pas. Sauf que nous n'avons pas d'autres options. Il faudrait que l'un d'eux avoue, ce qui n'arrivera…

Il se tut en voyant une voiture se garer devant la maison. La portière du conducteur s'ouvrit et John Jean sortit.

Simon fit un pas vers la maison.

— Je vais chercher…

Il hésita.

— Non, coupa Owen. Ne préviens personne.

Owen se dirigea vers John Jean.

En voyant Owen avancer vers lui, le père d'Erin parut hésiter à remonter dans sa voiture et à fuir. Il ne le fit pas. Il resta appuyé à la carrosserie.

Owen croisa les bras sur sa poitrine et étudia attentivement John Jean. Il était un peu surpris : c'était comme si le père et le fils avaient interverti leurs personnalités, parce que si Erin était arrivé plein d'arrogance et de feu, John Jean, lui, était hésitant.

— Je suis venu voir mon fils.

Quand les poules auront des dents.

— Erin est occupé en ce moment, jeta Owen. Et je doute qu'il tienne à vous voir. Si vous faites tout ce cinéma pour m'attendrir, ça ne marchera pas.

L'espace d'une seconde, John Jean se ranima, une vague d'irritation lui empourpra les joues.

— Du cinéma ? Qu'est-ce qui vous prend…

Il se coupa et s'essuya la bouche d'une main tremblante.

— Je devrais m'en aller, bredouilla-t-il.

— Attendez.

Owen leva la main et, à sa grande surprise, John Jean s'immobilisa. *Tout ça devient vraiment bizarre. Je ne le reconnais plus du tout.*

— J'ai plusieurs questions à vous poser, insista Owen. Suivez-moi jusqu'au garage, nous y serons tranquilles. Mais avant ça, je vais déplacer votre voiture, il ne faut pas qu'il la voie. Donnez-moi vos clés.

Il s'attendait à un refus. Ce ne fut pas le cas. John Jean fouilla dans sa poche et lui tendit son trousseau.

— Montez, dit encore Owen.

John Jean contourna la voiture et prit le siège passager.

291

Après un coup d'œil jeté par-dessus son épaule à un Simon abasourdi, Owen haussa les épaules, il s'installa au volant de la BMW et la cacha derrière le garage. Il coupa ensuite le moteur, mais il resta à sa place, les clés dans la main.

— Que voulez-vous encore à Erin ? demanda-t-il. Vous ne pensez pas lui en avoir assez fait ? Il est revenu bouleversé.

Les traits tordus, John Jean fixait sans le voir le tableau de bord.

— Mon but n'est pas de le troubler davantage. Je tenais juste à m'excuser, à lui expliquer.

Seigneur, il ne doute de rien !

— Commencez avec moi, alors. Allez-y, dites-moi comment vous comptez justifier ce que vous avez fait.

Le père d'Erin ferma les yeux et se mit à parler :

— Tout a commencé de façon innocente. Nous ne parvenions pas à garder un conseil en place et l'hôpital risquait de fermer ou d'être repris par une grosse société. Il nous fallait un leadership solide, mais comme siéger au conseil n'était pas rémunéré, les volontaires ne se bousculaient pas. Alors, West et votre père ont proposé de payer les membres du conseil, ne serait-ce qu'une petite somme. Je leur ai dit que vu le climat politique de Copper Point, ce n'était pas possible. Ils m'ont répondu qu'ils allaient s'arranger et que ça ne se verrait pas. Ils ont parlé de placer les fonds et de ne répartir que les bénéfices après avoir remboursé l'emprunt. Personne ne le saurait. C'était juste un investissement, disaient-ils. Ils ont promis que je n'aurais pas à m'impliquer. Mais ça s'est répété, alors, certains ont commencé à se poser des questions. Ils ont réglé le problème, comme ils disaient. La situation m'a paru de plus en plus périlleuse. Quand j'ai constaté les agissements frauduleux de l'ancien PDG, j'ai pris sur moi de le faire arrêter. Les autres étaient furieux contre moi. J'ai toujours essayé de garder un certain contrôle sur le conseil en espérant un avenir meilleur. Erin n'était pas encore prêt pour diriger l'hôpital, mais je l'ai placé à une position stratégique. Il a insisté pour que Nick Beckert devienne PDG, je me suis dit, pourquoi pas, en attendant mieux. Mais les autres ont continué leurs malversations, et moi, je tenais à protéger Erin.

C'est dingue.

— Le protéger ? Vous n'avez jamais fait que le rabaisser et le démolir.

Buté, John Jean pressa ses lèvres.

— Il a un tel potentiel ! Il devait juste travailler davantage.

— Il avait besoin d'encouragements et de soutien, sinistre connard ! explosa Owen

Il soupira et passa une main dans ses cheveux pour se calmer.

— Et Ste Anne, vous y avez pensé ? continua-t-il d'un ton plus mesuré. Comment avez-vous osé les laisser vider les comptes pendant toutes ces années ? Nous avons besoin d'une unité cardiaque, et vous fermez les yeux sur vingt-cinq millions de dollars ?

John Jean lui jeta un coup d'œil.

— Erin a aussi parlé de millions. Je ne comprends pas où vous avez trouvé un montant aussi aberrant.

— Par un calcul mathématique ! Et ce montant est exact, c'est moi qui l'ai fait ! Ne me dites pas que vous ignoriez que…

En voyant John Jean blêmir, Owen proféra une obscénité.

— Merde ! Sur ce point-là au moins, vous ne saviez *vraiment* rien ! Vous leur avez donné les clés du coffre en leur disant de se servir ? Vous êtes idiot ou quoi ?

John Jean était devenu vert.

— Ce n'est pas possible…

— Si, c'est même très facile. En prenant de façon régulière quelques milliers de dollars par tête pendant des décennies, on arrive à un montant énorme, de quoi engager un autre chirurgien, une infirmière anesthésiste, des spécialistes, de quoi créer un jardin sur le toit. Et bien entendu, de quoi financer notre salle de cardiologie.

— Je voulais seulement protéger Ste Anne, bredouilla John Jean. C'est l'héritage de la famille Andreas. J'ai voulu…

Owen croisa les bras sur sa poitrine.

— Eh bien, c'est raté. À force de vouloir tout contrôler, vous avez été arrogant, borné, stupide. Et maintenant vous espérez parler à Erin ? C'est ridicule, vous ne feriez qu'empirer les choses.

John Jean poussa un cri d'angoisse.

— Mais je dois lui faire comprendre…

— Quoi ? Il a déjà tout compris. Ce que vous ne semblez pas réaliser.

— Je dois m'excuser, me réconcilier avec lui…

Eh, merde.

— Vous pensez honnêtement que les mots suffiront ?

John Jean leva les mains.

— Que voulez-vous que je fasse d'autre ? Que je vous dise que j'ai échoué dans tout ce que j'ai entrepris ? Je n'ai pas réussi à garder ma femme, elle me détestait tellement qu'elle n'a pas voulu s'occuper de notre fils, elle me l'a collé dans les bras. Je ne savais pas quoi faire de lui ! Sans le vouloir, je suis devenu ce qu'était mon père. Et comment pouvais-je accepter de voir détruits notre héritage, nos traditions… une famille unie, des fêtes au manoir, un hôpital prospère ? Je n'ai pas voulu non plus admettre mon échec avec mon fils, je ne pouvais même pas communiquer avec lui. Il devenait une souris terne et sans envergure, et quand il se réveille enfin, c'est pour prendre votre défense !

D'accord. Peut-être Erin aurait-il dû entendre ça, après tout.

— Oui. Vous devriez dire tout ça, à moi d'abord, à Erin, ensuite, quand il sera calmé.

John Jean eut un rire sans joie.

— Pourquoi, pour que vous puissiez rire de moi ?

— Non, pour que nous vous acceptions comme un être humain, avec ses faiblesses et ses égarements. Pour que vous vous pardonniez aussi, et que vous vous acceptiez tel que vous êtes. Ensuite seulement, vous pourrez tout reprendre à zéro avec votre fils. Il a toujours espéré que vous le voyiez tel qu'il est, que vous le félicitiez de ses accomplissements, que vous soyez un vrai père pour lui.

— C'est trop tard, gémit John Jean. Il m'a renié. Avant, il n'osait pas me regarder en face, ce soir, il m'a annoncé qu'il ne voulait plus être un Andreas.

— Alors, redorez le nom que vous portez, afin qu'Erin puisse en être fier. N'attendez pas d'être accusé par un de vos complices, parlez le premier, faites amende honorable, rendez ce que vous avez volé aux Beckert et aux autres familles que le conseil a détruites. Faites un grand ménage. Permettez à Ste Anne de repartir sur des bases saines. Vous avez la possibilité de donner cette chance à Nick, à Erin.

Le regard hanté, John Jean fixa le pare-brise.

— Je vais aller en prison.

— Probablement. Mais vous n'y resterez pas longtemps si vos aveux aident à exposer les vrais coupables. Et vous en sortirez en ayant expié, avec une conscience propre. Vous serez libéré de ce que vous venez de me confesser, de ces hontes qui vous rongent, de vos peurs. Vous pourriez alors revoir votre fils. Cette fois, il vous écoutera. Cette fois, vous l'écouterez aussi, vous le soutiendrez comme un père digne de ce nom. Aidez-le à accomplir ce que vous n'avez pas pu faire : restaurer l'hôpital et l'honneur de la famille Andreas.

Owen parlait sans croire une seconde que John Jean accepterait. Il posa sa paume sur le volant, attendant les excuses inévitables : *je ne peux pas parce que...*

À sa grande surprise, John Jean lui posa une question inattendue :

— Erin a mentionné votre père, et je n'ai pas compris ce qu'il voulait dire. Il m'a demandé si je savais. Si je savais quoi ?

Owen se figea, les mains crispées.

John Jean fronça les sourcils et secoua la tête.

— Il paraissait tellement bouleversé, chuchota-t-il, tellement en colère. Je n'ai pas compris... Il ne m'a pas cru... Peut-être pourriez-vous m'éclairer ?

Owen respira un grand coup. Il déglutit et leva la main pour allumer la lampe qui éclairait l'habitacle. Il souleva sa chemise et dénuda son flanc.

— Vous voyez ces lignes sur ma peau, ces cicatrices qui ressemblent à des griffures bien droites ?

John Jean se pencha et dit :

— Oui ?

— C'est un coup de râteau. Mon père avait passé une mauvaise journée à la mine. Il était en colère en arrivant à la maison. J'avais joué dans le sable, je m'étais sali. Il m'a frappé avec un outil de jardinage. J'avais cinq ans. Ma mère a tenté de s'interposer, elle a reçu un coup de pelle.

John Jean recula d'horreur.

— Quoi ?

Owen remit sa chemise en place.

— West est arrivé à ce moment-là. Il a servi un whisky à mon père, il a conseillé à ma mère de se calmer et de bander mes blessures, car il n'était pas question de me conduire aux urgences. Une fois que j'ai été pansé, il a donné un somnifère à ma mère. Ensuite, il est venu dans ma chambre, il m'a dit d'éviter de mettre mon père en colère. Il m'a dit aussi de ne jamais parler de ce qui était arrivé, parce que mon père était un homme important.

John Jean tremblait, le visage tordu dans une grimace de répulsion, de choc, d'horreur.

— Il a dit ça ? À un enfant ?

— Il me l'a dit souvent. Mon père était brutal et colérique. Quand ma mère a finalement divorcé, West s'est arrangé pour qu'il n'y ait aucune trace de violences conjugales ou domestiques dans le casier judiciaire de mon père. Les poursuites ont été abandonnées et West a aidé mon père à déménager très loin de Copper Point.

John Jean enfouit son visage dans ses mains.

— Je l'ignorais.

— Je sais, vous n'êtes pas le seul. West est une ordure, mais il est efficace, prudent et méticuleux.

— Je ne savais rien, rien… répétait le père d'Erin, abattu.

Owen eut un sourire sans joie.

— Et ça aurait changé quoi que vous le sachiez, M. Andreas ? Qu'est-ce que vous auriez fait ?

— Je ne sais pas. J'aimerais croire que je serais intervenu, mais…

Il releva la tête, l'air hagard.

— Vous n'auriez rien fait, déclara calmement Owen, et c'est ce qui vous rend malade. Aujourd'hui, vous avez une chance de faire tomber West, allez-vous la saisir ?

John Jean se calma enfin.

— Oui. Je vais tout avouer. À qui voulez-vous que je m'adresse ?

Owen hésita, doutant encore de ce qu'il venait d'entendre.

— Vous me laissez libre d'en décider ?

— Oui. Vous avez raison. Je ne suis pas digne de parler à Erin. Alors avouer est ma seule option.

Owen ramassa les clés sur ses genoux.

— Rebecca et Nick sont chez moi, déclara-t-il. Attendez-moi là, je vais les chercher.

John Jean acquiesça, il paraissait résigné.

— Non. Je viens avec vous.

— Suivez-moi jusqu'à la porte si vous voulez, mais n'entrez pas.

Ils abandonnèrent la BMW et se dirigèrent en silence jusqu'à la maison. Simon était toujours sous le porche, l'air anxieux.

Owen se sentait un peu dépassé.

— Simon, s'il te plaît, va chercher Nick et Rebecca, mais seulement eux. Il ne faut pas qu'Erin sorte.

Simon acquiesça.

— Je vais demander à Hong-Wei de m'aider.

Owen et John Jean attendirent sous un arbre.

Deux minutes plus tard, Rebecca et Nick, impatients, mais méfiants, émergeaient de la maison. Ils avancèrent d'un pas énergique.

Rebecca portait une tunique en tricot et un long cardigan bordeaux, elle évoquait une déesse guerrière prête à punir l'impie ayant osé profaner son sanctuaire. Nick portait encore sa tenue de travail, costume sombre, cravate rouge, renvoyant l'image d'un ferme PDG.

Tous deux s'arrêtèrent, la mine expectative.

Owen se demandait par où commencer quand John Jean inclina la tête et joignit les mains.

— Je regrette, déclara-t-il d'une voix contrite. Je regrette ce que j'ai fait à votre famille, directement et indirectement. Je compte assumer mes fautes, j'ai péché contre cette communauté, contre mon fils, contre mes valeurs. Je suis prêt à expier. Pour ce faire, je vais vous révéler ce que je sais des malversations commises par les membres du conseil d'administration de Ste Anne, par Christian West en particulier, au cours des deux dernières décennies. Je reconnais avoir été leur complice par mon silence. Je vais tout vous dire, mais pas ici, par respect pour la douleur de mon fils, je préférerais parler loin de lui.

Rebecca regarda Owen avec de grands yeux.

Nick fixait toujours John Jean.

— Si vous cherchez à dissimuler quoi que ce soit, je serai sans pitié.

John Jean secoua la tête.

— Je n'ai plus rien à perdre. Ce revirement ne me ressemble pas et je comprends votre méfiance, mais je vous prouverai que ma contrition est sincère. Je vais tout vous dire. Question preuves, par contre, je n'aurai pas grand-chose à vous apporter. Je m'en remets à vous, M. Beckert.

À ce moment, Owen décida qu'il en avait assez supporté. Il tendit le trousseau de John Jean à Nick.

— Bon, je peux te laisser gérer, je crois ?

Nick sourit en récupérant les clés.

— Oh, oui !

Owen posa une main sur son épaule.

— Alors, je te laisse bosser.

Il retourna jusque chez lui d'un pas lourd et hésita en posant la main sur la poignée de la porte. Il était épuisé.

Il croisa Erin dans l'escalier, l'air tout aussi vanné. Owen l'embrassa et le serra contre lui.

— Allons nous coucher, chuchota-t-il. Quelle affreuse journée !

Sans répondre, Erin se pelotonna dans ses bras et ils montèrent ensemble.

LE JOUR de la réunion extraordinaire du conseil d'administration, Erin s'éveilla dans les bras d'Owen.

Il enfouit son visage dans la poitrine de son amant et inhala son odeur réconfortante, mais en voyant le soleil illuminer la chambre, il comprit qu'il était très tard. Il leva la tête et jeta à Owen un regard endormi.

— Quelle heure est-il ?

L'air parfaitement réveillé, Owen lui caressa l'arête du nez.

— Sept heures et demie.

En voyant Erin rejeter les couvertures, Owen se mit à rire.

— Pas de panique, ajouta-t-il, nous avons largement le temps de nous préparer pour la réunion.

— Mais je n'ai pas eu l'occasion, la nuit passée, de parler à Nick. Et nous avons sombré sans penser à mettre une alarme. Oh non ! Owen, tu avais une opération tôt ce matin...

— Elle a été reportée, comme les autres. Ce n'était pas urgent. Jack et moi en avons discuté hier soir, nous tenons tous les deux à assister à la réunion du conseil.

Erin s'en étonna. Ils en avaient discuté ? Quand ? Owen s'était-il relevé après qu'Erin se fut endormi ?

Erin se frotta les tempes, il avait la langue pâteuse.

— Aurais-je repris un de tes Xanax ?

Owen lui sourit.

— Non. En y réfléchissant, ça nous aurait peut-être fait le plus grand bien. Ne te fais pas de souci, tout ira bien aujourd'hui. Va te doucher, je m'occupe du petit déjeuner.

Erin constata alors qu'Owen était habillé et rasé, il était donc levé depuis un bout de temps. Erin était le seul à être en retard.

Il suivit les instructions d'Owen et se précipita sous la douche. Au moment de s'habiller, il se demanda quoi porter pour une mise à mort. Rebecca serait en rouge, bien évidemment, mais cette couleur lui seyait mieux qu'à lui. Il opta finalement pour une de ses tenues de travail, un costume – de ses derniers achats –, une chemise neuve et une cravate bleu vif que Matthew lui avait conseillée. Il emprunta les chaussettes Cthulhu d'Owen. Ça lui paraissait de circonstance.

Owen remarqua les chaussettes dès qu'Erin entra dans la cuisine.

— Tu te sens d'humeur destructrice ? Personnellement, j'ai privilégié la diplomatie.

Il remonta son pantalon pour révéler des chaussettes à l'effigie du général Organa [23]. Les yeux d'Erin s'écarquillèrent.

— Elles sont super !

— N'est-ce pas ? C'est un cadeau de Jared à Noël dernier, parce que j'avais très mal pris la mort de Carrie Fisher [24]. C'est la première fois que je les porte. Je pense qu'elle apprécierait.

Erin accepta la tasse de café qu'Owen poussait vers lui et s'installa sur un tabouret.

— Hier soir, j'étais enragé et pressé d'en découdre. Ce matin, je me sens juste fatigué.

Owen l'embrassa sur le front.

— C'est pourquoi je viens avec toi. Tu n'es pas tout seul. Nous serons tous là pour te soutenir.

Ému, Erin versa une larme, Owen l'essuya sans commentaire et posa une assiette devant lui.

— Mange, insista-t-il gentiment. Tu as besoin de te sustenter.

Bien que la réunion soit à dix heures, Erin arriva à l'hôpital à neuf heures avec Owen pour s'y préparer. C'était si étrange que tout Ste Anne ne soit pas en ébullition, avec des regards en coin et des chuchotements. Il le comprenait, bien sûr, puisque personne ne savait rien. Le secret avait été bien gardé.

En arrivant dans la salle de conférence où devait avoir lieu la réunion extraordinaire du conseil, Erin fut surpris de découvrir que Nick n'était pas encore arrivé. Les autres parurent trouver la chose normale.

— Il est avec Rebecca, dit Jack.

— Il sera un peu en retard, ajouta Simon, il demande que tu commences sans eux. Tu devras occuper les membres du conseil jusqu'à leur arrivée.

Erin les regarda tous les trois.

— Qu'est-ce qui se passe ? Que font Rebecca et Nick ?

— Une mise au point de dernière minute, indiqua Jared, qui entrait à son tour dans la salle de conférence. Veuillez excuser mon retard. J'avais des rendez-vous que je n'ai pas pu reporter. Je suis là à présent, prêt à travailler. Qu'avons-nous à faire pendant la réunion ?

---

23 La princesse Leia est un personnage fictif de la saga *Star Wars*.
24 Actrice, romancière et scénariste américaine (1956-2016) qui a interprété la princesse Leia Organa.

Même si Erin ne comprenait rien, il était clair que personne ne comptait lui expliquer ce qui se passait.

— C'est tout bon, chuchota Owen. Vas-y.

Comme Erin lui faisait confiance, il expliqua à Jared, Simon et Jack qu'ils étaient censés enregistrer un ordre du jour bidon et l'imprimer afin de le distribuer aux membres au fur et à mesure de leur arrivée.

Simon réclama aussi à la cafétéria des cafés et des viennoiseries. Owen se chargea des stylos et des crayons.

Le plus difficile fut le refus d'Erin de saluer les membres du conseil. Les autres durent s'arranger pour que ça ne se remarque pas.

Si la présence des trois médecins et de Simon surprit manifestement, personne ne fit de commentaires. West étant le plus suspicieux, Jack et Jared veillèrent à ce qu'il n'approche ni Erin ni Owen.

Les membres prirent place et passèrent une dizaine de minutes à se saluer et à bavarder, puis ils commencèrent à s'agiter.

Ron Harris prit la parole :

— À quoi rime cette réunion ? J'avais d'autres projets ce matin.

— M. Beckert ne va pas tarder, répondit Erin. Nous attendons aussi deux membres supplémentaires du conseil avant de continuer.

Ed Johnson agita l'ordre du jour.

— Tout ça aurait très bien pu attendre la prochaine réunion !

— Je vous en prie, un peu de patience, répondit Erin.

En son for intérieur, il ajouta : *dépêche-toi, Nick, s'il te plaît.*

Nick Beckert arriva cinq minutes plus tard. Il était accompagné de Rebecca, des avocats de Ste Anne, du procureur du comté, de trois soldats d'État et du père d'Erin.

Erin détourna la tête. Il ne voulait plus entendre de mensonges.

Le conseil s'agita à la vue des soldats.

— Asseyez-vous ! ordonna Nick d'un ton autoritaire.

Rebecca alla au bout de la table et prit place, le visage rigide et glacé.

Nick continua :

— Avant de passer à l'ordre du jour prévu pour aujourd'hui, je cède la parole au président de ce conseil, John Jean Andreas. J'espère que personne ici ne l'interrompra. Dans le cas contraire, vous serez sommé de quitter la salle.

Il jeta un coup d'œil aux soldats et précisa :

— Et vous n'irez pas loin.

Plus aucun membre n'osait respirer. Erin crispa les doigts sur ses accoudoirs. Owen posa une main sur la sienne.

Nick recula du pupitre et fit signe à John Jean :

— M. Andreas, c'est à vous.

Erin ne put s'en empêcher, il examina son père, qui paraissait las et résigné. Sidéré, Erin l'entendit alors commencer un long réquisitoire et détailler les malversations dont il avait été le témoin. Il raconta tout. Absolument tout. C'était… surréaliste. Il parlait d'une voix monocorde, sans croiser le regard de ses anciens complices. Il avait sorti de sa poche une feuille de papier et ses remords résonnaient dans chaque mot qu'il prononça. À plusieurs reprises, il demanda pardon pour les souffrances causées par ses actes et ceux qu'il avait couverts. Il exprima enfin son désir d'expier et de réparer ses fautes.

Quand il se tut, il y eut un bref silence, puis quelqu'un se mit à applaudir. Le son, si discordant dans de telles circonstances, attira tous les regards.

C'était Christian West. Son sourire était reptilien.

— Quelle performance, JJ ! Vous traversez une période bien pénible en ce moment, j'en suis conscient, mais il semble que les bouffonneries de votre fils vous soient montées à la tête. Vous n'êtes pas dans votre état normal. Si vous avez commis des vols sordides, assumez-les. Quelle idée d'en rejeter le blâme sur vos amis ! Nous n'avons rien fait de mal, vous n'avez aucune preuve et…

— Oh, mais si, j'ai toutes les preuves.

Nick lui avait coupé la parole avec un calme implacable.

West tourna vers lui son regard méprisant.

— Vraiment ? Vous parlez sans doute du second jeu de livres comptables dont JJ m'a déjà parlé ? Il n'y a rien dedans qui…

— Mais si, il y a le montant réel des vols commis au détriment de l'hôpital au fil des années, M. West. J'ai aussi les talons des chéquiers indiquant le partage de ces sommes. Vos noms à tous y figurent en clair. Chaque transaction a été dûment enregistrée.

Si West ne bougea pas, son visage se draina de son sang. Les autres membres du conseil, qui avaient jusqu'ici gardé un silence prudent, se mirent alors à paniquer.

Ed Johnson serra la main sur sa poitrine.

— Mon cœur…

Jack se pencha vers lui.

— Ah, quel dommage qu'il ne soit pas resté assez d'argent dans les caisses après votre passage pour financer notre nouvelle unité de cardiologique, n'est-ce pas ?

Nick jeta un coup d'œil par-dessus son épaule.

— Shaw, c'est à vous.

Les portes de la salle s'ouvrirent, le comptable et son personnel entrèrent en poussant trois chariots chargés de boîtes blanches marquées aux initiales SA. Ils avancèrent jusqu'au procureur du comté, qui paraissait sidéré.

Shaw ouvrit une des boîtes du dessus.

— Voici les preuves dont M. Becket a parlé, déclara-t-il. Mon père a tout sauvegardé.

— Laissez-moi voir ça ! cria West.

Il se précipita. Sans même lui accorder un regard, le procureur leva la main. Un des soldats s'interposa et empêcha West d'approcher.

Nick discutait à voix basse avec le procureur. Il pointa les noms, montra les calculs d'Owen, ainsi que le montant souligné : vingt-cinq millions de dollars !

Le procureur pâlit à son tour.

— Oh, mon Dieu ! Arrêtez-les. Arrêtez-les tous !

— J'exige de voir mon avocat ! hurla West tandis que le soldat lui passait les menottes.

— Je pense que vous allez en avoir besoin, oui, convint le procureur, toujours plongé dans les dossiers.

Le père d'Erin tendit ses poignets, il fut lui aussi menotté. Il fut néanmoins le seul à ne pas se plaindre, crier, supplier, menacer. Les autres membres du conseil furent nettement plus bruyants avant d'être emmenés.

Erin, figé, regarda son père disparaître entre deux soldats.

Owen, qui ne l'avait pas quitté, posa la main sur la sienne.

— Il sera bientôt libre. Il a coopéré avec la justice.

Sortant de sa stupeur, Erin lui fit face.

— Tu étais au courant ?

— Oui, il est passé à la maison hier soir et nous avons longuement discuté. Je n'ai pas voulu qu'il te voie, tu étais trop… tendu. Il a dit être prêt à tout pour que tu lui pardonnes. Comme il voulait expier ses fautes, je l'ai laissé avec Rebecca et Nick.

Owen regarda West se débattre et les soldats l'emmener de force.

— Honnêtement, ajouta-t-il, je ne savais pas comment ça allait se passer ni ce que ton père finirait par faire ou dire. C'est pourquoi je n'ai rien dit. Je ne voulais pas que tu sois encore déçu.

Il baissa la tête et soupira.

— J'ai agi pour le mieux, chuchota-t-il. Si je me suis trompé, je te demande pardon.

Erin lui prit le bras.

— Non, tu as bien fait. Je n'y aurais pas cru si je ne l'avais pas vu de mes propres yeux. Et même là, j'ai encore un sentiment d'irréalité.

Owen porta la main d'Erin jusqu'à sa bouche et l'embrassa, puis il la posa contre son cœur et attendit.

Il fallut une éternité pour dégager la pièce. Erin aurait voulu s'en aller lui aussi, se cacher dans son bureau et poser la tête dans ses mains. De toute évidence, ce n'était pas possible.

Il était loin d'imaginer ce qui allait suivre.

Le conseil d'administration de Ste Anne n'avait plus qu'un seul membre. Comment procéder à présent?

La réponse à cette question vint assez vite.

Une fois les escrocs sortis, les soldats, le procureur du comté, Shaw et les preuves s'en allèrent avec eux. Il ne resta plus dans la salle du conseil que les avocats de l'hôpital, Rebecca et les six comploteurs.

Nick fit signe à tout le monde de s'asseoir, lui resta debout.

— Rebecca, rapproche-toi, si tu veux.

Il s'éclaircit la gorge et agrippa les deux bords du podium alors que tout le monde s'installait.

— Maintenant que les affaires désagréables sont réglées, déclara-t-il, nous avons du travail sur la planche, en priorité six sièges à pourvoir et un président à élire. Je nomme Rebecca Lambert-Diaz présidente temporaire, jusqu'à ce que le conseil puisse procéder à des élections officielles. Après consultations avec notre conseiller juridique, je modifie également la composition du conseil. Nous aurons toujours un président, un vice-président, un secrétaire et un trésorier, mais au lieu de trois membres laïcs supplémentaires, nous n'en aurons plus que deux. Cette mention est à effet immédiat. Par ailleurs, le conseil comprendra également trois représentants du corps médical et un infirmier de l'hôpital. Je nomme donc les trois médecins et l'infirmier ici présents à ces postes.

Owen, Jared et Simon se mirent à protester.

Nick les ignora. Il leva la main et ajouta :

303

— Je nomme Erin Andreas au poste de vice-président et responsable de l'amélioration de la qualité de vie.

Erin fit un bond sur son siège et s'étouffa derechef, le visage écarlate. Les autres paraissaient tout aussi surpris que lui, sauf Rebecca, qui souriait. Comme Erin l'avait prévu, elle était en rouge de la tête aux pieds.

— Nick ! couina Erin, écarlate de gêne. Tu es fou ? Je ne peux pas être vice-président ! Je ne suis pas assez qualifié.

Nick se tourna vers lui, calme et sûr de lui, comme s'il attendait ce moment depuis longtemps.

— Tu es mon bras droit depuis des mois, Erin. Tu fais bien plus que gérer le personnel. Il est plus que temps que tu reçoives le poste et la rémunération qui correspondent à ton travail.

Erin ravala la boule qu'il avait dans la gorge pour retrouver sa voix :

— Mais mon père…

— Il n'a rien à voir avec la qualité de ton travail.

Nick leva le menton pour s'adresser au reste de la pièce :

— Y a-t-il des objections ? Non, très bien, passons alors à la nomination des candidats présents.

— Ils acceptent tous, déclara Rebecca sans laisser Jared, Owen et les autres placer un mot.

Elle se leva et agita son bloc-notes.

— Pour les postes qui restent à pourvoir, ajouta-t-elle, j'ai plusieurs suggestions.

— Je n'en suis pas étonné, déclara Nick, pince-sans-rire. Je vous laisse ma place. Nous vous écoutons.

Il quitta le podium et s'installa avec les autres.

Et juste comme ça, tout changea à Ste Anne.

ÉPILOGUE

Six mois plus tard

LE JOUR du concert, Owen était beaucoup plus nerveux qu'il l'aurait cru.

— Tu t'en sortiras très bien ! affirma Erin

Les deux amants s'habillaient ensemble dans leur chambre. Erin avait des soucis avec sa cravate. Quant à Owen, il était en nage.

— Je vais faire des tas d'erreurs, c'est évident.

— Et alors, quelle importance ? Nous apprécions ton jeu, qu'il soit parfait ou pas.

Après un petit baiser rassurant, Erin tapota les revers d'Owen en demandant :

— Tu portes tes chaussettes ?

Owen releva le bas de son pantalon, exposant la paire avec des violons qu'Erin lui avait offerte pour la « St Valentin ».

— Parfait. Veux-tu encore une fois tout vérifier ou pouvons-nous nous mettre en route ?

— Non, c'est bon. Allons-y.

— Très bien.

Quatre mois plus tôt, ils avaient emménagé au manoir Andreas et Owen commençait à s'y habituer. Ils refaisaient ensemble la déco, afin que l'antique demeure ressemble plus à une maison de famille et moins à un musée. Bien entendu, leur priorité avait été de réaménager la chambre qu'Erin avait occupée étant enfant. C'était désormais la leur.

Une aile du manoir, peu utilisée, était restée dans sa splendeur vintage, car Erin comptait relancer la tradition des festivals parrainés par la famille Andreas. Ils avaient cependant récupéré à leur usage exclusif une grande partie des pièces, et peu à peu, Erin retrouvait ses souvenirs d'antan. Bien entendu, Owen et lui avaient beaucoup trop d'espace à leur disposition. Du coup, ils aménageaient le second étage, transformant le grenier et les chambres de service mansardées en petits appartements qu'ils comptaient louer à l'université pour y loger des stagiaires ou des artistes.

Comme Owen l'avait souligné, autant faire rentrer des fonds, vu la taxe d'habitation que le manoir leur coûtait.

Au premier, l'ancien bureau de John Jean était devenu une salle de musique. Il y avait un bon piano droit et plusieurs pupitres afin que le quintet puisse s'y réunir et répéter. Ensuite, ils prenaient tous une collation dans la salle à manger. Owen et Erin avaient engagé une nouvelle gouvernante et une entreprise locale leur envoyait une équipe trois fois par semaine pour le ménage.

Cette fois, Erin avait déballé ses affaires et ses quartiers étaient dans un ordre parfait.

Il aimait aussi à houspiller Owen. Il le faisait en ce moment même, en affirmant qu'ils étaient sur le point d'être en retard s'ils ne se dépêchaient pas.

Owen en fut outré.

— Il est encore tôt ! gronda-t-il. Pour l'amour du ciel, nous ne serons pas *en retard*, nous serons *en avance* ! De plus, je te signale qu'ils ne peuvent pas commencer sans moi.

— Je veux que tu arrives le premier, s'entêta Erin. Si tu les laisses t'approcher et te couvrir de compliments, tu vas encore te mettre dans tous tes états. Et tu es bien capable, sur un coup de tête, de tout annuler, on aurait l'air fin !

Il pinça les lèvres avant d'ajouter :

— En plus, il faut que je parle à grand-mère Emerson et à Aniyah. J'ai reçu un appel de mon avocat : mon père sortira un mois plus tôt que prévu. Tant mieux pour lui, compte tenu de ses ennuis de santé, mais je tiens à ce que les Beckert soient au courant.

Owen apprenait la nouvelle.

— Oh. Erin, ça va ? Tu n'es pas bouleversé ?

— Je ne sais pas si je parviendrai un jour à lui pardonner, mais en même temps, je suis heureux qu'il sorte. Et nous verrons s'il peut changer. Dans un premier temps, il s'installera loin de Copper Point, ce sera plus sain pour tout le monde. Sinon, il a tenu sa promesse, il a financé l'unité cardiologique – la salle Collin Beckert – et une bourse pour les étudiants afro-américains au nom du père de Nick. Il a aussi versé une grosse somme à Aniyah, contre l'avis de son avocat, qui affirmait qu'une crise cardiaque ne justifiait pas de dommages et intérêts. Mon père a tenu à rencontrer grand-mère Emerson, c'est à elle qu'il a demandé de quelle somme elle l'estimait redevable. Il a payé rubis sur l'ongle. Il cherche donc sincèrement à réparer ses torts. Il m'a demandé si je viendrais le voir une fois qu'il serait installé dans sa nouvelle vie. Je pense que je le ferai.

Owen lui prit la main.

— Je viendrai avec toi.

— J'ai encore des doutes. Est-il possible de changer, de s'améliorer ?

— Eh bien, nous l'avons fait tous les deux. Alors, pourquoi pas lui ?

Ils n'en dirent pas davantage, mais ils restèrent main dans la main, jusqu'à leur arrivée à la salle communautaire où devait avoir lieu le concert. Owen commença à paniquer en voyant la multitude de voitures qui encombrait le parking. Erin, qui était au volant, contourna le bâtiment et s'arrêta devant la porte où Jack, Ram, Amanda et Tim attendaient Owen – et son instrument.

— On le fait rentrer ! déclara Ram.

Il fit un clin d'œil à Erin et ajouta :

— À tout de suite. Va te garer côté Est, en principe, nous y avons des places réservées.

— Il y a beaucoup trop de monde, marmonna Owen.

Il serrait son violon dans ses bras tandis que les autres l'encadraient et le conduisaient dans la salle verte.

Jack récupéra son violon d'un support.

— Tout va bien, Owen. Allez, joue avec moi, ça va te détendre. Tu ne vas pas te dégonfler quand même !

Bien que conscient que Jack cherchait à réveiller sa combativité, Owen prit son violon et suivit son conseil. Le reste du quatuor n'était pas en reste, chacun des musiciens disait et répétait à Owen la même chose qu'Erin : quelques erreurs n'avaient rien d'une catastrophe nationale !

Malgré tout, Owen ne parvenait pas à oublier le public qui l'attendait.

— C'était censé être un *tout petit* concert ! protesta-t-il pour la énième fois.

Ram lui tapota le dos.

— Tous ceux qui t'ont entendu un jour ont eu envie de venir. Rien d'étonnant, si tu veux mon avis. Ne pense pas à eux, joue pour toi, pour nous et pour Erin.

— En parlant d'Erin, il vient d'arriver, déclara Tim.

À bout de souffle, Erin se précipita vers l'endroit où ils étaient réunis.

— Désolé d'avoir mis aussi longtemps, j'avais quelque chose de très important à dire à grand-mère Emerson

— Quoi ? demanda Amanda.

— Que j'étais heureux ! s'écria Erin.

Il posa un baiser sur la joue d'Owen et ajouta :

— Arrête d'être si nerveux, voyons ! Pourquoi n'as-tu pas mis ton costume ? D'ailleurs, *aucun de vous* n'est déguisé !

Erin, lui, était sur son trente-et-un. Il portait une longue cape fluide bleu roi et une couronne dorée qui avait tendance à glisser sur le côté. Il portait également un sceptre avec un pommeau rouge vif. Il posa les attributs de sa royauté sur une chaise, le temps d'attifer Owen d'une capuche velue, d'un faux nez, d'épaulettes et de mitaines en fourrure.

— En principe, un ogre a aussi de longs ongles, murmura Erin en examinant les mains d'Owen.

— Oui, ça serait très pratique pour jouer !

Une fois costumé, Owen vérifia que ses gants poilus lui laissaient les doigts libres.

— Où est mon violon ?

— Simon le surveille. Je ne voulais pas le laisser tout seul sur scène. Simon te l'apportera le moment venu. Lui aussi sera costumé.

Owen roula les épaules et fléchit le cou.

— D'accord, je me sens moins nerveux dans cette tenue.

Erin rectifia la position du nez factice.

— Je sais, c'est bien pour ça que j'y ai pensé ! Très bien. Tiens-toi prêt. J'ai encore une chose à te dire avant le lever du rideau.

Quoi encore ?

Owen n'eut pas le temps de poser la question. Les membres de son quintet et Simon – costumé – s'approchaient de lui, Jared et Nick étaient là aussi, mais en tenue de ville, puisqu'ils ne participaient pas au spectacle.

Owen devina qu'il y avait anguille sous roche. Il haussa un sourcil touffu – suite aux poils qu'Erin y avait rajoutés.

— Quelqu'un veut-il me dire ce qui se passe ?

Jared s'appuya contre le mur.

— C'est un interlude privé avant le spectacle, répondit-il avec ironie.

Erin rejeta les pans de sa cape en arrière et mit un genou à terre. Il avait un écrin à la main.

Le cœur d'Owen rata un battement.

— *Erin.*

Erin leva la tête.

— Je ne suis qu'un humble prince, Owen, mon ogre, terreur des infirmières, monstre qui hante la cafétéria, voleur de douleur, porteur de chagrins, ravisseur de mon cœur, me feras-tu l'honneur d'accepter ma main ?

Owen le dévisagea, le cœur débordant d'amour. Il entendit cliqueter les téléphones tout autour d'eux : leurs amis prenaient des photos ou des vidéos.

— Un ogre, hein ? Je comprends mieux le choix de mon costume !

Il éclata de rire, se pencha et prit Erin sous les aisselles pour le relever et dévorer sa bouche. Son faux nez lui compliqua un peu la tâche.

— Owen ! protesta Tim, le téléphone brandi. Tu n'as pas officiellement accepté sa demande ! Dis oui !

Owen regarda Erin droit dans les yeux.

— Oui.

Après toutes ces émotions, il n'était plus du tout nerveux en montant sur scène. Il était plein de joie, d'espoir et d'amour.

Son rugissement d'ogre – *assez pathétique, avouons-le* – fit rire les enfants auxquels les sept premiers rangs du public étaient réservés. Owen ne s'en vexa pas. Il n'avait pas eu l'intention de leur faire peur.

Puis le roi Erin apparut, il pointa son sceptre sur l'ogre et l'ensorcela pour qu'il fasse de la musique au lieu d'effrayer les habitants de la ville.

Maintenant qu'il avait oublié son trac, Owen était impatient de jouer.

Le chœur se mit à chanter, l'orchestre entonna ses premières notes et Simon apporta à Owen son violon. Le quintet d'ogres se mit à danser autour des enfants ravis et des adultes enchantés.

Aucun des musiciens ne dansa plus gaiement qu'Owen. Aucun ne joua avec plus d'enthousiasme.

Le public haletait, les doigts se pointaient.

Owen comprit qu'à la fin de la performance, il serait inondé de compliments. On lui parlerait de son talent, de son jeu, du passé.

Aucun problème. Il était prêt désormais, il pouvait recevoir des éloges. Il était prêt à tout.

Quand il revint vers la scène, il vit Erin debout qui lui souriait, qui l'attendait, qui l'écoutait jouer.

Et Owen lui rendit son sourire. Il joua de tout son cœur, de toute son âme, parlant avec des notes à son amant, à son fiancé, à la lumière de sa vie.

Il déclara sa flamme à Erin en musique, il lui promit de l'aimer jusqu'à ce que la mort les sépare.

Grâce à Erin, Owen s'était retrouvé, il était entier.

Il était heureux.

Où le bonheur n'est qu'à un battement de coeur

LES SECRETS DU DOCTEUR WU

HEIDI CULLINAN

Hôpital de Copper Point, tome 1

Le nouveau docteur, brillant, renfermé et secret, rencontre un infirmier au grand cœur… et leur couple est de nature à renverser tous les obstacles.

Après un *burn-out*, le Dr Hong-Wei Wu, Taïwanais naturalisé Américain, s'installe à Copper Point, Wisconsin. La belle carrière qui lui était promise semble avoir sombré avant même de démarrer. Alors qu'il envisage une vie effacée et tranquille, son jeune assistant a sur lui un impact inattendu.

Quant à Simon Lane, il ne s'attendait pas au charme irrésistible de son nouveau patron. Le chirurgien accepte son aide pour emménager et l'en remercie par de délicieux plats taïwanais. Malheureusement, le règlement de l'hôpital Ste Anne interdit les relations entre le personnel, aussi leur amour est-il condamné… à moins que le couple soit prêt à tout risquer.

Simon souffre de cacher leur relation et Hong-Wei n'envisage pas de renoncer à lui. Pour vivre ensemble, ils vont devoir affronter l'administration de l'hôpital et la communauté de Copper Point. Ce faisant, quels autres secrets risquent d'être révélés ?

Et que vont découvrir Hong-Wei et Simon sur eux-mêmes ?

www.dreamspinner-fr.com

HEIDI CULLINAN a toujours apprécié les histoires d'amour à condition qu'elles finissent bien. Fière d'être née dans le premier État du Midwest à avoir accepté le mariage pour tous, Heidi écrit de belles romances où des héros LGBT luttent contre de terribles difficultés, car d'après elle, il n'y a jamais assez d'amour et de fins heureuses.

Heidi a été deux fois finaliste du RITA® et ses livres ont été recommandés par divers magazines : *Library Journal, USA Today, RT Magazine* et *Publishers Weekly*.

Quand elle n'écrit pas, Heidi aime cuisiner, lire des romans et des mangas, jouer avec ses chats et regarder à outrance les films d'animation japonais.

Visitez son site Web à l'adresse suivante : www.heidicullinan.com.

Vous pouvez aussi la contacter par mail : heidi@heidicullinan.com.

Heidi préfère s'appeler Jun quand on lui parle en personne ou en ligne et utilise des pronoms neutres.

Par Heidi Cullinan

HÔPITAL DE COPPER POINT
Les secrets du Docteur Wu
Les enchères du Docteur Ogre

Publié par Dreamspinner Press
www.dreamspinner-fr.com